Kayte Nunn
Auszeit ins Glück

PIPER

Zu diesem Buch

Die gebürtige Australierin Mattie Cameron scheint alles zu haben, was man sich nur wünschen kann: einen Traumjob in London und einen attraktiven Freund, der sie auf eine Reise in die Schweiz entführt. Doch dann ereignet sich ein Unfall: Mattie wird beim Skifahren von einer Lawine erfasst. Glücklicherweise überlebt die Neunundzwanzigjährige, sie trägt jedoch mehrere Verletzungen davon. Es wird Monate dauern, bis sie wieder auf den Beinen ist. Als sie dann auch noch von ihrem Freund verlassen wird, steht Mattie vor einem Scherbenhaufen. In ihrer Verzweiflung wendet sie sich schließlich an ihren Bruder Mark. Der zehn Jahre ältere Winzer, der mit seiner liebenswerten Freundin Rose und seinen zwei Kindern aus erster Ehe ein Weingut im Shingle Valley betreibt, zögert nicht lange und holt seine Schwester nach Australien zurück. Doch Matties Aufenthalt in der Heimat entwickelt sich schnell zu weit mehr als nur einem Erholungsurlaub – vor allem, als sie ihrem alten Jugendschwarm Charlie begegnet.

Kayte Nunn war ehemals Herausgeberin der Zeitschrift »Gourmet Traveller WINE« und arbeitet heute als freie Redakteurin für Print- und digitale Medien. Sie schreibt für die Dossiers Gesundheit, Reise, Elternschaft, Balance und Lifestyle und konnte mit ihren Kurzgeschichten bereits nationale und internationale Erfolge feiern.

Kayte Nunn

Auszeit ins Glück

Roman

Aus dem australischen Englisch
von Ursula C. Sturm

PIPER

Mehr über unsere Autoren und Bücher:
www.piper.de

Von Kayte Nunn liegen im Piper Verlag vor:
Ein Weinberg zum Verlieben
Auszeit ins Glück

Das Zitat im vorliegenden Roman entstammt der folgenden Quelle:
Motto, S. 7: Terry Pratchett, *Ein Hut voller Sterne. Ein Märchen von der Scheibenwelt* © 2006 Manhattan Verlag, München, in der Verlagsgruppe Random House GmbH. Übersetzung: Andreas Brandhorst.

Deutsche Erstausgabe
ISBN 978-3-492-30970-7
April 2018

Titel der australischen Originalausgabe:
»Angel's Share«, Nero, an imprint of
Schwartz Publishing Pty Ldt., Australien 2017

Umschlaggestaltung: zero-media.net, München
Umschlagabbildung: FinePic®, München
Satz: Satz für Satz, Wangen im Allgäu
Gesetzt aus der Aldus
Druck und Bindung: CPI books GmbH, Leck
Printed in the EU

Für Fi – du wurdest unbeschreiblich geliebt.

Warum geht man fort?
Damit man zurückkehren kann,
um den Ort, den man verlassen hat,
mit neuen Augen und
zusätzlichen Farben zu sehen.

Terry Pratchett, Ein Hut voller Sterne

1

Matilda Cameron spähte durch die Windschutzscheibe ihres Wagens, während die Scheibenwischer mühsam gegen die Wassermassen ankämpften, die sich vom Himmel ergossen. Im trüben morgendlichen Dämmerlicht konnte sie rechts von ihr eine lange Häuserzeile aus der Regency-Zeit mit hohen Fenstern und schmiedeeisernen schwarzen Balkonen ausmachen. Die feuchte, kunstvoll verzierte weiße Stuckfassade erinnerte entfernt an eine nicht mehr ganz taufrische Hochzeitstorte. Mattie blickte nach links, zum Kiesstrand und der grauen Fläche, die sich dahinter bis zum Horizont erstreckte. So sah in diesen Breitengraden also das Meer aus.

Dass sie zu einer derart unchristlichen Zeit, zu der jeder normale Mensch noch im warmen Bett lag, hier saß, verdankte sie DeVere & Soames, einem der berühmtesten Juweliere Großbritanniens, der sogar viermal Königlicher Hoflieferant gewesen war, wie ihr Jamie Soames, der Ururenkel des Mitgründers, verraten hatte, als sie ihm vor ein paar Wochen in seinem Büro in der Albemarle Street einen Besuch abgestattet hatte, um das heutige Fotoshooting zu besprechen.

»Ihnen ist gewiss bewusst, wie wichtig es ist, dass bei dieser Kampagne alles bis ins kleinste Detail stimmt«, hatte er gesagt und seine Patriziergesichtszüge zu einem schmalen Lächeln arrangiert.

»Aber selbstverständlich«, hatte sie ihm versichert, darum bemüht, nicht automatisch seine vornehme Sprechweise zu imitieren. »Sie haben Ihre Belange in die besten Hände gelegt, die es hierzulande dafür gibt. Sie werden von unserer Arbeit begeistert sein, davon bin ich überzeugt.« Nicht nur seine Geschäfte hingen vom Erfolg dieser Kampagne ab, sondern zu einem gewissen Maß auch ihr Job und ihre Karriere.

Dummerweise zeigten sich die Wettergötter nicht gerade von ihrer kooperativsten Seite.

Der Kombi ihrer Stylistin Cara, der in ein paar Metern Entfernung stand, war bis unter das Dach vollgepackt mit Kleidersäcken, Schuhkartons und Hutschachteln. Auch Paul, Matties bevorzugter Friseur und Make-up-Spezialist, war bereits da. »Ganz im Ernst, der Typ schafft es, selbst ein rostiges Brillo-Seifenkissen gut aussehen zu lassen«, hatte Bianca, ihre Chefin bei Three Bees, großspurig getönt, als sie ihn ihr empfohlen hatte. Cassandra und Jemima, die beiden jungen Models, die Mattie in der Vorwoche gecastet hatte, ließen noch auf sich warten, genau wie das Spezialwohnmobil, das den beiden als Garderobe dienen sollte.

Mattie spähte zu Orazio hinüber, der unruhig auf dem Beifahrersitz hin und her rutschte und mit den Fingern auf das Armaturenbrett trommelte. Er galt als der neue Patrick Demarchelier in der Branche, entsprach zu hundert Prozent dem Klischee des jungen italienischen Topfotografen und war sowohl in London als auch in New York gerade unglaublich angesagt. Mattie konnte sich wirklich glücklich schätzen, dass es ihr gelungen war, ihn für diesen Zeitraum zu buchen. Dafür hatte sie allerdings auch ganz schön hartnäckig sein und sich ordentlich bei seiner Agentin einschleimen müssen. Da sich Orazio weigerte, selbst zu fahren, hatte sie ihn samt seiner Ausrüstung um halb sechs Uhr morgens vor seinem Reihenhaus in Peckham abgeholt, und nun saßen sie schon eine gute halbe Stunde hier herum und genossen die Aussicht auf die verregnete Küste von Brighton. Mattie kramte ihre Rennies aus der Handtasche. Kein Wunder, dass sie Magenschmerzen hatte – vor der Abfahrt hatte sie nur rasch einen Kaffee runtergekippt, und hier war um diese Uhrzeit natürlich noch alles geschlossen. Allerdings verspürte sie bei diesem Hundewetter ohnehin nicht den Drang, den Wagen zu verlassen. Sie zermalmte die kreideartige Tablette zwischen den Zähnen und nahm dann das Call Sheet zur Hand, um noch einmal den Zeitplan durchzugehen. Sie überflog die Anweisungen für den Fotografen, die Porträts der Models, die Genehmigungen, die sie für das Shooting hatte einholen müssen, und die Kontaktdaten sämtlicher Beteiligten, einschließlich des noch immer nicht eingetroffenen Wohnmobils. Auch der Security-Typ von DeVere & Soames, der mit einer geballten Ladung Diamanten, Rubinen und Smaragden anrücken sollte, war noch nicht aufgetaucht. Diese Steinchen im Wert von mehreren Millionen Pfund waren der Grund, warum sie alle hier waren. Und Mattie war für den Erfolg des heutigen Shootings – eigentlich der gesamten Kampagne – verantwortlich, woran Bianca sie auch mehrfach erinnert hatte. All das hier – das kreative Konzept, die Strategie – war allein auf ihrem Mist gewachsen, und sie konnte sich keine noch so kleine Panne leisten. Nicht, wenn sie ihre Stelle behalten und rechtzeitig ihren lang ersehnten Skiurlaub antreten wollte.

Zehn Tage in der Schweiz mit Johnny. Bilderbuchlandschaften mit schneebedeckten Bergspitzen und Almhütten, dazu romantische Abende vor dem Kamin. Schon jetzt konnte sie förmlich die Schlagsahne auf der heißen Schokolade schmecken … Seufzend angelte sie ihr Handy aus der Tasche und tippte eine der Nummern aus dem Call Sheet ein. Es würde ein langer Tag werden.

Im selben Moment bog ein großes Wohnmobil um die Ecke, auf dessen Seitenwand in verschnörkeltem Fünfzigerjahre-Design »Sweet As« stand.

»Ah, sehr gut, da kommt die mobile Garderobe für die Models«, bemerkte sie betont fröhlich. »Eine Sorge weniger. Jetzt brauchen wir nur noch besseres Wetter.«

Der Zeitrahmen für das Shooting war so knapp bemessen, dass das Recce, sprich, die Erkundigung der Gegebenheiten vor Ort, etwas vernachlässigt worden war, und da Orazios Terminkalender so voll war, hatten sie auch keine Ausweichmöglichkeit. Sie schickte eine Nachricht an Cara, ohne seine Reaktion abzuwarten.

Hast du was von Cassandra und Jemima gehört?

Caras Antwort kam postwendend:

Die sitzen im Zug. Planmäßige Ankunft 8:30. Das Auto von Mimis Mutter hat den Geist aufgegeben.

Mattie runzelte die Stirn. Das bedeutete, dass sie bereits mit Verspätung anfangen würden, und im Winter war die Zeit, in der sie im Hellen arbeiten konnten, ohnehin begrenzt. Für Make-up und Frisur mussten sie mindestens eine Stunde veranschlagen, und zwar pro Model.

Da sie keine Lust hatte, einen halben Roman in ihr Handy zu tippen, wählte sie kurzerhand die Nummer. Cara ging ran, noch ehe es überhaupt geklingelt hatte.

»Ich hole die beiden vom Bahnhof ab«, sagte Mattie. »Du könntest inzwischen schon mal die Klamotten und den ganzen Kram ins Wohnmobil verfrachten. Ich gebe Paul Bescheid, damit er startklar ist, wenn sie da sind, und dann mache ich mich mit Orazio auf die Suche nach geeigneten Locations. Irgendwo an diesem gottverlassenen Strand muss es doch ein paar Ecken geben, wo wir vor dem Regen sicher sind.«

»Geht klar, Mats. Bin schon unterwegs.«

Cara gehörte wie Mattie der australischen Werbemafia an, die hier, auf der anderen Seite des Erdballs, die Londoner Medienwelt mit ihrer Hartnäckigkeit und ihrer Fähigkeit, hart zu arbeiten und das Leben umso mehr zu genießen, ordentlich auf Trab hielt – zum grenzenlosen Erstaunen ihrer betont lässigen und selbstironischen englischen Kollegen, die gegen sie und ihre zahlreichen Landsleute natürlich nicht den Hauch einer Chance hatten.

Cara hatte Mattie von Anfang an gleichermaßen fasziniert wie imponiert. Bei ihrer ersten Begegnung hatte sie von der zierlichen Stylistin zunächst nur den knackigen, wie einen Pfirsich geformten Hintern wahrgenommen, der in kupferfarbenen Jeans gesteckt und aus einem Schrank im Büro von Three Bees geragt hatte. »Wo zum Teufel sind die neuen Samples von Manolo?«, hatte Cara getobt. »Ich krieg die Krise, wenn die jemand genommen hat, ohne mich vorher zu fragen!« »Ich glaube, ich hab Jasmine vorhin damit gesehen«, hatte Mattie vorsichtig gesagt, worauf sich Cara aufgerichtet und ihre glatte platinblonde Mähne ausgeschüttelt hatte.

»Okay, danke. Dann kann ich mir meinen kleinen Tobsuchtsanfall ja sparen. Ich werd zum Tier, wenn das noch ein einziges Mal vorkommt.«

Cara hatte das Gesicht eines Porzellanpüppchens und den zierlichen Körperbau einer Primaballerina, sah also aus, als könnte die leichteste Brise sie davonwehen, dabei war sie unglaublich tough und verfügte über einen Wortschatz, bei dem selbst ein Pirat vor Scham errötet wäre. Dazu kam, dass sie stets angezogen war, als würde sie gleich in der Front Row von Stella McCartneys Modenschau Platz nehmen. Kein Wunder also, dass sowohl der Rest der Crew von Three Bees als auch die Kunden ihr mit Bewunderung und zugleich mit einer gehörigen Portion Respekt begegneten. Zum Glück hatte der vertraute Klang des australischen Akzents die burschikose Mattie mit ihrer gegelten Igelfrisur und ihrer Vorliebe für Jeans und T-Shirts bewogen, Nachsicht walten zu lassen, denn rein optisch war Cara der Inbegriff einer verwöhnten Prinzessin mit einem Faible für Designerklamotten – ein Frauentypus, für den Mattie sonst herzlich wenig Sympathie aufbringen konnte.

Auf den ersten Blick hätten sie also kaum unterschiedlicher sein können, doch schon an dem ersten Abend, den sie gemeinsam verbrachten, stellten sie fest, dass sie beide eine große Leidenschaft für *Les Misérables,* Cocktails mit so anrüchigen Namen wie Slippery Nipple und den Schauspieler Eddie Redmayne hegten (»Hach, diese Wangenknochen!« »Und erst der sexy Schlafzimmerblick! Gott, den würde ich wahrlich nicht von der Bettkante stoßen ...«). Damit war der Grundstein für ihre Freundschaft gelegt, und von da an waren sie sowohl bei der Arbeit als auch in der Freizeit unzertrennlich. Und das, obwohl Mattie am liebsten unter freiem Himmel schlief, unter Millionen von

Sternen, während Cara, das erklärte Großstadtmädchen, von sich sagte: »Also, mir genügen fünf Sterne vollauf. Von zu viel Natur wird mir bloß schwindlig.«

Cara verfügte über einen etwas exzentrischen Sinn für Ästhetik, perfekt für das bevorstehende Shooting, und außerdem war auf sie hundertprozentig Verlass, vor allem, wenn es mal haarig wurde. Und genau das schien heute der Fall zu sein. Sie waren am Telefon bereits die Kleider durchgegangen, die Cara so ausgewählt hatte, dass sie die Schmuckstücke – oder das »Geschmeide«, wie Jamie Soames sich bei der Besprechung ehrfürchtig ausgedrückt hatte – ideal zur Geltung brachten. Jetzt musste Mattie nur noch ein halbes Dutzend Locations in und um Brighton sichten. An sich kein allzu schwieriges Unterfangen, zumindest an einem normalen Tag in einem normalen Land, aber sie befanden sich nun mal in Großbritannien, und der heftige Regen machte ihr einen fetten Strich durch die Rechnung. Mattie dachte allerdings nicht daran, aufzugeben, schon gar nicht wegen des Wetters. Schließlich musste es selbst hier doch die eine oder andere Ecke geben, in der die Mädchen vor dem Regen sicher waren.

»Grimmig und trotzdem frech. Das ist es, was ich sehen will«, erklärte Orazio den beiden leichenblassen, unfassbar mageren Models, die mit großen Lockenwicklern im Haar vor ihm saßen.

Mattie hatte die schlaksigen Teenager vorhin am Bahnhof abgeholt und umgehend an die Uferpromenade gefahren, wo sie von Paul bereits mit Pinsel und Wimpernzange im Anschlag erwartet worden waren. Mattie hatte erschrocken zur Kenntnis genommen, dass Cassandras Haare gute fünfzehn Zentimeter kürzer waren als beim Casting vor einer Woche, was ihren angeschlagenen Magen nur noch zusätzlich unter Stress setzte. »Ich hoffe, du hast genügend Extensions dabei, Paul. Wir werden sie brauchen.«

Wie durch ein Wunder hatte der Regen etwas nachgelassen. Am Horizont war ein schmaler Streifen blauer Himmel auszumachen, die Sonne lugte blassgelb durch die Wolkendecke. Inzwischen war auch der Wachmann von DeVere angekommen. Mattie entging nicht, dass Cara sogleich seine breiten Schultern und die muskulösen Rugbyspieler-Oberschenkel in Augenschein nahm – und dass ihr Blick an den Handschellen hängen blieb, mit denen er sich den Schmuckkoffer ans Handgelenk gekettet hatte. Mattie unterdrückte ein Grinsen. Sie konnte sich lebhaft vorstellen, was Cara gerade durch den Kopf ging.

»Was denkst du nur von mir?«, zischte Cara mit gespielter Entrüstung, als sie ihren warnenden Blick aufschnappte.

Mattie lachte nur und schickte ein kurzes Dankgebet gen Himmel, als sie sah, dass es nun ganz zu regnen aufgehört hatte.

Beim Anblick der ersten Colliers schnappte Cara unwillkürlich nach Luft. »Heilige Scheiße! Das ist ja der Hammer!« Sie beugte sich darüber, um die funkelnden Steine aus der Nähe zu betrachten.

Mattie hatte die Prunkstücke bereits im Ausstellungsraum von DeVere gesehen, als sie mit Jamie Soames die Details für das Shooting besprochen hatte. Sie waren wunderschön, kein Zweifel, aber sie konnte sich nicht vorstellen, selbst je etwas derart Wertvolles zu tragen. Sie hatte noch nie viel Geld für Schmuck ausgegeben. Selbst bei der Wahl ihrer Armbanduhr hatte sie weniger auf das Aussehen geachtete als vielmehr darauf, dass sie einiges aushielt. Ihre wertvollsten Besitztümer waren vermutlich ihre zwei Paar Chelsea Boots von RM Williams.

»Klasse! Suuuper! *Sì, fantastico!* Jemima, zeig mir nochmal deinen Spezialblick.« Orazio schoss fieberhaft ein Foto nach dem anderen, während die Mädchen auf ihren Stilettoabsätzen über den Kiesstrand staksten. »Denkt nicht an die Kälte! Stellt euch vor, es ist Frühling, und haltet das Gesicht in die Sonne wie zwei Blumen … Ja, genau, legt den Kopf noch etwas weiter in den Nacken … *bellissimo.*«

Mattie betrachtete die beiden nachdenklich. Ihre Seidenkleider flatterten im Wind, die dünnen Arme waren weißblau vor Kälte, und die Edelsteine funkelten in der untergehenden Sonne wie Eiskristalle. Plötzlich kam ihr eine Idee.

»Wie wär's, wenn ihr da raufklettert?« Sie deutete auf eine etwa zwei Meter hohe Steinmauer und sah fragend zu Orazio, der die Schultern zuckte.

Die Models rissen entgeistert die Augen auf.

»Das gibt garantiert ein paar spektakuläre Aufnahmen«, versicherte sie ihnen. »Wartet, ich zeige euch, was ich meine. Orazio, mach doch mal bitte eine Räuberleiter, ja?« Mit der Hilfe des Fotografen sprang Mattie an der Mauer hoch, die Schuhspitzen in die Rillen zwischen den Steinen gebohrt, und hievte sich auf die Kante. Die Mauer war schmaler als erwartet und rutschig vom Regen, doch Mattie richtete sich gelassen auf und posierte, die Arme ausgebreitet, ein Bein nach vorn ausgestreckt. »Seht ihr? So!« Sie hatte Gymnastik schon als Kind geliebt und verfügte noch immer über die nötige Beweglichkeit für diesen Sport.

Hier oben bekam sie glatt das Gefühl, nur ein paarmal mit den Armen rudern zu müssen, um sich hoch in die Lüfte schwingen und über die Dächer, das Meer und den Pier, der wie ein überdimensionaler Zeigefinger ins Wasser ragte, als wollte er ihr den Weg nach Frankreich weisen, segeln zu können. Während sie dort stand und auf einem Bein balancierte, fiel ihr plötzlich ihr alter Spitzname ein. Tollkühne Tilly. So hatte Charlie Drummond sie genannt, vor langer, langer Zeit. Seltsam. Seit Jahren hatte sie nicht mehr an ihn gedacht, und dennoch sah sie ihn nun ganz genau vor sich, sein sommersprossiges, grinsendes Gesicht, bei dessen Anblick ihr Teenagerherz Saltos geschlagen hatte wie die wahrsagenden Zellophanfische aus den Weihnachtsknallbonbons. Sie schüttelte den Kopf. Das war eine Erinnerung an ihr früheres Leben, das sie hinter sich gelassen hatte.

»Bei dir sieht das alles so einfach aus«, rief Cassandra kläglich und schlang die Arme um ihren mageren Oberkörper.

»Ihr schafft das schon.« Mattie sprang widerstrebend von der Mauer. »Kommt, ich helfe euch rauf.«

Ein paar Minuten später beugte sie sich über den Laptop, auf den die Fotos, die Orazio gerade knipste, in Echtzeit übertragen wurden. Sie atmete tief durch, und erst da wurde ihr bewusst, dass sie vor Anspannung die Luft angehalten hatte. Sie liebte diesen Teil ihrer Arbeit, liebte es, wenn sich alles zusammenfügte und genau den Vorstellungen entsprach, die sie im Vorfeld gehabt hatte, ihrer Vision von den Anzeigen in den Hochglanzmagazinen und den überlebensgroßen Aufnahmen auf den Plakatwänden.

»Ich schätze, jetzt haben wir, was wir brauchen«, murmelte sie halblaut. Das fahle Licht bildete den perfekten Kontrast zu den Edelsteinen, die um die Wette funkelten und glühten, als wären sie von innen beleuchtet. Ein Wonneschauer ging durch ihren Körper, wie immer, wenn sie wusste, dass sie ihr Ziel erreicht und etwas ganz Besonderes geschaffen hatte. Ihr Instinkt hatte sie nicht getrogen – Orazio war genau der Richtige für das Shooting. In diesem Augenblick war all der Verdruss wegen des schlechten Wetters und der Models genauso vergessen wie die unzähligen Überstunden und die aufwendige Planung. All das war es absolut wert gewesen. »Danke, Kumpel! Wir haben's geschafft!«, rief sie Orazio zu und streckte die Daumen hoch.

Er zuckte die Schultern. »*Prego.*«

»Morgen ist es endlich so weit! Ist das zu fassen?«, sagte Mattie später beim Aufräumen zu Cara. Sie und ein Kumpel von Johnny würden sie in die Schweiz begleiten.

Cara zwinkerte ihr zu. »Nur noch einmal schlafen!« Sie hielt inne und kramte in ihrer Handtasche. »Bullet?«

»Mit Himbeergeschmack? Wahnsinn, du weißt doch, wie sehr ich darauf stehe! Wo zum Teufel hast du die her?«

»Hat mir Mum geschickt. Sie weiß, was mir fehlt. Vermutlich hofft sie, mich damit zur Heimkehr nach Australien bewegen zu können.« Sie lachte.

Mattie schüttelte den Kopf. »Niemals.«

Sie schob sich die mit weißer Schokolade überzogene

Süßigkeit in den Mund, und der Geschmack weckte auf der Stelle Erinnerungen: Sie sah sich als Teenager auf der hinteren Veranda sitzen, neben ihr ihr zehn Jahre älterer Bruder Mark mit einer weißen Papiertüte in der Hand, die er hoch über dem Kopf schwenkte, sodass sie nicht sehen konnte, wie viele Bullets noch übrig waren. Mark hatte sie damals um einen guten Meter überragt, und sie hatte sich – wie so oft in solchen Situationen – darüber geärgert, dass sie nicht schneller groß wurde. Jenseits des Geländers wuchsen üppig grüne Weinstöcke, so weit das Auge reichte, darüber der endlose blaue Himmel, im Hintergrund die Shingle Hills. Sie erinnerte sich an den Gesang der Zikaden und an die Libellen, die alle verrückt gemacht hatten an diesen backofenheißen Tagen, an denen sie sich stundenlang im Schatten der hohen roten Eukalyptusbäume am Fluss herumgetrieben hatte. Manchmal konnte sie sich kaum im Sattel halten, weil das Leder vom Schweiß schon ganz rutschig war, und nach dem Ausritt badeten sie, um den Staub loszuwerden, oft im Fluss, dessen trübes Wasser stets eiskalt gewesen war, der brütenden Hitze zum Trotz. Manchmal kam es ihr noch heute so vor, als stiege ihr, wenn sie sich nur genügend Mühe gab, der unverkennbare Pferdegeruch ihrer geliebten Stute Shakira in die Nase, als könne sie das beruhigende Gefühl ihres festen Widerrists unter sich spüren. Der Gedanke an ihr Pferd (unvernünftigerweise benannt nach der kolumbianischen Sängerin, die sie als Teenager sehr verehrt hatte) versetzte ihr nach wie vor einen Stich. Shakira fehlte ihr von allem, was sie in ihrer alten Heimat zurückgelassen hatte, eindeutig am meisten.

Und obwohl sie es eben noch weit von sich gewiesen hatte, empfand sie auf einmal Sehnsucht nach der unerbittlichen Hitze Australiens, nach der Weite und dem Licht, das so hell war, dass man die Augen zusammenkneifen musste. Über zehn Jahre waren vergangen, seit sie am Sydney Airport in ein Flugzeug gestiegen war, im Gepäck nichts weiter als eine schmale Bewerbungsmappe, ein Studienplatz am Central Saint Martins College of Art and Design und der Drang, ihre ländlichen Wurzeln zu kappen. Sie hatte ihr altes Ich vollkommen umgekrempelt. Die Frau, die heute millionenschwere Fotoshootings für Werbekampagnen organisierte, hatte kaum noch etwas gemein mit Tilly Cameron, dem verbitterten Teenager, der es gar nicht hatte erwarten können, dem Shingle Valley den Rücken zu kehren.

2

Auf der anderen Seite der Erdhalbkugel wälzte sich Rose Bennett unruhig im Bett hin und her. Sie spähte zu Mark hinüber, der schlafend neben ihr lag und so laut schnarchte, dass die Bettdecke zitterte, wenn er ausatmete. Am Vortag hatte er fast fünfzehn Stunden geschuftet. Während der langen Wochen, in denen die Weinlese erledigt werden musste, arbeitete er fast rund um die Uhr und gönnte sich nur jeweils zwischen zwei Schichten einige wenige Stunden Schlaf. Er wollte eben absolut sichergehen, dass die Erntehelfer genau wussten, was zu tun war, dass nur erstklassige Früchte in die Presse gelangten und dass die Gärung bei exakt der richtigen Temperatur vonstattenging, sonst geriet sie womöglich ins Stocken und verhinderte, dass der in den Trauben enthaltene Zucker zu Alkohol wurde. Kurz gesagt, um diese Jahreszeit gab es unendlich viel zu tun. Zusätzliche Sorgen bereiteten den Winzern allerlei Gerüchte, die neuerdings im Tal kursierten: Es hieß, eine Bergbaufirma habe angefangen, im Tal herumzuschnüffeln.

Unter diesen Umständen konnte sich Rose glücklich schätzen, wenn Mark überhaupt ein paar Minuten Zeit für sie hatte. Meist reichte es nur für eine kurze Unterhaltung bei einer hastig hinuntergeschlungenen Portion Pasta oder einer Tasse Tee. Doch der Spuk war bald vorbei, und danach würden sie mit den Kindern ein paar Tage an die Küste fahren. Rose konnte es kaum erwarten, genau wie ihre Schützlinge Leo und Luisa, die ihren Vater in den vergangenen Wochen kaum zu Gesicht bekommen hatten.

Vor der Abfahrt gab es allerdings noch so einiges zu erledigen. Im Restaurant wartete noch ein ganzer Berg Arbeit auf sie. Mark musste Ende der Woche zu einem Termin mit seinem Buchhalter, der elfjährige Leo hatte Probleme in der Schule, und dann war da noch Luisa, süß, aber ein kleiner Frechdachs, die in ein paar Wochen ihren fünften Geburtstag feierte … Und mit dem Packen hatte sie noch gar nicht angefangen.

Als ein paar Stunden später der Wecker klingelte, war sie total groggy, weil sie nachts so lange wach gelegen und gegrübelt hatte. Hinter sich spürte sie Marks vertrauten, warmen Körpers, der sich in der Löffelchenstellung an den ihren schmiegte. Von sehr weit oben betrachtet sahen sie bestimmt aus wie zwei perfekt zusammenpassende Puzzleteile.

»Es ist noch so früh. Musst du wirklich schon aufstehen?«, flüsterte Rose und kuschelte sich an ihn.

Er stöhnte. »Noch vier Tage, Baby, dann gehöre ich ganz dir.«

Sie blieb noch einen Moment liegen, dann machte sie sich widerstrebend von ihm los und schlug die Decke zurück. »Okay. Tee?«

»Das wäre der Hammer.«

Rose tappte über die breite Treppe hinunter ins Erdgeschoss und in die Küche. Dies war ihr absoluter Lieblingsraum in dem großen alten Herrenhaus von Kalkari, was nicht zuletzt an dem vanillegelben Emailleherd und dem gemauerten Kamin in der Ecke lag. Der gebürstete Eichenholztisch war mit Papier, Kartons, Klebstofftuben, Tesa und Filzstiften übersät, denn Leo und Luisa hatten sich in den Kopf gesetzt, ihr eigenes Baumhaus zu planen. Leo hatte dafür einen der riesigen Amberbäume unten an der Einfahrt ins Auge gefasst und sogar bereits ein aufwendig gestaltetes Modell gebastelt. Er lag seinem Vater schon eine Ewigkeit damit in den Ohren, doch Mark war gerade viel zu sehr mit der Lese beschäftigt, um sich ernsthaft mit dem Thema zu befassen. *Vielleicht sollte ich die Sache in die Hand nehmen und einen Handwerker aus dem Ort mit dem Bau beauftragen,* dachte Rose. Es konnte ja nicht die Welt kosten. Zugegeben, Leo hatte große Pläne, aber sie mussten ihm ja nicht unbedingt jeden einzelnen Wunsch erfüllen.

Irgendwie war einfach nie genug Zeit für solche Dinge. Es war weiß Gott nicht einfach, alle Bälle in der Luft zu halten – sie gab sich große Mühe, den Kindern eine gute Stiefmutter zu sein, obwohl sie sich um einen Gastronomiebetrieb kümmern musste, der noch in den Kinderschuhen steckte. Und dann galt es auch noch, Mark zu unterstützen. Es war anstrengend und chaotisch, aber sie konnte sich nicht beschweren – sie liebte ihr geschäftiges Leben hier. Nur die Unordnung im Haus ging ihr immer wieder auf die Nerven – darauf hätte sie gut und gern verzichten können.

Rose schob die Bastelutensilien und das Modell in eine Ecke des Esstisches und setzte Teewasser auf. Draußen ging die Sonne auf, untermalt vom frühmorgendlichen Krächzkonzert diverser Vögel, und Nugget, der Hahn, hielt mit einem deutlich hörbaren »Kikeriki!« dagegen. Es versprach erneut, ein herrlicher Tag zu werden. Dem Wetterbericht zufolge war eine regelrechte Bullenhitze zu erwarten. Leo hatte noch Ferien und trieb sich mit Vorliebe in der Kellerei herum. Die für den Rücken äußerst beschwerliche Traubenlese, bei der Mark seine Hilfe sehr zu schätzen gewusst hätte, interessierte ihn jedoch nicht sonderlich. Luisa war glücklich und zufrieden, wenn sie mit Astrid, dem Kindermädchen, in der Küche spielen konnte, während sich Rose dort um das Mittagessen für die Angestellten von Kalkari und die Erntehelfer kümmerte und einiges für ihr Restaurant vorbereitete. Es hieß Trevelyn's Pantry und befand sich etwas weiter oben im Shingle Valley, nur wenige Kilometer von Kalkari entfernt. Bis vor gut drei Jahren hatten dort zwei alte Damen namens Vera und Violet Trevelyn gewohnt und auf dem dazugehörigen Anwesen Wein angebaut, aber nachdem das Innere ihres Hauses bei einem Brand zerstört worden war, hatten die beiden alles an Henry Bennett verkauft. Dieser hatte seine Schwester Rose mit der Überwachung der Instandsetzung betraut, und seither erstrahlte das Gebäude in neuem Glanz. Rose hatte im hinteren Bereich eine topmoderne Restaurantküche einbauen lassen, und der vordere Teil des Erdgeschosses diente ihr als Speiselokal. Obwohl sie nur Freitag bis Sonntag geöffnet hatte, gab es immer unendlich viel zu tun, deshalb versuchte Rose, einen Großteil der anfallenden Arbeiten schon im Vorfeld zu erledigen. Die Wochenenden gestalteten sich auch so noch stressig genug.

Mit etwas Glück konnte sie eine kleine Runde joggen gehen, ehe die Hitze und die tagtägliche Hektik über sie hereinbrachen. Mit einer Tasse Tee in der Hand begab sie sich wieder nach oben und schlich auf Zehenspitzen an den Zimmern der Kinder vorbei, um sie nicht zu wecken.

Da Mark bereits unter der Dusche stand, stellte sie die Tasse auf seinem Nachttisch ab, schlüpfte in Laufklamotten und Sportschuhe und huschte erneut hinunter und zur Tür hinaus.

Die gelbe Sandsteinfassade von Kalkari House mit ihren großen, quadratischen Fenstern, die das morgendliche Sonnenlicht reflektierten, wirkte noch immer genauso beeindruckend auf Rose wie damals, als sie das alte Gemäuer das erste Mal erblickt hatte. Und auch die pittoreske Umgebung erfüllte sie nach wie vor mit ehrfürchtigem Staunen. Sie blieb stehen und ließ den Blick über das von Weingärten überzogene Tal und die steilen Hänge der Shingle Hills schweifen, die beschützend in der Ferne aufragten.

Es wurde bereits warm, und die Heckenkirschen, die entlang der Hausmauer wuchsen, verströmten einen frischen, süßen Duft. Rose atmete ihn genüsslich ein. Dann erspähte sie eine Elster, die einsam über den gekiesten Vorplatz hüpfte, und sah sich alarmiert nach einer zweiten um. *Mist.* Weit und breit keine weitere zu entdecken. Sie verdrängte den Gedanken an das Kindergedicht, laut dem eine einzelne Elster von drohendem Unheil, eine zweite dagegen von Glück kündete, band sich das lange dunkle Haar zusammen und setzte ihre Baseballmütze auf. Dann trabte sie los, die Einfahrt hinunter und die Shingle Road entlang – das war ihre Lieblingsrunde. Schon bald hatte sie ihr übliches Lauftempo erreicht und spürte, wie ihr Kreislauf in Schwung kam. Spätestens als sie schwer atmend den steilen Hügel hinter der Kellerei erklomm, waren all ihre Sorgen vergessen, wenn auch nur vorübergehend.

Als Rose gut vierzig Minuten später zurückkam, erblickte sie vor dem Haus – quer in der Einfahrt – den Wagen ihrer österreichischen Nanny. Astrid musste ziemlich in Eile gewesen sein, denn die hintere Tür stand noch sperrangelweit offen. Der Kindersitz auf der Rückbank war leer. Rose schloss die Autotür und ging hinein in die Küche, wo Astrid ihrem pausbäckigen Sohnemann bereits dabei zusah, wie er seinen Frühstücksbrei in sich hineinschaufelte.

»Hey, Astrid, wie geht's? Hallo, Max!« Rose strich dem Kleinen zärtlich über die flachsblonden Locken.

Astrid lächelte ihren Sprössling mit glänzenden Augen an. »Bei uns ist so weit alles bestens, stimmt's, Max?«

Max tauchte die speckigen Fingerchen in seine Schüssel und beförderte einen Klecks Brei auf den Boden.

»Ist dir eigentlich klar, dass die hintere Autotür noch offen war?«, fragte Rose.

»Herrje, entschuldige. Ich hatte es eilig, Max hat gebrüllt wie am Spieß. Wenn er Hunger hat, ist er nicht auszuhalten. In der Hinsicht kommt er ganz nach seinem Vater.«

Astrid war vor über drei Jahren als Kindermädchen für Leo und Luisa nach Kalkari gekommen, und Max war das ungeplante Resultat eines One-Night-Stands mit Thommo Drummond, einem jungen Winzer aus dem Shingle Valley. Mark hatte sie ein paar Monate nach der Geburt von Max mit Handkuss wieder eingestellt, und er gestattete ihr sogar, ihren Sohn mitzubringen. Zum Glück für alle Beteiligten war der Kleine ein richtiger Goldschatz – solange er keinen Hunger hatte jedenfalls –, und vor allem Luisa war total in ihn vernarrt. Rose war ein paar Monate nach Astrid auf Kalkari eingetroffen, ursprünglich als Au-pair und Köchin, und die beiden hatten sich schnell angefreundet, zusammengeschweißt durch ihre gemeinsame Abneigung gegen Isabella, Marks Ehefrau. Gottlob hatten sich die beiden mittlerweile getrennt.

»Ich gehe mal nach oben und sehe nach, wo Leo und Luisa bleiben. Sie sollen zum Frühstück runterkommen. Angeblich wird es heute megaheiß. Was hältst du davon, wenn wir die Kinder ein bisschen im Fluss rumplanschen lassen? Allerdings muss ich vorher noch einiges fürs Restaurant vorbereiten, und das Mittagessen für die Pflücker. Und der Gemüsegarten gehört auch gejätet.«

Astrid nickte. »Gute Idee, das mit dem Ausflug zum Fluss. Heute Vormittag fahre ich mit Leo und Luisa nach Eumeralla zum Friseur. Isabella wollte nicht, dass ich ihnen noch einmal die Haare schneide. Sie meinte, beim letzten Mal hätten sie hinterher ausgesehen wie zwei Vogelscheuchen. Sie hat doch glatt gefragt, ob ich die Heckenschere genommen hab. Ich weiß echt nicht, was sie hat. Es war eine ganz normale Küchenschere.«

Isabella hatte Mark vor etlichen Jahren verlassen und weilte seither abwechselnd im Shingle Valley und in Spanien, wo sie ursprünglich herkam. Sie piesackte Rose bei jeder sich bietenden Gelegenheit – wobei sie zu Astrid auch nicht viel netter war –, und zugleich schaffte sie es mit ihrem glamourösen Auftreten und ihren fiesen Kommentaren immer wieder, sie gehörig einzuschüchtern. Die mondäne Spanierin behandelte Rose wie den letzten Dreck und gab ihr ständig das Gefühl, ein Eindringling zu sein, der, wenn es nach ihr ginge, nicht mehr allzu lang auf Kalkari sein würde. Dazu kam, dass sich Rose in der Gegenwart dieser stets todschick gekleideten Frau vorkam wie ein linkischer Teenager und vor Nervosität kaum ein Wort herausbrachte. Ihr einziger Trost war die Tatsache, dass sie, entgegen Isabellas Prophezeiungen, nach wie vor mit Mark zusammen war, und zwar mittlerweile schon das dritte Jahr. Mark gab sich große Mühe zu vermitteln, und Rose ging der eigensinnigen Spanierin möglichst aus dem Weg, aber das war gar nicht so einfach. Heute zum Beispiel musste sie Isabella anrufen und sie bitten, den Kindern ihre Badesachen und Schwimmbrillen vorbeizubringen. Rose hatte auf der Suche danach bereits alles auf den Kopf gestellt, bis ihr wieder eingefallen war, dass die beiden ihr Schwimmzeug letzte Woche bei ihrer Mutter gelassen hatten. Sie freute sich ganz und gar nicht auf das Telefonat.

3

Mattie zerrte am Reißverschluss ihres Koffers. Als sie von draußen das charakteristische Motorengebrumm eines Taxis vernahm, gefolgt von einem Hupen, hielt sie inne und blickte sich in ihrem Schlafzimmer um. Es sah aus, als hätte eine Bombe eingeschlagen: Aus sämtlichen Schubladen quollen Klamotten, auf dem Nachttisch türmten sich Zeitschriften und Bücher, und der Weg zur Tür war von benutzten Tellern und Kaffeetassen gesäumt. Der Rest ihrer Wohnung sah mindestens genauso aus – wenn nicht noch schlimmer. Cara machte sich oft darüber lustig, dass Mattie bei der Arbeit so unglaublich effizient und organisiert war, während ihr Zuhause einem Schweinestall glich. Mattie spurtete zur Tür und nahm sich fest vor, endlich mal klar Schiff zu machen, wenn sie wieder da war.

Aber jetzt standen die Zeichen erst einmal auf Abenteuer.

In einer Stunde würde sie Johnny, Cara und Nick am Flughafen treffen. Sie konnte es kaum erwarten – sie war noch nie in der Schweiz gewesen, und die atemberaubenden Bilder auf den Webseiten der Reisebüros hatten auf sie gewirkt wie eine Filmkulisse aus *Heidi*. Seit sie vor fast einem Jahr ihre Stelle bei Three Bees angetreten hatte, war sie nicht mehr richtig im Urlaub gewesen, und sie brannte darauf, das ewig gleiche Grau der Großstadt eine Weile hinter sich zu lassen. Die Arbeit für eine der gefragtesten Londoner Werbeagenturen hatte mit der Künstlerkarriere, die sie eigentlich angestrebt hatte, zwar nicht viel gemein, aber ihr Job erforderte immerhin ein gehöriges Maß an Kreativität, und dank ihres fürstlichen Einkommens konnte sie die Schulden abzahlen, die sie im Verlauf des Studiums angehäuft hatte. Mattie gefiel die energiegeladene Atmosphäre im Umfeld ihrer wohlhabenden, stets topmodisch gekleideten Klienten, und sie genoss das pulsierende Großstadtleben, das Gefühl, zu diesem geschäftigen Treiben dazuzugehören. Sie träumte davon, eines Tages eine eigene Agentur zu gründen oder zumindest mit einer selbst erdachten Kampagne eine in Vergessenheit geratene Marke wiederzubeleben. Sie wollte sich beweisen, wollte sowohl sich selbst als auch denen, die sie zurückgelassen hatte, zeigen, was sie draufhatte. Dass sie Magentabletten in rauen Mengen einwarf, geradeso, als wären es Pfefferminzbonbons, und schon gar nicht mehr wusste, wann sie das letzte Mal ohne Kopfschmerzen aufgewacht war, gehörte nun einmal dazu, und sie nahm es ganz selbstverständlich in Kauf.

Das Taxi hupte erneut, und sie sah sich ein letztes Mal um. Hoffentlich hatte sie nichts Wichtiges vergessen. Dann eilte sie nach unten, hievte ihre Gepäckstücke in den Kofferraum und nahm auf der Rückbank Platz. Oh, wie sie sich darauf freute, zur Abwechslung mal ein bisschen mehr Zeit mit Johnny zu verbringen – und obendrein mit ihrer besten Freundin! Das wurde garantiert ein großer Spaß.

Sie hatte Johnny vor etwas mehr als einem Jahr in Covent Garden kennengelernt, an einem Sonntagabend im The Rouseabout, einem düsteren Pub, in dem es stets von australischen Expats und Rucksacktouristen wimmelte, deren Aussprache für ihre Ohren mittlerweile ungewohnt klang. Es war immer voll und laut dort, der Holzboden klebte von verschüttetem Bier, aus den Lautsprechern dröhnte basslastige Musik. Im Grunde war es die Hölle, aber sie hatte gerade in einer Teambesprechung gesessen, als ihre Bekannten das Treffen vorgeschlagen hatten, und somit keine Möglichkeit gehabt, Einwände zu erheben. Es hatte eine Weile gedauert, bis sie die beiden in der Ecke entdeckt hatte, und da eine Unterhaltung bei dem Krach ohnehin fast unmöglich war, hatte sie sich zum Aufbruch gerüstet, sobald sie ihr Glas geleert hatte. Mit dem Versprechen, sich bald wieder zu melden, hatte sie sich verabschiedet und sich mühsam in Richtung Ausgang gedrängt. Gerade als sie die Hand auf den schweren eisernen Griff an der Tür legen wollte, wurde die schwungvoll aufgestoßen. Eine hünenhafte Gestalt stürmte herein und rannte Mattie beinahe um.

»Ach, tut mir echt leid, ich hab dich nicht gesehen. Da war ich wohl etwas zu stürmisch. Alles okay, oder hast du dir wehgetan?«

Mattie legte den Kopf in den Nacken und erblickte breite Schultern in einem grün-weiß gestreiften Rugbyshirt, dazu raspelkurzes, sandfarbenes Haar, zwei strahlend blaue Augen, die sie besorgt musterten, und ein paar vereinzelte Sommersprossen auf dem Nasenrücken. Puh. Breite Schultern und Sommersprossen – eine schier unwiderstehliche Kombination.

»Keine Sorge, mir geht's gut«, sagte sie. Ihre Stimme

war schon ganz rau, weil man bei dem Lärmpegel so schreien musste.

»Ich kann nicht fassen, dass ich ein so bildhübsches junges Ding wie dich beinahe umgemäht hätte«, sagte er. Der Aussprache nach zu urteilen hatte er eine elitäre Privatschule besucht. Was hatte so jemand hier im The Rouseabout verloren? »Aber wahrscheinlich war genau das der Grund dafür – deine Schönheit muss mich geblendet haben«, fuhr er mit einem charmanten Lächeln fort.

Aus dem Mund eines anderen hätten seine Komplimente garantiert unheimlich abgedroschen geklungen, aber Mattie musste sich widerstrebend eingestehen, dass sie sich ein klein wenig geschmeichelt fühlte, obwohl sie an der Aufrichtigkeit seiner Worte zweifelte. Ja, sie hatte die flaschengrünen Augen und das dunkle Haar ihres Vaters und den hellen Teint ihrer Mutter geerbt, dennoch war ihr sonnenklar, dass sie nicht dem konventionellen Schönheitsideal entsprach. Ihre Unterlippe war eine Spur zu voll, oder jedenfalls deutlich breiter als die Oberlippe, und ihre Himmelfahrtsnase und die Igelfrisur taten ein Übriges. Außerdem trug sie ihre verwaschenen Lieblingsjeans, Chelsea Boots und ein ausgeleiertes altes T-Shirt – alles andere als ein glamouröses Outfit also. Cara wäre entsetzt gewesen.

Sie reckte den Hals und schrie: »Es ist alles bestens, ehrlich. Ich wollte gerade gehen.«

»Im Ernst? Ich würde dir zu gern einen Drink ausgeben. Eigentlich bin ich hier mit jemandem verabredet, aber ich bin ziemlich spät dran, und …« Er sah sich um. »Irgendwie erweckt diese Bude keinen sonderlich verlockenden Eindruck, oder? Kein Wunder, dass du die Flucht ergriffen hast.« Er zögerte und bedachte sie dann mit einem treuherzigen Hundeblick. »Was hältst du davon, wenn wir woandershin gehen, damit ich dich als Wiedergutmachung einladen kann? Sonst plagt mich bestimmt ewig das schlechte Gewissen. Es gibt da eine kleine Bar ganz in der Nähe …«

Mattie überlegte kurz und betrachtete ihn eingehend. Er sah echt verdammt gut aus, und er war ziemlich hartnäckig. Andererseits kannten sie sich überhaupt nicht …

»Ich bin kein Stalker, und auch kein durchgeknallter Spinner, versprochen.«

Huch? Konnte der Typ etwa Gedanken lesen? Mattie musste widerwillig grinsen, und da witterte er offenbar seine Chance, denn er ergriff ihren Arm und bugsierte sie hinaus auf die Straße. »Komm, lass uns gehen, meine kleine australische Elfe. Nur auf ein Glas, und dann sorge ich dafür, dass du dort landest, wo du hingehörst. Großes Pfadfinderehrenwort.«

Er führte sie in eine ruhige Weinbar, die in der Tat gleich um die Ecke lag. *Was für ein himmelweiter Unterschied zum The Rouseabout,* dachte Mattie, als sie sich Minuten später bei einem Glas Rotwein in einer in Kerzenlicht getauchten Nische gegenübersaßen, in der man sich völlig ungestört unterhalten konnte.

»Na, sprichst du oft wildfremde Frauen im Pub an?«, erkundigte sie sich grinsend.

»O ja«, erwiderte er ernst. »Nur die wildfremden.«

Es blieb nicht bei dem einen Glas. Sie unterhielten sich so gut, wie es alte Freunde tun, die sich lange nicht gesehen und sich viel zu erzählen haben, und ab und an zog er sie mit einem nachsichtigen Lächeln auf, genau wie ihr großer Bruder früher. Mattie hatte schon völlig vergessen, wie sich das anfühlte. Es war richtig angenehm, sich zur Abwechslung einmal ganz natürlich geben zu können. Bei der Arbeit musste sie stets die toughe Geschäftsfrau geben, die alles unter Kontrolle hatte.

Als ein Kellner schließlich mehrmals das Licht ein- und ausknipste, stellte Mattie überrascht fest, dass sie die letzten Gäste waren. Höchste Zeit, nach Hause zu gehen, ehe sie sich zu etwas verleiten ließ, das sie hinterher womöglich bereute.

»Tja, das wurde ja doch noch ein richtig netter Abend. Trotzdem sollte ich mich jetzt dringend auf den Heimweg machen, ich gehöre nämlich der arbeitenden Bevölkerung an und muss morgen früh raus.« Sie schwankte leicht, als sie sich erhob, was aber auch kein Wunder war nach dem ganzen Wein. Definitiv allerhöchste Zeit, nach Hause zu gehen. Er bestand darauf, ein Taxi für sie anzuhalten, und Mattie blickte lächelnd zu seiner kleiner werdenden Silhouette am Straßenrand zurück, bis sie sich in der Ferne verlor.

Sie war beeindruckt – umso mehr, als er sie am nächsten Tag anrief, um ihr einen guten Morgen zu wünschen, und das um Punkt acht Uhr, als sie gerade auf dem Weg ins Büro die Wardour Street entlangmarschierte.

Trotzdem hatte sie zunächst Bedenken. Was, wenn sich eine Beziehung nicht mit ihrem Job vereinbaren ließ? Schließlich forderte der gerade ihre volle Aufmerksamkeit, von den Arbeitszeiten ganz zu schweigen. Doch Johnny entpuppte sich als altmodischer Romantiker, der es langsam angehen lassen wollte.

»Sind solche Männer nicht während der letzten Eiszeit ausgestorben?«, witzelte Cara, als sie sich ein paar Wochen später im Büro über ihn unterhielten.

Johnny feierte gern, für Matties Geschmack etwas zu

viel – er schleppte sie regelmäßig durch die angesagtesten Nachtklubs der Stadt, bis sie nicht mehr wusste, wo ihr der Kopf stand –, aber dafür wurde es mit ihm nie langweilig. Und er bemühte sich sehr um sie, was Mattie natürlich ausgesprochen schmeichelhaft fand. Innerhalb kürzester Zeit war sie hochoffiziell und bis über beide Ohren in ihn verknallt, wie sie Cara eines Tages hinter vorgehaltener Hand gestand.

Sie war hellauf begeistert, als er ihr vorschlug, Skiurlaub in der Schweiz zu machen. Bisher waren sie höchstens mal über ein langes Wochenende zusammen weggefahren. Was konnte es Besseres geben, als mit ihm zehn volle Tage in den Schweizer Alpen zu verbringen? Mattie hätte ja bereits ein Zelt auf einem schlammigen Acker vollauf genügt, aber mit schneebedeckten Gipfeln, Kuckucksuhren und bergeweise Schokolade konnte sie sich ebenfalls durchaus anfreunden. Als Johnny dann auch noch fragte, ob sie Cara und seinen Kumpel Nick mitnehmen sollten, war sie völlig aus dem Häuschen, zumal sie sich keine bessere Urlaubsbegleitung als Cara vorstellen konnte. Zu viert hatten sie bestimmt noch mehr Spaß, und vielleicht funkte es am Ende ja sogar zwischen ihrer Freundin und Nick.

Vorher musste der Urlaub allerdings noch bei Bianca beantragt werden.

»Keine Sorge, Sara kommt sehr gut ohne mich zurecht«, versicherte Mattie ihr. Sara war ihre Vertretung und würde sich zweifellos ordentlich ins Zeug legen. Blieb nur zu hoffen, dass sie ihre Sache nicht zu gut machte.

»Meinetwegen«, sagte Bianca, wenn auch etwas widerstrebend. »Mir ist nicht entgangen, dass du dir gewissermaßen den Allerwertesten aufgerissen hast, seit du hier angefangen hast. Aber sieh zu, dass das Shooting für De-Vere & Soames in trockenen Tüchern ist, bevor du fliegst. Und pass auf dich auf, ja?«

4

Als ihr Zug in Zermatt einfuhr, dämmerte es bereits, und im Ort funkelten zahlreiche Lichter, wie um sie willkommen zu heißen. Sie stiegen aus und schnappten nach Luft, als sie die Kälte draußen spürten. Während sie das Gepäck ausluden, legte Mattie immer wieder den Kopf in den Nacken, um die hohen schneebedeckten Bergspitzen zu bestaunen, die über ihnen aufragten. Zermatt war genau so, wie sie es sich vorgestellt hatte: voll von urigen Hexenhäuschen mit Dächern, die fast bis zur Erde reichten. Die hell erleuchteten Fenster hoben sich deutlich vom Himmel ab, der inzwischen von einem tiefen Indigoblau und mit Millionen Sternen gespickt war. So etwas hatte sie zuletzt bei einer Sonnwendfeier auf einem australischen Weingut gesehen. In London wurde es dafür nachts nicht dunkel genug. »Es ist Vollmond!«, rief sie begeistert und deutete auf die helle Scheibe neben der hoch in den Himmel emporragenden dreieckigen Spitze des Matterhorns.

»Auuuuuuu!«, heulte Nick. »I used to be a werewolf, but I'm alright now.«

Johnny stöhnte. »Sei so gut und verschone uns mit deiner Werwolfnummer, ja?«

Nick ließ kurz die Schultern hängen, doch ein Blick zu Cara genügte, um ihn wieder aufzumuntern, was Mattie nicht entging. Ihre Freundin trug eine eng anliegende schwarze Stretchhose, einen Anorak im Metallic-Look, dessen Kapuze mit Pelz besetzt war, und dazu eine Beanie-Mütze. Ihr Make-up wirkte noch genauso frisch und tadellos wie bei der Landung am Flughafen vor ein paar Stunden, und in ihren Augen spiegelte sich die gleiche erwartungsvolle Aufregung, die auch Mattie empfand.

Der Anblick ihres Hotels, das mit seiner dicken weißen Schneeschicht auf dem Dach einem überdimensionalen Lebkuchenhaus glich, steigerte ihre Begeisterung noch zusätzlich, falls das überhaupt möglich war. Balkone mit prächtig geschnitzten Geländern zierten die Front des großen, quadratischen Gebäudes, und auch von innen wirkte es unglaublich charmant: Holzvertäfelung an den Wänden, eine Sitzecke mit Kamin, in dem ein ordentliches Feuer knisterte, und riesige Sofas, die aussahen, als könnte man darin versinken wie in einem großen Haufen Pulverschnee.

Mattie ließ sich auf eines der Sitzmöbel plumpsen. »Hach, das wird ein absolut großartiger Urlaub!« Schon war der berufliche Stress der vergangenen Wochen unendlich weit weg, sie fühlte sich so entspannt wie schon seit einer halben Ewigkeit nicht mehr.

Cara nickte. »Du sagst es. Wart's ab, bis du morgen auf der Piste stehst.«

In ihrem Zimmer angelangt, testete Mattie als Erstes das Bett.

»Na, alles zu Ihrer Zufriedenheit, Mylady?«, erkundigte sich Johnny grinsend.

»Und ob. Nur eine winzige Kleinigkeit fehlt mir noch zu meinem Glück …«

Johnny hob eine Augenbraue. »Nämlich?«

»Na, du natürlich, du Dussel, also, komm her.« Sie

klopfte neben sich auf die Matratze und breitete dann die Arme aus.

Am nächsten Morgen standen sie früh auf und gingen hinunter in den Frühstücksraum, wo sich Cara und Nick bereits Müsli und dick mit Butter und Himbeermarmelade bestrichene Brötchen schmecken ließen. Es gab Kaffee mit aufgeschäumter Milch und dunklen Schokoladenflocken, und in einer Ecke ließ ein Koch, der eine gestärkte weiße Haube auf dem Kopf trug, geschickt die von den Gästen bestellten Omelettes durch die Luft segeln.

»Morgen, Leute«, sagte Nick und sah von seinem iPad hoch. »Wie es aussieht, können wir mit ausgezeichnetem Skiwetter rechnen.«

»Klasse.« Mattie wechselte einen Blick mit Cara und unterdrückte mit Mühe ein Kichern. Nick war einfach so durch und durch englisch – sogar noch mehr als Johnny –, und es amüsierte sie immer wieder. »Möchtest du Spiegeleier, Johnny?«

»Jep. Ich muss doch ordentlich Energie tanken, sonst hängst du mich da oben womöglich ab«, erwiderte er grinsend.

»Von wegen. Irgendwie habe ich den dumpfen Verdacht, dass ich unfreiwillig das Schlusslicht bilden werde.« Mattie hatte auf diversen Schulausflügen in Australien Skifahren gelernt, aber verglichen mit den steilen Pisten, die sie vorhin vom Balkon aus gesehen hatte, waren die Abfahrten in Perisher und Thredbo die reinsten Idiotenhügel gewesen.

»Ich wusste gar nicht, dass es in Australien Schnee gibt«,

hatte Johnny ungläubig gesagt, als sie zum ersten Mal übers Skifahren geredet hatten.

»Na, und ob«, hatte sie ihm versichert.

Johnny war allem Anschein nach auf Skiern unterwegs, seit er aufrecht stehen konnte, sodass er zahlreiche Anekdoten zu bieten hatte, die sich im Rahmen diverser Skiurlaube mit seinen Eltern in verschiedensten europäischen Wintersportorten ereignet hatten. Er war sogar schon in den Rocky Mountains beim Heliskiing gewesen. Mattie tröstete sich mit dem Gedanken, dass der Schnee hier schön fluffig aussah – falls sie stürzte, würde sie wenigstens weich landen.

»Na, bist du bereit, Cara?«

Cara war von Kopf bis Fuß in die aktuelle Ski-Kollektion von Chanel gehüllt, auf dem Ärmel ihres schwarzen Overalls prangte das gestickte goldene Emblem. Sie nickte, sodass die Pelzbommel am Reißverschluss auf und ab hüpften.

»Also, rein optisch passt du in diese Kulisse schon mal ganz hervorragend rein«, stellte Mattie fest. Ihre schlichte blaue Skihose und der knallrote Anorak wirkten nicht ganz so mondän.

»Danke. Man tut, was man kann.« Cara zwinkerte ihr zu.

Sie hatten soeben ihre Ausrüstung ausgeliehen und begaben sich in ihren klobigen Skischuhen nach nebenan zur Talstation der Gondelbahn. Die Luft war kalt und klar, und auf der Straße wimmelte es von anderen Ski- und Snowboardfahrern. Mattie spürte, wie sich ihr Puls beschleunigte, was definitiv nicht nur auf die Höhenlage zurückzuführen war. Sie sah lächelnd zu Johnny.

»Da grinst ja jemand wie der Fuchs im Hühnerstall«, feixte er.

»Ich kann es noch immer nicht fassen. Volle zehn Tage! Nicht zu vergessen die Nächte.« Sie zwinkerte ihm zu. Ihre neue Seidenunterwäsche (edle Dessous waren die einzige Art von Bekleidung, für die sie gerne ordentlich Geld ausgab) war gestern Nacht ziemlich gut angekommen. »Was kann es Schöneres geben?«

»Dann mal los. Gleich kannst du uns zeigen, aus welchem Holz du geschnitzt bist«, sagte er, wie um ihren Ehrgeiz anzustacheln.

»Ich bin eine knallharte Lady, weißt du doch«, erwiderte sie draufgängerisch.

»Ach ja? Das wollen wir doch mal sehen.« Er hob ihr Kinn an, um sie zu küssen. Mmm … Warme Lippen und eiskalte Bergluft, ein äußerst reizvoller Gegensatz.

»Von wegen knallhart«, murmelte er und ließ sie los. »Weich wie ein Marshmallow, durch und durch.«

Sie verbrachten den Vormittag damit, gemeinsam das Matterhorn-Gletscherparadies zu erkunden. Es war der Himmel auf Erden, und Mattie juchzte immer wieder lauthals vor Begeisterung, während sie über die breiten Pisten talwärts sauste. Darüber waren alle Gedanken an Abgabetermine, anspruchsvolle Klienten und die verregnete, schmuddelige und graue Londoner Innenstadt schnell vergessen.

»Von hier oben kann man übrigens neben der Schweiz auch Frankreich und Italien sehen. Wir befinden uns auf einer der höchsten Erhebungen in ganz Europa«, bemerkte Johnny, als sie stehen blieben, um die Aussicht zu genießen.

»Wahnsinn, drei Länder«, hauchte Mattie ehrfürchtig.

Ihr schwindelte – die Luft war eben ziemlich dünn hier oben –, doch sie ließ sich davon nicht den Spaß verderben. Viel zu sehr genoss sie es, auf ihren Skiern über den Schnee zu gleiten, auch wenn ihr die anderen in Sachen Können und Fahrstil überlegen waren.

Insbesondere Johnny konnte mit Fug und Recht von sich behaupten, ein exzellenter Skifahrer zu sein. In geradezu halsbrecherischem Tempo flitzte er über die Pisten und wartete am Ende jeder Abfahrt geduldig auf Nick, Cara und Mattie, die sich nach Kräften bemühten, mit ihm mitzuhalten. »Also, ich weiß ja nicht, wie es bei euch aussieht, aber ich könnte einen Happen zu essen vertragen«, stellte er fest, als sie kurz vor zwölf an einem Lift anstanden.

Cara und Mattie nickten zustimmend. »Ich hab mich im Vorfeld schon mal kundig gemacht, wo man hier gut einkehren kann, und bin auf eine richtig tolle Hütte gestoßen«, verkündete Cara.

»Das klingt vielversprechend. Dann fährst du ab jetzt am besten vor, Cara«, sagte Johnny.

»Oh, wir sind nicht die Ersten«, stellte Nick fest, als sie wenig später ein kleines Holzhäuschen betraten, in dem sich massenhaft Skifahrer in Gore-Tex-Klamotten drängten. Er sah sich suchend um. Sie hatten Glück – gleich neben dem Kamin war noch ein kleiner Tisch frei. Cara nahm ihren Helm ab und schüttelte die platinblonde Mähne. »Das ist das Einzige, was ich am Skifahren hasse. Die Frisur ist unweigerlich im Eimer.« Mattie fuhr sich mit den Fingern durch die kurz geschorenen Haare, die ihr in allen Richtungen vom Kopf abstanden. Ihr Aussehen kümmerte sie gerade herzlich wenig, dafür machte ihr das Skifahren viel zu viel Spaß.

Sie schälten sich aus ihren Jacken und setzten sich. Es war kuschelig warm, nicht zuletzt, weil im Kamin ein Feuer knisterte, und binnen kürzester Zeit glühten ihre Wangen.

»Hat jemand Lust auf ein bisschen Tiefschneefahren abseits der Piste nach dem Essen?«, fragte Johnny, als sie mit eiskaltem Bier in großen Tonkrügen auf den gelungenen ersten Vormittag anstießen.

»Au ja!«, meldete sich Nick begeistert zu Wort.

Mattie runzelte die Stirn. »Ist das nicht gefährlich?«

»Was soll uns schon groß passieren, bei den Massen an erstklassigem Pulverschnee? Besser wird's nicht, glaub mir!«

In diesem Moment wurde das Essen serviert, sodass Mattie keine Gelegenheit hatte, weiter darüber nachzudenken. »Hier kommt das Raclette«, verkündete die Kellnerin und stellte schwungvoll einen großen Topf mit geschmolzenem Käse auf den Tisch. Dazu gab es Essiggurken und Silberzwiebeln, Brot und eine Schüssel mit gekochten Kartoffeln. Mattie seufzte zufrieden. Skifahren machte tierisch hungrig, so viel stand fest.

Sie verputzten ihr Essen in Rekordzeit, und als schließlich auch ihre Bierkrüge leer waren, griff Johnny nach Handschuhen und Helm. »Dann mal los, Leute. Da draußen warten Unmengen an Neuschnee auf uns.«

Das reichhaltige Essen hatte Mattie müde gemacht. Schwerfällig stiefelte sie mit Cara und Nick nach draußen und schnallte sich die Skier an.

»Okay. Alle bereit?«, fragte Johnny, sobald sie die Skibrillen aufgesetzt und die Hände durch die Schlaufen ihrer Stöcke geschoben hatten.

Nick und Cara nickten.

»Jep«, sagte Mattie, belebt von der kalten Bergluft.

»Gut, dann ab durch die Mitte.«

Johnny fuhr wieder voraus. Als sie kurz darauf am höchsten Punkt des Gletscherskigebiets angelangt waren, rutschte Mattie beim Anblick des steilen Abhangs neben der Piste unversehens das Herz in die Skihose. Da und dort lugten Geröll und graue Felsblöcke aus der Schneedecke hervor. Da sollten sie allen Ernstes hinunterfahren? Wie schon zuvor hatte sie heftiges Herzklopfen, und auch diesmal lag es nur teilweise an der Höhenluft. Cara und Nick fanden die Aussicht offenbar ebenfalls im wahrsten Sinne des Wortes atemberaubend.

»Du hast doch nicht etwa Schiss, oder?«, fragte Johnny.

Mattie schluckte und schüttelte den Kopf. Sie vertraute ihm – wenn er der Meinung war, dass sie es schaffen würde, war sie dabei.

»Das machst du mit links, wetten? Wenn ich es dir nicht zutrauen würde, wären wir nicht hier oben.«

Mattie war weiß Gott kein Angsthase, im Gegenteil, und er sollte nicht merken, dass ihr das Gefälle gehörig Respekt einflößte. Sie dachte an ihren alten Spitznamen. Tollkühne Tilly. Verdiente sie ihn immer noch? Sie schielte zu Cara und Nick, die vollkommen unbesorgt wirkten. »Also gut, wenn du meinst …«

»Bist du sicher?« Cara war offenbar nicht entgangen, dass Mattie etwas unwohl bei der Sache war. »Wir müssen nicht unbedingt hier runterfahren, wenn du nicht willst.«

Mattie winkte ab. »Wenn ihr es könnt, kann ich es auch«, erwiderte sie mit gespielter Souveränität.

Nick hob das Seil an, das ihnen signalisierte, dass sie die gesicherte Piste verließen, und fuhr voran, dann kamen

Cara und Mattie, und Johnny bildete das Schlusslicht. Innerhalb von Sekunden hatten sie die anderen Skifahrer hinter sich gelassen. Unter ihnen erstreckte sich eine riesige, unberührte Schneefläche. Der Wind pfiff ihnen um die Ohren, abgesehen davon war es fast unheimlich still.

Nach ein paar Schwüngen hielt Mattie an und ließ den Blick über die spektakuläre Kulisse wandern. Vergessen waren ihre Bedenken, das flaue Gefühl im Magen verpufft. »Wow!«

»Toll, nicht? Ich wusste, es würde dir gefallen«, sagte Johnny. Zwischen seinem Schal und der Skibrille war nur ein breit grinsender Mund zu sehen.

Sie fuhren weiter, jeder für sich, vor Begeisterung johlend, während ihre Skier durch den butterweichen Pulverschnee glitten. Unten angekommen, war Mattie allerdings total außer Atem vor Anstrengung, und ihr zitterten gehörig die Knie. Sie war längst nicht mehr so fit und durchtrainiert wie als Teenager, als sie noch den ganzen Tag auf dem Rücken eines Pferdes gesessen hatte. Tja, wenn man von früh bis spät ackerte, blieb eben keine Zeit mehr, um ins Fitnessstudio zu gehen.

»Einfach oberklassespitzengeil!«, keuchte Nick, der eben hinter ihr angehalten hatte und nun die vier schlangenlinienförmigen Spuren betrachtete, die sie im jungfräulichen Weiß des weichen Pulverschnees hinterlassen hatten.

Mattie lachte, nicht nur über seine Ausdrucksweise, sondern auch vor Erleichterung darüber, dass sie heil unten angekommen war. »Das war der Hammer«, sagte sie. »So was findet man in Australien dann doch nicht, stimmt's Cara?«

Cara schüttelte den Kopf. »Verflucht, war das geil«, stieß

sie mit einem fiebrigen Glanz in den Augen hervor. »Wollen wir noch mal?«

Johnny nickte. »Na klar.«

Diesmal hatte auf dem Weg nach oben keiner von ihnen mehr Bedenken.

Beim dritten Mal nahmen sie dann eine etwas andere Route, um zu dem bislang unberührten Teil des Abhangs etwas weiter hinten zu gelangen. Johnny fuhr voraus, quer über das Schneefeld, gefolgt von Mattie, während Nick etwas weiter oben auf Cara wartete, die noch an ihrer Skibindung herumfummelte.

Es ging alles blitzschnell.

Ein heftiger, eisiger Windstoß, begleitet von einem lauten Krachen, und dann eine Art Donnergrollen. Mattie fuhr herum und traute ihren Augen kaum: Über ihr hatte sich ein riesiges Schneebrett gelöst, und es kam direkt auf sie zu. Noch ehe sie richtig begriffen hatte, dass sie in Gefahr schwebte, hatte es sie auch schon erfasst. Sie verlor den Boden unter den Füßen, die Skier lösten sich, ein Stock wurde ihr aus der Hand gerissen, während sie kopfüber den steilen Abhang hinunterstürzte. *Ein Lawinenabgang!*, dachte sie. Schreien konnte sie nicht, ihr Mund war sofort voller Schnee. Sie sah nur noch Weiß, registrierte wie in Zeitlupe, wie die Schneemassen sie brutal hin und her schleuderten, sodass sie sich vorkam wie in einer überdimensionalen Waschmaschine. Sie ruderte mit den Armen, um an der Oberfläche zu bleiben, wohl wissend, dass man sie nie und nimmer finden würde, wenn sie zu tief verschüttet wurde. Vor Jahren war der Bruder einer ihrer

Schulfreundinnen auf einer Skitour in den Snowy Mountains unter eine Lawine gekommen. Man hatte ihn nicht rechtzeitig bergen können. Bei der Erinnerung daran stieg ein Schluchzen in ihrer Kehle auf, das im ohrenbetäubenden Dröhnen völlig unterging. Szenen aus ihrer Kindheit kamen ihr, in den Sinn: Sie sah ihre Mutter, die an einem windigen Tag die Wäsche draußen aufhängte, sah, wie ihr Bruder beim Versteckspiel in der Kellerei urplötzlich hinter einem Fass hervorsprang, sodass sie vor Schreck kreischend in den Hof hinauslief. Sie sah sich selbst auf dem Rücken im Gras liegen und ihrem eigenen Herzschlag lauschen, während die Sonne heiß auf ihre Augenlider schien, sah sich auf ihrem Pferd über die Shingle Hills galoppieren, mit Charlie Drummond auf den Fersen …

Dann hatte ihr unkontrollierter Sturz schlagartig ein Ende, und sie war sekundenlang erleichtert – bis ihr bewusst wurde, dass sie vollständig verschüttet war.

Sie hustete und spuckte, hatte Schnee in Mund und Nase und nicht die geringste Ahnung, wo oben und unten war. Zum Glück hatte sie sich im Fallen die Arme schützend vor den Kopf gehalten, sodass sich vor ihrem Gesicht ein kleines Luftloch gebildet hatte. Ihre eine Hand steckte noch immer in der Schlaufe des Stocks, der unangenehm an ihrem Handgelenk zerrte. Zeigte er nach oben oder nach unten? Sie konnte es nicht beurteilen.

Inzwischen hatte zumindest der Hustenreiz nachgelassen, und sie versuchte verzweifelt, ihre Atmung unter Kontrolle zu bringen. Ihr war klar, dass sie unter keinen Umständen in Panik geraten durfte, also zwang sie sich bewusst, ganz ruhig und flach zu atmen, um mit der verfügbaren Luft möglichst lange auszukommen. Sie versuchte, sich zu bewegen, es gelang ihr aber lediglich, mit den Fingern und Zehen zu wackeln. Abgesehen davon konnte sie sich keinen Zentimeter rühren. Vorhin hatte der Schnee noch so leicht gewirkt, doch jetzt, wo sie darunter begraben lag, war er so hart wie Beton. Verzweifelt kratzte sie daran, bohrte die Fingerspitzen hinein in dem Versuch, das Luftloch zu vergrößern, aber es war hoffnungslos, also ließ sie es bleiben, um nicht unnötig wertvollen Sauerstoff zu verbrauchen. In ihren Schläfen pochte das Blut. Sie war bei klarem Verstand, verspürte aber erstaunlicherweise keine Schmerzen, obwohl sie einen metallischen Geschmack im Mund hatte und ihr Arm seltsam verdreht war. Warme Feuchtigkeit sickerte in den wattierten Futterstoff ihrer Skihose.

Die Stille, die sie umgab, war ihr unheimlich, und es kostete sie alle Mühe, nicht hysterisch zu werden. Sie musste irgendetwas *tun*. Nur: was?

Um sich abzulenken, dachte sie an Johnny. War er auch verschüttet worden? Vermutlich. Sie hatte ihn noch kurz gesehen, ehe die Lawine sie erfasst hatte. Er war links von ihr gewesen, ein paar Meter weiter unten. Sie konnte sich nicht vorstellen, dass er sich hatte retten können.

Ihr war, als läge sie schon Stunden hier, dabei konnte es sich höchstens um ein paar Minuten handeln. Einmal glaubte sie, durch die auf ihr lastende Schneedecke hindurch gedämpfte Stimmen zu hören. Oder bildete sie sich das nur ein? Es war höchst unwahrscheinlich, dass man sie finden würde – keiner von ihnen hatte einen Lawinenpiepser dabeigehabt. Sie wusste, dass ihr nicht mehr viel Zeit blieb, also tat sie das Einzige, das ihr in dieser Situation noch einfiel: Sie begann zu beten.

Dann wurde sie ohnmächtig.

5

Mattie schlug die Augen auf und verzog, geblendet von grellweißem Neonlicht, das Gesicht. Sie kniff die Augen wieder zu und versuchte, die Arme und Beine zu bewegen. Vergeblich. Wo war sie hier überhaupt? Sie nahm all ihre Kraft zusammen und hob den Kopf an. Keine gute Idee – ein stechender Schmerz, der durch ihren gesamten Körper ging, war das Resultat. Sie vernahm eine fremde Stimme, Worte in einer ihr unverständlichen Sprache. Schritte hallten auf dem harten Fußboden. Mattie zwang sich, erneut die Augen zu öffnen, und sei es nur für einen Moment. Das Licht war so hell, dass es schmerzte.

»Mattie! Heiliger Strohsack, hast du uns erschreckt. Wie fühlst du dich?«

Das war Cara.

Mattie bewegte die Lippen, brachte aber nur ein trockenes Keuchen heraus.

»Nein, sag nichts. Du musst dich schonen.«

Schonen?, dachte Mattie. *Warum das?*

Dann fiel ihr plötzlich alles wieder ein: Das Schneebrett, der schier endlose Sturz, das abrupte Ende, die Dunkelheit. Sie konnte sich nicht bewegen … Lag sie etwa noch immer unter dem Schnee begraben? Kalt war ihr jedenfalls nicht. »Www…«, stöhnte sie.

»Keine Sorge, du bist in Sicherheit, Süße. Du bist gestürzt. Beim Skifahren, in der Schweiz. Weißt du noch? Versuch zu blinzeln, falls du dich erinnerst.«

Matties Augenlider flatterten.

»Wir waren etwas weiter oben und haben alles gesehen, aber es ging so schnell, dass wir dich nicht mehr warnen konnten. Gott sei Dank war die Bergrettung direkt hinter uns. Du warst komplett verschüttet, aber man konnte deinen Stock noch sehen, zum Glück. Sie haben es geschafft, dich innerhalb von ein paar Minuten auszugraben. Wenn es nur ein bisschen länger gedauert hätte … Ach, Mattie, ich hatte solche Angst um dich. Wer weiß, wie die Sache ohne deinen Stock ausgegangen wäre. Aber du lebst. Alles wird gut.«

Das klang ungewohnt emotional – Cara war sonst nicht so schnell aus der Ruhe zu bringen. Inzwischen erinnerte sich Mattie wieder an alles. Sie hatte schreckliche Angst gehabt. Aber wo war sie?

»Du bist in einem Krankenhaus in der Nähe von Zermatt«, sagte Cara, als hätte sie ihre Gedanken gelesen. »Hier bist du in sehr guten Händen.« Sie brach ab, musste sich sichtlich zusammenreißen, um nicht in Tränen auszubrechen. »Sie wollen dich noch ein paar Tage hierbehalten, ehe du nach London gebracht wirst.«

Was war mit Johnny? Wo war er? Warum war er nicht hier? Mattie versuchte, sich nach ihm zu erkundigen, konnte aber kaum die Lippen bewegen. Sie war schrecklich müde und musste dringend noch ein bisschen schlafen …

Schon hüllte ein grauer Nebel sie ein, und sie verlor erneut das Bewusstsein.

Als Mattie das nächste Mal erwachte, fühlte sie sich schon etwas weniger benommen. Das grelle Licht war aus, sodass sie die Augen öffnen konnte. Sie befand sich in einem kleinen Raum mit hässlich gelben Wänden und geblümten Vorhängen. Der Himmel draußen vor dem Fenster war von bleigrauen Wolken überzogen, in einiger Entfernung konnte sie schroffe weiße Bergspitzen erkennen.

Das Laken, auf dem sie lag, knisterte, als sie versuchte, sich auf die andere Seite zu wälzen. *Auaaaaa.* Sie fühlte sich wie durch den Fleischwolf gedreht. Ihre Rippen schmerzten, sobald sie sich auch nur ein paar Millimeter bewegte, und ihr rechter Arm war an die Brust bandagiert, sodass sie ihn nicht anheben konnte. Auch ihr linkes Bein war bewegungsunfähig, es steckte von der Hüfte bis zum Knöchel in einem Gips und war in einem Fünfundvierzig-Grad-Winkel über dem Bett aufgehängt, wie sie erst jetzt bemerkte. Wenn sie von einem Lastwagen angefahren worden wäre, hätte ihr Zustand wohl auch nicht beklagenswerter sein können.

»Ah, hallo. Wie fühlen Sie sich?« Eine Krankenschwester mit schweizerdeutschem Akzent beugte sich über sie, lockerte die festgesteckten Laken ein wenig und hielt ihr etwas ins Ohr. »Ich muss nur kurz Fieber messen … Hm, keine erhöhte Temperatur. Möchten Sie etwas essen?«

Mattie nickte und schnitt eine Grimasse. Selbst die kleinste Bewegung bescherte ihr ein schmerzhaftes Pochen hinter der Stirn.

Die Krankenschwester drückte auf einen Knopf, um das Kopfende des Betts etwas steiler zu stellen, was prompt dazu führte, dass Mattie schwindelte. Sie blinzelte ein paarmal heftig, um das Gefühl abzuschütteln.

Inzwischen hatte die Pflegerin einen Tisch ans Bett gerollt und griff nach einem Suppenteller. »Ich helfe Ihnen, bis Sie es wieder allein schaffen. Hier.« Sie hielt ihr einen Löffel Hühnersuppe mit Grießklößchen hin.

Mattie öffnete den Mund, um sich füttern zu lassen, und kam sich dabei so schwach und hilflos wie ein Vogelküken vor. Sogar das Essen bereitete ihr Schmerzen, aber der Hunger war größer. Als der Teller leer war, krächzte sie: »Johnny?«, doch die Pflegerin war bereits auf dem Weg nach draußen und hörte es nicht mehr.

Das Essen hatte Mattie derart angestrengt, dass sie kaum einen klaren Gedanken fassen konnte. Erschöpft stierte sie vor sich hin, während die Schatten im Zimmer länger wurden. Irgendwann döste sie ein.

Ein paar Stunden später war Cara wieder da, diesmal in Begleitung von Nick. Draußen war es mittlerweile dunkel.

»Hey, Süße, ich hab dir was mitgebracht.« Cara schwenkte eine riesige Tafel Schokolade und einen Stapel Hochglanzmagazine. »Ich hab den Kiosk im Foyer geplündert.« Sie deponierte die Zeitschriften auf dem Nachttisch neben Matties Bett. »Wie geht's dir denn?«

»Johnny?«, krächzte Mattie erneut, auf das Schlimmste gefasst.

Wenn man stundenlang tatenlos herumlag, hatte man viel Zeit, sich allerhand Horrorszenarien auszumalen.

»Der liegt in der Abteilung nebenan«, berichtete Nick. »Er hat ein paar Schrammen und blaue Flecken abbekommen und muss noch ein paar Tage zur Beobachtung hierbleiben, für den Fall, dass er eine Gehirnerschütterung hat, aber abgesehen davon ist ihm nicht viel passiert.«

Es ging ihm gut. Mattie atmete auf, erleichtert darüber, dass sich ihre schlimmsten Befürchtungen nicht bewahrheitet hatten.

»Sie haben einen schlimmen Schien- und Wadenbeinbruch erlitten. Wir mussten die Knochen zusammenschrauben«, erklärte ihr ein schonungslos effizienter Arzt und legte ihr dann mit professioneller Distanziertheit dar, wie sich der Heilungsprozess voraussichtlich gestalten würde. Seinen Angaben zufolge würde sie mehrere Wochen, wenn nicht gar Monate, im Rollstuhl sitzen müssen, denn sie hatte sich durch die Wucht des Sturzes die Schulter ausgerenkt und diverse Bänder gerissen, und es würde eine Weile dauern, bis die wieder zusammengewachsen und so weit belastbar waren, dass sie auf Krücken gehen konnte. »Bis dahin haben Sie dann auch einen Gehgips«, schloss er.

Das klang ja nicht gerade vielversprechend.

Vorerst werde ich also eher nicht auf irgendwelchen Mauern herumturnen, dachte Mattie deprimiert. Es kam ihr surreal vor, dass dieses Fotoshooting am regennassen Strand von Brighton erst ein paar Tage her war. Aber genauso surreal kam ihr alles andere vor. Eigentlich sollte sie sich jetzt mit Johnny und ihrer besten Freundin irgendwo dort draußen amüsieren, sollte Bier aus großen, unhandlichen Krügen trinken, sich herzhafte Schweizer Spezialitäten schmecken lassen und romantische Abende vor dem Kamin verbringen! Doch nein, sie war an ein Krankenhausbett gefesselt und konnte nicht mehr gehen.

In den kommenden drei Tagen sorgten die Schmerzmittel dafür, dass Mattie den größten Teil der Zeit vor sich hin döste. *Das Zeug ist so stark, damit könnte man glatt einen ausgewachsenen Hengst ruhigstellen,* dachte sie in einer ihrer kurzen Wachphasen, ehe sie wieder einschlief. In ihrem ganzen Leben hatte sie sich noch nie so elend gefühlt: Unter dem Gips juckte das Bein, als hätte sich ein ganzes Ameisenvolk dort drin verschanzt, und ganz abgesehen davon führte nach wie vor jede einzelne Bewegung dazu, dass sie tierische Schmerzen im Rippenbereich verspürte. Cara und Nick besuchten sie jeden Tag, und Cara saß stundenlang an ihrem Bett, fütterte sie mit Schokolade, bemalte ihr die Fingernägel mit leuchtend grünem Nagellack und erzählte ihr allerhand Klatsch und Tratsch in dem Versuch, sie aufzuheitern. Johnny dagegen ließ sich zwei volle Tage nicht blicken. Dann, am zweiten Nachmittag, als Matties Stimmung am Tiefpunkt angelangt war, stand er plötzlich in der Tür, in einem dieser schicken Krankenhausnachthemden. Zögernd trat er ein.

»Da bist du ja, Matilda! Ich hab dich überall gesucht. Diese verdammten Krankenschwestern wollten mir partout nicht verraten, wo du liegst. Die reden alle nur Schweizerdeutsch mit mir, sodass ich kein Wort verstehe.« Das klang für Mattie nach einer lahmen Ausrede. Soweit sie das beurteilen konnte, sprach das Personal hier hervorragend Englisch. Aber sie machte sich nicht weiter Gedanken darüber. Jetzt war er da, das war die Hauptsache.

Sein Blick huschte über ihr Gesicht. »Du liebe Zeit, Mattie, dich hat es ja ganz schön übel erwischt«, stellte er mit geschockter Miene fest. Er hatte den Körper halb von ihr abgewandt, als könnte er es kaum ertragen, sie anzusehen.

Mattie versuchte mit einer komischen Grimasse zu reagieren, bereute es aber sogleich. *Autsch.*

»Ja … gehmirnichsogut«, nuschelte sie.

Er blieb nicht allzu lange und verabschiedete sich schließlich mit einem geschmacklosen Witz von wegen er müsse jetzt wieder auf sein Zimmer, ehe »diese Nazi-Schwestern merken, dass ich abgehauen bin«. Erst als er wieder weg war, fiel Mattie auf, dass er ihr nicht einmal einen Kuss gegeben hatte. Sie war gekränkt, aber nicht sonderlich überrascht. Eine Pflegerin hatte ihr vormittags einen Handspiegel und eine Bürste gebracht mit den Worten: »Hier, vielleicht wollen Sie sich mal ein bisschen zurechtmachen. Keine Sorge, es sieht schlimmer aus, als es ist, und es wird rasch heilen. Der Schönheitschirurg kann Ihnen dann mehr sagen.«

Der *Schönheitschirurg*? Mattie hatte alarmiert ihre Wange betastet, die sich ungewohnt dick anfühlte. Die Haut war verkrustet und spannte. Huch? Was zum Geier war mit ihrem Gesicht passiert? Dann fiel ihr wieder ein, dass sie nach dem Sturz Blut geschmeckt hatte. Widerstrebend hob sie den Spiegel und erkannte sich selbst kaum wieder: Die Oberlippe war dick angeschwollen, und sie hatte ein Veilchen, das sich gewaschen hatte. Weit mehr als der dunkelviolette Bluterguss schockierte sie jedoch die große, blutverkrustete Wunde unter dem Auge, die man mit mehreren Stichen genäht hatte. Mattie gehörte weiß Gott nicht zu den Frauen, die sich stundenlang vor dem Spiegel aufhübschen mussten, aber der Anblick dieser Zombie-Visage erschreckte sie zutiefst. Man konnte es Johnny nicht verdenken, dass er sie kaum eines Blickes gewürdigt hatte.

Cara und Nick dagegen störten sich deutlich weniger an

ihrer lädierten Erscheinung. »Keine Sorge, Süße«, winkte Cara ab, als Mattie das Thema tags darauf anschnitt. »Das ist bloß ein Kratzer. Ehe du dich's versiehst, bist du wieder ganz die Alte, wetten?«

»Da scheint Johnny aber so seine Zweifel zu haben«, bemerkte Mattie trübselig.

Nick hatte sich mit Matties Reiseversicherung in Verbindung gesetzt (zum Glück hatte Bianca darauf bestanden, dass sie vor ihrer Abreise eine abschloss) und den Rückholtransport für sie organisiert. Matties Arzt (Dr. Teuton, wie sie ihn insgeheim nannte), hatte ihr in Aussicht gestellt, dass sie in ein bis zwei Tagen per Ambulanzflug in ein Londoner Krankenhaus überstellt werden konnte, vorausgesetzt, ihre Genesung lief weiter nach Plan. Sobald alles geregelt war, verabschiedeten sich Nick und Cara von ihr. Sie wären zwar gern noch geblieben, um sich persönlich davon zu überzeugen, dass es Mattie einigermaßen gut ging, mussten sich jedoch allmählich um ihre eigene Rückreise kümmern.

»Ich komme dich im Krankenhaus besuchen, sobald du wieder in London bist«, versprach Cara und umarmte sie behutsam.

Ein paar Stunden später kam Johnny vorbei und berichtete, seine Mutter habe für den darauffolgenden Tag einen Flug in die Schweiz gebucht, um ihn nach Hause zu begleiten. Mattie war überrascht – sie wäre niemals auf die Idee gekommen, ihre Eltern zu kontaktieren. Selbst wenn sie in der Nähe gewesen wären, hätte sie die beiden nicht um Hilfe gebeten.

»Und was ist mit mir?«, fragte sie ihn.

»Na ja ... Ich wäre dir im Moment ohnehin keine große Hilfe, oder? Ein schuldbewusstes Lächeln huschte über sein perfektes Gesicht. »Und außerdem meinte Nick, es sei bereits alles geregelt.«

»Schon, aber …« Mattie ließ sich nach hinten sinken. Sie hätte ihm zu gern gesagt, dass sie ein bisschen mehr Engagement von ihm erwartet hätte – er hätte ja zumindest noch bis zu ihrer Überstellung bleiben können. Aber sie war zu erschöpft.

»Wir sehen uns dann, wenn du wieder in London bist, ja? Wobei du auch dort vermutlich noch eine ganze Weile im Krankenhaus liegen wirst, schätze ich.«

Wohl wahr, dachte Mattie missmutig.

Er drückte ihr zum Abschied die Hand, vermied es jedoch tunlichst, sie anzusehen, als wäre ihm der Anblick ihres blauen Auges und ihres geschwollenen Gesichts zuwider. Und auch diesmal gab er ihr weder zu Begrüßung noch zum Abschied einen Kuss.

Als sich die Tür hinter ihm schloss, fühlte sich Mattie so einsam und verlassen wie in ihrem ganzen Leben noch nicht. Einsamer als vor zehn Jahren, als sie nach London gezogen war, wo sie damals keine Menschenseele gekannt hatte. Einsamer als an jenem schrecklichen Tag, an dem Waffles, der Golden Retriever ihrer Familie, gestorben war. Sie hätte sich zu gern die Augen ausgeweint, genau wie das achtjährige Mädchen, das sie damals gewesen war, doch diesmal blieben die Tränen aus. Sie hätte längst ihren Bruder anrufen sollen, doch schon bei der Vorstellung, ihm zu erzählen, was ihr zugestoßen war, schnürte es ihr die Kehle zu, also schob sie es auf. Sie konnte es nicht in Worte fassen. Noch nicht. Es war noch zu frisch. Cara hatte versprochen, Mark in groben Zügen zu berichten, was geschehen war. Bianca hatte sie auch bereits Bescheid gegeben, und nur ein paar Stunden später war ein riesiger Strauß Feuerlilien geliefert worden, der nun in einer Vase auf dem Tisch stand. Mattie wusste, es würde sehr, sehr lange dauern, bis sie so weit genesen war, dass sie wieder zur Arbeit gehen konnte. Sie dachte an die Worte des Arztes: »Wochen, wenn nicht gar Monate.« Dazu kam, dass sich ihre Wohnung in der dritten Etage befand. *Keine Panik, Mattie. Immer schön eins nach dem anderen,* sagte sie sich. Als Erstes musste sie zurück nach London, und dann würde sie weitersehen.

6

Rose ließ sich auf das Badetuch fallen, das sie soeben sorgfältig im goldenen Sand ausgebreitet hatte, und atmete tief durch. Sie konnte förmlich spüren, wie die Sonnenstrahlen in jede einzelne Pore ihres Körpers vordrangen und dafür sorgten, dass sie sich entspannte. Über ein Jahr war es jetzt her, dass sie zuletzt hier gewesen war und den Sand zwischen den Zehen gespürt hatte, und damals wie heute übte der atemberaubende Anblick des endlos langen, sichelförmigen Strands eine überwältigende und zugleich beruhigende Wirkung auf sie aus.

»Wer geht mit mir schwimmen?«, fragte Mark. Die Kinder hatten bereits ihre Badesachen an und hüpften aufgeregt neben Rose auf und ab, sichtlich angetan von der Aussicht auf einen ganzen Tag am Strand. »Aber erst eincremen.«

Leo und Luisa schnappten sich sogleich die Tube mit der dickflüssigen weißen Lotion und cremten um die Wette.

Rose öffnete ein Auge. »Vergiss den Nacken nicht, Leo«, sagte sie. »Geht ruhig schon mal vor. Ich muss mich erst richtig aufwärmen.«

»Wir wollen aber, dass du mitkommst, Rose.« Leo bedachte sie mit einem flehentlichen Blick. »Bitte!«

»Ja, Rosie, du musst mitkommen!«, krähte Luisa.

»Na los, Rose«, sagte Mark und deutete auf das Wasser. »Sieht doch echt verlockend aus, oder?«

Sie spähte mit zusammengekniffenen Augen zu den von Schaumkronen bedeckten Wellen hinüber, die sich am Ufer brachen. Dahinter erstreckte sich glitzerndes Azurblau, so weit das Auge reichte. Es wirkte wirklich sehr einladend. Lächelnd dachte sie daran zurück, wie sie vor drei Jahren mit Mark hier an diesem Strand gestanden hatte. An diesem Tag hatte er ihr gesagt, dass er sie liebte, und sie überredet, zu ihm ins Shingle Valley zurückzukehren. Ihr Herz hatte förmlich Purzelbäume geschlagen vor Freude, zumal sie zu diesem Zeitpunkt längst die Hoffnung aufgegeben hatte, je die berühmten drei Worte aus seinem Mund zu hören.

»Also gut, wenn's unbedingt sein muss«, brummte sie mit gespieltem Widerwillen und rappelte sich auf.

Ihr entging nicht, dass Mark wohlwollend den Blick über ihren Körper gleiten ließ. Er fand sichtlich Gefallen an ihrem jadegrünen Bikini, der ihre Rundungen nur spärlich bedeckte. Kein Wunder, der Schnitt war ziemlich knapp, und die Farbe bildete den perfekten Kontrast zu ihrem langen, dunklen Haar, ganz zu schweigen von ihrem Teint. Dank der Sonne hatte ihre Haut bereits einen leichten Bronzeton angenommen. Da es in den Läden in Eumeralla kaum Auswahl in puncto Badebekleidung gab, hatte sie vor ein paar Tagen einen online bestellt, der zum Glück gerade noch rechtzeitig geliefert worden war und obendrein haargenau passte. Sie war aber auch gut in Form, was sie teils ihren morgendlichen Joggingrunden durch die Weinberge verdankte, teils der Tatsache, dass sie mit der Arbeit im Restaurant so ausgelastet war und ihr Mittagessen häufig nur aus einem Stück Baguette mit Aufstrich oder ein, zwei dicken Scheiben Schinken bestand. Schaudernd dachte sie an die Zeiten zurück, als sie noch übergewichtig und schwabbelig gewesen war. Und todunglücklich. So weit durfte es nie wieder kommen.

Mark trat zu ihr. »Schöner Bikini. Sehr … sexy.« Er strich ihr bedächtig über den Rücken und die Hüfte und ließ dann den Gummibund ihres Höschens schnalzen.

»Hey, Finger weg!«, rügte sie ihn mit gespielter Entrüstung, konnte sich aber ein Lachen nicht verkneifen. Seine Aufmerksamkeit tat ihr gut. Während der langen Erntezeit hatte sie oft das Gefühl, überhaupt nicht beachtet zu werden. Da war er vollauf damit beschäftigt, dafür zu sorgen, dass das Lesegut in die Kellerei verfrachtet wurde, sobald es den optimalen Reifegrad erreicht hatte. Auch diesen Herbst hatte sie sich mehrfach wieder bei dem Gedanken ertappt, ob er es überhaupt merken würde, wenn sie mit dem Fleischer durchbrannte. Umso mehr genoss sie es, dass er jetzt endlich Zeit für sie hatte. Leo und Luisa schien es ähnlich zu gehen, denn sie hatten den ganzen Vormittag abwechselnd um die Aufmerksamkeit ihres Vaters gebuhlt. Im Moment interessierten sie sich allerdings mehr für das Wasser.

»Warte, ich helfe dir beim Eincremen.« Mark verteilte einen Klecks Sonnenmilch auf ihrem unteren Rücken.

»Mmm, herrlich.« Rose schloss die Augen und überließ sich ganz seinen kräftigen, erfahrenen Händen.

»Okay, und jetzt der Bauch. Umdrehen«, befahl er.

Sie kam der Anordnung nach und sah ihm in die Augen. Er musterte sie mit einem lüsternen Blick. Die Kinder hatten inzwischen offenbar die Nase voll vom Warten und stürzten sich ohne sie ins kühle Nass. Mark stellte die Tube ab. »Auf geht's, meine Schöne, ehe womöglich eines der

Kinder verloren geht.« Er packte sie an der Hand und zog sie zum Wasser.

Nach dem Baden aalte sich Rose erneut in der Sonne, die gnadenlos vom Himmel schien. Sie schielte zu Mark und Leo hinüber, die aus nassem Sand ein Schiff bauten. Wie ähnlich sich die beiden sahen, wie sie dort knieten, den Kopf über ihr Kunstwerk gebeugt, sodass sich ihr dunkler Haarschopf beinahe berührte. Luisa tanzte mit einem Knäuel Seegras in den Händen um sie herum, die Locken vom Wind zerzaust. Rose verspürte den Drang, sich zu kneifen. Keine drei Jahre war es her, dass sie mit ihrem Tramperrucksack und einem gebrochenen Herzen in Australien angekommen war, und jetzt hatte sie eine Patchworkfamilie, ein Zuhause, das sie liebte, und ein eigenes Restaurant. Manchmal glaubte sie zu träumen. Fehlte eigentlich nur noch eine winzige Kleinigkeit: ein pausbäckiges, grünäugiges Baby, das neben seinen Halbgeschwistern die speckigen Händchen im Sand vergrub …

Nachdem sie den ganzen Tag Sonne und Seeluft getankt hatten, begaben sie sich abends ins Rustica, ein kleines Restaurant mit französischem Charme, in dem Rose vor drei Jahren ausgeholfen hatte.

»Alors!«, rief Philippe, der Besitzer, der einer ihrer ersten Anlaufstellen in Sydney gewesen war, und umarmte sie so stürmisch, dass sie beinahe das Gleichgewicht verlor.

»Philippe!«, rief sie und drückte ihn an sich.

Der ehemalige Hippie-Barista war mittlerweile zum Gastronomen avanciert und leitete sein eigenes Miniimperium. Da sich sein erstes Restaurant, das Rustica, so großer Beliebtheit erfreute, hatte er bereits zwei Dependancen eröffnet: Das Petit Rustique an der Küste von Manly, einem Vorort von Sydney, und das Rustica Cité, das sich, wie der Name schon sagte, im Stadtzentrum befand.

Philippe ließ sie los, um Mark in französischer Manier zwei Wangenküsse zu verpassen, dann ging er in die Knie und begrüßte die Kinder. »*Mon dieu*, seid ihr groß geworden! Und Rose, *vraiment très belle, toujours*. Mark, du bist wirklich ein Glückspilz! So eine schöne Familie.«

Mark grinste. »Die drei sorgen dafür, dass ich keine Dummheiten mache.«

»Wie sieht es aus, wollt ihr etwas essen? Natürlich wollt ihr das. Mir nach.« Philippe wedelte mit der Hand, und sie folgten ihm durch das Lokal mit seinen weiß getünchten Bretterwänden zu einem Tisch an der Fensterfront mit Blick auf den Strand.

Aus der Küche wehte ein appetitliches Duftpotpourri aus gegrilltem Fleisch, Knoblauch und Kräutern herein.

»Ja, ganz recht, Philippe, wir haben einen Bärenhunger, stimmt's, Leute?« Rose sah zu Leo und Luisa, die zustimmend nickten. »Schwimmen macht Appetit. Wir könnten einen Elefanten verdrücken, nicht wahr, Luisa?«

Die Kleine gluckste, war aber verunsichert. »Essen wir wirklich einen Elefanten, Rosie?«

»Aber nein, Liebes, das war nur ein Scherz. Elefantenfleisch ist doch bestimmt ziemlich zäh, bei der dicken Haut, die Elefanten angeblich haben … Igitt.« Rose schüttelte sich theatralisch.

Sie bat gar nicht erst um die Speisekarte, wohl wissend, dass ihnen Philippe Unmengen an Köstlichkeiten kredenzen würde, und dazu reichlich streichholzdünne Spezialfritten für die Kinder.

Mark reichte Philippe zwei Weinflaschen Assignation Shiraz, das Aushängeschild von Kalkari. »Hier, sei so gut und dekantier eine für uns, ja? Die andere ist für dich.«

»*Absolutement.*« Philippe nickte und eilte in die Küche.

Es gab eine köstliche Bouillabaisse mit reichlich Knoblauch, gefolgt von Doppellendensteaks, dazu einen riesigen Berg Fritten und zum Nachtisch in kleinen Kupferförmchen gebackene Schokoladen- und Karamellsoufflés. Danach war der Tisch mit leeren Tellern und zusammengeknüllten Servietten übersät. Rose hob ihr Glas an die Lippen und trank genüsslich den letzten Schluck des vollmundigen, fruchtigen bordeauxroten Weins.

»Na, was meinst du, kann der aktuelle Jahrgang mit dem hier mithalten? Womöglich sogar einen weiteren Jimmy Watson einheimsen?«, fragte sie Mark und deutete auf ihr Glas.

Er schüttelte den Kopf. »Wohl kaum. Eine solche Auszeichnung bekommt man nur einmal im Leben. Aber ich gehe davon aus, dass wir wieder ziemlich nah dran sein werden. Die Erntemenge war diesmal geringer, aber wir hatten nahezu perfekte Wuchsbedingungen, und Jake hat sich selbst übertroffen, was die Erneuerung der Rebflächen angeht, vor allem auf dem Trevelyn-Gut. In all den Jahren, die ich jetzt schon im Shingle Valley bin, ist mir noch nie eine derart ausgezeichnete Qualität untergekommen.«

»Das wird Henry freuen«, bemerkte Rose. Ihrem Bruder gehörten die Weingärten rund um ihr Restaurant.

»Apropos, ich sollte ihn nachher mal anrufen und ihm von den neuesten Entwicklungen berichten.« Mark warf einen Blick auf seine Armbanduhr. »In England hat der Arbeitstag mittlerweile angefangen ...« Er drehte sich zu Leo um, der mit glasigen Augen auf das Display seines iPad stierte. Luisa hatte sich neben Rose auf der Bank zusammengerollt und den Kopf auf ihren Oberschenkel gebettet. »Auf nach Hause, ihr zwei müden Krieger.«

Es war aber auch kein Wunder, dass die beiden erschöpft waren – sie waren in aller Herrgottsfrühe losgefahren, und die Sonne und die viele Bewegung im Wasser hatten ein Übriges getan.

Mark betrachtete seine Sprösslinge mit zärtlicher Miene. »Inzwischen ist es schon bedeutend leichter mit ihnen, nicht? Wenn ich daran denke, wie anstrengend es am Anfang war … Es hat gute zwei Jahre gedauert, bis Leo endlich durchgeschlafen hat …« Er schüttelte den Kopf, als wollte er die Erinnerung daran loswerden. »Wie dem auch sei, wir sollten uns schleunigst auf die Socken machen.« Er hob Luisa vorsichtig hoch.

Sie verabschiedeten sich von Philippe und der restlichen Rustica-Crew mit dem Versprechen, vor dem Ende des Urlaubs noch einmal vorbeizukommen, und machten sich auf den Weg.

Während Mark die Kinder ins Bett brachte, saß Rose auf dem Balkon ihrer Ferienwohnung und ließ mit einem zufriedenen Seufzer den Blick über die dunkle Wasserfläche des Ozeans wandern, in der sich der Vollmond spiegelte. Das war wirklich ein wunderschöner Tag gewesen, gekrönt von einem wahren Festessen. Es tat so gut, wenn sie zur Abwechslung einmal Ruhe vor Isabella hatte und einfach alle fünfe gerade sein lassen konnte … Was trieb Mark eigentlich dort drin so lang? Jetzt wartete sie doch schon eine ganze Weile auf ihn. Sie konnte sich kaum vorstellen, dass Leo und Luisa Theater machten, weil sie ins Bett gehen sollten. Sie horchten bestimmt längst an der Matratze, schließlich waren sie auf dem Nachhauseweg vom Rustica beinahe im Stehen eingeschlafen. Sie wollte sich gerade aufrappeln, um nachzusehen, als Mark plötzlich in der Balkontür stand.

»Tut mir leid, dass es so lang gedauert hat. Ich musste noch ein längeres Telefonat führen.« Behutsam schob er die Balkontür zu und nahm neben ihr Platz.

»Macht nichts. Ist alles okay?«

Er seufzte tief, die Stirn in Falten gelegt.

Oh-oh. Im Grunde war es nicht weiter ungewöhnlich, dass er so spät noch telefonierte. Nicht selten wurde er sogar mitten in der Nacht angerufen, meist von Abnehmern in England, die eben erst aufgestanden waren. »Wer war es denn? Doch nicht etwa schon wieder Channings?« Diese namhafte britische Supermarktkette gehörte zu seinen wichtigsten Kunden, ihr verdankte er den Großteil der Profite, die die Kellerei im Vorjahr eingefahren hatte. Selbstverständlich war Channings auch einer seiner anspruchsvollsten Kunden.

»Nein. Es ging um Tilly.«

»Tilly?«

»Ja. Matilda. Sie ist beim Skifahren in der Schweiz von einer Lawine erfasst worden.«

Rose presste sich die Hände auf die Wangen. »O Gott. Ist ihr etwas passiert?«

»Sie hat es überlebt, aber sie ist schwer verletzt. Die Freundin von ihr, die mich angerufen hat – ich glaube, sie heißt Cara –, sprach von einer ausgerenkten Schulter, einem gebrochenen Bein und ein paar angeknacksten Rippen. Und als wäre das alles noch nicht schlimm genug, hat Tilly auch noch eine Schnittwunde und eine fürchterliche Prellung im Gesicht erlitten.«

»Ach, du liebe Zeit! Und, was jetzt? Zu dumm, dass wir so weit weg sind. Wo ist sie überhaupt?« Rose hatte Matilda zwar noch nicht persönlich kennengelernt, aber Mark sprach oft von seiner geliebten Schwester und zeigte Rose auch gelegentlich Fotos aus ihrer Kindheit, als Lilybells, die größte Kellerei im Shingle Valley, noch im Besitz seiner Eltern gewesen war. Auf den etwas unscharfen Bildern war ein burschikos wirkendes Schulmädchen mit kurz geschorenen schwarzen Haaren zu sehen gewesen, das die gleichen flaschengrünen Augen hatte wie Mark.

»Noch immer in der Schweiz, jedenfalls laut dieser Cara. Angeblich will Tilly auf gar keinen Fall, dass ich es unseren Eltern erzähle ... Ich sollte wohl zu ihr fliegen. Aber erst steht die Geschäftsreise in die USA an. Die kann ich unmöglich absagen, sie ist seit Monaten geplant.«

»Und danach fliegst du gleich zu Tilly nach England?«

Mark fuhr sich mit den Fingern durchs Haar. »Notgedrungen, ja«, sagte er nachdenklich. »Und wenn ich schon mal da bin, kann ich auch gleich den Leuten bei Channings einen Besuch abstatten. Kann nicht schaden.«

»Da wird sich Alicia garantiert freuen«, bemerkte Rose. Alicia, die für Channings den Großteil der Weinkäufe tätigte, war total in Mark verknallt und nutzte jede Gelegenheit, um ihn anzurufen.

»Ja, davon gehe ich aus.«

Rose musterte ihn etwas trübsinnig. Sie hatte zwar von seiner Geschäftsreise in die USA gewusst, aber wenn er im Anschluss auch noch nach England flog, würde es eine halbe Ewigkeit dauern, bis sie sich wiedersahen. Und das, nachdem sie ihn in letzter Zeit wegen der Lese kaum zu

Gesicht bekommen hatte. Sie hatte von Anfang an gewusst, dass Mark beruflich oft verreisen musste, aber er fehlte ihr trotzdem ganz schrecklich, wann immer er unterwegs war.

7

Mattie schlug die Augen auf und blickte in das Gesicht des Krankenpflegers, der sie auf dem Ambulanzflug nach London betreut hatte. Sie sollte vermutlich froh darüber sein, dass sie dank der Schmerzmittel, die man ihr verabreicht hatte, den Großteil der Reise verpennt hatte, aber im Moment fühlte sie sich einfach nur benommen.

»Na, gut geschlafen?«, fragte er. »Sie haben's überstanden, und hier im St Barts sind Sie gut aufgehoben. Kann ich noch irgendetwas für Sie tun?«

Sie sah zu dem großen Strauß Blumen hinüber, der in einer Vase neben dem Bett stand. Gerbera. Die mochte sie am allerwenigsten – sie waren ihr irgendwie zu perfekt mit ihrer Einheitlichkeit in Sachen Form und Farbe.

Der Pfleger hatte ihren Blick aufgeschnappt und griff nach der dazugehörigen Karte. »Die sind von jemandem namens Johnny. Ihr Freund?«

Mattie schloss die Augen. Sie hörte ihn mit einer Tüte rascheln, dann herrschte Stille. Sie öffnete die Augen ein klein wenig.

»Wollen Sie ein bisschen fernsehen?«, schlug er vor. »Ich bezweifle ja, dass um diese Uhrzeit etwas Interessantes kommt, aber wer weiß ... Diesen Phillip Schofield von *This Morning* finde ich ganz gut, auch wenn er mittlerweile ergraut ist. Und Holly finde ich auch sympathisch.« Mattie interessierte das alles nicht die Bohne, doch sie erhob keinen Protest, als er den Fernseher einschaltete. »So, das wird Sie sicher ein bisschen aufheitern.«

Das bezweifle ich, dachte sie.

Nachdem sie eine Weile dem Gelaber gelauscht hatte, ohne zu registrieren, was gesagt wurde, kam ihr neuer Arzt in Begleitung einer Entourage aus Medizinstudenten in weißen Kitteln herein.

»So, was haben wir denn hier? Ah ja, Miss Cameron hat eine schlimme Fraktur der linken Tibia und Fibula sowie eine Schultergelenksluxation erlitten. Dazu kommt linksseitig eine Rippenserienfraktur. Eine Lawine, richtig? Sie können sich glücklich schätzen, dass Sie's überlebt haben, meine Liebe. Und dass Sie keine gravierenden Verletzungen der Wirbelsäule davongetragen haben.«

Mattie war durchaus bewusst, dass sie Glück im Unglück gehabt hatte, auch wenn es sich im Moment nicht so anfühlen mochte. »Wie lange werden Sie mich hierbehalten?«

»Na ja, das kommt ganz auf Sie an. Und auch nach der Entlassung werden Sie mehrere Wochen lang jemanden brauchen, der rund um die Uhr für Sie da ist. Eventuell sogar mehrere Monate – zumindest so lange, bis Sie sich mit Krücken fortbewegen können. Können Sie eine Weile zu Ihren Eltern ziehen?«

»Wohl kaum, sie leben in Australien.« Mattie wurde flau im Magen, als ihr das volle Ausmaß ihrer Probleme bewusst wurde. *Und ich werde den Teufel tun und Mum bitten, dass sie nach England kommt und sich um mich kümmert,* dachte sie. *Ich will noch nicht einmal, dass sie und Dad von meinem Unfall erfahren.*

»Haben Sie niemanden hier in England?«

Cara hatte darauf bestanden, dass Mattie nach dem Krankenhausaufenthalt erst einmal zu ihr zog. »Mach dir keine Sorgen«, hatte sie gesagt. »Es wird alles gut. Das Gästezimmer steht für dich bereit. Ich freu mich schon richtig auf ein bisschen WG-Leben.«

Das war zwar alles schön und gut, aber im Grunde nur eine Notlösung, denn Cara musste arbeiten und war auch in ihrer Freizeit häufig unterwegs. Mattie würde tagsüber stundenlang alleine sein, und sie bezweifelte, dass sie es ohne fremde Hilfe aufs stille Örtchen schaffen würde, wenn sie mal musste. Was, wenn sie stürzte? Dann müsste sie liegen bleiben, bis Cara nach Hause kam.

»Ich bin noch nicht sicher«, sagte sie schließlich. »Ich schätze, ich werde mir etwas einfallen lassen müssen.«

»Nun, wir werden Sie auf jeden Fall noch mindestens zwei Wochen hierbehalten, um sicherzugehen, dass die Tibia nach Ihrer OP in der Schweiz ordentlich verheilt. Aber wie es aussieht, haben unsere eidgenössischen Kollegen ganze Arbeit geleistet.« Er steckte einige Röntgenbilder in einen von hinten beleuchteten Rahmen an der Wand. »Sie haben eine ganze Menge Schrauben und Nägel im Körper.« Die Studenten versammelten sich um den Spezialisten, und er deutete auf einige Stellen auf den Aufnahmen, dann drehte er sich zu Mattie um. »Sie sind jung und fit, das ist Ihr Glück, aber ich muss Sie warnen, Sie haben noch einiges vor sich.«

Am darauffolgenden Abend nahm sie ihr Essen auf Drängen der Krankenschwestern zum ersten Mal wieder allein zu sich. Sie schmeckte zwar kaum etwas, aber zumindest war sie auf diese Weise beschäftigt. Kurz nach sechs – sie hatte gerade ihren Löffel weggelegt – hallte draußen auf dem Korridor vor ihrem Zimmer plötzlich das Klappern von drei bis vier Paar Stöckelschuhen von den Wänden wider. Mattie vernahm ein unterdrücktes Kichern und dann eine durchdringend laute Stimme, die sie sogleich erkannte. Eine Stimme, die auf keiner Teambesprechung fehlte und auch oft zum Einsatz kam, um eine bemitleidenswerte Praktikantin zusammenzustauchen, nachdem sie den falschen Kaffee oder grünen Smoothie geholt hatte.

»Da ist sie ja!« Matties Kolleginnen spähten zur Tür herein. Sekundenlang herrschte betretenes Schweigen, die eine oder andere schnappte bei ihrem Anblick erschrocken nach Luft. Dann redeten plötzlich alle zugleich.

»Hallo, Süße!«

»Du Ärmste!«

»Du meine Güte, wie siehst du denn aus?«

Der letzte Kommentar kam von Matties Chefin Bianca, die nicht eben für ihr Taktgefühl berühmt war. Sie betrat das kleine Krankenhauszimmer, gefolgt von Becca und Brooke, den zwei anderen Mitbegründerinnen von Three Bees. Auch Matties Assistentin Arabella und Sara, die stellvertretende künstlerische Leiterin, waren da, und natürlich Cara. Sie schienen direkt von der Arbeit zu kommen, und in ihren schicken Outfits wirkten sie im sterilen Krankenhausambiente ein wenig wie exotische Schmetterlinge im Labor eines Wissenschaftlers. Mattie entging nicht, mit welch entsetzten Blicken sie ihren Gips, den Arm in der Schlinge und den Cut auf ihrer Wange zur Kenntnis nahmen, und erst recht das blaue Auge, wobei die Bezeichnung nicht mehr ganz passte, denn inzwischen schillerte es in spektakulären Gelb- und Grünschattierungen. Wenigstens war die Schwellung um den Mund deutlich zurückgegangen.

»Hallo!« Mattie zwang sich zu einem Lächeln. »Das ist ja eine Überraschung!«

Sie verzog das Gesicht vor Schmerz, als sich Bianca auf der Bettkante niederließ, was zu einer leichten Veränderung ihrer Lage führte.

»Wow, dein Veilchen sieht ja übel aus, Matilda. Aber ich habe hier genau das Richtige für dich«, verkündete Bianca und kramte einen kleinen Cremetiegel aus ihrer orangefarbenen Ledertasche. »Voilà! Das Zeug ist angeblich genau das Richtige, um Hautunregelmäßigkeiten zu überschminken. Damit sollte sich dein Bluterguss mühelos kaschieren lassen.«

»Ein absolutes Must-have für Lawinenopfer also«, scherzte Mattie halbherzig, wenngleich sie ihre Zweifel hatte, was die Wirkung anging.

»Und, hast du schon ein paar schnuckelige Ärzte gesichtet?«, erkundigte sich Sara. »Ich hoffe mal, hier laufen ein paar ähnlich attraktive Exemplare rum wie bei *Grey's Anatomy*.«

Mattie schüttelte den Kopf. »Ich muss dich leider enttäuschen. Bisher war das hier eine absolut schnuckelfreie Zone.«

»Schade. Na ja, dafür haben wir dir Lesestoff mitgebracht.« Sara deponierte einen Stapel Zeitschriften neben dem Tablett auf dem Beistelltisch. »Das sind die neuesten Ausgaben von … so ziemlich allem.« Sie lachte verlegen.

»Danke. Auch dafür, dass ihr hergekommen seid. Ich bin echt gerührt«, sagte Mattie.

»Na, ist doch klar, dass wir ans Krankenlager unserer

künstlerischen Leiterin eilen, um sie etwas aufzumuntern. Benötigst du sonst noch etwas? Sollen wir dir irgendetwas holen?«

»Das ist lieb von euch, danke, aber ich habe alles. Der Arzt meinte, das wird schon wieder, auch wenn es noch eine ganze Weile dauern könnte. Der Cut unter dem Auge ist wohl ein Fall für den Schönheitschirurgen, und es kann sein, dass ich den Rest meines Lebens ein bisschen hinken werde, aber im Großen und Ganzen kann ich froh sein, dass ich so glimpflich davongekommen bin. Allerdings ist der Beinbruch recht kompliziert, weshalb ich noch ein paar Wochen hierbleiben muss. Aber genug von mir, erzählt doch mal: Was hat sich so getan, während ich weg war?«

Ihre Besucherinnen kamen der Aufforderung nur zu gern nach. Sara berichtete sogleich, welche Bilder es in die engere Auswahl für die DeVere-Kampagne geschafft hatten. »Dieses Styling! Dieses schier unglaubliche Licht!«, schwärmte sie. »Jamie Soames war total hin und weg! Man merkt den Aufnahmen überhaupt nicht an, dass es kurz davor noch in Strömen geschüttet hat!« So ging das eine ganze Weile. Alle redeten durcheinander, sodass Mattie, die ohnehin nur mit einem Ohr zuhörte, bloß dann und wann ein paar Sätze mitbekam. Plötzlich kam ihr die hektische Betriebsamkeit, die sie an ihrer Arbeit stets so geschätzt hatte, trivial, ja überflüssig vor, und das laute Stimmengewirr strengte sie an. Sie war erschöpft.

»Hey Leute, ich glaube, Mattie hat genug für heute«, sagte Cara dann auch, als sie ihren Blick aufschnappte. »Wir sollten gehen, damit sie sich ein bisschen erholen kann.«

»Natürlich. Gib Bescheid, wenn wir irgendetwas für dich tun können.« Bianca beugte sich über sie und hauchte ihr ein Küsschen auf die unversehrte Wange, wobei sie das Gesicht verzog, als sie den verkrusteten Cut unter dem Auge aus der Nähe sah. »Lass mich wissen, ob die Creme geholfen hat, ja?«

Mit ein bisschen Abdeckcreme wird es wohl nicht getan sein, dachte Mattie niedergeschlagen, als sich die Tür hinter ihren Besucherinnen schloss.

8

»Sie müssen etwas essen, meine Liebe, damit Sie wieder zu Kräften kommen«, sagte die Krankenpflegerin, während Mattie mit der Linken lustlos einen grauen Fleischklumpen in geronnener Soße auf dem Teller hin und her schob. Nach nunmehr zwei Wochen hatte sie die Nase gestrichen voll davon, im Krankenhaus zu liegen, mit der immer gleichen Aussicht auf die Wand gegenüber. Und auch das fade Essen, das stets nur lauwarm und zu den seltsamsten Uhrzeiten serviert wurde, hing ihr zum Hals heraus. Umso größer war ihre Erleichterung, als der Arzt tags darauf verkündete, ihre Genesung sei nun so weit fortgeschritten, dass man sie guten Gewissens entlassen könne.

»Gott sei Dank!«, sagte sie am Telefon zu Cara. »Ich dachte schon, ich komme hier nie wieder raus. Ich muss lernen, mit einem Rollstuhl umzugehen. Das wird bestimmt eine interessante Erfahrung, zumal ich ja nur einen Arm zur Verfügung habe. Bis jetzt hab ich eine angehende Krankenpflegerin und eine Blumenvase angefahren. Wahrscheinlich ist genau das der Grund dafür, dass sie mich loswerden wollen. Am besten besorgst du mir bei einer Fahrschule ein paar Aufkleber mit der Aufschrift ›Anfänger‹.«

Der Gedanke an die unmittelbar bevorstehende Entlassung stimmte Mattie zum ersten Mal seit Wochen eine

Spur optimistischer, obwohl sie nach wie vor keine Ahnung hatte, wie sie ohne die regelmäßige Verpflegung und die Unterstützung durch das Krankenhauspersonal zurechtkommen sollte. Würde Cara – ihre unbestritten tolle, lustige, aber doch ziemlich selbstbezogene Freundin – für sie sorgen können? Mattie bezweifelte es ernsthaft, und ganz abgesehen davon hasste sie es, auf andere angewiesen zu sein. Sie war schon mit neunzehn auf sich selbst gestellt gewesen. Zugegeben, während der ersten Zeit in London hatte ihr Bruder einen Teil ihrer Studiengebühren übernommen und ihr einen Teilzeitjob in einer Weinhandlung vermittelt, aber abgesehen davon hatte sie es im Alleingang geschafft. Und sie hätte sich niemals träumen lassen, dass sie einmal derart in der Klemme sitzen würde.

Am nächsten Morgen wurde sie vom klinikeigenen Krankentransportservice vor dem Haus abgesetzt, in dem Cara wohnte. Cara kam heraus, um sie zur Begrüßung vorsichtig zu umarmen.

»Willkommen in der Freiheit! Jetzt wird alles gut, du wirst schon sehen. Ich habe meinen Lagerbestand an Fertigmahlzeiten von Marks & Spencer massiv aufgestockt, die musst du dann nur noch in der Mikrowelle wärmen. Bücher und Zeitschriften liegen bereit, und im Wohnzimmer wartet bereits mein Laptop auf dich.«

Mattie lächelte, teils weil Cara ein Sweatshirt mit der Aufschrift »I only date Cowbowys« trug, aber in erster Linie, weil sie so unheimlich erleichtert darüber war, ihr vertrautes Gesicht zu sehen.

Es gab da nur ein klitzekleines Problem: Der Rollstuhl

war zu breit, sosehr Cara auch zerrte, schob und zog – natürlich nur ganz vorsichtig, damit Mattie nicht aus dem Gefährt kippte – er wollte partout nicht durch die Tür passen.

»Vielleicht geht es ja mit etwas Hin-und-her-Wackeln … O Mann, das darf doch nicht wahr sein! Ich bin gar nicht auf die Idee gekommen, dass es daran scheitern könnte«, sagte Cara, sichtlich darum bemüht, sich ihre Bestürzung nicht anmerken zu lassen, und schob ein verhaltenes »So eine verkackte Scheiße!« hinterher.

Mattie gluckste, und dann kicherte sie los. Ihre Belustigung wirkte ansteckend, und im Nu hielten sie sich beide vor Lachen den Bauch.

»Autsch! Aua! Hör auf, meine Rippen! Au …«, stöhnte Mattie zwischendurch und krümmte sich vor Schmerz, weil ihre Muskeln lautstark protestierten, aber es tat gut, mal wieder so richtig herzhaft zu lachen.

Cara grunzte und wischte sich die Tränen von den Wangen. »O Scheiße, was für ein absoluter Albtraum.« Sie zückte ihr Handy. »Aber keine Sorge, das kriegen wir schon hin.« Sie zwinkerte Mattie zu und wählte. »Nick? Hi, ich bin's. Könntest du mir einen Gefallen tun? Ich stehe hier mit Mattie vor meiner Tür … Ja, ich weiß … Also, Folgendes: Sie ist an den Rollstuhl gefesselt, und das verfluchte Ding passt nicht durch, und jetzt sitzen wir hier draußen fest und frieren uns den Arsch ab. Meinst du, du könntest kurz vorbeikommen?« Sie lauschte kurz. »Danke, Kumpel, das wäre echt klasse.«

Mattie fröstelte, und auf einen Schlag fühlte sie sich wieder so elend wie zuvor. Sie kam sich vor wie eine Katze, die man im Regen vor die Tür gesetzt hatte, und verspürte nur noch einen einzigen Wunsch: sich irgendwo in eine warme Ecke zu verkriechen und der Welt den Rücken zu kehren.

Cara ging hinein und kam gleich darauf mit einer Decke zurück. »Damit du mir hier nicht erfrierst«, sagte sie und breitete sie ihr über die Beine. Dann versuchte sie, Mattie bei Laune zu halten, indem sie ein paar Anekdoten von einem Popstar erzählte, den sie kürzlich für ein Fotoshooting gestylt hatte, aber Mattie konnte sich kaum darauf konzentrieren. Zum Glück vernahmen sie schon ein paar Minuten später ein Hupen. Es war Nick, der gerade in ihre Straße bog.

Cara und Nick hoben Mattie aus dem Rollstuhl, indem sie die Hände unter sie schoben und mit den Armen eine Art Hängematte bildeten, und trugen sie dann schnurstracks ins Wohnzimmer, wo sie sie vorsichtig auf dem Sofa absetzten.

»Danke, Nick«, sagte Cara und zwinkerte ihm zu. »Du edler Retter in der Not.«

»Ja, danke«, echote Mattie. »Echt nett von dir, dass du gleich vorbeigekommen bist.«

»Na klar. Ich war ohnehin in der Nähe. Freut mich, dass du aus dem Krankenhaus raus bist, Matilda.«

»Und mich erst«, sagte Mattie.

»Ich hole mal eben den Rollstuhl. Er lässt sich doch zusammenklappen, oder?«

Sie nickte. »Ich glaube schon.«

»Und Johnny hat sich noch nicht blicken lassen?«, erkundigte sich Nick, als er mit dem Rollstuhl zurückkehrte.

»Welcher Johnny?«, brummte Mattie missmutig.

»Oh … Verstehe.« Er räusperte sich verlegen. »Äh, na ja, er kommt bestimmt bald vorbei.«

Typisch Brite, dachte Mattie bei seinem Versuch, die Wogen zu glätten. »Da wäre ich mir nicht so sicher.«

Johnny hatte nichts von sich hören lassen, mal abgesehen von dem Blumenstrauß, den er ihr gleich nach ihrer Rückkehr nach London ins Krankenhaus hatte schicken lassen. Sie hatte mehrmals vergeblich versucht, ihn zu erreichen, aber er hatte nicht zurückgerufen. Er hätte sich wenigstens mal melden können, um in Erfahrung zu bringen, wie es ihr ging, selbst wenn er noch bei seinen Eltern war, um sich zu erholen.

Cara deckte sie zu und verschwand dann in der Küche. Ein paar Minuten später tauchte sie wieder auf. »Hier, das wird dir guttun«, sagte sie und legte Mattie vorsichtig eine Wärmflasche mit Leopardenmuster-Bezug auf den Schoß.

Mattie rang sich ein dankbares Lächeln ab. Sie war so froh, dass sie nicht mehr draußen in der Kälte saß.

Cara sah auf sie hinunter. »Ich habe keine Ahnung, wie wir dich von diesem Sofa wieder hochkriegen«, stellte sie fest.

»Willkommen im Klub«, murmelte Mattie.

Es dauerte noch fast zwei Wochen, bis Johnny sich endlich dazu herabließ, sie anzurufen. Er fragte, ob sie sich noch am selben Abend sehen könnten.

Cara ließ ihn herein und verdünnisierte sich gleich wieder, damit sie ungestört waren. Mattie begrüßte ihn vom Sofa aus mit einem reservierten »Hallo, Fremder«.

»Hey, Mattie.« Es klang zurückhaltend und so gar nicht

wie der Johnny, den sie kannte. Er beugte sich zu ihr runter und platzierte unbeholfen einen Kuss auf ihre unversehrte Wange, knapp neben dem Mundwinkel, geradeso, als hätte er sich nicht entscheiden können, wohin er zielen sollte. »Dein Gesicht sieht schon besser aus.«

Den Cut über dem Jochbein würde sie zwar nicht so schnell loswerden, aber zumindest war der Bluterguss so gut wie verschwunden, und auch die Schwellung um den Mund war so weit zurückgegangen, dass ihre Lippen wieder normal aussahen, obwohl sie beim Essen noch schmerzten.

»Zum Glück, ja …« Mattie ahnte bereits, warum er gekommen war. *Es geht doch nichts über einen katastrophalen Unfall, um die Spreu vom Weizen zu trennen,* dachte sie missmutig und rüstete sich seelisch für das, was er bestimmt gleich sagen würde. Anfangs war sie heilfroh gewesen, dass er das Unglück lebend und praktisch unverletzt überstanden hatte, doch mittlerweile waren ihre Gefühle für ihn erkaltet wie ein zu langsam getrunkener Glühwein. »Und, wie geht's dir?«, fragte sie, um das Unvermeidliche noch etwas hinauszuzögern.

»Mir?« Er wirkte überrascht. »Och, ganz gut so weit, danke. Ich hab mich ein paar Tage geschont.« Er verstummte verlegen, klimperte mit den Münzen in der Hosentasche und ließ sich dann auf der Armlehne am Fußende des Sofas nieder, als wüsste er bereits, dass er bald wieder gehen würde. »Mattie, es tut mir echt leid, dass du so schwer verletzt wurdest. Ich weiß, dass ich mit dafür verantwortlich bin.«

»Mit verantwortlich?«, wiederholte sie konsterniert. Jetzt zeigte sich offenbar sein wahres Gesicht. »Wir wären nie abseits der Pisten gefahren, wenn du nicht darauf bestanden hättest.«

»Ach komm. Ich hatte es *vorgeschlagen*, und du warst gleich Feuer und Flamme.«

Jetzt wurde Mattie richtig wütend. »Du hast deutlich mehr Erfahrung als ich, Johnny«, sagte sie in eisigem Tonfall. »Jedenfalls hast du dich als der große Experte aufgespielt. Du hättest die Gefahr richtig einschätzen müssen.«

»Du meinst also, es ist allein meine Schuld gewesen.«

»Ja, das meine ich, wenn du's genau wissen willst!«, fauchte sie, wohl wissend, dass es irrational – und unfair – von ihr war, ihre Wut an ihm auszulassen.

»Ich habe dich zu nichts gezwungen!«

»Du kapierst es einfach nicht, oder?« Mattie fragte sich, was sie überhaupt je an ihm gefunden hatte. »Es wäre schön gewesen, wenn du hinterher für mich da gewesen wärst.«

Er räusperte sich erneut. »Hör zu, Mattie, es hat sich einiges geändert, nicht? Zwischen uns, meine ich. Irgendwie ist uns in der Schweiz etwas abhandengekommen, und …«

»Allerdings!«, unterbrach sie ihn. »Mir ist quasi mein bisheriges Leben abhandengekommen! Ich weiß nicht einmal, ob ich überhaupt noch einen Job habe, wenn ich endlich wieder auf den Beinen bin! Und du, du hast dich einen Dreck um mich gekümmert! Von meinem Freund erwarte ich ein bisschen mehr Fürsorge!«

»Darf ich ausreden?«

Sie starrte ihn wortlos an.

»Ich hab versucht, meine Gefühle für dich wiederzubeleben, aber irgendwie … ist da einfach nichts mehr.«

»Warum nicht?«, fragte sie, nur um zu sehen, wie er sich noch ein bisschen wand.

»Ich sehe dich einfach mit anderen Augen.«

»Ach ja? Etwa deswegen?« Sie deutete auf die Narbe auf ihrer Wange.

Er senkte zerknirscht den Blick. Wenigstens etwas. »Es tut mir leid, Mattie, aber ich kann nicht weiterhin so tun, als wäre alles wie vorher. Das wäre dir gegenüber nicht fair. Eine so tolle Frau wie du hat etwas Besseres verdient.« Er stand auf. »Ich weiß, das Timing ist mies, aber … Ach, es ist wohl das Beste, wenn ich nicht länger um den heißen Brei herumrede: Ich sehe einfach keine Zukunft für uns.«

»Ist das alles?«, fragte Mattie. »Mehr hast du mir nicht zu sagen?«

Er stierte sie verdattert an.

Was hatte er erwartet? Tränen? Hysterisches Gezeter? Tja, da war er bei ihr an der falschen Adresse.

»Gut, dann ist damit wohl alles gesagt.« Sie presste die Lippen zusammen. »Ich hoffe, du siehst es mir nach, wenn ich dich nicht zur Tür bringe.«

»Pass auf dich auf, Mattie.«

O ja. Genau das würde sie von nun an tun.

9

Mattie vernahm ein gedämpftes Klingeln, aber sie konnte sich nicht rühren. Vergeblich ruderte sie mit den Armen – irgendetwas lastete schwer auf ihr, drohte sie zu erdrücken. Was war das nur für ein hartnäckiges Gebimmel? Sie schlug die Augen auf und sah sich schlaftrunken im Zimmer um. Da war es wieder, dieses Geräusch. Es stammte von ihrem Handy, das mit hell erleuchtetem Display neben ihr lag. Sie streckte den gesunden Arm danach aus und ging ran. »Hmmmnnngh.«

»Na endlich. Hallo, Schwesterherz! Entschuldige, hab ich dich geweckt?«

»Mark!« Beim Klang seiner vertrauten Stimme machte ihr Herz vor Freude einen Satz. »Nein, nein, kein Problem, ich hab nur gerade mein vormittägliches Nickerchen gemacht.« Ihr Bruder hatte sie in der Schweiz angerufen, sobald er von ihrem Unfall erfahren hatte, und sie hatte ihn nur mit Mühe und Not und dem Argument, dass sie gut versorgt wurde, davon abhalten können, sich auf der Stelle in ein Flugzeug zu setzen. »Was gibt's?«

»Was treibst du heute so?«

Mattie versuchte, ihr Gehirn auf Touren zu bringen, während sie sich seine Frage durch den Kopf gehen ließ. »Na ja, die meiste Zeit werde ich damit verbringen, die

Wände in Caras Wohnung anzustarren, so wie schon die ganze Woche. Erzähl mir lieber, was bei euch so los ist, das ist garantiert interessanter.«

»Ach, bei uns ist eigentlich alles wie gehabt. Wir haben kürzlich eine neue Abfüllanlage installiert, Luisa treibt allerhand Schabernack, und Leo versucht Barnsie ein paar weitere Kunststücke beizubringen. Neulich hatte er ihn schon fast so weit, dass er sich auf die Hinterläufe gesetzt und gebettelt hat.«

»Wie geht's Rose?«

»Gut. Sie hat mit dem Restaurant alle Hände voll zu tun, du kennst das ja ... Apropos, was hältst du von einem gemeinsamen Mittagessen?«

»Haha, sehr witzig, Mark. Wie stellst du dir das vor? Sollen wir skypen, während ich mir meine Spezialfertigmahlzeit von Tesco reinziehe?«

»Nicht ganz, nein. Ich dachte da eher an ein Essen im London House. Das scheint ganz in der Nähe von Caras Wohnung zu sein, und Rose meinte, das ist zurzeit der angesagteste Laden der Stadt.«

»Monsieur belieben zu scherzen, was? Ganz schön gemein von dir, mir so den Mund wässrig zu machen. Ich glaub, mein Humor ist noch unter der Lawine begraben. Jedenfalls steh ich gerade nicht so darauf, verarscht zu werden.«

»Das war kein Scherz. Ich bin vor einer halben Stunde in London gelandet«, verkündete Mark. Er klang ausgesprochen zufrieden, weil ihm die Überraschung gelungen war.

»Waaaas?« Mattie ließ vor Aufregung beinahe das Handy fallen. »Ganz im Ernst jetzt? Du nimmst mich doch auf den Arm, oder?«

»Ich bin in London, ich schwör's. Ich fahre nur kurz ins Hotel, und sobald ich mich rasiert und einen Kaffee gekippt habe, komme ich zu dir. Wie war noch gleich die genaue Adresse?«

Mattie legte mit zitternden Fingern auf, dann setzte sie sich aufrecht hin und schwang mit etwas Mühe die Beine aus dem Bett. »Cara!«, rief sie durch die offene Tür. »Cara! Rate mal, wer gerade angerufen hat!«

Cara kam sogleich angetrabt. »Wer denn?«, fragte sie und rubbelte sich die feuchten Haare mit einem Handtuch.

»Mein Bruder Mark! Er ist in London und will mich zum Essen ausführen!«

»Oh, wow, das nenn ich ja mal 'ne tolle Neuigkeit! Was für eine coole Überraschung!«

»Das kannst du laut sagen!« Mattie freute sich wie ein kleines Kind auf das Wiedersehen mit ihrem Bruder. Erst jetzt wurde ihr bewusst, wie sehr er ihr gefehlt hatte. Tja, wenn es einem schlecht ging, wünschte man sich eben doch in den Schoß der Familie zurück.

»Du musst mir helfen, damit ich wenigstens einigermaßen präsentabel aussehe. Ich werde tonnenweise Concealer brauchen.«

Wobei es ohnehin ein Ding der Unmöglichkeit war, die wulstige rote Narbe auf dem Jochbein zu überschminken, auch wenn die Fäden inzwischen raus waren. Dafür war von ihrem Veilchen nur noch ein gelbbrauner Schatten übrig, der ihr lediglich ein etwas müdes Aussehen verlieh.

»Ich fürchte, das wird nicht reichen. Wir sollten dir wenigstens die Haare waschen.«

»Seh ich echt so schlimm aus?« Mattie befühlte prüfend die fettigen Strähnen, die ihr in die Stirn hingen.

»Ich sag's nur ungern, aber: ja.«

Gegen Mittag wurde Mattie von ihrem Bruder in das Restaurant geschoben, in dem bereits der köstliche Duft von frisch gebackenem Brot und karamellisierten Zwiebeln in der Luft hing. Es war so dampfig, dass die Fenster beschlagen waren, aber Mattie fand die Wärme wohltuend, vor allem nach den eisigen Temperaturen draußen. Nachdem sie seit der Entlassung aus dem Krankenhaus nicht mehr vor der Tür gewesen war, hatte sie den Großstadtlärm und die vielen optischen Eindrücke als regelrechte Reizüberflutung empfunden. Zum Glück herrschte im Restaurant eine angenehme Stille, und die makellos gekleideten Kellner verzogen keine Miene bei dem Anblick, den sie bot, mit ihrer lädierten Visage, dem Rollstuhl und der Jogginghose – etwas anderes konnte sie wegen ihres Gipsbeins zurzeit nicht tragen. Cara hatte ihr einen weichen grauen Kaschmirpulli geliehen und ihr einen safrangelben Schal um den Hals gebunden – als kleinen Farbakzent, weil sie so blass im Gesicht war. Das normalerweise kurz geschorene Haar glich nun eher einem zerzausten Mopp, aber Cara hatte sich große Mühe gegeben und es ihr kunstvoll hinter die Ohren gekämmt, um ihm zumindest den Anschein einer Art Frisur zu verleihen. Verglichen damit, wie sie noch vor ein paar Wochen ausgesehen hatte, bot sie nun schon einen ganz annehmbaren Eindruck, fand Mattie.

Ein Kellner wies ihnen einen Tisch in der Ecke zu, damit

Mattie beim Essen nicht von vorbeigehenden Gästen gestört werden konnte.

»Na, was sagen die Ärzte?«, wollte Mark wissen, nachdem sie ihre Bestellung aufgegeben hatten.

»Den hier« – Mattie klopfte auf den schweren Gips – »muss ich noch ungefähr sechs Wochen tragen. Der Genesungsprozess wird noch sehr lange dauern, und ich werde oft zur Physiotherapie müssen. Und was das Scarface angeht«, sie deutete auf ihre Narbe, »wird sich zeigen, ob ein Besuch beim Schönheitschirurgen angesagt ist oder nicht. Vermutlich hab ich mir mit der Skikante die Wange aufgeschlitzt, nachdem sich die Bindung gelöst hat. Was auch immer es war, es tut nach wie vor scheußlich weh.«

»Oje …« Er musterte sie bekümmert. »Das tut mir sehr leid zu hören, Tilly.«

Sie rümpfte die Nase. »Neuerdings nenne ich mich Mattie, schon vergessen? Das klingt einfach weniger kindisch.«

»Für mich wirst du trotzdem immer Tilly bleiben.« Er lehnte sich etwas zurück, damit ihm der Kellner eine Serviette über den Schoß breiten konnte. »Ich hoffe, sie haben dir wenigstens anständige Schmerztabletten verschrieben.«

»Ehrlich gesagt versuche ich, möglichst ohne auszukommen. Sonst fühle ich mich ständig so benebelt und bin so wackelig auf den Beinen.«

»Wow, du bist echt hart im Nehmen. Weißt du noch, wie du dir mit sechs auf dem Betonboden der Kellerei das Knie aufgeschlagen hast, weil du unbedingt auf Rollschuhen zwischen den Weinfässern herumkurven musstest? Du hast dich einfach aufgerappelt und bist weitergefahren, obwohl dir das Blut in die Socken gelaufen ist.«

»Ich würde sagen, das hier ist etwas schlimmer.«

»Wohl wahr.«

»Und es stellt mich vor ein Problem ...«

»Nämlich?«

»Meine Chefin weiß es zwar noch nicht, aber ich kann mir kaum vorstellen, dass ich allzu bald an den Schreibtisch zurückkehren werde. Ich soll meinen rechten Arm schonen, und ohne den geht nun mal so gut wie gar nichts – ich kann nicht Auto fahren, ich kann nicht tippen ...«

»Hm, das ist in der Tat ein Problem. Und, meinst du, sie ist gewillt zu warten, bis du wieder voll einsatzfähig bist?«

In diesem Moment brachte man ihnen ihre Vorspeisen, sodass Mattie die Antwort erspart blieb. Beim Anblick der mit Krabben gefüllten Tortellini in klarer Brühe konnte sie sich ein genüssliches Stöhnen nicht verkneifen. »Wow, das sieht sensationell aus. Kein Vergleich mit einer Fertigmahlzeit, so viel steht schon jetzt fest.« Sie griff nach dem Weinglas und trank einen Schluck von dem Puligny-Montrachet, den Mark bestellt hatte. »Mir scheint, Rose hat voll den Durchblick, was gute Londoner Restaurants angeht, und das, obwohl sie im australischen Outback sitzt.« Plötzlich knurrte ihr der Magen.

Mark tätschelte ihr die Schulter. »Freut mich zu hören, dass du deinen Appetit nicht verloren hast. In der Hinsicht hast du ja seit jeher Mähdrescher-Assoziationen geweckt.« Er nahm die Gabel zur Hand und spießte eine der Teigtaschen auf. »Wie geht es eigentlich Johnny? Cara hat erwähnt, dass er auch von der Lawine erwischt wurde.«

Mattie zögerte. Es war ihr peinlich, ihm zu gestehen, dass Johnnys Verhalten nach dem Unglück alles andere als vorbildlich gewesen war. »Ich ... ähm ... Er war eine Weile bei seinen Eltern in Hampshire.«

»Oh. War er schwer verletzt?«, fragte Mark.

»Äh, nö.«

»Dann hat er dich doch bestimmt mal besucht, oder?«

»Genau ein einziges Mal, seit ich wieder in England bin«, sagte sie leise. »Und zwar, um mit mir Schluss zu machen. Er kam offenbar nicht damit zurecht, dass ich als Freundin nicht mehr so richtig vorzeigbar bin …« Sie deutete auf ihr Gesicht. »Tja, Pech für ihn«, fügte sie matt hinzu.

»Was?« Mark riss ungläubig die Augen auf. »Das darf doch nicht wahr sein! So ein Vollpfosten!«, echauffierte er sich.

Mattie schnaubte belustigt. Es tat gut, eine derartige Solidaritätsbekundung aus dem Mund ihres Bruders zu hören, und es bestätigte ihre Gefühle. »Du hast völlig recht, er ist ein Vollpfosten«, stellte sie fest. Es überraschte sie, dass sie schon darüber schmunzeln konnte. »Gott, es ist so schön, dass du da bist.«

Er lächelte. »Und, hast du dir schon überlegt, was du machen wirst, bis du wieder arbeiten kannst?«

Das war die große Frage, die Mattie in den vergangenen Wochen stets tunlichst verdrängt hatte. Was sollte sie tun? Sie hatte nur ein paar Tausend Pfund auf der hohen Kante – ihr Gehalt war zum größten Teil für die Lebenshaltungskosten und die Tilgung des Studienkredits draufgegangen. Sie verdiente zwar nicht schlecht, aber London war nun mal eine teure Stadt. Bianca hatte sich ihr gegenüber bislang reizend verhalten, aber sie erwartete sie in ein, zwei Wochen wieder im Büro. Mattie hatte ihr Kontingent an Krankheitstagen bereits ausgeschöpft und nahm bis auf Weiteres unbezahlten Urlaub, aber diese Situation war weder für sie selbst noch für Three Bees auf Dauer tragbar.

»Du weißt, dass du jederzeit nach Hause kommen kannst. Nach Kalkari, meine ich«, sagte Mark, da sie ihm die Antwort schuldig blieb. »Es ist eine Ewigkeit her, seit … Na ja, lassen wir das. Jedenfalls haben wir massenhaft Platz, und ich bin sicher, du würdest dich blendend mit Rose verstehen. Du hast Luisa seit unserem letzten Trip nach England nicht mehr gesehen, und da war sie noch ein Baby. Und Leo ist wahnsinnig gewachsen. Ich weiß, wie viel Wert du auf deine Unabhängigkeit legst, aber ich möchte für dich da sein, nach allem, was passiert ist. Also, komm nach Australien, und sei es nur für ein paar Monate, bis du wieder gesund bist. Wir sind schließlich deine Familie. Es ist doch an der Zeit, findest du nicht auch? Es ist jetzt zehn Jahre her, Mattie.«

»Ich weiß.«

»Du musst ja nicht für immer bleiben.«

Sie ließ sich seinen Vorschlag kurz durch den Kopf gehen, verwarf den Gedanken dann aber wieder. Der lange Flug wäre garantiert der reinste Albtraum in ihrem momentanen Zustand, selbst wenn sie mit Schmerztabletten vollgepumpt war. Den wahren Grund konnte und wollte sie sich selbst noch nicht so recht eingestehen.

»Danke, aber ich will dir keine Last sein, und überhaupt ist mein Lebensmittelpunkt jetzt hier …« Noch während sie das sagte, fragte sie sich, ob sie eine Rückkehr tatsächlich ernsthaft in Erwägung ziehen könnte, und im selben Moment wurde ihr jäh bewusst, dass sie dafür nicht nur ihren Eltern, sondern vor allem sich selbst verzeihen müsste.

»Von wegen Last – ganz im Gegenteil! Du könntest mir einen Gefallen tun …«

»Ach ja?« Mattie musterte ihn argwöhnisch.

»Es gibt eine Menge Bürokram zu erledigen, und im

Augenblick habe ich dafür weiß Gott keine Zeit. Ich brauche dringend eine Sekretärin, und ich wette, das schaffst du problemlos, selbst einarmig. Mir ist klar, dass das nicht so glamourös klingt wie Kreativchefin einer Werbeagentur, aber ich würde mich riesig freuen, wenn du mir zur Hand gehen würdest. Und es ist echt herrlich bei uns um diese Jahreszeit. Sonnenschein, blauer Himmel …« Er deutete mit dem Messer zum Fenster, um seinen Worten Nachdruck zu verleihen.

Der Gedanke an warme, sonnige Tage und frische Luft war sehr verlockend, doch Mattie schüttelte den Kopf. »Vergiss es. Ich wäre eine schauderhafte Sekretärin, und ich war so lange nicht zu Hause. Wahrscheinlich würde ich mich zu Tode langweilen, nach alldem hier.« Sie sah sich mit vielsagender Miene im Lokal um, in dem es mittlerweile von Männern in dunklen Anzügen und Frauen mit teurem Schmuck und perfekter Frisur wimmelte.

»Von wegen.« Mark glaubte ihr offensichtlich kein Wort. »Ich weiß genau, dass sich irgendwo hinter dieser Fassade großstädtischer Eleganz noch ein Landei versteckt.«

Mattie verzog das Gesicht. »Großstädtische Eleganz? Ist dir aufgefallen, dass ich eine Jogginghose trage!«

»Na, so laufen heutzutage doch alle Promis rum, oder?« Er hob eine Augenbraue. »Wie dem auch sei, das Angebot steht. Du musst nur noch zusagen.«

Sie schenkte ihrem Bruder ein dankbares Lächeln. »Okay, ich werde es mir noch mal ernsthaft durch den Kopf gehen lassen.« So, höchste Zeit für einen Themenwechsel. »Sag mal, was wünscht sich Luisa eigentlich zum Geburtstag?«

Nachdem Mark sie wieder zu Hause abgeliefert hatte, saß sie eine Weile in der Küche und sah durch die Terrassentür hinaus in den winzigen, kahlen Garten, wo zwei Rotkehlchen unermüdlich Futter für ihre noch glatzköpfigen Jungen herbeischafften, die mit weit aufgesperrten Schnäbeln im Nest saßen. Schon erstaunlich, dass der Fleiß und die Beharrlichkeit dieser Tierchen sie selbst dann noch die Stellung hielten ließen, wenn ein Sturm ihr Nest fortzublasen drohte. Während sie die Vögel beobachtete, versuchte sie erneut sich vorzustellen, wie es wohl wäre, ins Shingle Valley zurückzukehren. Vielleicht war das ja eine gute Gelegenheit, die Dinge wieder ins Lot zu bringen?

Es war eine Unterhaltung mit Cara, die sie schließlich vollends überzeugte – Cara, die ihre Partybesuche überraschenderweise auf ein Minimum beschränkt, Matties schlechte Laune mit einer wahren Engelsgeduld ertragen und jeden Abend für sie gekocht hatte. Und sie hatte Mattie stets mit Geschichten von der Welt da draußen unterhalten und mit Büchern und DVDs versorgt, von denen sie annahm, sie könnten ihr gefallen. Für all das würde Mattie ihr ewig dankbar sein.

»Also, wenn du mich fragst, wäre es ganz schön bescheuert, Marks Angebot nicht anzunehmen, selbst wenn du nur ein paar Monate dort bleibst. Denk doch nur an den Sonnenschein und den Wein!«

Caras Worte weckten Erinnerungen: Mattie sah sich mit ihrer Familie an einem großen Tisch auf der Veranda ihres Elternhauses sitzen … der Duft von gegrilltem Lamm … große Salatschüsseln und Weinflaschen, an denen das Kondenswasser herunterlief … Gelächter … das Flimmern der heißen Luft über den Weinbergen … Und plötzlich verspürte sie eine unbändige Sehnsucht nach alldem.

»Versuchst du etwa gerade, mich loszuwerden?«, sagte sie halb im Scherz.

»Quatsch!«, rief Cara entrüstet. »Aber was du so erzählt hast, klang echt vielversprechend. Was hält dich davon ab? Es muss ja nicht für immer sein. Betrachte es meinetwegen als einen ausgedehnten Urlaub. Also, hüpf in einen Flieger und besuch deine Familie, Herrgott noch mal! Ich wette, deine Mum macht sich schreckliche Sorgen um dich. Das würde meine jedenfalls tun.«

Mattie machte sich nicht die Mühe, ihr zu erklären, dass ihre Mutter noch gar nichts von dem Lawinenunglück wusste.

10

Rose setzte behutsam die letzte Schneeflocke auf die mit weißem Zuckerguss überzogene Torte und rückte die Karottennase gerade. Luisa hatte sich eine Eisköniginnen-Geburtstagsparty gewünscht – oder eher in Auftrag gegeben –, und Rose konnte dem kleinen dunkelhaarigen Engel, der sich quasi schon am ersten Tag einen festen Platz in ihrem Herzen erobert hatte, einfach keinen Wunsch abschlagen.

Sie trat einen Schritt zurück, wischte sich die Finger an der Schürze ab und betrachtete ihr Werk: Olaf, der Schneemann, in Tortenform. Luisa würde entzückt sein. Rose trug ihr Werk in die Speisekammer, damit das neugierige Geburtstagskind es nicht vorzeitig entdeckte. Im Moment war Luisa noch mit Astrid auf der Suche nach einem Elsa-Kleid, und Rose hatte dem Kindermädchen eingeschärft, erst nach dem Mittagessen zurückzukommen. Sie fragte sich, warum Luisa eigentlich Elsa zu ihrer Heldin auserkoren hatte, die blonde Eisprinzessin, und nicht ihre unerschrockene kleine Schwester Anna.

Na, egal. Ab drei Uhr nachmittags würden zwanzig Vier- bis Fünfjährige durch das Haus toben, und davor mussten noch die Partytüten für die kleinen Gäste befüllt und eine ganze Tüte Luftballons aufgeblasen werden. Sie konnte von Glück sagen, wenn sie es noch irgendwie schaffte, ein sauberes Kleid anzuziehen, ehe die Partygäste eintrafen. Isabella würde auch darunter sein – natürlich, sie war schließlich Luisas Mutter, wenngleich sie keinerlei Anstalten gemacht hatte, Rose bei den Partyvorbereitungen zur Hand zu gehen. Sie hatte es ihr noch nicht einmal angeboten. *Wahrscheinlich ist sie der Ansicht, dass es vollauf genügt, wenn sie uns mit ihrer Anwesenheit beehrt,* dachte Rose mürrisch.

Um neben Isabella optisch einigermaßen bestehen zu können, hatte sich Rose schon morgens die Haare gewaschen und außerdem eine burgunderrote Tönung aufgetragen, die ihrer Mähne ein wenig Glanz verleihen sollte. Deshalb lief sie nun schon seit geraumer Zeit mit einer Duschhaube auf dem Kopf durch die Gegend. Es dauerte mal wieder alles länger als geplant, aber sobald sie hier fertig war, würde sie die Farbe ausspülen.

Heute gab es noch einen weiteren Grund zum Feiern: die Ankunft von Marks Schwester Matilda. Sie würde eine Weile auf Kalkari wohnen. Wie lange genau, wusste Rose nicht. Mark hatte lediglich erwähnt, dass sich ihre Genesung noch einige Monate hinziehen könne und dass sie nicht nur körperlich, sondern auch seelisch angeschlagen war und deshalb ein bisschen verwöhnt werden musste. Er war bereits gestern Abend nach Sydney gefahren, um sie heute frühmorgens vom Flughafen abzuholen. Rose freute sich schon darauf, Marks »kleine« Schwester kennenzulernen. Sie stellte es sich jedenfalls schön vor, mal wieder etwas mehr weibliche Gesellschaft auf Kalkari zu haben. Blieb nur zu hoffen, dass sie gut miteinander klarkommen würden.

Sobald sie das Haupthaus auf Vordermann gebracht

hatte, ging Rose hinüber zu der zum Gästehaus umgebauten Scheune, um sich davon zu überzeugen, dass auch dort alles picobello war. Fehlten eigentlich nur noch ein paar frische Blumen. Also huschte sie gleich darauf, mit der Küchenschere bewaffnet, zwischen den Weinstöcken links neben der Einfahrt von Rosenstrauch zu Rosenstrauch. Wie sie mittlerweile wusste, fungierten die empfindlichen Rosen als eine Art Frühwarnsystem: Machten sich bei ihnen Krankheiten oder Schädlingsbefall bemerkbar, so konnte der Winzer noch rechtzeitig Maßnahmen ergreifen, um die Weinstöcke zu schützen. Rose war irgendwann zu dem Schluss gekommen, dass sie schon wegen ihres Namens dazu bestimmt war, umgeben von Weinstöcken zu leben. Man mochte diese Einstellung abstrus finden, aber ihr entlockte der Gedanke trotzdem jedes Mal ein Lächeln.

»Hey, was soll das?«

Rose fuhr herum und atmete erleichtert auf, als sie einen korpulenten älteren Herrn erblickte. »Ach, du bist's bloß. Ich hab schon befürchtet, ich hätte mir Ärger eingehandelt.« Sie lachte. »Jake mag es nicht, wenn ich mich an seinen Rosensträuchern bediene.«

»Ha, reingelegt«, sagte Dan. Er war wie Mark Winzer und stand ihm bei der Arbeit mit Rat und Tat zur Seite. »Nur zu, mir ist das schnurz. Wir haben weiß Gott genug davon. Es wird ihm gar nicht auffallen.«

Er hatte recht – unzählige samtige dunkelrote Blüten zierten die Sträucher, die am Anfang und am Ende jeder einzelnen Rebzeile wuchsen.

»Du kommst doch nachher rüber, oder? Lulu hat mir extra aufgetragen, dich einzuladen.«

»Du weißt doch, dass ich mir keine deiner Torten entgehen lasse. Dafür nehm ich sogar ein Rudel stillender Mütter in Kauf.« Er schnitt eine Grimasse.

Rose kehrte mit ihrer Ausbeute zurück zum Gästehaus und sah sich zufrieden um. Das Gebäude war kaum wiederzuerkennen. Bei ihrer Ankunft vor drei Jahren war das hier noch eine verstaubte und von Spinnen bewohnte Scheune gewesen, doch Mark hatte kürzlich eine Baufirma aus dem Ort mit der Generalsanierung beauftragt. Diese hatte den Mauern einen frischen, schneeweißen Verputz verpasst und die klapprigen alten Fensterrahmen ausgetauscht, durch die im Winter der Wind gepfiffen hatte und im Sommer die Mücken hereingekrochen waren. Das Inneneinrichtung war minimalistisch und trotzdem gemütlich: Auf dem gefliesten Boden lagen Flickenteppiche in gedämpften Farben, vor dem Holzofen im Wohnbereich standen zwei große Sofas mit bunten Kissen, und für die beiden Schlafzimmer hatte Rose neue Bettwäsche und dicke Daunendecken besorgt. Sie stellte die Rosen in eine Glasvase und platzierte sie auf einen der klobigen Holzbeistelltische, dann öffnete sie die Fenster und eilte wieder hinüber ins Haupthaus.

»Heiliger Strohsack!«

Rose betrachtete sich entgeistert im Badezimmerspiegel. Dann griff sie nach der Verpackung der Tönung, die sie zugegebenermaßen eine ganze Weile hatte einwirken lassen.

Zu lange, wie es schien.

Tahitian Sunset? Das soll wohl ein Witz sein! Rose kniff die Augen zusammen und überflog die Gebrauchsanweisung, in der etwas von subtilem burgunderrotem Glanz stand. Von wegen – ihre Haare waren lila. Lila! Sie sah aus wie ein Verschnitt aus Katy Perry und Kelly Osbourne. Das war definitiv nicht der Effekt, der ihr vorgeschwebt hatte. Aber kein Wunder – sie hätte die Tönung bereits nach dreißig Minuten auswaschen sollen und nicht erst nach dreieinhalb Stunden.

Dass sie sich im Anschluss noch viermal die Haare wusch, änderte auch nichts am Ergebnis, sondern führte lediglich dazu, dass nun auch noch ihre Kopfhaut gereizt war. *Na toll.* Damit stand sie vor Isabella ja mal wieder wie die totale Dumpfbacke da. Wie Marks Reaktion ausfallen würde, wollte sie sich lieber gar nicht erst ausmalen. Rose stöhnte verhalten und angelte sich einen türkisfarbenen Schal aus dem Kleiderschrank. Okay. Möchtegern-Popstar oder Krebspatientin? Sie entschied sich für Zweiteres, wickelte sich den Schal ein paarmal fest um den Kopf und schob die Strähnen, die noch hervorlugten, unter den Stoff. So. Damit war der Großteil ihrer lila Mähne verdeckt, und der Schal passte farblich sogar zum Partymotto.

Es war schon nach zwei, aber Rose hatte das Gefühl, dass sie ganz gut in der Zeit lag. Ihre Wangen schmerzten, nachdem sie gefühlt über hundert Luftballons in Weiß und Türkisgrün aufgeblasen hatte, die nun fröhlich an den Bäumen rechts und links der Auffahrt wippten. Sie hatte zwanzig Klarsichtfolientütchen mit Gummischlangen und Caramello Koalas befüllt, auf der hinteren Veranda eine riesige Schneemann-Piñata aufgehängt und bergeweise Toastbrot mit Butter bestrichen und mit buntem Zuckerstreusel verziert (Mrs Butters, Marks ehemalige Haushaltshilfe, hatte mehrfach betont, Feenbrot sei das A und O jedes Kindergeburtstags). Rose sah auf die Uhr. Eigentlich sollten Mark und Matilda längst da sein. Hoffentlich kamen sie nicht zu spät – schon wegen Luisa, aber auch, weil Rose sich einfach sicherer fühlte, wenn sie Mark in der Nähe wusste. Sie brauchte ihn als Puffer. Nicht etwa, weil ihr die Bewirtung von zwanzig vollkommen überdrehten kleinen Zuckerschockmonsten samt ihren Müttern Angst eingejagt hätte. Nein, es war die Aussicht, seine Ex im Haus zu haben, hier, wo Isabella einst residiert hatte, die sie tierisch nervös machte. Und das Missgeschick mit der Tönung trug noch zusätzlich dazu bei, dass sie sich ausgesprochen unwohl in ihrer Haut fühlte.

»Wow, schicker Turban!« Astrid war eben mit Max auf dem Arm hereingekommen, gefolgt von Luisa, die fröhlich von einem Bein auf das andere hüpfte. Entweder sie musste mal für kleine Prinzessinnen, oder sie war einfach nur aufgeregt. Bei fünfjährigen Mädchen war das mitunter schwer zu sagen.

»Wir haben ein wunderwunderwunderhübsches Kleid gekauft, Rosie! Ein Prinzessinnenkleid«, verkündete sie mit glänzenden Augen. »Und draußen hängen ganz viele Ballons an den Bäumen!«

Rose schloss sie in die Arme. »Ja, toll, nicht? Die muss eine clevere Fee aufgehängt haben. Also, dann zeig mal dein Kleid! Ich bin sehr gespannt.«

»Es ist ein Elsa-Kleid«, erklärte Luisa stolz.

»Dann muss es ja hübsch sein.«

Die Kleine nickte nachdrücklich.

»Okay, Miss Lulu, wir gehen gleich mal nach oben und ziehen dich um, bevor die Gäste kommen«, sagte Astrid.

»Rosie! Rosie!«, tönte es ein paar Minuten später durchs Haus, und Rose eilte in den Korridor, wo Luisa soeben majestätisch die Treppe hinunterschritt. In ihrem türkisgrünen Kleid, dessen transparenter Tüllüberrock mit winzigen Schneeflocken bestickt war, und den farblich darauf abgestimmten Satinschuhen sah sie aus wie eine waschechte spanische Infantin, komplett mit Apfelbäckchen, vollen Lippen und dunklem Lockenkopf, auf dem eine silberne Plastiktiara prangte.

»Wollen mal hoffen, dass die Marquesa zufrieden ist«, murmelte Astrid.

Doch Rose wollte jetzt nicht über Isabella reden. Sie warf einen Blick auf ihre Armbanduhr. Noch immer keine Spur von Mark. »Luisa findet sich schön, und nur darauf kommt es an.«

11

Als Mattie aus dem Flughafengebäude ins Freie trat, hatte sie das Gefühl, in einen großen Topf Sirup gefallen zu sein, da die feuchtwarmen Luftmassen sie sogleich einhüllten. Binnen Sekunden klebte ihr das T-Shirt am Oberkörper, auf ihrer Stirn bildeten sich Schweißperlen, und das Haar, das nach der fast vierundzwanzigstündigen Reise ohnehin nicht mehr ganz taufrisch war, hing ihr strähnig ins Gesicht. Sie hatte nicht vergessen, wie heiß es hier sein konnte, trotzdem traf sie die ungewohnte Hitze unvorbereitet. Und erst das Licht – dieses unbarmherzige, gleißend helle Licht und der wolkenlose blaue Himmel … Sie atmete tief durch. Eukalyptusduft hing in der Luft, gepaart mit dem stechenden Aroma der Agaven und dem leicht salzigen Geruch des Meeres. Eine vertraute Mischung, die irgendwie tröstlich wirkte, genau wie der vertraute Akzent und die freundliche Begrüßung des Personals an der Passkontrolle. Ein guter Start, der dafür gesorgt hatte, dass ihre Stimmung schon merklich besser war. Unwillkürlich musste sie lächeln. Es kam ihr so vor, als sei sie an die Erdoberfläche zurückgekehrt, nachdem sie jahrelang in einer unterirdischen Schattenwelt gelebt hatte.

Aber wo blieb Mark? Er hatte sich so gefreut, als sie ihn angerufen hatte, um ihm ihre Entscheidung mitzuteilen, dass sie überzeugt gewesen war, das Richtige zu tun. Bianca hatte auf ihre Eröffnung überrascht, aber pragmatisch reagiert. Sie musste schließlich das Geschäft am Laufen halten. »Du wirst uns natürlich fehlen, meine Liebe, kein Zweifel, aber nach allem, was du durchgemacht hast, ist es nur recht und billig, dass du nach Hause zurückkehrst, bis du wieder auf dem Damm bist«, hatte sie gesagt.

Nach Hause. Es kam Mattie beinahe so vor, als wären die zehn Jahre, die sie weg gewesen war, bloß ein Hirngespinst, ein Traum. Ein beunruhigendes Gefühl, zumal das Begrüßungskomitee auf sich warten ließ. Wo blieb Mark nur? Er hatte versprochen, sie hier abzuholen. Da sie nach wie vor keine größeren Strecken zu Fuß bewältigen konnte, hatte sie den Flieger gleich als Erste verlassen dürfen. Ein ausgesprochen freundlicher Bediensteter hatte ihren Rollstuhl vom Sperrgepäckschalter geholt und sie mit ihren Reisetaschen zur Zollkontrolle begleitet. »Bombenwetter heute«, hatte er fröhlich verkündet und sie bereitwillig nach draußen geschoben.

Er hatte sich erst vom Acker gemacht, nachdem sie ihm mehrfach versichert hatte, sie komme nun auch allein zurecht, was sie jedoch bitter bereute, als Mark eine knappe Stunde später noch immer nicht aufgetaucht war. Das Vordach, unter dem sie stand, würde ihr schon bald keinen Schatten mehr spenden, und außerdem musste sie dringend aufs Klo, aber wenn sie ihr Gepäck hier unbeaufsichtigt stehen ließ, löste sie garantiert einen Bombenalarm aus. Während sie noch überlegte, was sie tun sollte, erspähte sie in einiger Entfernung eine große, schlaksige Gestalt, die in Riesenschritten über den Parkplatz eilte. Diesen Gang hätte sie überall erkannt.

»Hallo, Tilly! Tut mir furchtbar leid, dass ich so spät

dran bin. Ich musste noch ein paar Proben in der Stadt abliefern und bin auf dem Weg dorthin im Stau stecken geblieben. Und als ich endlich da war, wurde ich sofort mit Kaffee zwangsbeglückt, und da konnte ich dann nicht gleich wieder gehen … Du weißt ja, wie das ist. Na, egal, jetzt hab ich's ja geschafft – und, was noch viel wichtiger ist – du hast es geschafft.« Mark beugte sich zu ihr runter und umarmte sie vorsichtig, darauf bedacht, den Arm in der Schlinge nicht zu berühren. »Wie war der Flug? Bestimmt bist du total erledigt.«

»Ich heiße Mattie, du Trottel«, fuhr sie ihn gereizt an. Es ärgerte sie, dass er sie so lange hatte warten lassen.

»Ach, stimmt ja, entschuldige. Und wie gesagt, es tut mir echt leid, dass ich erst jetzt komme. Ich hoffe, du siehst es mir nach.« Er zeigte auf ihre Taschen. »Sind das deine?«

»Jep.« Mattie blinzelte die Tränen weg, die ihr urplötzlich in den Augen brannten. O Mann, wie konnte es sein, dass ihr ein bisschen Jetlag und der Geruch der Heimat gleich derart zusetzten?

»Ach komm, so ein Weltuntergang ist das alles nun auch wieder nicht, oder?«, sagte er grinsend, wohl in dem Versuch, sie aufzuheitern. »Hör mal, ich müsste auf dem Weg nach Kalkari noch einen Zwischenstopp einlegen. In Manly hat ein neuer Laden eröffnet – ein Restaurant im spanischen Stil direkt an der Küste –, und die Betreiber ziehen in Erwägung, unsere Weine auf die Karte zu setzen. Ich habe den Leuten vom Vertrieb versprochen, dass ich mal hinfahre und ihnen ein bisschen Honig ums Maul schmiere, quasi als Entscheidungshilfe. Wäre das für dich okay?«

Mattie fuhr sich mit den Fingern durch die Haare und sah an sich hinunter. Sie fühlte sich miserabel und sah zudem alles andere als präsentabel aus. »Na gut, meinetwegen, aber ich sollte mir vorher zumindest ein frisches Oberteil anziehen, und außerdem platzt mir gleich die Blase.«

Mark grinste sie an. »Das ist meine Schwester, wie ich sie kenne und liebe. Stets zu allen Schandtaten bereit. Tja, dann mal los.«

»Wie wär's mit einem Eis?«, fragte er, als er sie wenig später über die Strandpromenade von Manly schob.

»Das ist jetzt nicht dein Ernst, oder?« Die Betreiber der Bodega hatten ihnen ganze Berge von Tapas serviert. So viel hatte sie seit Wochen nicht gegessen.

»Nicht mal ein Golden Gaytime?«

»Hm, na ja, ein Golden Gaytime geht bekanntlich immer. Weißt du noch, wie wir Mum gegen Bezahlung beim Ausmisten in der Kellerei geholfen haben? Da muss ich ungefähr sechs gewesen sein ...«

Mark nickte.

»Und danach bist du mit mir nach Eumeralla gefahren, und ich hab mir gleich drei von den Dingern reingezogen. Das war dann doch zu viel des Guten.« Sie stöhnte bei der Erinnerung daran.

Sie hielten vor einem Lebensmittelladen, und Mark besorgte zwei Stück der kalten Köstlichkeit. Dann schob er sie wieder über die Straße auf die Promenade, wickelte mit ernster Miene sein Eis am Stiel aus und beobachtete Matties Reaktion auf den ersten Bissen. Hach, das war er, der Geschmack des Sommers. Der Geschmack der langen, heißen Tage, an denen sie versucht hatte, Shakira dazu zu bewegen, über die Hindernisse zu springen, die ihr Vater auf der Koppel aufgebaut hatte. Danach hatte es zur Belohnung immer ein Eis aus der großen Tiefkühltruhe ihrer Mutter gegeben. Mattie schenkte ihrem Bruder ein breites Lächeln. »Das ist das Beste, was ich seit einer Ewigkeit gegessen habe.«

Mark spähte zum Sandstrand hinunter, wo sich schäumend die Wellen brachen. »Eine Wucht, oder?«

Mattie seufzte genüsslich bei dem Anblick. »Ja, nicht übel, Kumpel.«

Nachdem sie ihr Eis verdrückt hatten, schob Mark sie zurück zum Auto. »Jetzt sollten wir uns wohl auf den Weg machen, sonst verpassen wir Luisas Geburtstagsparty, und dann gibt es richtig Ärger.«

»Ach, Mist!« Mattie schlug sich an die Stirn. »Ich bin noch nicht dazu gekommen, ein Geschenk für sie zu besorgen. Können wir das noch schnell nachholen?«

»Na klar. Ich weiß auch schon, wo. Bei unserem letzten Familienausflug nach Sydney waren wir mit ihr in einem Geschäft, das ausschließlich Feen- und Prinzessinenkram verkauft. Wir haben es kaum geschafft, sie dort wieder rauszulocken. Es liegt auf dem Weg.«

Als Mark den Wagen eine halbe Stunde später auf den Highway lenkte, machte sich bei Mattie dann doch der Schlafmangel bemerkbar. Sie saß quer auf der Rückbank, mit ein paar Kissen unter dem Gipsbein. Die Sonne schien durchs Fenster herein, und schon bald konnte Mattie kaum noch die Augen aufhalten. Sie war schrecklich müde von der Hitze und den Schmerztabletten, die sie noch schnell eingeworfen hatte, ehe sie zu der mehrstündigen Fahrt nach Kalkari aufgebrochen waren.

»Schlaf ruhig ein bisschen«, sagte Mark, der im Rückspiegel gesehen hatte, wie ihr Kopf zum wiederholten Male zur Seite gesackt war. »Ich wecke dich dann, wenn wir da sind.«

Aber das hörte sie schon nicht mehr.

Es kam ihr vor, als wären erst ein paar Minuten vergangen, als Mattie spürte, wie sie jemand sanft an der Schulter schüttelte.

»Aufwachen, Schlafmütze«, sagte ihr Bruder.

Das Brummen des Motors, das sie eingelullt hatte, war verstummt, aus der Ferne drangen Musik und ein beharrlicher Beat an ihr Ohr. Sie blinzelte und musste kurz überlegen, wo sie war. Dann sah sie, dass sie vor einem Herrenhaus aus hellgelbem Sandstein standen, dessen Mauern im goldenen Schein der untergehenden Sonne zu glühen schienen. Kalkari. Es sah wunderschön aus, umgeben von unzähligen Rebflächen, die sich über den Hügel bis zum Horizont erstreckten.

»Wir sind da«, sagte Mark. »Willkommen in der Heimat.«

Mattie ließ seine Worte auf sich wirken, während sie sich umsah. Die Heimat. Das Shingle Valley.

Es kam ihr so vor, als hätte es sich kein bisschen verändert.

12

Es klingelte, und Rose eilte zur Tür. Es waren die ersten Partygäste, zwei in identische Eisprinzessinnenroben gewandete kleine Mädchen mit Apfelbäckchen und blonden Engelslöckchen. »Hi, das ist Anise, und das ist Syrah«, verkündete ihre gehetzt wirkende Mutter. »Ich hole die beiden so gegen fünf wieder ab, okay?« Sie drückte Rose ein mit Geschenkband umwickeltes Päckchen in die Hand und verdünnisierte sich, ohne die Antwort abzuwarten. *Du meine Güte, jetzt nennen die Leute ihre Sprösslinge schon nach Weinsorten. Was ist eigentlich gegen so normale Namen wie Anna und Sarah einzuwenden?*, fragte sich Rose und führte die beiden Mädchen hinein.

Die übrigen Gäste ließen nicht lange auf sich warten, und schon bald wimmelte es im Haus von in türkisen Tüll gehüllten Elsa-Klonen. Isabella hatte sich noch nicht blicken lassen. *Die verspätet sich glatt noch zu ihrer eigenen Beerdigung*, dachte Rose verärgert.

»Lasst uns was spielen«, schlug Astrid vor. Sie musste die Stimme erheben, um sich über dem aufgekratzten Kreischen und Quietschen Gehör zu verschaffen. Dann drehte sie die Musik auf. »Setzt euch mal alle im Kreis hin …« Die Mädchen gehorchten und beäugten gespannt den in Zeitungspapier gewickelten großen Pappkarton, den sie gleich reihum auspacken durften, während die Mütter, die geblieben waren, von Rose mit Sekt und Räucherlachssandwiches bewirtet wurden. Zum Glück hatte Mrs Butters sie daran erinnert, auch die Mütter mit Essen und Getränken zu versorgen.

»Kommt Jake eigentlich auch?«, erkundigte sich eine sorgfältig geschminkte Mittdreißigerin bei Rose.

Die Musik verstummte abrupt, und Anise riss gerade mit großer Begeisterung eine Schicht Zeitungspapier von dem Karton, als Isabella hereinrauschte. Rose roch ihr schweres Parfüm, noch ehe sie die elegante Spanierin erblickt hatte. Isabella sah wie üblich aus wie aus dem Ei gepellt – rot geschminkte Lippen, makellose Haut, das dunkle Haar perfekt gestylt. Der Saum ihres Bleistiftrocks endete gut fünfzehn Zentimeter über dem Knie, sodass ihre geradezu unverschämt langen, glatten und gebräunten Beine gut zur Geltung kamen. Ein ausgesprochen glamouröses, aber für einen Kindergeburtstag nur bedingt geeignetes Outfit. Rose fasste sich an den Kopf, um sicherzustellen, dass ihr Schal nicht verrutscht war und nicht zu viel von ihren lila Haaren darunter hervorlugte.

»Luisa, mein Schatz, da bist du ja«, flötete Isabella mit ihrem unverkennbar spanischen Akzent und stöckelte zu ihrer Tochter hinüber, die im Schneidersitz auf dem Boden saß. Rose und Astrid, die die spielenden Mädchen beaufsichtigten, würdigte sie dabei keines Blickes. »Hallo, mein Engel.« Sie ging in die Knie, wobei sie jede Menge nackte Haut entblößte.

Luisa schenkte ihr ein strahlendes Lächeln, dann krähte sie: »Wir spielen ein Spiel!«, und schob ihre Mutter beiseite.

Isabella erhob sich nonchalant und begab sich zu dem Tisch, auf dem Rose die Gläser und einen großen Eiskübel mit mehreren Flaschen Sekt deponiert hatte. Sie schenkte sich ein und gesellte sich dann zu den anderen Müttern, die draußen auf der Veranda zusammenstanden. Und dort verbrachte sie dann den Rest des Nachmittags, ohne sich darum zu kümmern, was drinnen vor sich ging.

Nachdem Luisa ausführlich mit ihren Freundinnen gespielt hatte, holte Rose den Kuchen, wobei sie sich zum wiederholten Male fragte, was wohl Mark und Mattie so lange treiben mochten. Anfangs hatte sie sich bloß geärgert, weil er, wie es schien, keinen großen Wert darauf legte, an den Geburtstagsfeierlichkeiten seiner Tochter teilzunehmen, aber allmählich machte sie sich Sorgen. Was, wenn den beiden etwas passiert war?

Zumindest Dan war wie versprochen aufgetaucht, und zwar in Begleitung des attraktiven Jungwinzers Jake, der im Nu von Müttern belagert und auf die Veranda entführt worden war. Jake übte einfach eine magnetische Anziehungskraft auf die Frauen aus.

»Psssst!«, machte Astrid und stimmte »Happy Birthday« an, als Rose mit der Olaf-Torte hereinkam. Luisa sah ihr mit großen, runden Augen entgegen und wollte gerade ansetzen, die Kerzen auszublasen.

»Überraschung!«, ertönte just in diesem Augenblick Marks Stimme. *Na endlich,* dachte Rose erleichtert. Bei all dem Krach hier drin hatte Rose seinen Wagen gar nicht gehört.

Luisa ließ von der Torte ab und warf sich ihrem Vater in die Arme. Sie war eindeutig ein Papakind.

»Guck, mal, Daddy! Ein Schneemannkuchen!«

»Wow, der ist ja eine Wucht«, sagte er und schob dann, zu Rose gewandt, ein tonloses »Sorry!« hinterher. »Und, essen wir ihn gleich auf?«

»Erst muss ich die Kerzen ausblasen, aber dann kannst du ein Stück von seiner Nase haben.«

»Ah, hervorragend. Das ist bestimmt der leckerste Teil.«

»Mhm.« Luisa nickte mit ernster Miene.

»Na gut, dann zeig mal, was du draufhast: Uuund … pusten!«

Rose spähte in den Korridor hinaus. »Wo ist denn Matilda abgeblieben?«

»Sie wollte sich erst kurz frisch machen«, erklärte Mark. »Ah, da kommt sie ja.«

In der Tat erschien Mattie soeben in ihrem Rollstuhl auf der Schwelle. Rose staunte nicht schlecht über die Ähnlichkeit zwischen ihr und Mark, die bei ihren Skype-Telefonaten bislang längst nicht so deutlich rübergekommen war: die helle Haut, die grünen Augen, das kurze, dunkle Haar … Allerdings wirkte die Ärmste ziemlich durch den Wind und sichtlich körperlich angeschlagen.

Rose ging auf sie zu. »Hallo! Wie war der Flug? Vermutlich furchtbar lang und anstrengend, oder? Und so ein Gipsbein macht es sicher auch nicht besser. Ich hoffe, man hat sich gut um dich gekümmert.«

Mattie lächelte matt. »Es war echt alles andere als ein Vergnügen, aber jetzt bin ich ja da. Wie schön, dass wir uns endlich richtig kennenlernen. Oh, wow, Luisa wird ja immer hübscher! Und wo ist Leo?«

»Der ist noch bei einem Freund, aber Mrs Butters holt ihn demnächst ab. Er ist vergangenes Jahr fast dreißig Zentimeter gewachsen … So, nun zu dir: Möchtest du etwas trinken? Wasser? Sekt? Und vielleicht ein Sandwich? Oder lieber Kuchen? Astrid schneidet ihn gerade an.«

»Ähm, fürs Erste ein Glas Wasser, bitte. Und ehrlich gesagt hätte ich furchtbar gern eine Tasse Tee.«

»Matilda! Mark hat erzählt, was passiert ist.« Isabella stöckelte herbei und ergriff Matildas heile Hand. »Was für eine Katastrophe …«

Mattie nickte. »Ja, das kann man wohl sagen.«

»Gib Bescheid, wenn ich irgendetwas für dich tun kann. Ich bin noch ein paar Wochen in Eumeralla, dann fliege ich wieder nach Spanien.«

»Danke, das ist lieb von dir.«

»Wie lange wirst du denn bleiben?«

»Tja, das weiß ich selbst noch nicht so genau. Bis ich wieder ganz gesund bin, schätze ich. Mal sehen. Es ist sehr großzügig von Mark, mich bei sich aufzunehmen.«

»Hm ja, wir wissen ja alle, wie großzügig Mark sein kann«, bemerkte Isabella spitz und sah zu Rose.

»Na, das ist doch selbstverständlich.« Mark reichte seiner Schwester ein Glas Wasser. »Wie gesagt, wir haben hier immer ein Plätzchen für dich. So, und jetzt komm mit und begrüß deine Nichte.«

Luisa, die schon überall Kuchenglasur kleben hatte, betrachtete mit großen Augen den Rollstuhl.

»Hey, Luisa, kennst du mich noch? Tante Mattie?«

Die Kleine spähte durch die Wimpern zu ihr hoch. »Ich hab Geburtstag«, sagte sie schüchtern.

»Ich weiß. Wie alt bist du denn geworden?«

Luisa streckte mit ernster Miene fünf Finger in die Luft.

»Und, amüsierst du dich schön auf deiner Party?«

Das Mädchen nickte. »Was ist denn mit deinem Gesicht?«

Mattie lächelte. »Ich hatte einen kleinen Unfall, bei dem ich mich verletzt hab, aber es geht mir bald wieder besser.«

Diese Antwort schien Luisa zufriedenzustellen, denn sie trollte sich, um sich den Rest ihres Kuchenstücks einzuverleiben.

Gleich darauf erschien draußen vor dem Fenster eine vertraute Gestalt, die auf die hintere Veranda zukam, und im selben Moment registrierte Rose, wie Mattie neben ihr zusammenzuckte.

Dann schwang die Tür auf, und Thommo kam herein. »Da ist ja mein süßer Kleiner!«, rief er und hob Max hoch, der überrascht aufquiekte.

Rose schielte zu Mattie, die nun wieder ganz entspannt wirkte, als hätte sie jemand anderes erwartet.

Kurz nach fünf waren die meisten Besucher gegangen, und Rose atmete erleichtert auf. Kindergeburtstage waren anstrengender als eine Doppelschicht in einem komplett ausgebuchten Restaurant. Mrs Butters war vorhin mit Leo eingetroffen, der nun mit Barnsie vor der Tür spielte, nachdem er in Rekordtempo die Reste des Kuchens vertilgt hatte. Mattie saß mit Mrs Butters und Mark in einer ruhigen Ecke der Veranda. Jake war verschwunden, weiß der Geier, wohin, und Astrid half Luisa beim Auspacken der Geschenke. Isabella saß untätig daneben, während Max sich mit Feuereifer daranmachte, das bunte Papier zu zerfetzen. Es sah aus, als hätte eine Bombe eingeschlagen. Rose schnappte sich einen großen Müllsack und fing an, Plastikbecher und Pappteller mit Essensresten zu entsorgen und da und dort Kuchen- und Glasurreste vom Boden zu kratzen.

»Lass gut sein, Rose«, rief Mark von der Veranda. »Hol

dir lieber einen Drink und setz dich zu uns. Ich räume nachher auf – das ist ja das Mindeste, nachdem ich die Organisation der Party auf dich abgewälzt habe.«

Das ließ sich Rose nicht zweimal sagen.

Die Bläschen des gut gekühlten Sekts kitzelten sie in der Nase, als sie genüsslich den ersten Schluck trank. »Ah, das tut gut.« Sie setzte sich. »Diese Kinder haben deutlich mehr Energie als ich, so viel steht fest!«

»Danke für deinen unermüdlichen Einsatz, Rose. Ich weiß es wirklich zu schätzen«, sagte Mark.

»Ach, das war doch ein Kinderspiel, haha. Okay, ziemlich lahmer Scherz.« Sie rümpfte die Nase.

»Was ist eigentlich mit deinen Haaren passiert? Du hast sie doch hoffentlich nicht extra für die Party gefärbt, oder?«

Rose betrachtete ihr Spiegelbild im Fenster. Der Schal war nach hinten gerutscht und gab den Blick auf ihre lila Haarpracht frei.

»Na ja, so halb«, murmelte sie.

»Ach, das ist nicht deine normale Haarfarbe?«, erkundigte sich Mattie.

Rose schüttelte den Kopf. »Nächstes Mal sollte ich die Gebrauchsanweisung wohl etwas sorgfältiger lesen.«

»Dir ist schon klar, dass deine Ohren auch lila sind?«

»O Gott, nein! Im Ernst?« Rose presste sich die Hände auf die Ohren. »Mist!« Sie lachte verlegen, und Mattie stimmte mit ein.

»Wie schön, dass du noch lachen kannst«, bemerkte Rose trocken und trank noch einen Schluck Sekt. »Sag mal, bist du eigentlich nicht total erledigt nach der langen Reise? Ich nehme mal an, Mark hat dich kreuz und quer durch die Stadt geschleift, ohne Rücksicht auf deinen Zustand.«

Mattie nickte. »Ich bin tatsächlich ziemlich streichfähig,

obwohl ich im Flieger fast die ganze Zeit geschlafen habe, und auf der Fahrt von Sydney hierher ebenfalls. Ich habe komplett das Zeitgefühl verloren.«

»Soll ich dir dann mal zeigen, wo du wohnen wirst?«, fragte Rose.

Mattie sah verwirrt zu ihrem Bruder. »Ach so, ich dachte, ich wohne hier bei euch?«

»Natürlich kannst du jederzeit zu uns rüberkommen, aber wir dachten, du hast bestimmt nichts gegen ein bisschen Privatsphäre, deshalb haben wir die Scheune ein wenig auf Vordermann gebracht und zu einem richtigen Gästehaus umfunktioniert. Da ist alles ebenerdig, und es gibt sogar eine Rampe«, sagte Mark.

»Glaub mir, es ist viel schöner als vor drei Jahren, als ich dort gehaust habe«, fügte Rose hinzu. »Du wirst begeistert sein. Und vor allem wirst du es zu schätzen wissen, dass du da drüben vor dem ein oder anderen Plagegeist deine Ruhe hast.« Sie deutete mit dem Kopf zu Luisa und Max, die sich drinnen inmitten des zerfetzten Geschenkpapiers auf dem Boden herumwälzten.

Marks Handy piepste, und er warf einen Blick auf das Display, erhob sich von seinem Korbstuhl und streckte die langen Beine. »Gleich ist es so weit. Wir haben nämlich noch eine Überraschung für Lulu.«

Mattie sah zu Rose. »Sie bekommt noch etwas?«

Rose zwinkerte ihr zu. »Wart's ab.«

Kurz darauf vernahmen sie Hufgeklapper und ein Wiehern, und dann bog Mark auch schon mit Jake und einem kastanienbraunen Pony um die Ecke.

»Luisa, komm schnell!«, rief Rose und erklärte dann, zu Mattie gewandt: »Sie bettelt schon das ganze Jahr um ein Pony.«

Luisa stürmte auf die Veranda und über die Treppe hinunter zu Mark, der ihr die Zügel entgegenhielt. »Oh, wow! Ein Pony! Ist das echt für mich? Mein eigenes Pony?«, rief sie beim Anblick des Tieres.

Mark nickte. »Jep. Es gehört dir, Süße. Es heißt Buttons. Wie sieht es aus, willst du eine Runde darauf reiten?«

»Jetzt gleich?« Luisas Augen wurden noch größer.

»Na klar. Wie du siehst, ist es bereits gesattelt. Also, worauf wartest du noch?«

Isabella trat zu den beiden. »Ich weiß nicht recht, Mark … meinst du wirklich, sie ist schon alt genug für ein Pferd?« Sie runzelte missbilligend die Stirn.

»Natürlich. Tilly und ich haben unser erstes Pony auch mit vier oder fünf bekommen, stimmt's?«

Mattie nickte. »Und an meinem fünften Geburtstag war ich schon etliche Male runtergefallen«, gab sie zu, was Isabellas Angst nur noch zusätzlich schürte.

»Meine arme Kleine!«

»Und außerdem ist Buttons ein Pony und kein Pferd«, fuhr Mark fort. »Also komm, Lulu. Aber bevor du in den Sattel steigst, setzen wir dir noch den hier auf.«

Luisa hielt artig still, während Mark ihr einen Reithelm auf den Lockenkopf stülpte und den Verschluss am Kinngurt zuschnappen ließ.

»Passt perfekt«, stellte er zufrieden fest. Luisa streckte ihm ungeduldig die Arme entgegen, und er hob sie in den nagelneuen Sattel.

Rose musste unwillkürlich lächeln beim Anblick des dickbäuchigen Ponys mit seiner Reiterin im langen Elsa-Dress, unter dem gerade noch die Zehenspitzen hervorlugten. Die beiden sahen aus, als wären sie geradewegs einem Thelwell-Cartoon entstiegen.

»Bis gleich. Wir laufen mal eben ein Stück die Einfahrt entlang.« Mark winkte und marschierte los.

Jake erklomm die Treppe zur Veranda und ging auf die drei Frauen zu, die dort saßen.

»Jake Salmon«, stellte er sich mit einem gewinnenden Lächeln vor und streckte Mattie die Hand hin. »Ich arbeite hier als Winzer. Matilda, nehme ich an? Krasse Sache, das mit deinem Unfall …«

Jake war der Inbegriff eines Bad Boy, angefangen von den blauen Augen und dem Schlafzimmerblick über das spitzbübische Grinsen bis hin zu der dunklen Locke, die ihm in die Stirn hing. Er war braun gebrannt von der vielen Arbeit im Freien, hatte kein Gramm zu viel auf den Rippen, und beim Anblick seiner Wangenknochen wären selbst männliche Supermodels vor Neid erblasst. Die nach einem Bruch schief zusammengewachsene Nase und die Narbe über der linken Augenbraue ließen auf die eine oder andere mit den Fäusten ausgetragene Meinungsverschiedenheit schließen und unterstrichen sein verwegenes Aussehen nur noch zusätzlich. Er trug fast ausschließlich klobige Arbeiterstiefel, verwaschene Jeans und T-Shirts, die so löchrig waren wie ein Schweizer Käse, was ihn auf eine trashige Art glamourös wirken ließ.

Kein Wunder also, dass ihm weite Teile der hiesigen weiblichen Bevölkerung zu Füßen lagen. Doch auch bei den Herren der Schöpfung war er sehr beliebt, nicht zuletzt dank seiner Gutmütigkeit und der Bereitschaft, im Pub ein paar Runden zu schmeißen.

An Mattie allerdings war sein Charme ganz offensichtlich verschwendet.

»Nimm dich in Acht vor Jake«, scherzte Rose trotzdem. Er ist ein Herzensbrecher, wie er im Buche steht und hat die reinste Spur der Verwüstung im Valley hinterlassen, seit er bei uns ist.«

Jake tat, als würden ihn ihre Worte kränken. »Lügen! Nichts als Lügen! Was kann ich dafür, dass mein Charme eine so verheerende Wirkung auf die Frauen hat? Und überhaupt macht mir Matilda den Eindruck, als könnte sie ganz gut auf sich selbst aufpassen.«

Mattie deutete auf ihr Gipsbein. »Ach, tatsächlich?«

13

Mattie fuhr sich mit der Hand über den schweißnassen Nacken. Die Hitze machte ihr ordentlich zu schaffen, und außerdem konnte sie kaum noch die Augen offen halten. Sie hatte keine Ahnung, wie lange sie schon wach war; ihr Gehirn hatte den Überblick verloren, und der Wunsch nach einem weichen und frisch bezogenen Bett war schier übermächtig.

»Herrje, du Arme«, sagte Rose, nachdem Mattie schon zum wiederholten Male der Kopf auf die Brust gesunken war. »Wir waren so mit Luisa, der Party und dem Pony beschäftigt, dass wir ganz vergessen haben, wie lange du schon unterwegs bist. Ich bringe dich gleich mal samt deinem Gepäck zur Scheune rüber, ja?«

Mark hatte auch die Veranda mit einer Rampe versehen lassen, sodass Rose den Rollstuhl problemlos auf den Weg manövrieren konnte, der zur Scheune führte. Die Sonne versank soeben hinter den Rebzeilen, die sich bis zu den Shingle Hills erstreckten, und färbte den Himmel pink und purpurrot. Mattie beobachtete eine große Schar Gelbhaubenkakadus, die sich lauthals kreischend in die Lüfte schwang und majestätische Kreise ziehend entschwand. Eine leichte Brise ließ die Blätter an den Eukalyptusbäumen rascheln und sorgte sogleich für eine merkliche Abkühlung.

»Wunderschön, nicht?«, bemerkte Rose. »Ich glaube, Abende wie dieser waren der Grund dafür, dass ich mich in diese Gegend verliebt habe. Na ja, und natürlich auch Mark.«

Mattie ließ den Blick über ihre Umgebung wandern und nickte. »Ja, das Shingle Valley ist schon ein ganz besonderes Fleckchen.« Sie konnte sich gar nicht erinnern, wann sie zuletzt so viel Himmel gesehen hatte. In London sah man zwischen den Hochhäusern ja immer bloß einen kleinen Ausschnitt. Hier dagegen wurde der Horizont nur von der Hügelkette begrenzt, die in einiger Entfernung wie ein schützender Halbkreis aufragte. »Früher war das alles hier total selbstverständlich für mich. Ist schon ein eigenartiges Gefühl, wieder da zu sein. Irgendwie kommt es mir so vor, als wäre ich nie weg gewesen.«

Mittlerweile waren sie bei der Scheune angelangt, und Rose beugte sich über den Rollstuhl, um die Tür zu öffnen. »Ah, Mark hat dein Gepäck bereits hergebracht«, stellte sie fest, als sie Mattie hineinschob. »Was brauchst du denn so für die Nacht? Soll ich mich mal auf die Suche nach deiner Zahnbürste machen?«

»Das wäre super, danke. Ich muss mich erst daran gewöhnen, ständig um Hilfe zu bitten.«

»In Anbetracht der Umstände solltest du dir deswegen echt keinen Kopf machen. Ich lasse dir etwas Wasser ein und hole deine Sachen. Kommst du im Bad allein zurecht, oder soll ich dir helfen? Ich habe extra eine Gummimatte besorgt, damit du nicht ausrutschst.«

Mattie schüttelte den Kopf. »Danke, es geht schon. Mein Waschlappen und ich sind mittlerweile ziemlich beste Freunde.«

»Okay. Gib Bescheid, falls du noch irgendetwas brauchst. Handtücher sollten genügend da sein.«

»Danke, Rose. Ich weiß es zu schätzen, ehrlich.«

»Keine Ursache. Mark freut sich riesig, dass du wieder da bist, und ich finde es schön, dass wir die Gelegenheit haben, etwas Zeit miteinander zu verbringen. Schade nur, dass dafür erst dieser furchtbare Unfall passieren musste.«

Sobald sie allein war, begab sich Mattie ins Bad und entledigte sich umständlich ihrer Kleider. Sie schnappte sich einen Waschlappen, tauchte ihn in das warme Wasser und rieb sich damit ab. Danach fühlte sie sich gleich besser. Sie putzte sich die Zähne und humpelte, in ein Badetuch gewickelt, in ihr Schlafzimmer, wo Rose vorhin die Nachttischlampe und den Deckenventilator eingeschaltet hatte. Mattie lauschte einen Augenblick genüsslich in die Stille hinein, die nur vom heiseren Krächzen der Currawongs, die zum Schlafen in ihre Nester zurückkehrten, unterbrochen wurde. Dann setzte sie sich vorsichtig auf die Bettkante, hievte ihr Gipsbein ins Bett und ließ sich mit einem Seufzer in die Kissen sinken. Durch das offene Fenster drang Marks melodiöser Tenor an ihr Ohr: »I see trees of green, red roses too, I see them bloom for me and you. And I think to myself, what a wonderful world …«, trällerte er, während er die Spuren der Party drüben im Haupthaus beseitigte.

Ja, es war schön, wieder in der Nähe ihres Bruders zu sein, aber abgesehen davon konnte Mattie mit Louis Armstrongs Blick durch die rosa Brille gerade nicht viel anfangen. Doch sie gestattete sich keine Tränen, sondern schloss die Augen und drehte sich zur Wand, und binnen Minuten war sie eingeschlafen.

Es kam ihr so vor, als wären nur ein paar Minuten vergangen, als sie plötzlich hochschreckte. Ihr Herz klopfte zum Zerspringen, kalter Schweiß stand ihr auf der Stirn. Sie hatte geträumt, dass sie ertrank – dass sie sich verzweifelt an die Oberfläche der eisigen grünen Wassermassen kämpfte und kurz nach Luft rang, ehe sie erneut in die Tiefe gezogen wurde … Sie stierte angestrengt in die Dunkelheit, wähnte sich einen Moment lang in Caras Wohnung in London, bis ihr wieder einfiel, wo sie war. *Es war nur ein Albtraum*, sagte sie sich. *Du bist in Australien, bei deinem Bruder im Shingle Valley.* Sie lag noch eine ganze Weile wach und konzentrierte sich ganz auf ihre Atmung, während sie beobachtete, wie sich die Stores vor dem Fenster in der nächtlichen Brise blähten. Mit der Zeit normalisierte sich ihr Puls, und irgendwann schlief sie wieder ein.

Als sie das nächste Mal die Augen aufschlug, schien die Sonne ins Zimmer. Ein hartnäckiges Klopfen an der Tür hatte sie geweckt. »Herein!«, rief sie und setzte sich mühsam im Bett auf.

»Du hast ja einen tiefen Schlaf! Aber gut, du hattest es bitter nötig nach der langen Reise.« Rose schwenkte eine Tasse. »Ich hoffe, du nimmst es mir nicht übel, dass ich dich geweckt habe, aber es ist schon nach zehn, und ich dachte, vielleicht magst du ja schon mal eine schöne heiße Tasse Tee. Ich für meinen Teil liebe es, wenn man mir morgens Tee ans Bett bringt. Ich kann echt nicht leugnen, dass ich Engländerin bin. Kein Zucker, richtig?«

Mattie nickte.

»Zieh dich in Ruhe an, und wenn du so weit bist, geh einfach rüber. Das Frühstück steht bereit; ich hab dir etwas Brot und mein Spezialmüsli hingestellt, außerdem

Eier von unseren Hühnern, und im Kühlschrank ist noch etwas von Mrs Butters' selbst gemachter Marmelade.«

Mattie lächelte sie an in dem Bemühen, sich ihrer guten Laune anzupassen. »Habt ihr auch Vegemite?«

»Na klar! Nach ihrem Malzaufstrich sind die Aussies ja genauso süchtig wie die Engländer nach ihrem Tee.«

»Und, was habt ihr heute so vor?«

»Mark ist mit Jake oben in der Assignation-Parzelle beschäftigt, Leo nimmt an einem Fußballcamp teil, und Luisa ist mit ihrer Mutter unterwegs. Ich muss gleich mal rüber zum Restaurant, aber gegen Mittag bin ich wieder da, und heute Nachmittag habe ich frei. Ich könnte dich nach Eumeralla fahren, wenn du magst.«

Mattie hatte noch keine Gelegenheit gehabt, sich Gedanken darüber zu machen, was sie hier den lieben langen Tag tun sollte. Bis vorgestern hatte sie ihre gesamte Energie darauf verwendet, die Reise zu organisieren, ihre Wohnung zu räumen und ihre wenigen Habseligkeiten wegzugeben. Und jetzt herrschte plötzlich gähnende Leere in ihrem Kalender, der bislang stets aus allen Nähten geplatzt war. Ein höchst beunruhigendes Gefühl, nachdem sie in London andauernd von einem Termin zum nächsten gehetzt war – Besprechungen mit Kunden, Verabredungen auf einen Drink oder zum Essen, Einladungen zu Partys … Hier, an diesem Ort, der ihr vertraut war, an dem sie sich aber mittlerweile fremd fühlte, hing sie plötzlich völlig in der Luft, kam sich verloren vor. *Betrachte es als einen ausgedehnten Urlaub und konzentrier dich auf deine Genesung,* sagte sie sich. Es war kein Verbrechen, sich zwischendurch eine kleine Auszeit zu gönnen.

»Aber wenn du lieber hierbleiben willst, ist das natürlich

auch kein Problem«, sagte Rose und unterbrach damit ihre Gedankengänge.

»Nein, nein, gute Idee. Ich muss mir einen Physiotherapeuten suchen, und zum Arzt sollte ich auch. Gibt es den guten alten Doc Jonas noch?«

»Der hat sich Anfang des Jahres zur Ruhe gesetzt.«

»Ach, schade«, sagte Mattie. »Bei dem war ich schon als kleines Kind.«

»Sei nicht zu enttäuscht, sein Nachfolger ist auch nicht von schlechten Eltern.«

Mattie hob eine Augenbraue.

»Und er ist noch solo.« Rose grinste vielsagend. »Sämtliche alleinstehende Frauen hier im Valley – und sogar etliche verheiratete – schmachten ihn an. Zumindest die, die nicht hinter Jake her sind.«

»Jake?«

»Ja. Unser Jungwinzer. Sag bloß, dir ist nicht aufgefallen, wie umwerfend charmant er ist!«

»Ich schätze mal, er ist nicht ganz mein Typ.«

»Meiner auch nicht«, sagte Rose unbekümmert, »aber du musst doch zugeben, dass er ziemlich attraktiv ist, oder? Und nett obendrein. Hat das Herz am richtigen Fleck, auch wenn er sofort Fersengeld gibt, sobald er merkt, dass eine Frau ernsthaft an ihm interessiert ist. Na, wie auch immer, jetzt werd erst mal richtig wach. Kann ich noch irgendetwas für dich tun?«

»Im Moment nicht, danke«, sagte Mattie. »Auch für den Tee.«

»Keine Ursache, ehrlich.« Rose winkte ihr zu und ließ sie allein.

Wenig später saß Mattie auf der hinteren Veranda des Haupthauses und ließ den Blick über das von Rebflächen überzogene Tal wandern. In einiger Entfernung war die Shingle Road auszumachen. Windsong, das Weingut der Drummond-Brüder, das sich etwas weiter nördlich befand, konnte man von Kalkari aus nicht sehen. Sie dachte flüchtig an Charlie. Als Thommo gestern auf Luisas Party aufgetaucht war, hatte sie ihn kurz für seinen Zwillingsbruder gehalten, und ihr war beinahe das Herz stehen geblieben. Es war natürlich unausweichlich, dass ihr Charlie früher oder später über den Weg lief, aber nach dem Fiasko mit Johnny war sie fest entschlossen, die Männer auf Abstand zu halten. Ihr stand nicht der Sinn nach weiteren Enttäuschungen, von Liebeskummer ganz zu schweigen. Außerdem war es über zehn Jahre her, dass sie sich in Charlie verknallt hatte. Inzwischen waren sie beide erwachsen. Wahrscheinlich hatte er längst eine Stirnglatze und einen Bierbauch.

Die Sonne schien, und eine sanfte Brise trug den aromatischen Duft der Eukalyptusbäume herüber, ließ die Schatten ihrer Blätter über die Veranda tanzen. Der Himmel war blauer denn je und das Laub der Bäume, die zwischen den Rebflächen aufragten, von einem zarten Kakigrün. Vom morgendlichen Geschwätz der Elstern einmal abgesehen, herrschte eine Ruhe, die Mattie richtig unnatürlich vorkam nach dem unablässigen Verkehrslärm, vor dem es in ganz London kein Entrinnen gab. Leos Hund Barnsie leistete ihr Gesellschaft, die Schnauze auf ihrem heilen Bein, und die Sonne wärmte ihr die Knochen. Es würde wieder ein brütend heißer Tag werden.

Der kurze Weg von der Scheune zum Haus hatte sie unerwartet viel Kraft gekostet. Sie hatte sich halb hinkend, halb hüpfend herübergeschleppt, mit dem gesunden Arm auf eine der Krücken gestützt, die ihr Mark – oder vermutlich eher Rose – besorgt hatte, und sie war erleichtert, dass sie es ohne Sturz geschafft hatte.

Dafür fand sie die Aussicht, hier nun wochen- oder gar monatelang untätig herumsitzen zu müssen, ziemlich deprimierend. Schließlich hatte sie vor zehn Jahren nicht ohne Grund alles darangesetzt, aus Australien wegzukommen. So hatte sie sich ihr Leben definitiv nicht vorgestellt. Sie, die sonst so stark und unabhängig war und mit sämtlichen Widrigkeiten allein fertigwurde, war plötzlich vollkommen von anderen Menschen abhängig. In London war es ihr noch einigermaßen gelungen, derlei Gedanken zu verdrängen; da war sie vollauf beschäftigt gewesen – mit ihren Arztterminen, mit Schlafen, mit ihrer Enttäuschung und der Wut auf Johnny. Doch nun traf sie die Erkenntnis, dass sie beinahe unter einer Lawine gestorben wäre, plötzlich mit voller Wucht. Ihr Puls beschleunigte sich, während sie die Schreckensmomente im Geiste noch einmal durchlebte. O Gott. Hatte sie etwa eine Panikattacke? *Reiß dich gefälligst zusammen,* sagte sie sich streng. Eine Matilda Cameron hat keine Panikattacken. Sie atmete ein paarmal ganz bewusst tief durch, bis sie spürte, wie das beklemmende Gefühl nachließ, und wischte die Träne, die ihr über die Wange kullerte, verärgert fort.

»Und du hältst gefälligst den Schnabel!«, rief sie einem Kookaburra zu, der ganz oben im Pfefferbaum hockte und ein hämisches Gegacker von sich gab.

So saß sie noch eine Weile da, starrte ins Leere und dachte über das Leben nach, das sie in London geführt hatte. Sie war so tief in Gedanken versunken, dass sie zusammenschrak, als sich auf den Steinfliesen, die das Haus umgaben, plötzlich schwere Schritte näherten und eine Gestalt um die Ecke bog.

»Tag, Matilda! Wie geht's denn so?«

Mist. Es war Jake. Sie rieb sich die Augen.

»Oje«, sagte er betroffen, als ihm bewusst wurde, in was für einer seelischen Verfassung sie war. »Was ist denn los? Hast du Schmerzen? Tut dir das Bein weh?«

»Nein. Ich komme mir nur ein bisschen so vor wie ein Fisch auf dem Trockenen, wenn du's genau wissen willst.« Sie konnte nicht fassen, dass sie einem praktisch Wildfremden ihr Herz ausschüttete. »Es ist schon echt seltsam, hier zu sein. Alles ist so vertraut, und zugleich fremd ... Ich frage mich, ob die Rückkehr nach Australien womöglich ein großer Fehler war.«

»Na, ist doch echt kein Wunder, wenn du in deinem Zustand ein bisschen neben der Spur bist«, sagte er mitfühlend. »Und dass du nach der langen Anreise gestern gleich in eine Geburtstagsparty reingestolpert bist, war bestimmt auch nicht gerade ideal.«

»Du verstehst das nicht. Ich weine nie.« Sie funkelte ihn so finster an, als trüge er die Schuld an ihrer Misere.

»Okay ...«, sagte er gedehnt.

»Na ja, zugegeben, in letzter Zeit ist es schon hin und wieder mal vorgekommen«, relativierte sie ihre Aussage. »Aber vor dem Unfall nicht. Da hab ich das letzte Mal geweint, als ich mit dreizehn von Shakira gefallen bin und und mir das Handgelenk gebrochen habe.«

»Shakira?«, wiederholte Jake ungläubig. »Du hattest ein Pferd namens Shakira?«

»Ich war dreizehn!«, erinnerte sie ihn indigniert.

»Ach ja. Na dann ...« Er grinste, dann wurde er wieder ernst, ging neben ihr in die Knie und ergriff ihre Hand. »Es wird irgendwann besser, auch wenn du es dir im Moment noch nicht so richtig vorstellen kannst. Aber so etwas geht eben nicht über Nacht. Hab Geduld mit dir selbst.«

Mattie verzog den Mund zu einem winzigen Lächeln. »Vielen Dank für die aufmunternden Worte, Doc. Sag mal, solltest du nicht bei Mark oben in der Assignation-Parzelle sein? Du hast doch bestimmt etwas Besseres zu tun, als einem Trauerkloß wie mir Mut zuzusprechen und gute Ratschläge zu erteilen.«

»Wir brauchen ein paar Unterlagen aus der Kellerei, und ich habe mich bereit erklärt, sie zu holen. Hat sich doch gut getroffen.« Er lächelte sie an. »Übrigens bin ich am Freitagabend mit ein paar Leuten im Pub verabredet. Wir wollen uns eine neue Band anhören, die gar nicht so übel sein soll. Vielleicht hast du ja auch Lust.«

Mattie schüttelte sogleich den Kopf.

»Ach, komm schon. Du wirst dich bestens amüsieren, versprochen.«

»Aha? Wie das?«

»Das verrate ich dir, wenn wir dort sind«, sagte er mit Unschuldsmiene und einem verräterisch wissenden, sinnlichen Zug um den Mund.

Mattie gluckste. Sie war schließlich nicht von gestern. »Netter Versuch.«

»Ich habe keine Ahnung, wovon du redest«, entgegnete er. »Und ein Nein kann ich leider nicht akzeptieren. Ich hole dich um sieben ab.«

Damit hopste er leichtfertig die Treppe hinunter und joggte lässig hinüber zur Kellerei, während Mattie den Kookaburra mit einem verhaltenen »Blöder Vogel!« bedachte.

14

Im Pub war die Hölle los. Wie an jedem Freitagabend im Valley waren praktisch alle Bewohner des Tales, die schon alt genug waren, um Alkohol konsumieren zu dürfen, in eines der beiden Pubs in Eumeralla gepilgert, um bei ein paar kühlen Blonden die Arbeitswoche Revue passieren zu lassen. Jake war wie versprochen um Punkt sieben aufgekreuzt und hatte sie, ihren Protesten um Trotz, so schwungvoll hochgehoben, als wäre sie kaum schwerer als eine Kiste Wein. »Kein Rumgehoppel heute Abend, meine Liebe«, hatte er gesagt und sie zur Tür getragen, was Mark mit gerunzelter Stirn verfolgte, während Rose ihr zum Abschied ermutigend zugelächelt hatte.

Mattie fühlte sich schon ein klein wenig besser als bei ihrer Ankunft. Anfang der Woche war sie mit Rose beim Arzt gewesen und hatte sich nach einem Physiotherapeuten umgesehen, und nachdem sie fast jeden Nachmittag ein Nickerchen auf dem Sofa in der Scheune gemacht hatte, ließ allmählich auch der Jetlag nach. Sie hatte keine weiteren Albträume gehabt, und schön langsam kehrte ihr angeborener Optimismus zurück. Wahrscheinlich war vor allem der Schlafmangel Auslöser ihrer depressiven Stimmung gewesen.

Jakes Stimme drang durch den im Pub herrschenden

Lärm an ihr Ohr und holte sie in die Gegenwart zurück: »Na, was darf's sein, Mattie?«

»Ein Bier, bitte, und die nächste Runde geht dann auf mich.«

Astrid war auch da, in Begleitung von Thommo, den Mattie über zehn Jahre nicht gesehen hatte, die kurze Begegnung bei Luisas Geburtstagsparty nicht mit eingerechnet. Sie war überrascht, wie erwachsen er wirkte, und das sagte sie ihm auch.

»Na ja, das bringt die Vaterschaft so mit sich«, sagte er stolz und drückte Astrid an sich. »Hast du unseren Kleinen gesehen? Ist er nicht goldig?«

Mattie nickte. »Er sieht dir zum Verwechseln ähnlich. Der Apfel fällt nicht weit vom Stamm, was?«

Dann kam Jake mit den Getränken an und stellte ihr Deano und Mick vor, die als Winzer für Lilybells tätig waren, jene Kellerei, die früher Matties Eltern gehört hatte. Sie fragte die beiden, was sich auf dem Anwesen, auf dem sie und Mark aufgewachsen waren, so alles getan hatte und wer inzwischen im Haupthaus wohnte.

»Es ist vermietet an die Eltern von Amanda Davis, die auch das Bellbirds Boutique Hotel betreiben. Es geht das Gerücht um, dass es zu einer schicken Wellnessoase umfunktioniert werden soll«, berichtete Deano.

»Ganz recht, mit Weinbehandlungen!«, fügte Mick grinsend hinzu. Mattie musterte ihn skeptisch.

»Ganz im Ernst. Sie wollen den Trester verwenden, also die Kerne und Schalen der ausgepressten Früchte«, erläuterte Deano. »Wir überlegen gerade, wie viel wir ihnen dafür abknöpfen sollen.« Er lachte bellend.

Mattie grinste. Es tat gut, mal ein bisschen rauszukommen und sich mit Leuten zu unterhalten, die nicht so genau wussten, was sie in den vergangenen zwei Monaten durchgemacht hatte. Und überraschenderweise fand sie es richtig erfrischend, zur Abwechslung mal wieder in einem australischen Pub zu sitzen statt in einer schicken Weinbar. Irgendwie fühlte sie sich wohler hier. Vielleicht, weil sie einfach der Mensch sein konnte, der sie früher gewesen war – ein Mädchen aus dem Valley, das an einem Freitagabend mit ihren Freunden ein Bier trank. Nach all den Jahren als gestresste, hyperaktive Medienexpertin hatte sie beinahe vergessen, wie sich das anfühlte.

»Hm, mir scheint, der versucht, dich abzufüllen, damit du ihm nicht davonlaufen kannst …«, bemerkte Thommo, als Jake erneut zur Bar ging. »Wobei du ohnehin nicht allzu weit kämst, hahaha.«

Mattie verdrehte die Augen.

»Sieh dich vor, Tilly, Jake ist ein richtiger Herzensbrecher«, fuhr Thommo in väterlichem Tonfall fort.

»Interessanterweise bist du nicht der Erste, der mich vor ihm warnt. Und übrigens nenne ich mich inzwischen Mattie.« So, das hatte jetzt vielleicht etwas forsch geklungen, aber Mattie war es nicht gewohnt, dass sich ein Mann in ihrer Gegenwart derart herablassend verhielt, selbst wenn es noch so gut gemeint war.

In diesem Augenblick schwang die Tür auf, und eine weitere vertraute Gestalt trat ein.

Charlie.

Prompt raste ihr Herz, so wie neulich bei der Party, als sein Zwillingsbruder hereingekommen war.

Thommo war seit jeher der Verlässlichere der beiden, doch Charlie hatte schon immer durch seine bloße Anwesenheit dafür gesorgt, dass alles ein bisschen spannender wurde. Er hatte sich auf Mutproben eingelassen und sich selten um Vorschriften gekümmert, hatte mit seinen zahlreichen Streichen Chaos gestiftet und sich oft genug Probleme eingehandelt, nur um am Ende dank seines Charmes genauso oft ungeschoren davonzukommen.

Mattie dachte an die Party im Gemeindesaal von Eumeralla, auf die sie mit fünfzehn hatte gehen dürfen, nachdem sie bei ihrem Dad eine halbe Ewigkeit um Erlaubnis gebettelt hatte. Sie hatte sich das sonst stets zerzauste Haar gebürstet, bis es seidig glänzte wie polierte Eiche und sich von ihrer Mutter überreden lassen, ihre übliche Kluft – abgeschnittene Jeans und ein verwaschenes T-Shirt – ausnahmsweise gegen ein Kleid einzutauschen. Der steife Saum hatte sie an den Waden gekratzt, und außerdem hatte sie sich in dem ungewohnten Aufzug, dem züchtigen Schnitt des Kleides zum Trotz, ziemlich unwohl gefühlt. Doch all das war vergessen gewesen, sobald sie den Saal betreten und Charlie Drummond erblickt hatte. Er war von einer Horde Mädchen umringt gewesen, die ein paar Jahre älter und viel eleganter gekleidet waren als Mattie, und hatte in Sonnyboy-Manier mit seinem ansteckenden Lachen und seinem lässigen Charme alle Blicke auf sich gezogen. Dann hatte er zu ihr rübergesehen und sie angelächelt, und da war es um sie geschehen. In diesem Moment hatte sie sich Hals über Kopf in ihn verliebt, was sie allerdings keiner Menschenseele je erzählt hatte.

Gegen Ende des Abends hatte er sie zum Tanzen aufgefordert, bestimmt bloß aus Pflichtgefühl, wie sie im Nachhinein vermutete. Trotzdem würde sie nie vergessen, wie es sich angefühlt hatte, in seinen Armen übers Parkett zu wirbeln, seinen männlichen Geruch zu inhalieren und durch den Hemdstoff hindurch seine warme Haut zu spüren. Natürlich war sie viel zu schüchtern gewesen, um ihm zu sagen, was in ihr vorging, und so hatte sie ihn die restliche Teenagerzeit im Stillen aus der Ferne angehimmelt, von einer leidenschaftlichen, ungestillten Sehnsucht erfüllt. Kein anderer Mann hatte je wieder auch nur annähernd ähnliche Gefühle in ihr geweckt – nicht einmal Johnny, wie ihr schlagartig klar wurde.

»Sieh an, die kleine Tilly Cameron!« Diesmal war er es tatsächlich – Charlie Drummond, wie er leibte und lebte, und er steuerte geradewegs auf sie zu, um ihr einen Kuss auf die Wange zu geben. Sie war so überwältigt von dem vertrauten, erdigen Zederndu ft, der ihn umgab, dass ihr einen Augenblick die Luft wegblieb.

»Hallo, Charlie!«

Seine Stimme war tiefer als früher, und er hatte an Muskelmasse zugelegt – seine Schultern waren breiter, aber die Hüften schmal wie eh und je. Und er hatte feine Lachfältchen um die blauen Augen, deren Farbe sie an die Hortensien ihrer Mutter erinnerten. Von Glatzenansatz und Bierbauch keine Spur. *Mist.* Er war attraktiver denn je. Attraktiver, als sie ihn in Erinnerung gehabt hatte. *Denk gar nicht erst daran, Matilda.* Keine Romanzen in nächster Zeit. Nicht mal eine klitzekleine Affäre. Und überhaupt war er garantiert längst verheiratet und Vater mehrerer Kinder.

»Es stimmt also. Du bist wieder im Shingle Valley.« Er lächelte und entblößte dabei zwei Reihen gesunder, weißer Zähne. »Was hast du angestellt?« Er deutete auf ihr Gipsbein, das auf einem Stuhl lag.

Jake baute sich neben Mattie auf. »Sie hatte einen kleinen Zusammenstoß mit einer Lawine.«

»Hab schon so was gehört. Eine Lawine, mein lieber

Herr Gesangsverein!« Charlie stieß einen langen Pfiff aus. »Tja, du wirst nicht ohne Grund tollkühne Tilly genannt.«

Ha, dachte Mattie triumphierend. Er erinnerte sich an ihren Spitznamen. »Ehrlich gesagt nenne ich mich inzwischen Mattie.«

»Okay, dann also Mattie. Das Mädchen, das sogar eine Lawine besiegt hat. Ziemlich irre Geschichte. Ich muss sagen, ich bin froh, dass du's in einem Stück überlebt hast.«

»Na ja, fast in einem Stück.« Mattie hob den Arm in der Schlinge und zeigte auf den Gips.

»Es gibt wohl keinen besseren Ort auf der ganzen Welt, um dich zu erholen. Willkommen in der Heimat, meine Liebe.«

»Wir werden sie schon wieder aufpäppeln«, sagte Jake.

Mattie runzelte die Stirn. Was bildete er sich ein, hier den Caveman zu mimen? Es war nett von Jake, dass er ihr Mut zugesprochen und sie hierher mitgenommen hatte, aber jetzt trug er eindeutig ein bisschen zu dick auf.

Charlie schien es nicht bemerkt zu haben. »Willst du noch eins, Mattie?«, fragte er und deutet auf ihr halb volles Glas.

Mattie schüttelte den Kopf. Sie fühlte sich auch so schon reichlich beduselt. Charlie ging zur Bar und begrüßte unterwegs ein paar Bekannte, und Mattie, die nach der Begegnung mit ihm ganz weiche Knie hatte, wandte sich zu Thommo um. »Und, wie läuft es so bei euch?«

»Oh, ganz gut. Natürlich läuft die Zusammenarbeit mit Dad und Charlie nicht immer ganz reibungslos, aber im Großen und Ganzen kommen wir gut miteinander klar. Dad gewöhnt sich allmählich daran, uns die Zügel zu überlassen.« Er lachte, und seine goldenen Locken glänzten im Licht.

Mattie dachte an die Turniere, an denen sie als Teenager

oft alle drei teilgenommen hatten. »Reitet ihr eigentlich noch, du und Charlie?«

»Kaum. Also, jedenfalls nicht ernsthaft. Dafür bleibt uns im Moment leider nicht genügend Zeit. Die Kellerei frisst fast meine gesamte Energie. Nur am Wochenende reite ich gelegentlich eine Runde. Du könntest mich ja mal begleiten. Astrid hat bestimmt nichts dagegen.«

Mattie hob eine Augenbraue und sah dann auf ihren Gips hinunter. »Und wie stellst du dir das vor?«

»Na ja, natürlich nicht sofort. Wie lange muss der denn noch dranbleiben?«

»Mindestens einen Monat, und danach werde ich mich sicher noch eine ganze Weile schonen müssen. Und um die Narbe im Gesicht sollte ich mich früher oder später wohl auch noch kümmern.«

»Ja, die sieht ganz schön schaurig aus«, sagte Thommo mit der für ihn und seinen Bruder typischen Unverblümtheit. Doch Mattie störte sich nicht daran – im Gegenteil, sie mochte es.

»Ich glaube, mir ist irgendwie die Abenteuerlust abhandengekommen.«

»Das ist aber nicht die Tilly, die ich kenne.«

Allmählich war es an der Zeit für einen Themenwechsel, fand Mattie. »Wie ist das Leben als Vater denn so?«

Thommos Miene wurde weich. »Ich hätte nie gedacht, dass ich in dem Alter schon eine Familie gründen würde, aber ich genieße es sehr. Max ist ein richtiger Goldschatz und Astrid eine tolle Mutter.«

»Ich nehme an, Charlie ist bereits unter der Haube?«

Thommo schüttelte den Kopf. »Noch nicht ganz.«

Seine Worte versetzten Mattie einen Stich. Die Glückliche, wer immer sie auch sein mochte.

»Voriges Jahr hat er urplötzlich Ernst gemacht. Hat in Bordeaux eine Französin kennengelernt, mit der er sich doch glatt verlobt hat. Marie-Claire heißt die Gute. Oder Miss Mohair, wie wir sie nennen.« Er schnaubte in sein Glas.

»Wow«, sagte Mattie. »Und?«

»Na ja, sie hatte keine Lust, nach Australien zu ziehen, und das war's dann. Wobei ich glaube, dass sie noch Kontakt haben – hin und wieder höre ich ihn mitten in der Nacht telefonieren, auf Französisch. Wie dem auch sei, wir waren alle ganz schön überrascht.«

»Wieso? Weil dann doch nichts daraus wurde?«

»Nein, weil er sich überhaupt mal auf eine ernsthafte Beziehung eingelassen hat. Du weißt ja, wie er sonst ist …«

Kurz darauf gesellte sich Jake wieder zu ihnen und stellte Thommo eine obskure Frage in Sachen Laubschnitt, wodurch die Unterhaltung ein jähes Ende fand. Seltsamerweise legte er Mattie dabei einen Arm um die Schultern, was sie veranlasste, ein Stück von ihm abzurücken, damit er sich keine falschen Hoffnungen machte. Zugegeben, er sah toll aus, aber sie war kein bisschen interessiert. Männer brachten nichts als Ärger ein, selbst Charlie. Vor allem Charlie.

Als sie ihr Bierglas leerte, begann die Band gerade, ihre Instrumente zu stimmen. Erst da wurde ihr bewusst, wie erschöpft sie war. Ihre Schläfen pochten, ein sicheres Indiz dafür, dass sie bald Kopfschmerzen bekommen würde.

Sie beugte sich zu Jake hinüber. »Tut mir echt leid, aber mir reicht's für heute. Der Jetlag macht mir immer noch zu schaffen.«

Er wirkte enttäuscht, nickte jedoch und sagte: »Kein Problem. Ich verabschiede mich nur kurz von ein paar Leuten, dann können wir los.«

»Nein, bleib ruhig noch«, erwiderte sie. »Thommo und Astrid wollen auch demnächst gehen und nehmen mich mit.«

»Na gut, wenn das für dich okay ist …«

»Ist es«, sagte sie fest.

»Sag Bescheid, wenn du so weit bist, dann trage ich dich raus zum Auto.«

»Auf gar keinen Fall«, stieß Mattie hervor. »Doch nicht vor all den Leuten!«

Er musterte sie streng.

»Du kannst mich meinetwegen rausbegleiten und mich stützen, aber ich will nicht von allen angestarrt werden.«

»Wie du willst, Prinzessin.«

Ehe sie aufbrachen, spähte sie noch einmal zu Charlie hinüber, der in einiger Entfernung stand und ihren Blick mit ernster Miene erwiderte. Als er registrierte, dass sie im Begriff war zu gehen, tippte er sich an einen imaginären Mützenschild, und sie spürte, wie sie rot anlief, und wandte sich hastig ab. Plötzlich musste sie an ihre letzte Begegnung denken, damals, vor ihrem Umzug nach England. Es war in den Winterferien gewesen, beim alljährlichen Bezirkspferderennen, sie selbst gerade siebzehn, im letzten Schuljahr, er, damals bereits Student, über die Winterferien ins Shingle Valley zurückgekehrt. Sie sah es deutlich vor sich: der strömende, eisig kalte Regen, die Spurrinnen, die den gefrorenen Erdboden wie Eisenbahnschienen durchzogen. Wer da vom Pferd stürzte, handelte sich garantiert ein paar saftige Blutergüsse ein, wenn nicht gar einen Aufenthalt im Krankenhaus. So mancher Teilnehmer murrte dann auch, es sei viel zu gefährlich, das Rennen unter diesen Umständen abzuhalten.

Die bittere Kälte fraß sich in die Knochen, sodass Mattie

nicht wusste, ob sie deswegen zitterte oder ob sie tatsächlich Angst hatte. Panisch umklammerte sie die Zügel, während Shakira mühelos sämtliche Hindernisse meisterte, und am Ende stellte Mattie mit einiger Verwunderung fest, dass sie immer noch im Sattel saß, selbst nach der letzten, höchsten Hürde, die ihr eben noch nahezu unüberwindbar erschienen war. Und dann preschten Ross und Reiterin auch schon in Richtung Ziel und stellten dabei fast einen neuen Rekord auf. Alle aus dem Valley, die irgendwie mit dem Reitzirkus in Verbindung standen, waren da, unter anderem auch Charlie Drummond. Er war ein paar Plätze vor ihr gestartet und führte sein Pferd, von dessen Flanken Dampfschwaden aufstiegen, im Vorring herum.

Nun, da Mattie das Rennen erfolgreich hinter sich gebracht hatte, war ihre Angst wie weggewischt, und auch, dass ihre Reitkleidung vollkommen durchnässt war, registrierte sie kaum noch. Sie glitt aus dem Sattel und krähte triumphierend: »Es kann gut sein, dass ich schneller war als du, Charlie!«

Er schenkte ihr ein breites Lächeln. »Du bist ja eine richtige kleine Rakete! So was von abgebrüht wie du eben, das hab ich noch nie erlebt. Der Parcours hatte es aber auch echt in sich. Whiskey und ich wären an mehreren Hindernissen beinahe gescheitert.«

Sie war nicht sicher, wie sie es fand, als Rakete bezeichnet zu werden, trotzdem gingen seine Komplimente runter wie Öl. »Ach, du hast mir zugesehen?«

»Na ja, sagen wir mal, ich hab gelegentlich einen Blick riskiert«, erwiderte er grinsend.

Bei der Preisverleihung stellte sich heraus, dass sie ihn in der Tat um eine knappe halbe Minute geschlagen hatte. In der Damenwertung führte sie, und in der Gesamtwertung hatte sie immerhin den fünften Platz errungen. Als sie vom Podium stieg, stürmten alle herbei, um ihr zu gratulieren, und ein junger Bursche, den sie kaum kannte, umarmte sie kräftig und hob sie hoch.

Sie hielt nach Charlie Ausschau, konnte es kaum erwarten, ihm stolz ihren silbernen Pokal zu präsentieren. Als sie jedoch über den Köpfen der anderen Anwesenden hinweg endlich seinen blonden Schopf erspähte, hatte er sich bereits abgewandt, und ihr blieb nichts anderes übrig, als tatenlos zuzusehen, wie er den Raum verließ.

Machte es ihm etwa doch etwas aus, dass sie schneller gewesen war als er?

Sie bekam keine Gelegenheit mehr, es herauszufinden. Ein paar Monate später brachen Thommo und Charlie nach Frankreich auf, um dort bei der Weinlese zu helfen, und im darauffolgenden Sommer schrieben sie sich an der landwirtschaftlichen Fakultät in Adelaide ein. Und als sie schließlich ins Shingle Valley zurückkehrten, war Mattie längst über alle Berge.

15

»Na, was meinst du, Schatz?«, fragte die verängstigt wirkende Frau ihre gertenschlanke Tochter, die Trevelyn's Pantry vor etlichen Wochen für ihre Hochzeit gebucht hatte. Rose hatte die beiden in ihr Restaurant eingeladen, um die Sitzordnung und die Tischdekoration zu besprechen. Es war ihr erster Auftrag im Hochzeitsbusiness. Bislang hatte sie etliche kleinere Partys ausgerichtet, bei denen es lediglich Wein und Kanapees gegeben hatte. An die Organisation größerer Events hatte sie sich eigentlich erst wagen wollen, wenn sich das Restaurant einigermaßen etabliert hatte, aber als Susan, die gestresste Brautmutter, vor etwa einem Monat angerufen und unter Tränen berichtet hatte, die ursprünglich vorgesehene Location sei bei ihrer Tochter durchgefallen, hatte Rose es nicht übers Herz gebracht, ihr einen Korb zu geben. Susan hatte beteuert, sie und ihre Tochter Gabriella seien hellauf begeistert gewesen, als sie Anfang des Jahres hier gespeist hatten. Außerdem sollte die Hochzeit, zu der ohnehin nur fünfzig Personen eingeladen waren, an einem Freitag stattfinden, und überhaupt würden sie ihr vor Dankbarkeit die Füße küssen, falls sie den Auftrag übernahm, also hatte Rose eingewilligt.

Sie hatte Susan einige Menüvorschläge gemailt und für das heutige Testessen mehrere Hauptgerichte vorbereitet, und nun verfolgte sie gespannt, wie sich die beiden im Lokal umsahen. Trevelyn's Pantry war ihr Baby, ihr Traum von einem simplen, ehrlichen Landgasthaus, das sich harmonisch in seine Umgebung einfügte, aber war es auch schick genug für einen richtig festlichen Anlass?

»Na jaaaa«, sagte Gabriella gedehnt. »Es ist nicht gerade ein Grandhotel-Ballsaal, oder?«

Susan sah mit einem entschuldigenden Blick zu Rose. »Ich bin sicher, wir können damit arbeiten, Schatz. Du musst dich doch bloß vom Stil her ein bisschen an das rustikale Ambiente anpassen.«

»Mir wird wohl nichts anderes übrig bleiben«, sagte Gabriella wenig diplomatisch.

Susan atmete sichtlich erleichtert auf. »Du wirst sehen, es wird viel besser als alles, was wir ursprünglich geplant hatten«, versicherte sie ihr betont munter. »Eine Hochzeit auf dem Land, ganz locker und entspannt.«

»Hm … Wenn du meinst … Na, zumindest ist das Essen vom Feinsten – jedenfalls war es das bei unserem letzten Besuch hier.« Gabriella ließ sich auf einen der Bugholzstühle plumpsen.

Rose, die sich bislang in vornehmer Zurückhaltung geübt hatte, strich über ihre gestärkte weiße Kochschürze und trat einen Schritt nach vorn. »Möchten Sie dann vielleicht das Testmenü verkosten, das ich für Sie zusammengestellt habe? Die Zutaten stammen allesamt aus dem Shingle Valley, das Gemüse sogar aus Eigenanbau. Und beim Kaffee könnten wir dann besprechen, was Sie alles einbringen – die Deko und die Hochzeitstorte beispielsweise.«

Susan strahlte sie an. »Ja, das wäre großartig, Rose. Vielen Dank.«

Rose ging in die Küche, um die ersten Teller zu holen. Sie stellte sie vor ihren Gästen ab und trat diskret ein paar Schritte nach hinten, während die beiden Frauen nach dem Besteck griffen.

»Nicht übel«, musste Gabriella zugeben, nachdem sie das Hauptgericht probiert hatte. Sie schob sich noch eine halbe Gabel voll Rindfleisch mit Sahnemeerrettich in den Mund. »Aber das war's leider auch schon für mich. Ich will schließlich noch in mein Kleid passen.« Sie schob den nur zur Hälfte geleerten Teller von sich und strich sich die Bluse über dem Bauch glatt, der so flach wie ein Brett war.

»Es ist absolut köstlich, Rose«, schwärmte Susan. »Ich bin für das Rind, eindeutig.«

Rose nickte. »Wunderbar. Dann hätten wir also die Hühnerleberpastete mit Sauerampfer als Hors d'œuvre, gefolgt vom Rinderfilet aus dem Shingle Valley mit Rösti, gedünstetem Gemüse und frischem Sahnemeerrettich und danach die Hochzeitstorte. Haben Sie schon entschieden, welchen Wein es dazu geben soll?«

»Nun, wir wollen natürlich den Assignation Shiraz, der den Jimmy Watson gewonnen hat. Der kommt doch aus der Gegend hier, oder?« Gabriella warf einen Blick aus dem Fenster.

»Ich bin nicht ganz sicher, wie viel von diesem Jahrgang noch verfügbar ist, aber wie es der Zufall will, kenne ich den Winzer, von dem er stammt, ganz gut – er ist nämlich mein Partner. Ich gehe mal davon aus, dass wir noch ein paar Flaschen Assignation aufstöbern können … Wenngleich es möglicherweise ein anderer Jahrgang ist.«

»Hervorragend.« Gabriella warf einen Blick auf die Emaille-Kaffeebecher, die vor ihnen auf dem Tisch standen. »Sie haben doch hoffentlich richtige Gläser, oder?«

»Selbstverständlich«, versicherte ihr Rose. »Bleikristall.«

»Gut. Tja, und was sollen wir unternehmen, um dem Raum einen etwas eleganteren Anstrich zu verpassen?«

Rose ließ den Blick über die winterweiß getünchten Wände, die langen Holztische und die Bugholzstühle wandern. Sie gab es ja nur ungern zu, aber Gabriella hatte recht – für ein Landgasthaus war der minimalistische Stil absolut passend, für eine Hochzeitslocation wirkte er allerdings eine Spur zu nüchtern. »Kein Problem«, sagte sie rasch. »Ich kann bestimmt ein paar Bahnen weißen Leinenstoff für die Tische auftreiben, das sorgt in Kombination mit dem Blumenschmuck dann schon für eine festliche Atmosphäre. Sofern das Wetter mitspielt, können wir auch die Terrassentüren öffnen. Übrigens könnten wir sogar die Trauung draußen im Garten abhalten, wenn Sie wollen. Haben Sie schon ein Farbkonzept?«

»Blassrosa und Silber«, sagte Susan.

»Perfekt. Wie wär's dann mit silbernen Tischläufern und Bouquets aus rosaroten und weißen Pfingstrosen in Glasvasen? Ich kann gern einen Kostenvoranschlag für Sie einholen, es sei denn, Sie bevorzugen eine Floristin Ihrer Wahl.«

Damit hatte sie nun selbst Gabriella überzeugt.

Als Rose nach dem Meeting nach Kalkari zurückkehrte, fand sie Mattie an ihrem mittlerweile angestammten Platz auf der Veranda vor, den aufgeklappten Laptop neben sich. Seit ihrer Ankunft waren fast zwei Wochen vergangen, und sie wirkte jeden Tag ein bisschen munterer. Da sie oft stundenlang in der Sonne saß, hatten ihre Wangen bereits ein bisschen Farbe bekommen und waren nicht mehr ganz so leichenblass wie am Anfang. Außerdem durfte sie mittlerweile den gebrochenen Fuß belasten und humpelte nun schon recht geschickt zwischen der Scheune und dem Haupthaus hin und her.

Rose ging zu ihr. »Hi, Mattie. Sag mal, dürfte ich dich vielleicht um einen Gefallen bitten?«

Mattie sah zu ihr hoch. »Ich bezweifle zwar, dass ich dir eine große Hilfe sein kann, aber schieß los.«

»Ich muss demnächst eine Hochzeit ausrichten, und ehrlich gesagt bin ich ein bisschen überfordert. Das ist die erste Großveranstaltung, für die Trevelyn's Pantry gebucht wurde, und da soll natürlich alles perfekt sein. Ich bräuchte dringend eine stilvolle Menükarte, aber ich bin diesbezüglich leider eine totale Niete«, berichtete Rose. »Ich weiß, du bist ganz andere Herausforderungen gewohnt, aber hättest du zufällig Lust und Zeit, ein bisschen mit dem Design zu spielen? Sofern das überhaupt geht, mit deiner Schulter, meine ich.«

»Also, Zeit habe ich noch und nöcher.« Mattie schnitt eine Grimasse. »Und eine Menükarte zu gestalten ist echt kein großer Aufwand. Sag mir einfach, was draufstehen soll, dann mache ich mich gleich ans Werk. Die Computermaus kann ich problemlos bedienen, selbst mit dem lädierten Arm.«

»Klasse, danke!«, sagte Rose erleichtert. »Damit rettest du mir echt den A...llerwertesten.«

Mattie lächelte. »Keine Sorge, das mach ich mit links, im wahrsten Sinne des Wortes, haha. Irgendwelche Wünsche oder Vorstellungen, was Farbe, Schriftart und Schriftgröße anbelangt?«

»Puh, keine Ahnung. Es sollte nicht altbacken wirken,

also nimmst du wohl am besten nichts allzu Verschnörkeltes. Irgendeine neutrale, moderne Schrift. Die Blumendeko wird aus weißen und rosaroten Pfingstrosen bestehen. Hilft dir das schon mal weiter?«

»Jep.« Mattie nickte. »Okay, ich kümmere mich drum. Bis wann brauchst du es?«

»Ähm, im Grunde gestern, damit ich der Braut den Entwurf möglichst bald schicken kann.«

»Tja, dann lege ich wohl am besten gleich los.«

»Danke, Mattie. Du bist ein Schatz.«

»Na ja, Däumchen drehen kann ich auch morgen wieder«, winkte Mattie ab. »Ehrlich gesagt sollte ich mich bei dir bedanken. Eine kleine kreative Herausforderung tut mir bestimmt gut.«

Rose hatte noch eine weitere Überraschung für Mattie in petto, etwas, von dem sie hoffte, dass es sie noch mehr aufmuntern würde als die Gestaltung einer Menükarte. Leo und Luisa hatten nach ihrem letzten Besuch bei ihrer alten Haushälterin erwähnt, Brenda Butters' Katze habe Junge bekommen. »Und sie hat gesagt, wir können eins davon haben, wenn wir wollen«, hatte Luisa erzählt und mit flehentlichem Blick hinzugefügt: »Kriegen wir ein Kätzchen? Bitte, bitte, bitte!«

So kam es, dass Rose ein paar Tage später auf dem Nachhauseweg von Trevelyn's Pantry einen Zwischenstopp bei der alten Dame einlegte.

»Hallo, Rose! Na, alles klar? Wie läuft's denn so auf Kalkari? Tasse Tee gefällig?«

Brenda Butters' Tee war legendär im ganzen Valley. Er

war rostrot wie ein Ziegelstein und so stark, dass praktisch der Löffel darin stecken blieb, doch Rose wagte nicht, das Angebot abzulehnen.

»Wie ich höre, hat Ihre Katze kürzlich geworfen …«, sagte sie voller Hoffnung.

»Ganz recht. Bis auf zwei Junge hab ich alle untergebracht. Warum? Sagen Sie bloß, Sie haben Interesse? Sind Sie mit Ihrer Menagerie etwa noch nicht ausgelastet?«

»Na ja …« Rose trank einen Schluck Tee und versuchte, nicht das Gesicht zu verziehen, weil er so bitter war. »Ich dachte, das bringt Mattie vielleicht auf andere Gedanken, und außerdem liegt mir Luisa seit Tagen damit in den Ohren. Zwei gute Gründe also.«

»Na, dann. Wollen Sie sich die Kleinen gleich mal ansehen? Sie sind nebenan.« Die alte Dame stemmte sich aus ihrem Ohrensessel hoch und ging voraus.

»Ooooch …« Rose schmolz förmlich dahin beim Anblick der beiden orangeroten Kätzchen. Das eine hatte einen schneeweißen Latz und weiße Pfötchen, das andere war komplett rot. Und sie waren noch so winzig – kaum größer als der raue Handteller ihrer Besitzerin. »Sind die niedlich! Allerdings habe ich keine Ahnung, wie ich mich zwischen den beiden entscheiden soll.«

»Wissen Sie was? Das sind die letzten zwei, und sie brauchen bald ein neues Zuhause. Warum nehmen Sie nicht einfach beide, und wir teilen uns die Tierarztkosten?«

Rose streckte die Arme aus. »Darf ich?«

»Nur zu.« Brenda überreichte ihr die beiden miauenden, kuschelig weichen Fellknäuel, die sogleich zu schnurren begannen wie zwei winzige Turbomotoren. Kein Zweifel, sie steckten mit Brenda unter einer Decke, und ihr Plan ging auf. Rose zögerte keine Sekunde länger.

»Einverstanden.«

O Gott. Was würde Mark sagen? Sie besaßen schließlich schon einen Hund, ein Pony und zwei Goldfische. Rose war bereits als Kind ein großer Tierliebhaber gewesen und hatte ihre Katze förmlich mit Zuneigung überschüttet. Weitere Haustiere hatte ihnen ihre Mutter nicht gestattet, doch wie es schien, hatte sie jetzt mehr als genug Möglichkeiten, all das nachzuholen.

»Uno!«, rief Leo.

»Nicht schon wieder!«, stöhnte Mattie und schob ihre Karten zusammen.

Sie saß am geschrubbten Eichentisch in der großen sonnigen Küche und spielte mit den Kindern Karten, während Astrid Spaghetti für alle kochte. Max trommelte mit einem Plastiklöffel auf dem Hochstuhl herum, auf dem er thronte.

Rose schlich herein, wobei sie den Transportkorb mit den Kätzchen hinter dem Rücken verbarg. »Hallo, Kinder! Ratet mal, was ich euch mitgebracht hab!«

Vier Augenpaare musterten sie erwartungsvoll, nur Max betrachtete seinen Löffel.

»Ta-da!« Sie schwenkte mit stolzer Geste den Korb, aus dem ein aufgeregtes Maunzen drang, und stellte ihn auf dem Boden ab.

»Eine kleine Miezekatze?«, rief Luisa. »Für mich?«

»Na ja, eine ist für dich, Liebes, und die andere ist für Mattie, damit sie tagsüber ein bisschen Gesellschaft hat. Wollen wir sie mal rausnehmen?«

Luisa klatschte begeistert in die Hände und rutschte von ihrem Stuhl, wobei sie Matties Knöchel streifte.

»Uff!«, stöhnte Mattie. »Nicht so hastig, Kleines!«

Luisa hörte es nicht. »Miezekatze! Miezekatze!«

Rose hob eines der beiden Kätzchen aus dem Korb. »Ganz vorsichtig, ja?«, sagte sie warnend und überreichte es der Kleinen. Das andere legte sie behutsam auf Matties heilem Arm ab. »Sind die nicht entzückend?«

Wie erhofft reagierte Mattie genauso hingerissen.

»Was für ein süßer kleiner Winzling!« Mattie hielt das Tierchen in die Luft und betrachtete es. »Wie sollen wir dich denn nennen? Was hältst du von Ginger, du kleiner Rotschopf?«

»Es ist ganz weich, Rosie!«, verkündete Luisa mit glänzenden Augen und drückte das kleine, flauschige Bündel zärtlich an sich.

Rose sah von ihr zu dem kleinen, miauenden Geschöpf, das Mattie in den Armen hielt. »Also, ehrlich gesagt bin ich nicht ganz sicher, ob ich schon für eine Katze sorgen kann«, gab Mattie nach einer Weile zu bedenken. »Und was machen wir, wenn ich wieder von hier weggehe?«

»Darüber können wir uns auch noch den Kopf zerbrechen, wenn es so weit ist. Und bis dahin solltest du es einfach genießen.«

Mattie hob das Kätzchen erneut hoch und musterte es. »Na gut«, sagte sie. »Wie wär's dann mit ›Gin‹ für meinen Stubentiger und ›Tonic‹ für Luisas?«

»Jaaa!« Rose klatschte in die Hände. »Super Idee.«

Einzig Leo konnte sich nicht so recht für die beiden Neuzugänge erwärmen. »Wer braucht schon eine dämliche Katze?«, brummelte er. »Und überhaupt ist das total unfair. Luisa hat doch gerade erst ein Pony gekriegt.«

»Ach, komm schon, du hast dafür Barnsie«, erinnerte ihn Astrid in dem Versuch, ihn zu beschwichtigen.

»Und der ist viel geschickter, wenn es darum geht, Kunststücke zu lernen«, fügte Rose hinzu.

»Ja, vermutlich«, brummelte er und mischte die Karten neu.

Mattie streichelte ihr Kätzchen, dessen kleiner Schwanz hin- und herschwang wie der Taktstock eines Dirigenten. »Ich sollte dich mal lieber nicht zu sehr ins Herz schließen.«

16

»In diesem Tal gibt es Weingärten, die um 1800 angelegt wurden!«, echauffierte sich Bob Drayfield. »Und wenn diese verfluchten Bergwerksbetriebe unser Land übernehmen, ist das für uns der Anfang vom Ende! Ich frage euch: Wer gibt denen das Recht dazu? Hm? Da ist hundertprozentig etwas im Busch! Das hab ich im Urin!«

Es folgte lautstarke Zustimmung von den übrigen Anwesenden, die sich in Trevelyn's Pantry versammelt hatten, die meisten von ihnen Weinbauer und -erzeuger, aber auch einige andere Geschäftseigentümer. Im Grunde genommen alle, die irgendwie mit dem Shingle Valley in Verbindung standen.

»Genau! Denkt nur an die erhöhte Salinität, von der Lärmbelästigung ganz zu schweigen!«

»Und früher oder später ist das hier alles Brachland!«

»Und das war's dann mit dem Tourismus«, prophezeite Amanda Davis, deren Eltern ein paar Ortschaften weiter das schicke Bellbirds Boutique Hotel betrieben.

Rose war in der Küche mit der Zubereitung von Häppchen beschäftigt und warf hin und wieder einen Blick in den Gastraum, wo sie zahlreiche bekannte Gesichter erspähte, darunter Deano und Angie von Lilybells, Bob und seine Frau Sadie, Amanda Davis, Thommo und Charlie

Drummond sowie Bill und Sheree, ihre Eltern. Diese Menschen bildeten sozusagen den Lebensnerv der gesamten Region. Ihre Großeltern und Urgroßeltern hatten die unzähligen Weinstöcke gepflanzt, die nun mehr oder weniger den gesamten Talboden bedeckten. Sie waren der Grund dafür, dass dieses Gebiet einen derartigen Reiz auf seine Besucher ausübte, seien es nun Sommeliers, Feinschmecker oder Musikliebhaber. Ihnen war es zu verdanken, dass das Shingle Valley heute zu den renommiertesten Weinregionen weit und breit zählte – und zwar nicht nur in Australien, sondern auf der ganzen Welt. Die hier hergestellten Weine fanden rund um den Globus reißenden Absatz.

»Was genau ist Fracking überhaupt?«, erkundigte sich Amanda, die extra für das Meeting aus Sydney angereist war.

»Beim Fracking wird eine Flüssigkeit in eine meist mehrere Hundert Meter tiefe Bohrung gepresst, um das Gestein aufzubrechen und das darin befindliche Erdgas zu fördern«, erklärte Dan. »Man benötigt dafür Unmengen an Wasser, aber es kommen auch diverse Giftstoffe zum Einsatz – Quecksilber, Blei und Uran beispielsweise. Und die gelangen dann ins Grundwasser und stellen eine massive Gefahr für unsere Kinder dar.«

»Und ganz abgesehen davon werden Tag und Nacht schwere Laster durch das Tal donnern«, fügte Thommo hinzu.

»Vergesst nicht den Staub, der dabei entsteht«, meldete sich Mark zu Wort. »Auch der kann uns schädlich werden. Der Lebensraum unserer Familien ist bedroht, und unsere Jobs obendrein – wie sollen wir unter diesen Umständen die Weinherstellung fortsetzen?« Wieder ertönte zustimmendes Gemurmel. »Also gut«, fuhr er mit erhobener

Stimme fort, »ich glaube, wir sind uns einig, dass das sowohl aus wirtschaftlicher als auch aus ökologischer Sicht eine Katastrophe für das Shingle Valley wäre. Die Frage ist nur: Was können wir tun, um dieses Schicksal abzuwenden? Wir müssen aktiv werden, und zwar bald!«

Mark hatte spontan zu dem Meeting geladen, nachdem ihm zu Ohren gekommen war, dass Tarrawenna, ein großer Weinbaubetrieb mit zahlreichen Rebflächen am südlichen Ende des Tales, kürzlich von einem chinesischen Energiekonzern namens Tin Pei Resources aufgekauft worden war. Die Nordhälfte des Tales hatte man schon vor geraumer Zeit zur landwirtschaftlichen und touristischen Schutzzone erklärt, um der drohenden Zerstörung infolge der Förderung von Steinkohleflözgas vorzubeugen, nicht so jedoch im südlichen Teil. Dort war die Lage nun aufgrund der aktuellen Entwicklungen äußerst brisant. Ironischerweise war der bisherige Besitzer von Tarrawenna vor seinem Tod ein erbitterter Gegner des Bergbaus in der Region gewesen.

Der Interessenskonflikt zwischen Hüttenwesen und Weinbau war also durchaus nichts Neues, und es war in den Augen aller Betroffenen eine echte Tragödie, dass es so gekommen war.

»Wir sind nicht die Einzigen im Land, die mit diesem Problem konfrontiert sind. Ich finde, wir sollten den Kontakt zu anderen betroffenen Gebieten herstellen und eruieren, was dort an Gegenmaßnahmen unternommen wurde«, sagte Bill Drummond.

Mark nickte. »Gute Idee.«

»Wie wär's mit einer PR-Kampagne? Ich könnte bei der hiesigen Zeitung anrufen und im Großraum Sydney ein paar Strippen ziehen«, schlug Amanda vor. »Und wir könnten eine Petition starten und Jeremy Bell ins Boot holen. Mal sehen, ob er uns helfen kann.«

»Das wage ich zu bezweifeln«, brummte Charlie. Jeremy Bell war der für sie zuständige Parlamentarier, hatte allerdings keinen sonderlich guten Ruf, denn man bekam ihn hier im Shingle Valley bestenfalls ein- oder zweimal im Jahr zu sehen, meist bei den Preisverleihungen von Schulsportwettbewerben oder Reitturnieren. »Der ist noch nicht mal in der Lage, Wasser aus einem Stiefel zu kippen, wenn die Anweisungen auf dem Absatz nachzulesen sind«, lautete die viel zitierte Meinung zu Jeremy Bell.

»Wie wär's, wenn wir uns an die australische Raumordnungskommission wenden?«

»Sehr gut«, sagte Mark. »Ich mache mich diesbezüglich mal schlau und versuche, einen Termin bei Jeremy zu ergattern. Irgendwelche anderen Ideen?«

»Ich schätze, es wäre für die PR hilfreich, wenn wir eine Organisation gründen, mit offiziellem Namen und allem Drum und Dran«, bemerkte Amanda.

»Okay.« Mark nickte. »Irgendwelche Vorschläge?«

Wenig später wurde nach einiger Diskussion die Gründung des Verbands zum Schutz des Shingle Valley, kurz VSSV, beschlossen.

»Ich kann mir nicht vorstellen, dass sie einfach hier reinmarschieren und zu bohren anfangen können«, sagte Rose, zu Mark gewandt. »Braucht man dafür nicht eine Lizenz oder Genehmigung?«

»Keine Ahnung«, erwiderte er. »Wir wissen nicht, was Tin Pei im Schilde führt, aber mal ganz ehrlich, es ist ziemlich unwahrscheinlich, dass diese Leute Tarrawenna wegen der Rebflächen erworben haben. Ich schließe nicht aus, dass wir vor Gericht ziehen müssen, wenn es hart auf hart kommt. Wobei ich keinen blassen Schimmer habe, woher wir das Geld dafür nehmen sollen.«

Rose runzelte die Stirn. Das klang ja alles höchst besorgniserregend. Es war nicht auszuschließen, dass sich ihr Leben schon bald radikal ändern und dieses wunderschöne Fleckchen Erde früher oder später zerstört werden würde. Ihr war, als würde die Erde unter ihren Füßen beben.

17

Tags darauf saß Mattie wie üblich auf der Veranda und legte gerade letzte Hand an Gabriellas Hochzeitsmenü, als zu ihrer Überraschung Charlie auftauchte.

»Eigentlich wollte ich zu Mark«, erklärte er sein unangemeldetes Erscheinen. »Aber ich habe ihn weder in der Kellerei angetroffen noch kann ich ihn telefonisch erreichen. Hast du eine Ahnung, wo er stecken könnte?«

»Hast du's schon auf dem ehemaligen Weingut der Trevelyn-Schwestern versucht? Ich glaube, da wollten Jake und er heute hin. Der Empfang dort ist ziemlich mies. Wahrscheinlich hast du ihn deswegen nicht erreicht.«

»Ah ja, das könnte sein.« Er ließ sich auf dem Stuhl neben ihr nieder. Sonderlich eilig schien er es ja nicht zu haben. »Ich war die ganze Woche auf unserem Weingut oben in Mudgee, sonst hätte ich dich schon etwas eher besucht.« Er hob das Kätzchen hoch, das sich neben Mattie auf einem Kissen in der Sonne zusammengerollt hatte, und setzte es sich auf den Schoß. Mattie verspürte prompt einen Anflug von Neid, während sie zusah, wie er das schnurrende Tier streichelte. Er hatte große, kräftige Hände mit ordentlich geschnittenen Fingernägeln. Hände, die jede Menge anständige, ehrliche körperliche Arbeit leisteten. Sie fragte sich kurz, wie sie sich wohl auf ihrer Hand anfühlen würden, wenn er sie umarmte … Tja, kein Zweifel: Die Anziehungskraft, die er auf sie ausübte, war ungebrochen, oder womöglich noch stärker geworden, warum auch immer. *Finger weg von den Männern, Mattie. Insbesondere von diesem Exemplar hier.* Charlie war schon immer ein ziemlicher Draufgänger gewesen. Verlässlichkeit war für ihn ein Fremdwort.

»Erzähl doch mal, wie war es so in London?« Es klang aufrichtig interessiert, der Blick seiner blauen Augen ruhte auf ihr.

»Ach, das ist schon alles so weit weg«, erwiderte sie, obwohl ihr Cara erst vor ein paar Stunden eine Mail mit Fotos von der neuesten Kampagne geschickt hatte. Cara fehlte ihr sehr – der Abschied von ihr war Mattie ungleich schwerer gefallen als der von Johnny. »Ich fand es super, obwohl es unglaublich stressig war. Die Arbeit hat mir echt Spaß gemacht, und die Leute, mit denen ich zu tun hatte, waren witzig und interessant, meistens jedenfalls. Ich war in der PR-Branche – ich habe Strategien für Werbekampagnen konzipiert, samt den dazugehörigen Fototerminen für unsere Kunden.« Sie dachte an ihr letztes Shooting. Wie wichtig ihr das alles damals erschienen war! Sie wusste nicht einmal, was aus der Kampagne für DeVere letztlich geworden war. Jemand anderes hatte sich darum gekümmert, hatte die Fotos gesichtet und die Anzeigen gestaltet. Der Betrieb lief auch ohne sie einfach weiter. Es war eine schnelllebige Branche, in der sich alles nur um die Resonanzmaximierung drehte und darum, superknappe Deadlines einzuhalten und neue Aufträge an Land zu ziehen.

»Aber du kannst jederzeit zurück, oder? Wenn du wieder gesund bist, meine ich.«

»So ist es jedenfalls geplant«, sagte Mattie.

»Und wie lief es an der privaten Front? Rose hat erwähnt, dass du mit deinem Freund in der Schweiz warst.«

»Ach, der hat sich bei der Gelegenheit leider als nichtsnutziges Aas entpuppt.« Huch, das hatte jetzt ziemlich verbittert geklungen.

»Oh. Dann bist du auf das starke Geschlecht also gerade nicht so gut zu sprechen.« Er gluckste.

»Nicht besonders, nein. Wie läuft es denn bei dir in dieser Hinsicht?«, fragte sie. Eine gute Gelegenheit, gleich mal das Thema Marie-Claire anzusprechen. »Thommo hat erzählt, du hattest eine Freundin – oder vielmehr eine Verlobte in Frankreich? Das klingt ja, als wäre es ziemlich ernst gewesen.«

»*Hattest* ist das Stichwort.« Charlie zuckte die Schultern. »Bei uns ist es an der Entfernung gescheitert.« Er sah Mattie einen Moment lang schweigend in die Augen, dann wandte er sich abrupt ab. Sie hätte schwören können, dass eine Spur Wehmut in seinem Blick gelegen hatte, als wäre er noch nicht ganz über die Sache hinweg. »Tja, dann mache ich mich mal auf die Suche nach Mark«, sagte er, als wäre ihm plötzlich wieder eingefallen, warum er überhaupt hier war. »Schön, dass du wieder da bist, Till… äh, Mattie. Ich hoffe, du bleibst uns noch eine Weile erhalten.«

Sie sah ihm nach, bis seine breitschultrige Gestalt um die Ecke verschwunden war, und fragte sich, wie diese Marie-Claire wohl so sein mochte. Sie musste schon echt etwas Besonderes sein, wenn sie es geschafft hatte, Charlie Drummond derart den Kopf zu verdrehen.

Als ein paar Stunden später im Haus das Telefon klingelte, saß Mattie noch immer auf der Veranda. Sie humpelte in die Küche und ging ran. Es war der Anruf, auf den sie bereits gewartet hatte. Der, vor dem ihr schon die ganze Zeit graute.

»Hallo, Mum«, sagte sie gepresst. Wo war ihre übliche selbstbewusste Souveränität abgeblieben?

Sie unterhielten sich kurz, dann legte sie auf und rief nach Mark, der inzwischen wieder da war und in seinem kleinen Büro am Ende des Korridors saß.

»Rate mal, wer das war?« Sie trat ein.

Er sah hoch und wusste in Anbetracht ihrer angesäuerten Miene gleich, um wen es ging.

»Jep. Sie sind auf dem Weg hierher.« Mattie hatte ihren Eltern am Vortag auf den Anrufbeantworter gesprochen und ihr die Ereignisse der vergangenen Monate in knappen Worten geschildert, quasi als Friedensangebot, und nun war ihre Mutter wild entschlossen, sich persönlich ein Bild von ihrem Zustand zu machen.

Sowohl Mark als auch Mattie hatten sich beide schon vor Jahren mit ihren Eltern verkracht, aus unterschiedlichen Gründen. Was Mark anging, lag es daran, dass ihr Vater beschlossen hatte, Lilybells zu verkaufen, als er gerade im Ausland gewesen war. Mark war immer noch sauer, weil er sich nicht erst mit ihm beraten und ihn gefragt hatte, ob er den Betrieb übernehmen wolle. Bei Mattie war das Zerwürfnis noch länger her. Sie hatte sich mit achtzehn klammheimlich um einen Studienplatz am Saint Martins College in London beworben, nachdem ihr Lehrer erwähnt hatte, es handele sich weltweit um die beste Hochschule für Kunst und Design. Als sie die Zusage erhalten hatte, war sie vor Freude total aus dem Häuschen gewesen – ganz im

Gegensatz zu ihrer Mutter, die ihre Tochter nicht ziehen lassen wollte, mit dem Argument, es gebe doch auch in Eumeralla und in Sydney gute Universitäten. »Außerdem bist du bestimmt todunglücklich in London«, hatte sie ihr prophezeit. Natürlich hatten in ihren Augen auch die exorbitanten Kosten für ein Studium in Europa gegen das Unternehmen gesprochen.

Matties Vater hatte in die gleiche Kerbe gehauen. »Wer soll denn das bezahlen?«, hatte er gefragt. »Ich bin schließlich nicht Krösus.« Keiner der beiden war gewillt gewesen, sie bei ihrem Vorhaben zu unterstützen.

»Mir ist echt schleierhaft, wieso du unbedingt nach London willst. Das liegt auf der anderen Seite des Erdballs!«, hatte ihre Mutter verständnislos gesagt. »Da sehen wir uns doch nur alle Jubeljahre mal!«

»Und was wird aus deinem Pferd?«, hatte ihr Vater hinzugefügt.

Einzig Mark war auf ihrer Seite gewesen, aber sosehr er und Mattie die beiden auch beknieten, es gelang keinem von ihnen, ihre Eltern umzustimmen. Nach dem Schulabschluss hatte Mattie dann zwei Jobs angenommen, und innerhalb eines Jahres hatte sie – mit etwas Hilfe von Mark – das Geld für den Flug, die Studiengebühren und eine Unterkunft in London beisammen.

Ihre Eltern, die offenbar gehofft hatten, sie würde ihre Meinung ändern und ihre verrückten Pläne aufgeben, waren nicht einmal bereit gewesen, sie zum Flughafen zu fahren. Das hatte Mark übernommen.

»Du machst einen großen Fehler, junge Dame«, hatte ihr Vater zum Abschied gesagt. »Und du wirst ganz auf dich gestellt sein.«

Zehn Jahre war das jetzt her, und Mattie konnte an einer

Hand abzählen, wie oft sie seither mit ihren Eltern gesprochen hatte. Sie hatte ihnen alljährlich zu Weihnachten eine Karte mit einem Einzeiler geschickt und von ihrer Mutter gelegentlich einen Brief erhalten, aber das war auch schon alles gewesen.

Doch sie hatte in den Wochen, die sie bei Cara auf der Couch gelegen hatte, viel über die ganze Misere nachgedacht und war zu dem Schluss gekommen, dass ihre Eltern nur ihr Bestes im Sinn gehabt hatten, wenngleich sie ihr Verhalten von damals nach wie vor nicht guthieß. Und spätestens seit feststand, dass sie nach Australien zurückkehren würde, trug sie sich mit dem Gedanken, das Kriegsbeil zu begraben.

»Aha«, sagte Mark, dessen Begeisterung sich sichtlich in Grenzen hielt.

»Sie wollen dir keine Umstände machen, deshalb werden sie sich im Pub einquartieren.«

Schweigen.

»Ach komm, Mark. Meinst du nicht, wir sollten ihnen gegenüber ein bisschen Nachsicht walten lassen? Einen Neuanfang wagen? Wenn sie schon extra aus Queensland anreisen …«

Er seufzte tief. »Okay, ruf Mum an und sag ihr, sie können hier übernachten. Wie sieht das denn aus, wenn sie auswärts untergebracht sind, wo wir doch auf Kalkari mehr als genug Platz haben?«

Dann kam Rose herein, und Mark berichtete ihr, dass ihnen hoher Besuch ins Haus stand.

»Ich wette, sie freuen sich riesig, ihre Enkelkinder wiederzusehen«, sagte sie. »Und es ist doch auch längst an der Zeit, dass du mich ihnen vorstellst, oder?«

»Ich kann auf ihren Segen getrost verzichten.«

»So war das nicht gemeint, und das weißt du auch«, sagte Rose beschwichtigend. »Komm schon, Mark. Vielleicht wird es ja gar nicht so schlimm, wie du denkst.«

»Wollen wir wetten?«

18

Mattie hatte Magenschmerzen vor Nervosität und Verunsicherung, als sie drei Tage später einen dunklen Sedan erspähte, der sich gemächlich dem Haus näherte. Was, wenn die geplante Versöhnung gründlich schiefging?

Sie humpelte vor die Tür und verfolgte, wie ihre Mutter aus dem Wagen stieg. Beide zögerten einen Moment, dann gingen sie aufeinander zu und umarmten sich etwas umständlich, doch als Mattie der vertraute Duft von Rosen und Meersalz in die Nase stieg, konnte sie nicht anders, als ihre Mutter mit aller Kraft an sich zu drücken. Ihr war, als wäre sie plötzlich wieder ein sechsjähriges Kind, das getröstet wurde, weil es sich das Knie aufgeschürft hatte oder auf dem Schulhof ausgelacht worden war.

»Es tut mir leid, Mum«, war das Einzige, was sie herausbrachte. Wie seltsam, dass es ihr all die Jahre so schwergefallen war, das zu sagen!

»Nein, Liebes, mir tut es leid.« Ihre Mum rieb ihr sanft den Rücken. »Und ich wünschte, du hättest uns schon eher Bescheid gegeben. Ich wäre natürlich nach London gekommen. Mir scheint, du kannst wirklich von Glück sagen, dass du es überlebt hast. Ich habe einiges über Lawinenunglücke gelesen – die enden nicht selten tödlich, oder? Dein Schutzengel war wohl ganz schön auf Zack an dem Tag.«

Mattie konnte nicht fassen, dass ihr auf einmal Tränen in die Augen stiegen. *Tja, eine Mutter kann eben durch nichts ersetzt werden,* dachte sie. In ihrer grenzenlosen Sturheit war sie so darauf bedacht gewesen, ihr eigenes Leben zu führen und ihre eigenen Entscheidungen zu treffen, dass ihr erst jetzt bewusst wurde, wie sehr ihr ihre Mum gefehlt hatte.

»Hallo, Dad!«, sagte sie schließlich über die Schulter ihrer Mutter hinweg und machte sich von ihr los, um auch ihn zu umarmen. Er sah erschreckend alt aus. Wieder musste sie heftig blinzeln, um die Tränen zurückzuhalten. Wer hätte gedacht, dass das Wiedersehen mit ihren Eltern sie derart aufwühlen würde? Eigentlich hatte sie auf beiden Seiten Zurückhaltung und Skepsis erwartet, aber nun, da sie die vertrauten, wenn auch deutlich gealterten Gesichter vor sich hatte, war auch der letzte Widerstand gebrochen.

»Nicht doch, Liebes«, murmelte ihre Mutter in tröstlichem Tonfall. »So, jetzt lass dich mal ansehen ... Ich muss sagen, du hast dich nicht groß verändert! Du bist so schön wie eh und je!« Sehr taktvoll, dass sie die Narbe auf Matties Wange nicht erwähnte.

Mattie verdrehte trotzdem die Augen. »Mum!«

»Na, Kleines? Was man so hört, hast du in den Schweizer Bergen ein paar gehörige Purzelbäume geschlagen ...«

Auch ihr Vater war sichtlich bewegt, was er offenbar mit einem etwas schroffen Tonfall zu kaschieren versuchte.

»Kleines« war seit jeher sein Kosename für sie gewesen. »Halt dich ran, Kleines!«, hatte er immer gerufen, wenn sie unter seiner Aufsicht mit Shakira ihr Springtraining auf der Koppel absolviert hatte.

»Äh, ja.« Mattie nickte. »Und, wie war die Fahrt?«

»Ganz okay. Wir haben etliche Zwischenstopps eingelegt, aber im Großen und Ganzen sind wir ziemlich gut durchgekommen.«

»Lasst uns reingehen; ich glaube, Rose hat schon Tee für alle gemacht.«

Mattie führte die beiden erleichtert zum Haus. Der erste Schritt in Richtung Versöhnung war getan, auch wenn sie noch einen langen Weg vor sich hatten. Blieb nur noch abzuwarten, ob Mark in der Lage sein würde, über seinen Schatten zu springen.

»Rose, nehme ich an?«, sagte Ray Cameron zu Rose, die die Gäste an der Tür begrüßte.

»Bingo.« Sie schenkte ihm ein freundliches Lächeln. »Mark lässt sich entschuldigen, er musste leider spontan zu einem Weinbauern drüben auf der anderen Talseite.« Mattie schenkte ihr ein dankbares Lächeln, wohl wissend, dass das eine glatte Lüge war.

»Er hat versprochen, spätestens zum Abendbrot zurück zu sein«, fuhr Rose fort. »Leo und Luisa sollten auch bald eintrudeln. Sie freuen sich schon riesig auf euch.«

Jedenfalls deutlich mehr als euer Sohnemann, dachte Mattie. »Kommt mit«, sagte sie zu ihren Eltern und ging voran. »Ihr wollt euch nach der langen Fahrt doch bestimmt ein bisschen ausruhen.«

Nachdem sie auf der hinteren Veranda Platz genommen hatten, schilderte Mattie in groben Zügen, wie es zu dem verhängnisvollen Unfall gekommen war, der ihr gesamtes Leben auf den Kopf gestellt hatte. Rose brachte den dreien ein Tablett mit Tee und einem selbst gebackenen Zitronenkuchen mit einer dicken Schicht Zuckerglasur und zog sich dann diskret zurück.

Eine halbe Stunde später traf Astrid mit den Kindern ein, die sogleich auf die Veranda stürmten, um ihre Großeltern zu begrüßen. Leo konnte sich noch dunkel an sie erinnern, im Gegensatz zu Luisa, die bei der letzten Begegnung gerade mal ein paar Wochen alt gewesen war. Umso größer war auf beiden Seiten die Wiedersehensfreude, und als Mark schließlich nach Hause kam, fand er die vier in schönster Eintracht auf der Veranda versammelt.

»Tag, Dad«, sagte er und trat zu ihnen. »Hallo, Mum.« Er beugte sich zu seiner Mutter und küsste sie flüchtig auf die Wange.

»Guten Abend, Sohnemann«, sagte Ray vorsichtig.

Ehe ein peinliches Schweigen entstehen konnte, krähte Luisa, die auf dem Schoß ihrer Großmutter saß: »Daddy, sieh mal, was mir Grandma Ellie mitgebracht hat!« Sie schwenkte ein Buch in Lilablassblau mit reichlich Glitzer auf dem Cover. »Sie wusste genau, dass Lila meine Lieblingsfarbe ist!«

»Ach, sieh einer an«, erwiderte er trocken. Sein Tonfall war schon etwas weniger abweisend. Dann deutete er auf seine Schwester. »Wie ihr seht, ist Mattie bei Rose und mir in guten Händen.«

»Zweifellos. Trotzdem war es uns ein Anliegen, sie zu sehen.« Seine Mum legte ihrem Gatten eine Hand auf den Arm, als wollte sie ihn davon abhalten, etwas zu sagen, mit dem er seinen Sohn womöglich auf die Palme brachte. »Wobei uns durchaus bewusst ist, wie viel Wert Mattie auf ihre Selbstständigkeit legt.«

»Wogegen ja auch nicht das Geringste einzuwenden ist, oder?«, sagte Mark brüsk.

Mattie kreuzte im Geiste Zeige- und Mittelfinger, in der Hoffnung, dass es ihnen nach all der Zeit endlich gelingen würde, Frieden zu schließen. Sie war jedenfalls fest dazu entschlossen und hatte schon jetzt das Gefühl, als hätte man ihr eine schwere Last von den Schultern genommen.

»Du hast nicht zufällig Lust, mir die Kellerei zu zeigen?«, fragte Ray seinen Sohn, sichtlich darum bemüht, dem Gespräch eine versöhnliche Note zu verleihen.

»Gern. Wir füllen demnächst den Cabernet ab. Bei dem haben wir diesmal keine Kosten und Mühen gescheut. Haben sogar eigens nagelneue französische Eichenfässer angeschafft. Komm mit und sieh es dir an.« Sie erhoben sich, und Mark begann sogleich, weitere Details des Herstellungsprozesses zu erläutern.

»Was meinst du, Luisa, sollen wir uns ein bisschen in der Küche nützlich machen?«, sagte Eleanor, nicht ohne Rose, die eben hereingekommen war, einen fragenden Blick zuzuwerfen.

»Gute Idee«, sagte Rose. »Leo, sieh doch mal nach, ob die Hühner ein paar Eier gelegt haben, ja? Ich brauche noch welche für den Pudding.«

Im Handumdrehen saß Mattie allein auf der Veranda, und sie war ganz froh darüber. Obwohl sie täglich mehr Energie hatte, ermüdete sie nach wie vor recht schnell, und sie hatte nicht erwartet, dass das Wiedersehen mit ihren Eltern ihre Nerven derart strapazieren würde.

»Bin mal gespannt, wie es mit Tarrawenna weitergeht«, bemerkte Ray Cameron beim Abendessen. »Wie ich höre, hat der alte Wilkins das Zeitliche gesegnet.«

Marks verzog das Gesicht. »Stimmt, und seine Sprösslinge haben das Gut kurzerhand an den Höchstbietenden verkauft.«

»Ah ja? Und wer war das?«

»Tin Pei Resources, eine chinesische Bergbaugesellschaft.«

»Ach, du liebe Zeit!«, stieß sein Vater hervor. »Es ist wohl sonnenklar, was das bedeutet.«

»Allerdings.« Mark nickte. »Gruben- und Flözgasförderung vermutlich, mit sämtlichen schädlichen Nebenwirkungen. Staubbelastung, sinkender Wasserspiegel … Es könnte bedeuten, dass dieses wunderschöne Tal, das unser aller Lebensgrundlage ist, zerstört wird.«

»Und was werdet ihr dagegen unternehmen?«

»Als Erstes versuchen wir herauszufinden, ob wir rechtliche Schritte einleiten können, um der Sache einen Riegel vorzuschieben.«

Ray nickte. »Sehr gut. Wir hatten vor Jahren, als Tilly noch ein kleiner Hosenscheißer war« – er sah mit einem wehmütigen Blick zu seiner Tochter, die ihm gegenübersaß – »schon mal ein ähnliches Problem. Ein paar südamerikanische Gauner haben damals drüben auf der anderen Talseite, unweit von Eumeralla, ein riesiges Stück Land gekauft, um dort Tagebau zu betreiben. Wir haben natürlich erbitterten Widerstand geleistet. Haben gekämpft wie die Löwen, jeder Einzelne hier im Shingle Valley.«

Mark musterte ihn erstaunt. »Daran erinnere ich mich gar nicht.«

»Du warst noch ziemlich klein. Wir haben nicht mit euch darüber geredet. Wozu hätten wir euch auch damit belasten sollen? Tja, dann werden die Bewohner dieses Tales demnächst wohl wieder auf die Barrikaden steigen müssen.«

»Du sagst es.«

Mattie lächelte. Wie es schien, hatten sie ein Thema gefunden, bei dem sie sich absolut einig waren, wenn auch ein ziemlich ernstes.

»Wir haben eine Bürgerinitiative ins Leben gerufen, und ich habe Jeremy Bell kontaktiert. Bislang hat er sich allerdings noch nicht zurückgemeldet.«

»Jeremy? Ha, den hatte ich ja total vergessen. Wir sind alte Freunde. Ich rufe ihn an, vielleicht hab ich ja mehr Erfolg.«

»Das wäre super, Dad. Wir müssen sämtliche Hebel in Bewegung setzen.«

Eleanor und Ray waren noch da, als Mattie ein paar Tage später nach New Bridgeton musste, um sich den Gips abnehmen zu lassen. Ihre Mum bot ihr an, sie hinzufahren, und Mattie nahm das Angebot dankbar an, schon deshalb, weil das eine gute Gelegenheit war, ungestört mit ihr zu reden und ihre Beziehung weiter zu vertiefen.

»Na, wie fühlt es sich an, wieder hier zu sein?«, fragte Eleanor, als sie die Eumeralla Road entlangbrausten.

Mattie zuckte die Schultern. »Schwer zu sagen. Ich habe mein Leben in London geliebt. Sehr sogar.« Sie schob trotzig das Kinn vor. »Es kommt mir so vor, als wäre das hier ein massiver Rückschlag.«

»Das tut mir leid zu hören, Liebes. Ich hatte immer gehofft, dass du das Shingle Valley einmal genauso lieben würdest wie wir. Als du noch klein warst, hat es definitiv den Anschein erweckt, als würdest du dich hier sehr wohlfühlen.«

Mattie verdrehte die Augen. »Natürlich liebe ich das Shingle Valley. Aber ich hatte eben größere Ziele. Ich wollte einfach auch noch etwas anderes sehen. Ich wollte die Welt entdecken, und gewissermaßen auch mich selbst.«

»Und, warst du erfolgreich?«

»Das dachte ich jedenfalls.«

Ihre Mutter nickte. »In meiner Jugend war das anders. Ich wäre nie auf die Idee gekommen, Länder zu bereisen, die so weit weg sind. Und, willst du wieder zurück nach London?«

Mattie sah zu ihr hinüber. »Na klar.«

»Tja, du musst tun, was du für das Beste hältst.«

Das konnte man ja schon fast als Entschuldigung durchgehen lassen. »Danke, Mum«, sagte Mattie. »Es bedeutet mir viel, das von dir zu hören. Und ich möchte mich bei dir für mein Verhalten entschuldigen. Ich hätte ein bisschen kompromissbereiter sein müssen und euch damals nicht so mit meinen Plänen überfallen dürfen.«

Eleanor seufzte. »Wie viele Jahre haben wir vergeudet?«

Mattie schwieg.

»Bei manchen Menschen hinterlässt das Leben eben äußerliche Narben, bei anderen sind sie nicht ganz so deutlich zu sehen …«, murmelte ihre Mutter.

Nachdem sich Mattie angemeldet hatte, nahmen sie im überfüllten Warteraum Platz, und dort saßen sie vierzig Minuten später immer noch. »Ich geh uns mal eben Kaffee holen, ja?«, sagte Eleanor.

Kaum war ihre Mutter verschwunden, wurde Mattie aufgerufen. Sie rappelte sich auf, begab sich in das entsprechende Zimmer und rüstete sich schon mal für das Kreischen der Säge, während sie sich auf der Liege niederließ. Obwohl es fast zwanzig Jahre her war, dass sie sich das Handgelenk gebrochen hatte, erinnerte sie sich noch lebhaft an das grässliche Geräusch. Die Krankenschwester warf die Säge an und machte sich unverzüglich an die Arbeit. Mattie ließ die Prozedur mit fest zusammengekniffenen Augen über sich ergehen. Irgendwann registrierte sie, dem Lärm zum Trotz, wie die Tür aufging. Sie öffnete die Augen und sah, wie ihre Mutter mit zwei Bechern in der Hand hereinkam. Eleanor stellte hastig den Kaffee ab und eilte an die Seite ihrer Tochter, wobei sie leicht strauchelte, sich jedoch gleich wieder fing. Sie ergriff Matties Hand, und Mattie schloss erneut die Augen, bis die Säge verstummt war. Dann nahm die Schwester eine Zange zur Hand, um den Gips auseinanderzubiegen. Mattie betrachtete bestürzt das haarige, abgemagerte Bein, das darunter zum Vorschein kam. Es sah fremd aus, als würde es gar nicht zu ihr gehören.

»Ich bin echt froh, dass du mitgekommen bist, Mum«, sagte sie.

»Es tut mir leid, dass ich nicht schon vorher für dich da war.«

»Jetzt bist du ja da.«

19

»Na, zufrieden?« Rob, der Schreiner, der schon die Rampen am Haupthaus und der Scheune konstruiert hatte, stemmte die Hände in die Hüften und trat einen Schritt zurück, um sein Werk zu begutachten.

»Jep«, sagte Mark. »Das wird den kleinen Racker sicher tierisch freuen. Vielleicht ist ja jetzt endlich Schluss mit dem ewigen Gejammer. Gute Arbeit, Kumpel.«

Rose nickte. »Leo wird Purzelbäume schlagen vor Freude, wetten?«

Der Junge hatte in letzter Zeit oft Trübsal geblasen, insbesondere, seit Luisa ihr Pony bekommen hatte. Rose war nicht entgangen, dass er, solange seine Großeltern da gewesen waren, etwas aufgeblüht war, aber seit ihrer Abreise vorige Woche war er wieder sehr still. Er zog sich oft in sein Zimmer zurück und beschäftigte sich lieber mit seinem iPad, als draußen mit seinen Freunden zu spielen. Rose war sehr erleichtert, dass der Besuch von Marks Eltern so gut gelaufen war. Sowohl er als auch Mattie hatten viel Zeit mit den beiden verbracht. Zugegeben, hin und wieder war die Stimmung etwas angespannt gewesen, aber die Kinder hatten meist für Ablenkung gesorgt. Beim Abschied hatten alle einstimmig beschlossen, bis zum nächsten Wiedersehen nicht mehr so viel Zeit verstreichen zu lassen.

Als Mark tags darauf erwähnt hatte, er wolle Leo den lang gehegten Wunsch nach einem Baumhaus erfüllen, war Rose gleich Feuer und Flamme gewesen.

Sie hatten Mattie um Hilfe gebeten, und die hatte sich im Internet auf Ideensuche gemacht und einen Entwurf gezeichnet, den Mark dann von Rob hatte umsetzen lassen.

Sie legten den Kopf in den Nacken und betrachteten das fertige Werk. Das helle Holz der Bodenplatte leuchtete regelrecht in der Nachmittagssonne. Als Leiter dienten ein paar Planken, die sie quer an den Baumstamm genagelt hatten, und es gab sogar ein Seil mit einem Korb am unteren Ende, in dem Leo hochziehen konnte, was immer er dort oben so brauchte. Die Hütte hatte an zwei Seiten große Fenster, vor die eine durchsichtige Plastikfolie gespannt war, und als Dach diente ein übrig gebliebenes Stück Wellblech, das Rob mit einer Luke versehen hatte. »Sollte einigermaßen wasserdicht sein«, bemerkte er. Für die Tür hatte Mattie, deren Arm nun wieder voll einsatzfähig war, ein Schild gestaltet, auf dem ein brüllender Löwe zu sehen war, samt einer Sprechblase, in der *Leos Baumhaus* stand.

Damit es eine richtige Überraschung für Leo wurde, hatte Rob den Großteil der Arbeiten in seiner Werkstatt erledigt, und heute früh war er mit den Einzelteilen angerückt und hatte sie vor Ort zusammengesetzt. Er war gerade damit fertig geworden, als Astrid aufbrach, um Leo von der Schule abzuholen.

Rose erklomm die Leiter und hängte das Schild an die Tür. Sie war für die Innenausstattung des Baumhauses verantwortlich gewesen: zwei Sitzsäcke und ein altes Teleskop, das sie in einem Secondhandladen in New Bridgeton gefunden hatte, dazu eine Obstkiste mit Leos liebsten Büchern und Spielen. Sie sah auf die Uhr. Astrid konnte jeden Moment mit den Kindern auftauchen. Sie war gespannt wie ein Flitzebogen auf Leos Reaktion.

»Im Ernst? Ein Baumhaus? Nur für mich allein? Da darf also niemand rein, wenn ich es ihm nicht erlaube?« Leo hopste vor Freude auf und ab wie ein Gummiball. So aufgekratzt hatte Rose ihn seit Wochen nicht mehr erlebt. »Wahnsinn, ist das cool! Der Hammer, echt! Ich glaub's einfach nicht. Das muss ich gleich meinen Freunden erzählen. Darf ich schon rein? O Mann, das wird super!«

Er kraxelte flink wie ein Eichhörnchen die Leiter hoch. Oben angekommen, johlte er: »Huuuhu!«, und winkte den unten Versammelten zu. »Hey, von hier oben kann man ja meilenweit sehen! Fast bis nach Eumeralla rüber!«

Luisa spähte zu ihrem Bruder hoch. »Darf ich auch?«, fragte sie Astrid.

»Nein, Süße, das ist Leos Baumhaus.«

Luisa machte einen Schmollmund.

»Sollen wir mal losziehen und sehen, ob wir ein paar Karotten für Buttons auftreiben können?«

Bei Astrids Worten erhellte sich die Miene der Kleinen sogleich.

»Okay, Leo, sei schön vorsichtig, ja? Keine riskanten Manöver da oben«, ermahnte Mark seinen Sohn, wenn auch mit einem Lächeln im Gesicht. Er drehte sich zu Rose um. »Du hattest recht, er ist begeistert. Los, kommt mit, wir genehmigen uns jetzt eine Tasse Tee, während Leo sein neues Reich erkundet. Ich hab das Gefühl, den sehen wir so bald nicht wieder.«

»Willst du mit hochfahren, Mattie?«, fragte Astrid.

Mattie hatte sich die feierliche Übergabe des Baumhauses natürlich nicht entgehen lassen wollen und sich bis zum Anfang der Einfahrt geschleppt. Sie winkte ab.

»Nein danke, es geht schon. Meine Physiotherapeutin meinte, ich darf jetzt wieder nach Herzenslust herumlaufen, das stärkt die Beinmuskulatur.«

»Übernimm dich nicht, Schwesterherz«, sagte Mark. »Du kannst nicht erwarten, dass du nach einer so ernsten Verletzung gleich wieder topfit bist.«

»Ich weiß, aber es geht so schleppend voran«, beschwerte sich Mattie. »Und es ist nach wie vor unklar, ob ich je wieder joggen darf. Fest steht nur, dass ich in nächster Zeit wohl keine Räder schlagen werde.«

»Kopf hoch, Mattie«, sagte Rose. »In den letzten Wochen hat sich doch einiges getan. Mit kleinen Schritten kommt man auch ans Ziel. Also los, in der Küche wartet ein Pflaumenkuchen.«

»Dann werde ich definitiv ein bisschen Sport machen müssen.« Mattie kniff sich in eine imaginäre Bauchfettrolle über dem Hosenbund.

»Pfff.« Rose hakte sich bei ihr unter. »Du bist doch spindeldürr! Mir ist wirklich schleierhaft, wo du das ganze Essen hinsteckst.«

»Sie war schon immer unglaublich gefräßig. Als sie ein Teenager war, konnte selbst ich kaum mit ihr mithalten.« Mark lachte.

Bei Einbruch der Dunkelheit spazierte Mark mit Rose noch einmal zum Baumhaus hinunter.

»Hey, Kumpel, wie geht's denn so dort oben?«, rief er zu seinem Sohn hinauf.

Leos Kopf erschien am Fenster. »Ich komm gleich, Dad.«

»Na, wie findest du dein neues Domizil?«, erkundigte sich Mark, als der Junge schließlich die Leiter hinunterkletterte.

»Klasse. Das Teleskop ist auch super. Das Kreuz des Südens war ganz deutlich zu sehen.«

»Freut mich, dass es dir gefällt.«

»Hast du es selbst gebaut?«, fragte Leo.

»Nein, gebaut hat es Rob, und der Entwurf stammt von Rose und Mattie. Bei denen solltest du dich also auch bedanken.«

»Wie kommt es, dass sie sich mit Baumhäusern auskennen?«

»Na ja, du wirst es nicht glauben, aber sie waren auch mal in deinem Alter. Unter uns gesagt war deine Tante Mattie ein richtiger Wildfang. Sie hat sich mit zehn die Haare abgeschnitten und wollte jahrelang keine Röcke tragen. Die meiste Zeit war sie total schlammverkrustet – sie hat immer an der Talsperre drüben bei Lilybells Flusskrebse gefangen.«

»Das glaub ich dir nicht!«

»Solltest du aber, es stimmt nämlich. Sie hat sich ziemlich verändert, als sie nach London gezogen ist, um Kunst zu studieren. Ich fürchte, vom Wildfang ist nicht mehr allzu viel übrig«, sagte Mark. Es klang wehmütig. »Wir haben uns super verstanden, obwohl einige Jahre zwischen uns liegen. Eigentlich hatten wir auch nur uns; in der näheren Umgebung gab es nicht besonders viele Kinder. Aber wir hatten immer Spaß miteinander. Haben stundenlang draußen gespielt. Mum wusste die halbe Zeit nicht, wo wir stecken. Mattie ist mir einfach immer nachgelaufen, schon als sie noch ganz klein war. Und abends kamen wir dann total verdreckt und mit einem Bärenhunger nach Hause. ›Wie zwei wilde Tiere‹, hat Mum oft gesagt. Wir haben uns sogar selbst den Spitznamen ›Die furchtlosen Füchse‹ verpasst.« Mark zerzauste seinem Sohn das Haar. »So, jetzt leg mal einen Zahn zu, es ist schon spät. Wer als Letztes an der Haustür ist, hat verloren!«

Die drei spurteten los, dass der Kies unter ihren Schuhen spritzte. Leo hielt mühelos mit den Erwachsenen mit.

»Tante Mattie, ist es wahr?«, keuchte er, als er gleich darauf in die Küche stürmte. »Warst du mal ein Wildfang?«

Sie musterte ihn einen Augenblick erstaunt, dann lachte sie. »Herrje, was für olle Kamellen hat dein Vater dir da wieder erzählt?«

20

Eigentlich hatte Rose geplant, am Tag der Hochzeit sicherheitshalber besonders früh aufzustehen, aber nachdem sie am Vorabend noch einmal das gesamte Restaurant durchgeputzt hatte, war sie erst sehr spät ins Bett gekommen. Sie schlief wie ein Stein, und als sie schließlich erwachte, fühlte sie sich ziemlich groggy und stierte einen Moment lang verwirrt auf die grünen Leuchtziffern ihres Weckers.

»Mist!«, fluchte sie, als ihr klar wurde, wie spät es war. »Mark!« Sie schüttelte die schlafende Gestalt, die neben ihr lag. »Es ist schon Viertel nach acht! Wir haben verschlafen! Warum hat der Wecker nicht geklingelt?«

Mark brummte etwas und wälzte sich auf die andere Seite. Seit er die Lese hinter sich gebracht hatte, konnte er endlich wieder etwas kürzertreten, und gestern war er bis spät in die Nacht in New Bridgeton bei einem Wein-Diner gewesen. Rose hatte gar nicht gehört, wie er nach Hause gekommen war. Es wunderte sie, dass auch die Kinder sie nicht geweckt hatten. Nun, da sie schon etwas älter waren, schlichen sie sich morgens meist hinunter und sahen fern, bis Astrid kam.

Rose schüttelte Mark erneut. »Hast du dafür gesorgt, dass der Wein rechtzeitig geliefert wird?«

»Mmmmmhmmm.«

Das interpretierte sie als ein Ja. Rose sprang aus dem Bett und rannte ins Bad, wobei sie im Geiste hastig alle Punkte auf ihrer To-do-Liste durchging. Die Trauung ging zwar erst mittags über die Bühne, aber sie hatte zwei Aushilfen aus Eumeralla für halb neun ins Restaurant bestellt. Zum Glück dauerte die Fahrt nur fünf Minuten, ihr blieben also etwa zehn Minuten, um zu duschen und sich anzuziehen. Das Frühstück würde wohl warten müssen.

Mit nassen Haaren, die noch immer leicht lila schimmerten, eilte sie kurz darauf in die Küche, wo sie Astrid und den Kindern hastig einen guten Morgen wünschte und Max zuwinkte, der daraufhin einen Batzen Brei in ihre Richtung spie. Dann piepste ihr Handy. Eine Nachricht von Gabriella, die wissen wollte, ob alles nach Plan lief und ob die Hochzeitstorte von Amazing Cakes, einer bei der High Society in Sydney sehr beliebten Konditorei, schon gekommen war.

Rose nahm sich vor, ihr zu antworten, sobald sie drüben in Trevelyn's Pantry war, und machte sich auf den Weg.

Der Rest des Vormittags verlief zum Glück ruhig. Jen und Lesley, deren Kinder auf die gleiche Schule gingen wie Leo, kümmerten sich um die Entrées, Rose um die Rinderfilets. Vorhin war der Florist mit Bergen von Gewächshaus-Pfingstrosen auf der Ladefläche seines Lieferwagens vorgefahren, aus denen er nun draußen im Lokal die Tischgestecke gestaltete. Rose spähte auf ihr Handy, das eben schon wieder gepiepst hatte. Es war Gabriella, die noch einmal nach der Torte fragte. Rose schlug sich mit der flachen Hand auf die Stirn. *Mist.* Das hatte sie ja ganz vergessen. Es war bereits zehn, die Konditorei machte es spannend. Eigentlich war die rechtzeitige Anlieferung der Hochzeitstorte nicht ihr Problem – das hatte Gabriella selbst organisiert –, aber ohne Torte keine Hochzeit, und es war für Rose eine Frage der Ehre, etwaige Dramen in letzter Minute unter allen Umständen zu verhindern. Eine Braut konnte mit Sicherheit darauf verzichten, sich an ihrem großen Tag über solche Dinge den Kopf zu zerbrechen.

Es wurde Mittag, und von der Torte keine Spur. Der Lieferant sei unterwegs, hatten die Leute von Amazing Cakes vorhin behauptet. Rose versicherte Gabriella in einer weiteren Nachricht, sie habe alles unter Kontrolle.

Im Gegensatz zur Torte war der Bräutigam bereits eingetroffen und stand nun, von den Trauzeugen flankiert, etwas verlegen im Garten herum. Alle drei trugen dunkle Anzüge und auf Hochglanz polierte Schuhe. Rose spähte aus der offenen Küche ins Lokal, wo sich Susan, die Brautmutter, mit einer attraktiven rothaarigen Unbekannten Anfang vierzig unterhielt, die ein geblümtes knielanges Kleid trug und sich ein Klemmbrett an die Brust presste. Das musste die Hochzeitsplanerin sein.

»Alles bereit?« Rose sah zu ihren Gehilfinnen, die zustimmend nickten. Lesleys älteste Tochter Olivia hatte sich bereit erklärt, den Kellnerinnen zur Hand zu gehen und rückte noch schnell da und dort ein Gedeck zurecht. Die Gläser funkelten, Blumenduft erfüllte den Raum. Rose war zufrieden – es war alles perfekt. Besser gesagt, es wäre alles perfekt gewesen, wenn Amazing Cakes inzwischen mit der verflixten Torte aufgekreuzt wäre. Sie warf einen Blick in den Kühlraum. Wenn es hart auf hart kam und sie spontan ein Ersatzdessert aus dem Ärmel schütteln musste, konnte sie allerhöchstens einen Fruchtsalat zaubern. Und sie konnte sich lebhaft vorstellen, was Gabriella davon halten würde.

Sobald die ersten Gäste eintrafen, stimmte ein Musiker auf der Veranda klassisches Gitarrengeklimper an. Rose erspähte auch einige bekannte Gesichter, darunter das von Jake. Ihr war nicht bewusst gewesen, dass er zu Gabriellas Freunden zählte. Andererseits sollte sie das wohl nicht weiter überraschen, schließlich kannte der Bursche so ziemlich jede Frau zwischen achtzehn und achtzig hier im Shingle Valley – und weit über seine Grenzen hinaus.

Schließlich warteten sie nur noch auf die Braut – und auf die dämliche Torte natürlich.

Wie auf ein Stichwort meldeten sich die Leute von Amazing Cakes und verkündeten, der Lieferwagen befände sich nun in Eumeralla und sei in einer halben Stunde bei ihnen. Rose atmete erleichtert auf und ging zum Vordereingang, gerade rechtzeitig, um die Ankunft der Braut am Arm eines älteren Herrn – vermutlich ihres Vaters – mitzuerleben. Gabriella war in mehrere Schichten weißen Satin mit Spitzenbesatz gehüllt, hielt einen riesigen Strauß Pfingstrosen in der Hand und runzelte die Stirn, als sich ihr Rocksaum an der Treppe verfing. Sie drehte sich um und zerrte daran.

»Moment, ich mach das schon!«, rief Rose und lief zu ihr.

Gabriella sah nervös an sich hinunter. »Verdammter Mist! Es ist doch nicht kaputtgegangen, oder?«

»Nein, keine Sorge.« Rose befreite sie und trat einen Schritt zurück. »Alles bestens. Sie sehen umwerfend aus.«

Und zack! Schon hatte sie feuchte Augen. Rose vergoss bei jeder Hochzeit Tränen, selbst wenn sie das Brautpaar kaum kannte. Sie malte sich aus, wie es wäre, wenn sie selbst hier stehen würde, in einem weißen Kleid, inmitten der Menschen, die sie liebte, und Mark in die Augen blickte … *Reiß dich zusammen,* dachte sie und wischte sich verstohlen eine Träne von der Wange. Mark war nach seinen schlechten Erfahrungen in Sachen Ehe ein gebranntes Kind und hatte bestimmt keine Lust, allzu bald wieder zu heiraten. Sie waren glücklich miteinander, und dafür sollte sie dankbar sein, das wusste sie, trotzdem wünschte sie sich nichts sehnlicher, als dass ihr Traum vom schönsten Tag des Lebens noch irgendwann in Erfüllung ging, samt dem schönen Kleid und dem rauschenden Fest im Kreise all ihrer Freunde …

Sie eilte in die Küche, um die letzten Vorbereitungen zu überwachen.

»Der jungen Liebe Traum, was? Ich geb den beiden maximal fünf Jahre«, murmelte Lesley, während sie die Trauungszeremonie von der Küche aus mitverfolgten, und schob sich ein übrig gebliebenes Stück Baguette in den Mund.

»Mein Mann Damo kennt sie noch aus der Schule. Angeblich hat sie es immer sehr genossen, von den Jungs umschwärmt zu werden. Die reinste Bienenkönigin. Um so ein Weib zu zähmen, braucht es schon ein ganz anderes Kaliber als David Bale.«

»Nun sei doch nicht so negativ«, rügte Rose sie. »Man kann schließlich nie wissen.«

Leslie schnaubte. »Wie heißt es so schön? Die Katze lässt

das Mausen nicht. Und du, Rose, du bist eine hoffnungslose Romantikerin.«

»Die trinken den Wein, als wär's Wasser«, vermeldete Olivia etwas später, als sie mit einem Stapel leerer Teller in die Küche kam. Das zuvor noch dezente Gemurmel draußen war inzwischen zu einem lauten Stimmengewirr angeschwollen. Zweifellos war der gestiegene Lärmpegel auch auf den Alkoholkonsum zurückzuführen.

Rose wischte sich die Hände an einem Geschirrtuch ab. »Ich hole gleich noch eine Kiste.«

Auf dem Weg zum Kühlraum vernahm Rose im Korridor ein Klopfen und eine gedämpfte Stimme, die rief: »Hallo? Hallo! Warum hört mich denn niemand?« Es klang verärgert bis entnervt.

Rose eilte zur Damentoilette hinüber. Als sie die Tür öffnete und ihr der vertraute Duft von Shalimar, dem Parfüm ihrer Mutter, in die Nase stieg, verspürte sie jäh einen Anflug von Heimweh und Sehnsucht nach ihrer Familie. Ihr letzter Besuch zu Hause war nun schon eine halbe Ewigkeit her. Vielleicht konnte sie Mark ja begleiten, wenn er das nächste Mal nach England flog. Ob Astrid wohl bereit wäre, während ihrer Abwesenheit nach Kalkari zu ziehen und sich um die Kinder zu kümmern?

Doch für solche Gedanken war jetzt keine Zeit. Erst galt es, die Hochzeitsplanerin zu befreien, die offenbar in einer der Kabinen festsaß. Sie hatte sich auf die Kloschüssel gestellt und reckte mit weit aufgerissenen Augen den Kopf über die obere Kante der Kabinentür. Durch den Spalt unter ihr waren zwei ordentlich geputzte schwarze Männerschuhe zu sehen, halb verdeckt von zwei zerknitterten Hosenbeinen. Es dauerte eine Sekunde, bis Rose die Situation erfasst hatte. *Okaaay …*

»Gott sei Dank! Ich … ähm … wir kriegen die Tür nicht mehr auf«, sagte die Hochzeitsplanerin, sichtlich darum bemüht, sich zumindest einen kleinen Funken Würde zu bewahren.

Rose unterdrückte ein Kichern. »Verstehe. Haben Sie eine Ahnung, woran es liegen könnte?«

»Es scheint sich irgendetwas im Schloss verhakt zu haben.«

»Bin gleich wieder da.«

»Was? Wo wollen Sie hin?«

»Ich hole Werkzeug. Vielleicht können wir es ja abmontieren.«

»Gut, aber machen Sie schnell!«

Es fiel Rose nicht leicht, ernst zu bleiben, als sie gleich darauf mit mehreren Schraubenziehern in verschiedenen Größen zurückkehrte. »Keine Sorge, das haben wir gleich. Ich werde einfach die Schrauben herausdrehen, mit denen das Schloss am Türblatt befestigt ist.«

Gesagt, getan.

»Großartig, vielen Dank«, sagte die Hochzeitsplanerin, als es vollbracht war, wobei sie die Tür krampfhaft von innen zuhielt. »Sie können uns dann getrost wieder allein lassen. Ich muss hier noch eine geplatzte Naht stopfen.«

Wer's glaubt, wird selig, dachte Rose und ging grinsend davon.

Der Mann dort drinnen hatte ganz offensichtlich unerkannt bleiben wollen, denn er hatte die ganze Zeit über keinen Mucks gemacht.

Was man im verschlafenen Shingle Valley alles erleben

konnte! Wer hätte das gedacht. Auf dem Weg zurück zur Küche ließ Rose nachdenklich den Blick über die Gästeschar wandern, bis ihr aufging, wer fehlte.

Jake Salmon.

Wer sonst. Sie kicherte.

In Sachen Hochzeitstorte hatte Rose in den vergangenen Stunden noch mehrere panische Notsignale abgesetzt, und siehe da, fünf Minuten bevor das dämliche Ding angeschnitten werden sollte, kam der Lieferwagen von Amazing Cakes mit quietschenden Bremsen in der Einfahrt zum Stehen. Der Fahrer dachte allerdings nicht daran, sich zu entschuldigen, sondern knurrte bloß etwas von wegen »Am A… der Welt«, als Rose und Lesley angerannt kamen, um die heiß ersehnte Ware in Empfang zu nehmen.

Dafür machte die Konditorei ihrem Namen wirklich alle Ehre, wie Rose widerstrebend zugeben musste. Die dreistöckige und mit blassrosa Pfingstrosen aus Zuckerguss übersäte Torte war eine Wucht. Ganz oben thronte das Brautpaar, interessanterweise flankiert von zwei Miniaturpinguinen. »Vielleicht haben sie sich ja in der Antarktis kennengelernt«, mutmaßte der Lieferant.

Als Rose allerdings kurz darauf den Wagen mit der Torte ins Restaurant schob, wurde das ehrfürchtige, vielstimmige »Aaaaah!« der Gäste von der schneidenden Stimme der Braut übertönt, die offenbar schon ordentlich dem Sekt zugesprochen hatte: »Was haben denn die verdammten Pinguine da zu suchen?«

Alle anderen Anwesenden verstummten jäh, die Brautmutter sah mit vor Schreck geweiteten Augen zu Rose und schüttelte heftig den Kopf.

Oh-oh. Rose machte auf der Stelle kehrt, schob den

Servierwagen zurück in die Küche und pflückte die beiden schwarz befrackten Gestalten von der Torte. Da hatte der Lieferant mit seiner Vermutung wohl doch danebengelegen.

21

Vierzehn Wochen, drei Tage, neun Stunden und etwa dreißig Minuten.

So lange war es jetzt her, seit eine Lawine in der Schweiz ihr Leben durcheinandergewirbelt hatte. Mattie saß auf der Veranda, nippte an ihrem starken Kaffee und hob und senkte langsam das Bein, wie die Physiotherapeutin es ihr aufgetragen hatte. Gin und Tonic hatten sich neben ihr auf der Bank zusammengerollt und ließen sich die Sonne auf den Pelz scheinen. Der Anblick ihres kraftlosen, verkümmerten Unterschenkels erschütterte Mattie nach wie vor weit mehr als die Narbe auf ihrer Wange. Dazu kam, dass sie wieder einen langen, sinnentleerten Tag vor sich hatte, einen, der ihr, genau wie seine zahlreichen Vorgänger, so unendlich vorkam wie der blitzblaue Himmel über ihr. Der goldene Herbst hatte im Shingle Valley Einzug gehalten und das Laub der Weinstöcke weinrot und braun gefärbt. Morgens war es kühl und nebelig, tagsüber dagegen brannte die Sonne vom Himmel. Diese Jahreszeit, in der das Tal in seiner ganzen Pracht erstrahlte, war ihr seit jeher von allen die liebste gewesen.

Aber manchmal kann selbst der schönste Ort der Welt ein Gefängnis sein, dachte sie missmutig. Sie hatte nichts zu tun, nichts, das sie ablenken konnte von dem Gedankenexperiment, was gewesen wäre, wenn es diese letzte Abfahrt nie gegeben hätte. Oder wenn sie den Abhang nicht ganz so weit gequert hätten … Tja, dann wäre sie jetzt in London, bei der Arbeit, würde mit Cara lachen oder sich ein Bein ausreißen, um eine von Biancas schier unmöglichen Deadlines einzuhalten … und sich auf ein Abendessen in einem schicken Restaurant freuen, zu dem sie sich höchstwahrscheinlich mit Johnny treffen würde. Sie krümmte sich innerlich bei der Erinnerung an seine Reaktion, als er ihr lädiertes Gesicht gesehen hatte, daran, wie feige er sie im Stich gelassen hatte. Tja, insofern hatte die ganze Sache immerhin ein Gutes: Sie kannte jetzt sein wahres Ich. Und trotzdem hockte sie hier und dachte an ihn. Wie hatte sie sich nur derart in einem Menschen täuschen können? Das passierte ihr doch sonst nicht.

Aber sooft sie auch wünschte, sie hätte an jenem verhängnisvollen Tag irgendetwas anders gemacht, es änderte nichts an der Tatsache, dass sie hier festsaß, inmitten von Weinbergen am anderen Ende der Welt, und nicht wusste, ob eine Rückkehr in ihr altes Leben überhaupt noch möglich war.

Vor ein paar Tagen hatte sie ihrer Chefin eine Mail geschickt, um auszuloten, wie die Chancen standen, dass sie früher oder später wieder ihre alte Stelle antreten konnte. Biancas kurze und forsch-fröhliche Antwort hatte gelautet:

Ich bin ja sooo froh, dass es dir allmählich besser geht, Süße! Wir beneiden dich alle um die viele Sonne da unten. Geschäftlich läuft es zurzeit leider nicht so toll, weshalb ich ehrlich gesagt bezweifle, dass es viel Sinn hat, wenn du zurückkommst. Und Annabel, deine Nachfolgerin, ist ein Juwel, ich kann sie unmöglich entlassen …

Seither war Mattie abwechselnd empört und niedergeschlagen, weil sie so leicht zu ersetzen war. Sie hatte angenommen, Bianca wäre auf sie angewiesen und würde ohne sie nicht klarkommen. Tja, auch in diesem Fall hatte sie sich getäuscht. Ihr Leben in London fehlte ihr so sehr, dass es schon fast körperlich wehtat – die Fahrten mit dem Doppeldeckerbus, die Picknicks und Konzerte in der Hampstead Heath, die sonntäglichen Spaziergänge durch den Hyde Park mit Cara, die zahlreichen Abende, an denen die gesamte Crew von Three Bees um die Häuser zog und an denen oft gelacht wurde, bis ihnen die Tränen kamen … Jetzt war ihr Leben vollkommen leer und ereignislos. Es war nicht mehr nötig, morgens aus dem Bett zu springen und den Tag voller Begeisterung zu begrüßen.

»Hey, Mattie, alles klar?«, fragte Rose durch die Fliegengittertür hindurch und stieß, als sie Matties betrübte Miene sah, sogleich hervor: »Oje, du Ärmste, was ist denn los?«

»Ach, nichts.« Mattie wollte auf keinen Fall dabei ertappt werden, wie sie sich im Selbstmitleid suhlte. »Hin und wieder holt mich das Ganze eben noch ein, und dann kann ich an gar nichts anderes mehr denken …« Sie zwang sich zu lachen. »Keine Sorge, es geht gleich wieder.« Eher hätte sie sich die Zunge abgebissen, als Rose zu gestehen, dass ihr Bianca einen Korb gegeben hatte.

»Sei nicht so streng mit dir selbst.« Rose nahm neben ihr Platz. »Es ist gerade mal wenige Monate her. Nach so einem Erlebnis ist doch jeder traumatisiert. Also, ich wäre es ganz sicher. Vor allem in Anbetracht von Johnnys Verhalten.«

»Ja, das kommt noch dazu …«

»Sag mal, wann hatte Johnny eigentlich Geburtstag?«

»Wann er Geburtstag hatte? Was macht das für einen Unterschied?«

Rose musterte sie mit erwartungsvoller Miene, sagte aber nichts.

»Ähm, im Oktober, glaube ich. Ja, genau, Ende Oktober, kurz vor Halloween.«

»Und dein Geburtstag ist am dritten Februar, stimmt's?«

»Mhm.«

»Da hast du's – Skorpion und Wassermann. Bei dieser Konstellation ist eine Beziehung von vornherein zum Scheitern verurteilt. Es wäre ohnehin nicht lange gut gegangen.«

»Dir ist aber schon klar, dass das alles totaler Humbug ist, oder?«

»Nicht unbedingt. Nehmen wir beispielsweise mal Charlie …« Sie brach ab, gespannt auf Matties Reaktion.

»Ja?«

»Na ja, ich weiß zufällig, dass er Schütze ist …«

»Und?«

»Das ist die Traumkombination schlechthin.« Rose grinste.

Mattie verdrehte die Augen. »Nun hör schon auf.«

»Wieso denn? Er ist Single, und was ich so höre, hat er ein Auge auf dich geworfen.«

»Ah ja? Was hast du denn so gehört?«

Rose tippte sich an die Nase. »Du weißt ja, dass Astrid nicht gerade für ihre Verschwiegenheit bekannt ist … Also, angeblich hat Charlie zu seinem Bruder gesagt, dass er sich riesig über deine Rückkehr ins Shingle Valley freut.«

Mattie winkte ab. »Und? Das hat doch nichts zu bedeuten. Und überhaupt bin ich nicht interessiert. Ich muss mich voll und ganz auf meine Genesung konzentrieren, damit mein Leben bald wieder in geordneten Bahnen verläuft.«

Sie saßen eine Weile schweigend da und sahen den Hühnern in ihrem Verschlag am hinteren Ende des Gartens beim Scharren zu. Schließlich ergriff Rose Matties Hand. »Hör zu, Mattie, es tut mir sehr leid, dass es ein schreckliches Unglück war, das dich nach Kalkari geführt hat, aber wir alle – einschließlich Charlie – freuen uns wirklich sehr, dass du da bist.« Sie zwinkerte ihr zu. »Die Kinder finden es super, dass du bei uns wohnst, und Mark ebenfalls. Ich weiß doch, wie nah ihr euch steht. Er fand es echt schön, dir zu zeigen, was er sich hier alles aufgebaut hat.«

Mattie wusste, Rose versuchte nach Kräften, sie etwas aufzubauen, und sie war ihr dankbar dafür. Sie hatte ja auch recht – es war schön, zur Abwechslung in der Nähe ihrer Familie zu sein, auch wenn die Mitglieder dieser Familie teils ziemlich beschäftigt waren. »Wir haben gestern drüben in der Kellerei ein paar Fassproben verkostet«, sagte Mattie. »Echt unglaublich, was Mark alles auf die Beine gestellt hat. Ich wusste, dass er gut ist, aber dass er so viel Talent hat, war mir bislang nicht klar.«

»Ein gewisses Talent scheint euch beiden in die Wiege gelegt worden zu sein. Gabriella war sehr angetan von deinen Menükarten. Übrigens hab ich mich neulich mit Amanda Davis unterhalten und dich empfohlen, als sie erwähnte, dass sie das Logo und die Beschilderung von Bellbirds überarbeiten lassen will. Aber fühl dich bitte zu nichts gezwungen, ja? Du sollst dich schließlich noch erholen. Ich dachte nur, vielleicht hast du ja Lust.«

Mattie strahlte sie an. Markenbildung und Logogestaltung hatten ihr schon immer großen Spaß gemacht. Es war spannend, auf der Basis der Firmenidentität das perfekte Image und Design zu kreieren. »Das klingt total interessant. Ich kann weiß Gott ein bisschen Ablenkung gebrauchen.«

»Hervorragend. Ich werde jetzt erst einmal ein paar Stunden im Restaurant beschäftigt sein, aber wir könnten ja heute Nachmittag mal nach Eumeralla fahren. Amanda ist nämlich gerade in der Gegend – eigentlich wohnt sie in Sydney. Und auf dem Heimweg könnten wir noch einen Zwischenstopp bei Bellbirds einlegen.« Rose erhob sich.

Mattie nickte. »Das wäre toll.« Kaum war sie wieder allein, kehrten ihre Gedanken zurück zu Charlie. Er freute sich also über ihre Rückkehr ins Shingle Valley. Wie war das wohl zu verstehen? Vielleicht hatte er es ja bloß so dahingesagt. Und was, wenn nicht? Sie hatte beinahe Angst davor, es herauszufinden.

»Ach herrje, du Ärmste! Ich hab schon gehört, was passiert ist.« Die Worte der perfekt gestylten Blondine klangen mitleidig und herablassend, und es war nicht zu übersehen, dass es sie einige Mühe kostete, nicht das Gesicht zu verziehen beim Anblick der Narbe, die Matties Wange verunstaltete.

»Hallo, Amanda. Mir war gar nicht klar, dass Rose dich gemeint hat. Du heißt inzwischen Davis?« Sie waren zusammen zur Grundschule gegangen.

»Ganz recht.« Amanda hielt ihr den funkelnden Diamanten an ihrem Ringfinger unter die Nase.

Mattie dachte an das, was sie von Jamie Soames gelernt hatte. Der Klunker hatte mindestens zwei Karat.

»Jonathan und ich haben vor drei Jahren geheiratet und wohnen in Sydney. Es ist nämlich Banker.« *Ächz. Selbstgefällige Kuh.* Doch Mattie zwang sich zu einem freundlichen Zähnefletschen. Sie wollte diesen Auftrag, auch wenn er natürlich kaum mit dem zu vergleichen war, was sie bisher geleistet hatte. »Aber wir versuchen möglichst oft herzukommen.« Amandas Lächeln wirkte aufgesetzt. »Du musst uns unbedingt besuchen, wenn du das nächste Mal nach Sydney kommst. Wir haben ein traumhaftes Häuschen in Bellevue Hill. Und ich habe eine eigene PR-Firma gegründet. Sie heißt The Davis Agency. Schon von uns gehört?«

Mattie schüttelte den Kopf.

»Na, egal. Wollen wir loslegen? Es wäre mir sehr recht, die Sache jemandem anzuvertrauen, der vor Ort lebt. Man muss ja schließlich die Wirtschaft in der Region stärken, nicht? Und Rose hat deine Designkünste über den grünen Klee gelobt. Das hier ist das aktuelle Logo.« Amanda zückte einen Flyer. Ihre Hände waren sorgfältig manikürt. »Hat sich nicht verändert, seit Mum und Dad das Hotel vor dreißig Jahren eröffnet haben. Höchste Zeit für eine Generalüberholung also, wie du siehst.«

Allerdings. Die viel zu dunklen Fotos auf dem Flyer wirkten antiquiert, die verschnörkelte Schrift auf elfenbeinweißem Hintergrund ebenfalls. Beides passte so gar nicht zu dem Hotel selbst. Sie hatten das charmante alte Farmhaus am Fuße der Shingle Hills vorhin kurz besichtigt. Es stand inmitten eines weitläufigen Gartens mit blühenden Sträuchern und zarten Ahornbäumen, und die Zimmer waren frisch renoviert und modern eingerichtet, wenn auch mit einem charmanten rustikalen Touch: weiß gekalkte Ziegelmauern und alte Deckenbalken, dazu Waffelpiqué-Handtücher und dicke Kissen auf Betten, deren Kopfende mit gestepptem Leinen bezogen war.

»Die Malerarbeiten wurden erst vor Kurzem abgeschlossen, und die Innenausstattung – Möbel, Bettzeug und dergleichen – ist brandneu. So was erwarten die Leute heutzutage nun mal.«

Mattie nickte. Sie hatte bereits ein paar Ideen für das neue Logo und Layout. »Du hast recht, es ist höchste Zeit für neue Flyer. Wie wär's mit einem etwas schlichteren, eleganteren Design? Und was das Logo angeht, schwebt mir Folgendes vor …« Sie skizzierte rasch einen Entwurf. »Nur, damit du eine ungefähre Vorstellung bekommst … Wobei wir uns natürlich noch über die Farbpalette unterhalten müssen.«

»Hm …« Amanda schien zu überlegen. »Ja, das könnte funktionieren.«

Okay, sie überschlug sich nicht gerade vor Begeisterung, aber Mattie beschloss trotzdem, aufs Ganze zu gehen. Was hatte sie schon groß zu verlieren? »Und eure Webseite könnte ich mir dann auch gleich vornehmen, damit das neue Corporate Design auch wirklich überall auftaucht.«

»Gute Idee. Ich wollte schon die ganze Zeit eine meiner Angestellten darauf ansetzen, aber wir hatten einfach zu viel um die Ohren. Dieses Jahr habe ich so viele Aufträge wie noch nie.« Da war er wieder, dieser selbstgefällige Tonfall. Mattie biss die Zähne zusammen.

»Okay«, sagte sie dann. »Ich stelle mal ein paar konzeptionelle Überlegungen an und melde mich dann in etwa einer Woche mit den Entwürfen, ja?«

»Es wäre gut, wenn du bis Ende nächster Woche fertig wärst. Du hast zurzeit ohnehin nicht viel zu tun, oder?

Autsch. »Stimmt.« Mattie schenkte ihr ein honigsüßes

Lächeln. »Ich werde der Angelegenheit meine volle Aufmerksamkeit widmen.«

Sie unterhielten sich noch kurz über die Bezahlung, dann verabschiedeten sie sich.

»Tut mir echt leid, dass sie derart herablassend zu dir war«, sagte Rose, sobald sie im Auto saßen. »Ich kenne sie kaum und hatte keine Ahnung, wie unsympa…«

»Zerbrich dir deswegen bloß nicht den Kopf«, unterbrach Mattie sie. »Ich hatte schon bedeutend schlimmere Kunden.«

Die Schatten wurden bereits länger, als sie sich auf den Weg nach Kalkari machten. Mattie ließ den Blick über die patchworkartigen Muster der Rebflächen wandern, die sich draußen vor dem Fenster bis zum Horizont erstreckten. Und je länger sie so dahinfuhren, desto mehr Details fielen ihr auf: die Gischt, die über den Talsperren aufstieg, ein paar Pferde, die auf einer Koppel zusammenstanden und mit träge zuckendem Schweif die Fliegen verscheuchten, die Schilder am Straßenrand, die auf Landgasthäuser und Weinstuben hinwiesen.

Wie hatte sie das alles so bereitwillig hinter sich lassen können? War es nur die Aussicht auf eine sinnvolle Beschäftigung, die dafür sorgte, dass sich plötzlich eine fast schon heitere Gelassenheit in ihr breitmachte? Oder war das Shingle Valley im Begriff, sich seinen Platz in ihrem Herzen zurückzuerobern?

22

Matties Genesung schritt gut voran, wie die Physiotherapeutin in New Bridgeton zufrieden feststellte. »Es geht steil bergauf. Ich glaube, künftig kommen Sie auch ohne mich zurecht«, sagte sie, während Mattie vor ihr auf- und abging. »Wenn Sie weitere Strecken zu Fuß zurücklegen, sollten Sie vorläufig noch Ihre Orthese tragen, aber im Alltag können Sie sie getrost ablegen, das fördert den natürlichen Muskelaufbau. Und wenn Sie weiterhin fleißig das Übungsprogramm absolvieren, das ich Ihnen verordnet habe, werden Sie irgendwann hoffentlich auch nicht mehr hinken.«

»Und wann darf ich wieder Auto fahren?« Mattie hatte es gründlich satt, nur zu Hause zu hocken und auf die Taxidienste von Rose und Mark angewiesen zu sein.

»Eigentlich ab sofort. Natürlich ohne Orthese.«

»Echt? Das ist ja großartig!« Mattie fiel der Therapeutin vor Freude um den Hals. Am liebsten hätte sie die Klinik im Hopserschritt verlassen, aber das war vorerst noch Zukunftsmusik.

»Du wirkst ja so fröhlich«, bemerkte Rose, als sie Mattie abholte. »Was hat sie gesagt?«

»Ich darf wieder fahren, und das Ding hier muss ich nur noch gelegentlich tragen.« Mattie klopfte auf ihre

Plastikschiene. »Ich werde mir schleunigst ein Auto anschaffen, damit ihr mich nicht mehr ständig rumkarren müsst.«

»Wie schön! Wobei es mir wirklich nichts ausgemacht hat, dich zu fahren.«

In den paar Monaten seit ihrer Rückkehr hatte sich Mattie immer wieder davon überzeugen können, was für ein Schatz Rose war. Das genaue Gegenteil von Isabella. Blieb nur zu hoffen, das Mark auch wusste, was er an ihr hatte.

»Weiß ich doch«, sagte Mattie. »Und ich bin dir unheimlich dankbar. Aber wie gesagt, ich mag es nicht, von anderen abhängig zu sein. Also brauche ich ein Auto. Selbst wenn ich in einem halben Jahr wieder nach London ziehe.«

Es war ausgerechnet Charlie, der ihr bei ihrem Vorhaben zu Hilfe kam. Rose hatte Astrid erzählt, Mattie wolle sich ein Auto kaufen, um ihr und Mark nicht mehr andauernd zur Last zu fallen, und Astrid hatte Thommo davon berichtet, und der hatte es seinem Bruder gegenüber erwähnt … So war das eben im Shingle Valley. Gerüchte und Neuigkeiten verbreiteten sich wie ein Lauffeuer, ob es einem passte oder nicht. Und so kam es, dass Mattie eines schönen Morgens, als sie gerade aus der Dusche gestiegen war, plötzlich Charlie an der Strippe hatte.

»Hallo, schöne Frau!«, rief er. »Hab gehört, du bist auf der Suche nach einem fahrbaren Untersatz. Mein Kumpel Crash hat einen alten Corolla bei sich rumstehen, den er ohnehin verkaufen wollte. Keine Ahnung, in was für einem Zustand das Ding ist, aber wenn du willst, rufe ich ihn an und frage ihn.«

»Ist das dein Ernst? Ich soll einem Typen, der Crash heißt, ein Auto abkaufen?«

»Soll ich dir erzählen, woher er seinen Spitznamen hat?«

»Ach, lass mal.«

Ein paar Tage später holte Charlie sie gegen Mittag ab und fuhr mit ihr zu seinem Kumpel, damit sie sich den Wagen ansehen konnte. Es war ungewohnt und verstörend, ihm so nah zu sein, sein in Jeans gehülltes Bein keine zwanzig Zentimeter von ihrem entfernt. Er hatte ziemlich muskulöse Unterarme, und seine Hände ruhten sicher und entspannt auf dem Lenkrad. Und wenn er sie ansah, schmolz sie förmlich dahin. Mattie rutschte unruhig auf ihrem Sitz hin und her und starrte aus dem Fenster. *Denk dran: Keine Männer, jedenfalls nicht in den kommenden ... zehn, zwölf Jahren.*

Charlie schien ihre zunehmende Befangenheit nicht zu bemerken. Er lenkte den Wagen lässig auf die Eumeralla Road.

»Na«, sagte er, nachdem sie ein paar Minuten geschwiegen hatten, »wie fühlt es sich an, wieder im Shingle Valley zu leben? Inzwischen bist du ja schon eine ganze Weile hier. Meinst du, du wirst uns noch länger mit deiner Anwesenheit beehren? Zumal du ja hoffentlich schon sehr bald stolze Besitzerin eines eigenen Wagens sein wirst?«

Mattie sah zu ihm hinüber. Wieder stach ihr sein markantes Profil mit dem eckigen Kinn ins Auge. Dazu die widerspenstigen goldblonden Locken, die ihm bis in den Hemdkragen hingen, die breiten Schultern, die schmalen Hüften, und diese Beine ... Kein Wunder, dass sie sich zu ihm hingezogen fühlte! Sie fragte sich, wie es wohl wäre, ihn zu küssen, die Lippen auf seinen Mund zu drücken, von diesen starken Armen gehalten zu werden ... Und schon ging ihre Fantasie mit ihr durch.

»Ähm, Mattie? Träumst du?«

Seine Worte holten sie jäh in die Realität zurück. »Äh, ja. Entschuldige.« Sie schluckte. *Konzentration, Mattie. Es wäre alles andere als ratsam, dich mit ihm einzulassen.* »Ähm, na ja, es war sehr großzügig von Mark, dass er mich bei sich aufgenommen hat, aber früher oder später muss ich zurück nach London.«

»Ach ja? Wieso? Meinst du nicht, du könntest dich auch hier niederlassen? Okay, Großstadtlichter hat das Shingle Valley zwar keine zu bieten, aber dafür sonst so einiges. Ich finde sogar, es lebt sich ziemlich gut hier.«

»Ich weiß«, sagte sie. »Ich bin nur nicht sicher, ob ich wirklich hierhergehöre.«

»Warum nicht?« Er lächelte sie an. »Du musst es nur wollen. Nicht mehr und nicht weniger. Ich muss es schließlich wissen.«

»Versteh mich nicht falsch, aber ich komm mir irgendwie vor wie ein Versager. Hierherzukommen, in diesem Zustand ...« – sie deutete auf ihre vernarbte Wange – »und karrieremäßig so gut wie gar nichts vorweisen zu können ... Ich meine, was sind schon ein paar erfolgreiche Werbekampagnen? Wenn ich ehrlich sein soll, fühlt es sich so an, als wäre ich grandios gescheitert.« Sie biss sich auf die Lippe, dann wandte sie sich ab und starrte aus dem Fenster.

Charlie stieg auf die Bremse und lenkte den Wagen auf den ungeteerten Seitenstreifen.

Sie warf ihm einen verwirrten Blick zu. »Warum halten wir an? Hier ist doch nichts.«

»Nun hör mir mal gut zu, Matilda Cameron. Hier hält dich niemand für einen Versager, nur weil du in deine Heimat zurückgekehrt bist, um dich hier zu erholen. Es ist schließlich nicht so, als hättest du nichts aus deinem Leben gemacht. Die Jahre in London werden immer ein Teil von dir sei, ganz egal, wohin es dich noch verschlägt. Und überhaupt kann ein Mädel, das bei einem saugefährlichen Geländerennen heil und mit einem Grinsen im Gesicht über die Ziellinie reitet, kein Versager sein. Und ich bin mit Sicherheit nicht der Einzige, der so denkt, okay?«

Sie lächelte matt. »Okay.«

»In Frankreich habe ich eine lehrreiche Erfahrung gemacht, auf einem Segeltörn mit Marie-Claires Familie ...« Mattie versuchte bei der Erwähnung seiner Exverlobten nicht das Gesicht zu verziehen. »Wir waren bereits auf dem Rückweg, als ein schwerer Sturm aufzog. Ich stand am Steuer und hab eine gute halbe Stunde gegen den Wind angekämpft, weil ich ihren Vater beeindrucken wollte. Aber irgendwann musste ich einsehen, dass wir unseren Heimathafen nicht bis zum Einbruch der Nacht erreichen würden. Also hab ich den Kurs geändert und die Jacht ein Stück an der Küste entlanggesteuert, und dort haben wir dann einen Zwischenstopp in einem wunderschönen kleinen Hafen eingelegt, bis der Sturm vorbei war.«

Mattie hob eine Augenbraue. »Und die Moral von der Geschicht ...?«

»Na ja, manchmal muss man, wenn der Gegenwind zu stark wird, eben den Kurs ändern. Und es ist nicht das Ende der Welt. Im Gegenteil – es kann sich im Nachhinein sogar als glückliche Fügung erweisen.«

Mattie musterte ihn ungläubig. »Charlie, Charlie, sag bloß, du wirst noch richtig weise auf deine alten Tage!«

Er warf den Kopf in den Nacken und lachte schallend, und Mattie betrachtete sehnsüchtig seine geöffneten Lippen, die strahlend weißen Zähne. Er verströmte so unheimlich viel Männlichkeit und Lebenslust! Es war schon aufregend, bloß hier neben ihm zu sitzen; alles war möglich, wenn er in der Nähe war, sogar die Luft, die ihn umgab, wirkte irgendwie klarer und schien vor Spannung zu vibrieren.

»Nicht, wenn ich es verhindern kann«, sagte er, als er sich wieder gefangen hatte. »So, und jetzt besorgen wir dir ein Auto.«

Ein paar Minuten später hielten sie vor einem ziemlich heruntergekommenen Häuschen mit Bretterverschalung. Auf der Wiese dahinter standen mehrere Autos in unterschiedlichsten Verfallsstadien. Herrje, das Angebot an Gebrauchtwagen im Shingle Valley war alles andere als berauschend, und auch das hier sah nicht besonders vielversprechend aus. Hoffentlich wusste Charlie, was er tat.

Die Tür ging auf, und Charlies Kumpel Crash kam gemächlich auf sie zu. Der fragliche Corolla war ein silbergrauer Kombi und hatte – zu Matties großer Erleichterung – vier intakte Reifen und keinerlei Rostflecke. Charlie klappte die Kühlerhaube hoch und machte mehrmals »Mhm« und »Aha«, während er den Motor in Augenschein nahm. Mattie täuschte ebenfalls sachkundiges Interesse vor, obwohl sie von Autos keinen blassen Schimmer hatte. Nachdem Charlie seine Inspektion beendet hatte, stieg sie in den Wagen und fuhr probehalber ein, zwei Kilometer an der Landstraße entlang. Der Motor schnurrte wie ein Kätzchen, und auch sonst erweckte der Wagen auf sie den Anschein, als gäbe es daran nichts auszusetzen.

»Okay, Kumpel, was wolltest du noch gleich dafür haben?«, erkundigte sich Charlie, als sie wieder zurück waren.

»Fünf Riesen«, erwiderte Crash und zwirbelte sein Ziegenbärtchen.

»Ach, schade …«

»Was?«

»Wir können maximal viertausend ausgeben.«

Mattie blinzelte. Ihr Limit lag bei fünfeinhalb, das hatten sie auf der Herfahrt besprochen.

»Hm«, sagte Crash zögernd. »Ich verkaufe ihn bloß, weil Mum ihn nicht mehr braucht.« Er überlegte, dann fuhr er fort: »Okay, meinetwegen, weil du's bist, Charlie, und weil er für deine Freundin ist.«

Charlie warf Mattie einen warnenden Blick zu, wie um eine Richtigstellung der Tatsachen von ihrer Seite zu unterbinden. »Cool«, sagte er. »Wie sieht's aus, Mattie, willst du ihn gleich nach Hause fahren?«

»Na, und ob!« Sie konnte es kaum erwarten, endlich am Steuer ihres eigenen Wagens zu sitzen.

Sie erledigten noch rasch den Papierkram, und nachdem sie Crash einen Scheck ausgestellt hatte, stieg sie ein und schnallte sich an. Der Tank war zu drei Vierteln voll. Sehr gut. Dieser Kauf mochte zwar nicht gerade der cleverste Schachzug gewesen sein, denn nun waren ihre Ersparnisse – oder jedenfalls das, was nach dem Krankenhausaufenthalt in London noch davon übrig gewesen war – auf einen kümmerlichen Rest zusammengeschmolzen. Aber es fühlte sich definitiv so an, als hätte sie die richtige Entscheidung getroffen. Trotzdem musste sie sich von jetzt an jede Anschaffung sehr genau überlegen. In London hatte sie kaum je einen Gedanken an ihre Zukunft verschwendet. Nach der Zeit als arme Studentin war sie viel zu sehr damit beschäftigt gewesen, ihre finanzielle Freiheit zu genießen, sich zu amüsieren und mit Johnny in teuren Restaurants essen zu gehen.

»Ich fahre dir nach, um sicherzugehen, dass du heil in Kalkari ankommst«, sagte Charlie. »Nur für alle Fälle.«

»Was? Hast du etwa Angst, dass ich unterwegs liegen bleibe?«

Er zuckte die Achseln. »Man kann nie wissen.«

Ts. Er sah umwerfend aus, aber sein betont lässiges Gehabe konnte manchmal auch ganz schön nerven. »Wenn die Karre den Geist aufgibt, dann kannst du was erleben«, drohte sie, grinste aber, um ihm zu zeigen, dass sie es nicht ganz ernst meinte. »Danke jedenfalls, dass du ihn um einen Tausender runtergehandelt hast, obwohl du gewusst hast, dass ich mehr hätte zahlen können.«

»Crash versucht das Ding seit Monaten loszuwerden. Und er war mir noch einen Gefallen schuldig.«

»Trotzdem danke. Ich weiß es zu schätzen.«

»Stets zu Diensten, Madam.« Er deutete eine Verbeugung an, dann zwinkerte er ihr zu und schenkte ihr ein breites Lächeln, das Mattie einen ganzen Schwarm Schmetterlinge in den Bauch zauberte.

Sie stieg noch einmal aus, um ihm einen Kuss auf die Wange zu drücken, wobei sie unauffällig seinen Körpergeruch inhalierte. »Du bist echt ein super Kumpel, Charlie.« *So. Bloß nicht rot anlaufen jetzt, Mattie!*

Er schwieg einen Augenblick, dann räusperte er sich.

»Du hast nicht zufällig Lust, am Samstagabend mit mir essen zu gehen?«, fragte er zögernd, was ungewöhnlich für ihn war. »Es gibt da ein neues Restaurant, das ich schon die ganze Zeit ausprobieren will.«

Na toll, jetzt glühten ihre Wangen doch. Herrje, sie war

doch kein Schulmädchen mehr! Trotzdem registrierte sie, wie sich eine Empfindung in ihr breitmachte, die sich verdächtig nach Glück anfühlte. Er wollte mit ihr essen gehen? War das ein Date? Dann dachte sie an ihren Vorsatz, sich nicht mit ihm einzulassen. Vielleicht wollte er ja auch bloß nett sein.

»Ähm, klar«, hörte sie sich zu ihrer eigenen Überraschung sagen. »Das wäre schön. Ich geb dir auch ein Bier aus, für deine Hilfe beim Autokauf.«

»Das ist echt nicht nötig, aber wenn du unbedingt willst … Gut, dann hole ich dich um sieben ab. Und jetzt sollte ich mich auf den Weg machen, ehe mein Bruder merkt, wie lange ich schon weg bin.« Er ging pfeifend zu seinem Wagen. Mattie sah ihm nach. Sie hätte schwören können, dass sein Gang noch eine Spur beschwingter war als sonst.

Die Fahrt nach Kalkari verlief ereignislos. Charlie folgte ihr bis zu Einfahrt, und Mattie winkte ihm zu, ehe sie die Landstraße verließ. Dann fasste sie den Entschluss, die Gedanken an Samstagabend aus ihrem Gehirn zu verbannen und sich für den Rest des Nachmittags ganz auf den Bellbirds-Auftrag zu konzentrieren. Sie entwickelte ihren Entwurf für das Logo weiter und wollte gerade das Ergebnis an Amanda schicken, als sie sah, dass in ihrer Mailbox eine Nachricht von Cara wartete, die sich in den letzten Wochen nur sporadisch gemeldet hatte.

Sie fehlte Mattie sehr, schon deshalb, weil sie mit ihr so viel Spaß hatte, dass Mattie in ihrer Gegenwart nicht selten vor Lachen grunzen musste. Cara berichtete, ihr aktuelles Projekt, ein Auftrag für ein Modelabel, sei der reinste Albtraum und Bianca verlange mal wieder Unmögliches von ihr. *Ein Shooting an acht verschiedenen Locations, mit sechs weiblichen und zwei männlichen Models! Ist das zu fassen?*, schrieb sie. Dass ihre Assistentin eine Woche nach Projektbeginn das Handtuch geworfen und Cara noch keinen Ersatz gefunden hatte, machte die Sache natürlich nicht besser. *Sie meinte, sie wäre total überfordert, und von Überstunden wollte sie auch nichts wissen. Immer diese beknackten Generation-Y-Faulpelze!*

Mattie konnte förmlich sehen, wie Cara vor Wut kochte, bis ihr kleine Rauchwölkchen aus den Ohren kamen. Das war wohl nicht der passende Zeitpunkt, um sie daran zu erinnern, dass sie selbst mehr oder weniger dieser Generation angehörte. Cara erwähnte auch, Matties Nachfolgerin sei richtig auf Zack und eine große Hilfe.

Hmpf. Vorhin, nach dem Autokauf, war Mattie das erste Mal seit Wochen etwas optimistischer gewesen, auch wegen des Auftrags für Amanda und der Aussicht auf ein Date mit Charlie, wenngleich sie dem Samstagabend mit gemischten Gefühlen entgegensah. Doch Caras Nachricht hatte ihr einen ordentlichen Dämpfer versetzt. Die Sehnsucht nach ihrem alten Leben war unversehens wieder da.

Vorbei ist vorbei, hörte Mattie ihre Mutter sagen. Es hatte keinen Sinn, der Vergangenheit nachzutrauern. Seufzend loggte sie sich aus und klappte den Laptop zu. Sie würde Cara antworten, wenn sie wieder besser gelaunt war und zur Abwechslung etwas Interessantes zu berichten hatte.

23

Am Samstag stand Charlie pünktlich um sieben bei Mattie vor der Tür und weigerte sich, ihr zu verraten, wo sie hinfuhren. Zuvor hatte Mattie eine ganze Weile vergeblich versucht, ihre viel zu langen Haare zu bändigen, und sich schließlich damit abgefunden, dass sie jetzt wieder mit der gleichen wilden Zottelfrisur herumlief wie als Kind. Außerdem war sie sich der Narbe auf ihrer Wange nur allzu bewusst, obwohl sie von Woche zu Woche mehr verblasste. Gut möglich, dass sie das sogar Biancas Creme zu verdanken hatte. »Magst du etwa keine Überraschungen?«, fragte Charlie, als sie zu seinem Wagen gingen.

Mattie musste erst einmal einen Packen Verkostungsnotizen und Flaschenetiketten auf dem Beifahrersitz beiseiteschieben, ehe sie einsteigen konnte. »Nein. Mir ist es lieber, wenn ich weiß, was mich erwartet«, brummelte sie, was ihr ein Lachen von seiner Seite eintrug.

»Ich hoffe nur, du bist nicht enttäuscht.«

Seine Wahl war auf das Porter House in New Bridgeton gefallen, und Mattie war keineswegs enttäuscht: dunkles Holz an den Wänden, dezente Beleuchtung und ein langer Tresen, hinter dem ein bärtiger Barkeeper mit viel Elan und Geschick allerlei spektakulär aussehende Cocktails zusammenmixte.

An ihrem Tisch in der hintersten Ecke angelangt, trat Charlie einen Schritt beiseite, damit sie auf der Bank Platz nehmen konnte, und als sie sich an ihm vorbeischob, stieg ihr das würzige Aroma seines Rasierwassers in die Nase, sodass sie die appetitanregenden Düfte, die aus der Küche hereinwehten, gar nicht mehr wahrnahm.

»Ziemlich schick für ein Restaurant im Shingle Valley, findest du nicht?«, fragte sie und nippte an ihrem erfrischenden und unglaublich leckeren Drink, einer Mischung aus Gin, Grenadine und Pflaumennektar mit Orangenbitter. »Nicht, dass ich mich beschweren will – der Cocktail schmeckt schon mal super.«

»Die Zeiten ändern sich eben, Matilda. Das Valley ist nicht so rückständig, wie du vielleicht denkst«, feixte er. »Jedenfalls habe ich gehofft, dass wir hier weitgehend ungestört sind.«

»Mmmm.« Sie trank genüsslich einen weiteren Schluck und nickte mit vollem Mund. »Gutes Argument, würde ich sagen.«

»Also, Mattie …«

Mattie sah von ihrem Drink auf und bekam einen ganz trockenen Mund, als sie feststellte, dass der Blick seiner glänzenden blauen Augen auf ihr ruhte. Sie leckte sich über die Lippen, schmeckte den süßen Cocktail und spürte, wie ein erregtes Kribbeln durch ihren Körper ging und sich als Wärme in ihrem Bauch festsetzte.

Charlie ergriff ihre Hand, drehte sie mit der Innenfläche nach oben, als wolle er darin lesen, und strich dann mit dem Daumen darüber.

Mehrere Sekunden vergingen. Um sie herum herrschte Stimmengewirr, doch Mattie war in ihrer ganz eigenen Welt versunken.

Sie räusperte sich, darum bemüht, sich wieder auf das Gespräch zu konzentrieren. »Ja?«

»Lamm oder Rind?«, fragte er und ließ ihre Hand los.

Sie prustete los, und die Anspannung fiel von ihr ab.

Nachdem sie die Bestellung aufgegeben hatten, erzählte er ihr von Windsong, davon, wie es war, mit seinem Bruder zusammenzuarbeiten – und mit seinem Vater, der sich oft gegen die Einführung neuer Kellereimethoden sträubte. Er erwähnte auch, wie es sich für ihn angefühlt hatte, nach der Zeit in Frankreich wieder in den Familienbetrieb einzusteigen. »Vermutlich ähnlich wie für dich«, sagte er.

Mattie fand es schwierig, dem zu folgen, was er sagte, und sich nicht darin zu verlieren, ihn dabei zu beobachten, wie er beim Reden gestikulierte und mit den Augenbrauen wackelte, wenn er das Gesagte unterstreichen wollte. Der Blick in seinen Augen zeugte von Herzlichkeit, Humor und Intelligenz.

Von dem Essen brachte sie kaum einen Bissen hinunter. Nicht etwa, weil damit etwas nicht in Ordnung gewesen wäre. Im Gegenteil, ihr Rind war wunderbar saftig und zart, genau wie sie es liebte. Ihr mangelnder Appetit hatte ausschließlich mit dem Mann zu tun, der ihr gegenübersaß.

»Puh, ich bin pappsatt«, verkündete sie schließlich. Sie hatte gerade mal die Hälfte ihres Steaks geschafft. Trotzdem bestellte Charlie, der seinen Teller leer gegessen hatte, noch ein Dessert. Es dauerte nicht lange, bis man ihnen ein schokoladenbraunes Etwas von zähflüssig-klebriger Konsistenz brachte. »Hier, das musst du einfach probieren.« Er hielt ihr den Löffel hin, und die intime Geste ließ Mattie an ganz andere Dinge denken, die sie nur zu gern probiert hätte … Herrje, ihre Gedanken waren schon wieder auf Abwegen. Es kostete sie zusehends Mühe, mit ihrer Aufmerksamkeit bei der Unterhaltung zu bleiben.

Wobei die Unterhaltung seit dem bedeutungsschwangeren Schweigen ganz am Anfang des Abends eigentlich kaum einmal stockte. Sie hatten festgestellt, dass sie so einiges gemeinsam hatten – der Abschied vom Shingle Valley, die Zeit, die sie im europäischen Ausland verbracht hatten … Als Mattie nach dem Dessert auf die Uhr sah, war sie überrascht, wie schnell die Zeit vergangen war.

»Na gut, Hoppelhase, dann bring ich dich mal wieder nach Hause«, sagte Charlie, dem ihr Blick nicht entgangen war.

Die Fahrt nach Kalkari verging viel zu schnell, dabei wünschte Mattie, der Abend würde noch ewig dauern. Sie konnte sich nicht erinnern, wann sie sich das letzte Mal so gut amüsiert hatte, auch wenn das Essen gewissermaßen an sie verschwendet gewesen war. Charlie hielt den Wagen auf dem gekiesten Parkplatz vor dem Haupthaus an, stellte den Motor ab und sah zu ihr hinüber. Sie fragte sich, ob sie ihn hereinbitten sollte, was natürlich ein eindeutiges Signal gewesen wäre … Und irgendwie fand sie diese Vorstellung plötzlich gar nicht mehr so übel.

»Das war sehr schön. Möchtest du …«

»Danke, Mattie, ich …«

Sie brachen ab und lachten, weil sie beide zugleich zu sprechen angefangen hatten, und dann beugte er sich zu ihr rüber und küsste sie. Die Zeit stand still. Er schlang die Arme um sie und vertiefte den Kuss, einen Kuss, auf den Mattie schon ihr ganzes Leben gewartet hatte, oder jedenfalls kam es ihr so vor. Sie vergrub die Finger in seinen Haaren, berauscht von all den Sinneseindrücken, die auf sie einstürmten – die Bartstoppeln am Kinn, die weichen Lippen … Noch nie war sie so geküsst worden, und sie wollte mehr, von einer schier unstillbaren Sehnsucht erfasst.

Als sie sich schließlich nach Luft ringend voneinander lösten, konnte der Teil von ihr, der immer fünfzehn bleiben würde, es noch gar nicht fassen. Sie hatte *Charlie Drummond geküsst!* Mattie unterdrückte ein Kichern und streckte erneut die Arme nach ihm aus, konnte es kaum erwarten, noch einmal seinen Mund auf ihren Lippen zu spüren. Ihre Hände glitten ganz ohne ihr Zutun über seinen breiten, muskulösen Rücken und dann nach vorn, ihre Finger machten sich in derart fieberhafter Eile an seinen Hemdknöpfen zu schaffen, dass einer dabei abging und in hohem Bogen in den Fußraum flog. Sie wollte, nein *musste* Charlies seidig weiche, warme Haut auf der ihren spüren. Charlie küsste sich von ihrem Mund hinunter zur Kehle, verharrte an dem Grübchen dort, und Mattie stöhnte auf, eine Gefangene der Lust, die so rasch und heftig zwischen ihnen aufgeflammt war.

»Tilly …« Er räusperte sich, rückte etwas von ihr ab und sah ihr tief in die Augen.

Und in diesem Moment wurde ihr klar, dass sie Gefahr lief, sich in ihn zu verlieben. Und zwar so richtig. Keine alberne Schulmädchenschwärmerei. Es war zutiefst beängstigend. Kaum war sie sich der Tatsache bewusst geworden, schlang er erneut die Arme um sie, und sie ließ es bereitwillig geschehen, ergab sich seinen suchenden Lippen, bis sie keinen vernünftigen Gedanken mehr fassen konnte.

Irgendwann öffnete sie die Augen und stellte fest, dass auf der Veranda des Haupthauses das Licht angegangen war. Die Tür schwang auf, und Mark rief: »Bist du das, Mattie?«

Sie fuhren auseinander wie Teenager, die etwas Verbotenes getan hatten.

Charlie grinste sie an. »Erwischt!«

24

Der latenten Bedrohung durch den Bergbau zum Trotz – Gerüchten zufolge prüften Ingenieure bereits, ob Tarrawenna für den Frackingbetrieb geeignet war – ging im Shingle Valley weiterhin jeden Tag die Sonne auf und unter. Alles lief seinen gewohnten Gang. Eine Woche nach Matties Date mit Charlie wurde der goldene Herbst abrupt vom Winter abgelöst. Über den Shingle Hills heulte ein eisiger Wind, schüttelte die letzten Blätter von den Bäumen und bescherte den bedauernswerten Arbeitern, die mit dem Rückschnitt der Rebstöcke beschäftigt waren, so manche Frostbeule.

Mattie stemmte die Füße, die in dicken, von Mrs Butters gestrickten Socken steckten, an die Backofentür. Astrid fütterte Max, und Rose war mit der Planung des Essens für ein Event beschäftigt, der sich »Longest Table Shortest Day Lunch« nannte. Mattie konnte sich noch von früher an dieses Fest erinnern, das am Tag der Wintersonnenwende stattfand und an dem sich die meisten Weinbetriebe und Restaurants des Tales beteiligten. Am betreffenden Tag wurde die Narrow Track, eine schmale Seitenstraße der Eumeralla Road, für die Nutzung durch landwirtschaftliche Maschinen gesperrt und mit vereinten Kräften ein langer Tisch in der Straßenmitte aufgebaut. Die teilnehmenden Betriebe sorgten gemeinsam für das leibliche Wohl der Gäste, die Zubereitung der Speisen erfolgte in einer temporären Feldküche am einen Ende der Narrow Track. Dieses Jahr hatte sich Rose bereit erklärt, das Organisationskomitee zu leiten. Sie hatte bei Mattie die Gestaltung eines Plakats in Auftrag gegeben, das bereits die Schaufenster zahlreicher Läden in Eumeralla zierte und den beteiligten Kellereien per Mail zugeschickt worden war.

Jetzt ging es darum, das endgültige Menü festzulegen. »Was meinst du, sollen wir zum Lammbraten lieber Polenta oder Reis servieren?«, fragte sie Mattie.

Die zuckte nur die Schultern. »Keine Ahnung. Ich schätze, das hängt von der Zubereitung des Lammbratens ab.«

»Ich dachte, wir marinieren das Fleisch schon vorab und braten es dann vor Ort am Spieß, Italian style …« Rose tippte sich mit dem Bleistift auf den Oberschenkel. »Was dann wohl bedeutet, dass Polenta besser passt. Könnte allerdings schwierig werden, so große Mengen davon vor Ort zuzubereiten. Wenn das Fest so gut besucht ist wie im Vorjahr, müssen wir von ungefähr zweihundert Gästen ausgehen.«

»Und wenn ihr die Polenta vorkocht und dann einfach aufwärmt? Auf dem Grill zum Beispiel?«

»Na klar!«, rief Rose. »Danke, Mattie! Du bist genial.« Sie strahlte sie an und machte sich ein paar Notizen.

Astrid befreite eine Strähne ihres langen blonden Haars aus der Faust ihres Söhnchens. »Voriges Jahr haben die Leute bis weit in die Nacht hinein gefeiert, und danach ging es im Pub noch fröhlich weiter, hat Thommo erzählt. Er hat Max und mich geweckt, als er kurz vor Mitternacht mit großem Getöse nach Hause kam.« Sie schnitt eine Grimasse.

Mattie kaute auf einem Fingernagel herum. »Braucht ihr Unterstützung, was die Deko angeht? Tischgestecke, Girlanden und so weiter?«

»Machst du Witze? Das wäre spitze. Was so was angeht, bin ich eine totale Niete. Meine Stärken beschränken sich auf die kulinarischen Aspekte.«

»Ach ja? Das merkt man aber nicht, wenn man sich dein Restaurant so ansieht. Trevelyn's Pantry hat wirklich Stil.«

»Das verdanke ich zum größten Teil Astrid.«

Astrid hob den Kopf und lächelte. »Ich hab mich stundenlang auf Trödelmärkten und in Secondhandläden rumgetrieben«, sagte sie. »Hat mir riesig Spaß gemacht.«

»Meinst du, du könntest mir ein bisschen zur Hand gehen? Ich fürchte, für einen allein könnte das ganz schön viel Arbeit werden.«

»Gern! Was haltet ihr von etwas Toskana-Touch? Terrakotta, Rot und Orange?«, sagte Astrid mit leuchtenden Augen.

Rose und Mattie nickten enthusiastisch.

»Wir werden Heizpilze aufstellen, an denen sich die Leute wärmen können, und ich mache mich mal schlau, wo die Decken eingelagert sind, die wir letztes Jahr verwendet haben«, sagte Rose.

»Wenn ihr wollt, kann ich auch die Beschriftung der Namensschilder übernehmen.«

»Wir sollten uns umgehend an die Arbeit machen. Bis zur Wintersonnenwende ist nicht mehr viel Zeit.«

Am Morgen des großen Tages war es sonnig und klar. Die Eintrittskarten waren so begehrt, dass das Event seit einer Woche ausverkauft war. »Das verdanken wir garantiert zu einem großen Teil deinen hübschen Plakaten«, sagte Rose zu Mattie.

Die beiden Frauen waren schon vor Tagesanbruch aufgestanden und gönnten sich in der Küche des Haupthauses noch einen Kaffee, ehe die große Hektik ausbrach. Astrid würden sie dann direkt am Festgelände treffen, wo demnächst Geschirr, Besteck und Stühle von diversen Restaurants angeliefert werden sollten.

Mark kam in die Küche und fuhr sich mit den Fingern durch das zerzauste Haar. »Na, bereit?«

Rose nickt. »Und wie. Ich freu mich schon tierisch. Du kommst gegen Mittag mit Leo und Luisa hin?«

»Genau. Man hat uns einen Platz bei Thommo und Max zugeteilt, an dem Tischende, an dem alle Familien mit Kleinkindern sitzen.« Mark rümpfte die Nase. »Das wird was.« Max übte sich nach wie vor gern im Essensweitwurf, und er konnte richtig ungemütlich werden, wenn er längere Zeit still sitzen musste und in seinem Entdeckerdrang eingeschränkt wurde.

Mattie sah zu der sonst stets so fröhlichen Rose hinüber und bemerkte, wie ein Schatten über ihr Gesicht huschte.

»Dan bringt den Shiraz und den Chardonnay in seinem Pick-up rüber. Wir haben einen Kühlanhänger gemietet, wobei wir heute wohl nicht fürchten müssen, dass der Wein zu warm wird.«

Mattie schnaubte. »Im Moment hat es gefühlte fünf Grad da draußen.« Sie hatte sich zur Feier des Tages richtig in Schale geworfen – zu einem moosgrünen Kaschmirpullover, der ihre Augenfarbe betonte, trug sie elfenbeinweiße Jeans und ihre Lieblingsstiefel. Sie hatte sogar etwas Lipgloss aufgetragen, und ihre Wangen waren gerötet von der Kälte. Sie konnte es kaum erwarten, Charlie wiederzusehen. Er hatte versprochen, auch hinzukommen. Sie hatte seit dem abrupten Ende ihrer Verabredung vor einem knappen Monat ständig an ihn denken müssen. In den vergangenen Wochen war Charlie in Südaustralien unterwegs gewesen, deswegen hatten sie sich nicht mehr treffen können, sondern lediglich ein paar Nachrichten ausgetauscht, und für Matties Geschmack war die Zeit viel zu langsam verstrichen.

»Wenn die Sonne rauskommt, wird es bestimmt gleich deutlich wärmer«, prophezeite Mark. »Wie es aussieht, können wir uns auf traumhaftes Wetter einstellen.«

Rose leerte ihre Tasse. »Okay, dann mal los.«

In der Narrow Street war bereits einiges los, als sie eintrafen. Am Rand standen jede Menge Stühle, und in der Mitte der Straße wurden soeben die Klapptische aufgestellt. Mattie holte die Leinentischdecken aus dem Transporter und brachte sie zu Astrid, die ebenfalls beim Aufbauen der Tische half. Rose begab sich in die provisorische Küche, wo sich bereits mehrere Spießbraten über dem Feuer drehten. Sie winkte Dave und Wayne, den Köchen eines neuen Restaurants namens The Tin Shed, das sich am anderen Ende von Eumeralla befand, zur Begrüßung zu, während sie ihre Messertasche auseinanderrollte und sich unverzüglich daran machte, die Berge von Gemüse zu schnippeln, die sie angekarrt hatte. »Na, wie läuft's, Jungs?«, erkundigte sie sich, während sie mühelos und effizient die Bohnen putzte. »Alles im grünen Bereich?«

»Jep, bis jetzt läuft es bestens, mal abgesehen von der

Tatsache, dass wir uns hier den Allerwertesten abfrieren.«
Wayne rieb sich die Hände. Er trug zwar einen dicken Parka, wie alle anderen Helfer auch, aber die Finger mussten beim Kochen natürlich freibleiben.

»Ich frage mal, ob wir eins von diesen Dingern haben können.« Rose deutete auf etliche Heizpilze, die am Ende der Straße ihrer Bestimmung harrten, gleich neben den Dixi-Klos, die am Vortag angeliefert worden waren.

»Gute Idee. Ich helf dir beim Tragen«, sagte Wayne.

Der Vormittag verging wie im Flug, und tatsächlich wurde es bald so warm, dass die Köche ihre dicken Jacken ablegen konnten. »Sieht toll aus«, rief Rose zu Mattie und Astrid hinüber, die gerade letzte Hand an die Tischdeko legten.

Mattie fuhr herum und lächelte. »Ja, Astrid hat ganze Arbeit geleistet, nicht?«

»Du aber auch. Ich bin schwer beeindruckt.«

Gläser und Besteck funkelten in der Sonne, und rote Beeren und von der Kälte getrocknete Weinblätter bildeten einen stimmungsvollen Kontrast zur gestärkten weißen Leinentischwäsche – schlicht, aber mit spektakulärer Wirkung.

»Was für ein Tag!«, rief Astrid, die sich beim Essen zu Thommo und seinen Eltern gesellen würde. Mattie hatte noch einen Platz bei Mark, Rose und den Kindern ergattert, gegenüber von Dan und seiner Frau.

»So, das waren die letzten Namensschilder, wir sind fertig. Puh!«

»Du hast dir dein Essen mehr als verdient, so viel steht fest«, bemerkte Rose. »Danke für deine Hilfe.«

»Nichts zu danken«, winkte Mattie mit glänzenden Augen ab.

»Und, freust du dich auf das Wiedersehen mit Charlie?«, flachste Rose.

Mattie grinste. »Durchaus, ja.«

Bald hatten alle Gäste Platz genommen, und die Vorspeisen wurden serviert. Mattie hielt noch einmal nach Charlie Ausschau, ehe sie sich neben Mark niederließ, und warf dann – nicht zum ersten Mal an diesem Tag – einen Blick auf ihr Handy. Nichts.

Als der Hauptgang aufgetragen wurde, erspähte sie das Objekt ihrer Begierde endlich, und ihr blieb beinahe das Herz stehen. Er sah genauso unbeschreiblich sexy aus, wie sie ihn in Erinnerung hatte, und sie war drauf und dran, ihr Besteck wegzulegen und zu ihm zu laufen. Doch dann bemerkte sie, dass er nicht allein war. Seine Begleiterin, eine attraktive Brünette, trug knallenge Jeans und hatte sich einen dicken Schal um den Hals gewickelt. Und sie hielt seine Hand.

Mattie schnappte nach Luft, von einer bösen Vorahnung erfüllt.

Sie sah, wie die zierliche Frau verliebt zu ihm aufsah und über etwas lachte, das Charlie zu ihr sagte. Was zum Geier hatte das zu bedeuten? War das etwa diese Marie-Claire? Höchstwahrscheinlich. Aber hatte Charlie nicht behauptet, sie sei in Frankreich und ihre Beziehung zu Ende?

Das Rätselraten hatte schon bald ein Ende, denn Charlie kam rüber und stellte die junge Dame vor, wobei er Matties Blick wohlweislich auswich. Ihr Verdacht bestätigte sich, es war Marie-Claire. Mattie zwang sich, ein paar Worte mit der jungen Französin zu wechseln, und musste feststellen, dass sie sehr charmant war und einen bezaubernden Akzent hatte. *Verdammter Mist,* dachte sie. *Kann sie nicht wenigstens ein kleines bisschen unsympathisch sein?* Sie war sehr gespannt, was Charlie zu seiner Verteidigung vorzubringen hatte.

Den Rest des Nachmittags war Mattie damit beschäftigt, gemeinsam mit Rose und den anderen Teammitgliedern dafür zu sorgen, dass alle Gäste zu essen und zu trinken hatten. Und so fraß sie ihre Wut in sich hinein und vermied es tunlichst, zu Charlie und Marie-Claire hinüberzustarren, die ein paar Meter weiter saßen.

Als sie wieder einmal aufstand, um zur Küche zu gehen, sprang Rose auf. »Soll ich dir helfen?«

»Gern, danke.«

Amanda, die mit ihrem Banker-Göttergatten erschienen war, erhob sich ebenfalls und dackelte ihnen hinterher. »Sieh an, das ist also die mysteriöse Marie-Claire …« Mattie schwieg, und Amanda fuhr unbeirrt fort: »Ich muss sagen, sie ist beileibe nicht so hübsch, wie ich sie mir vorgestellt hatte … Aber natürlich trotzdem *très chic*. Französische Frauen haben einfach dieses gewisse Etwas, nicht? Stilvoll bis in die Zehenspitzen. Mal sehen, ob es ihr gelingt, Charlie zu zähmen. Er hatte es ja schon immer faustdick hinter den Ohren – in der Grundschule hat er doch mal in einer Pause die Gespenstschrecken aus dem Terrarium gelassen, erinnerst du dich?«

Mattie lächelte gezwungen.

»Und weißt du noch, wie er unserem Lehrer die Kaulquappen in die Tasse gekippt hat? Zum Schießen!« Amanda lachte perlend. »Na, jedenfalls scheint sie ganz in Ordnung zu sein. Und ich nehme mal an, die Zeiten, in denen er sich solche Lausbubenstreiche geleistet hat, sind vorbei.« Damit schnappte sie sich eine Weinflasche und kehrte zurück zu ihrem Jonathan – oder hieß er George? Mattie wusste es nicht mehr.

»Alles klar?«, fragte Rose, sobald Amanda außer Hörweite war. »Das kam ja ziemlich überraschend, was? Oder wusstest du, dass Marie-Claire nach Australien kommt?«

»Nein, und seltsamerweise hat er es auch nicht erwähnt, weder als er mich zum Essen ausgeführt hat noch in der Zeit danach.«

»Du Arme.« Rose legte ihr einen Arm um die Schultern.

Mattie schüttelte den Kopf. »Und dann ist sie auch noch richtig nett! Ich kann nicht fassen, dass … Grrrr. Männer! Lauter Charakterschweine, einer wie der andere.«

Bald darauf verabschiedete sie sich mit dem Argument, sie habe Kopfschmerzen. Ehe sie ging, sah sie noch einmal zu Charlie hinüber, und wie es der Teufel wollte, trafen sich ihre Blicke, und er zuckte mit zerknirschter Miene die Schultern. Sie wandte sich verärgert ab. *Mir doch egal,* sagte sie sich. Sollte er doch machen, was er wollte. Es war ja nicht viel zwischen ihnen passiert. Was war schon ein Kuss?

Vielleicht wäre es das Beste, wenn sie das Shingle Valley möglichst bald verließ, dachte sie, als sie ins Auto stieg.

25

»Hallo? Schon jemand wach?«

Im ersten Moment hielt Mattie es für eine Sinnestäuschung. Diese Stimme gehörte nicht hierher nach Kalkari, zumal ihre Besitzerin aller Wahrscheinlichkeit nach gerade in einer Bar in Kensington stand und einen grellbunten Cocktail kippte.

»Hallooo! Ist denn keiner zu Hause?«

Mattie hatte zwar gehört, dass vorhin draußen ein Wagen vorgefahren war, sich aber nichts weiter dabei gedacht. Doch diese heisere Stimme, die problemlos noch im übernächsten Ort zu hören war, die hätte sie überall erkannt. Sie schlüpfte in ihren Bademantel und humpelte zur Tür.

»Was zum Geier machst du d…?«

»Na, vielen Dank auch! So überschwänglich bin ich ja schon lange nicht mehr begrüßt worden.« Es war tatsächlich Cara, die da mitten auf dem Hof stand, neben einem fremden Auto, die Arme in gespielter Entrüstung vor der Brust verschränkt.

Mattie stolperte ihr entgegen, obwohl sie barfuß war und sich die Kieselsteine bei jedem Schritt schmerzhaft in ihre Fußsohlen bohrten. »Wieso …? Was …? Wie kommt es, dass du …?«, stotterte sie, lachend und weinend zugleich, und schloss ihre Freundin in die Arme.

»Ähm, könnten wir vielleicht reingehen, Mattie? Es ist scheißkalt hier draußen!«

»Natürlich, entschuldige.« Erst jetzt wurde Mattie bewusst, dass sich ihre Füße anfühlten wie zwei Eisblöcke. »Los, komm mit. Ich hole nur eben meine Ugg-Boots aus der Scheune.«

Cara folgte ihr. »Schick. Sehr schick«, stellte sie mit einem Blick zum Haupthaus und der Kellerei fest. »Du hast gar nicht erwähnt, in was für einer traumhaften Kulisse du hier wohnst. Auf der Fahrt hierher bin ich auch schon von einer Ohnmacht in die nächste gefallen – zumindest, als es dann endlich richtig hell war. Ich bin nämlich schon saufrüh aufgestanden. Verfluchter Jetlag. Eure Weingärten sind ja eine Wucht! Kängurus, Schafe, alles da. Ganz im Ernst, dieses Anwesen sieht aus wie aus einem verdammten Reisekatalog!«

»Ja, hübsch, nicht?« Mattie nickte. »Aber ehrlich gesagt stehe ich noch unter Schock. Mit einem Überraschungsbesuch von dir hab ich nun wirklich überhaupt nicht gerechnet. Ich dachte, du wolltest nie mehr nach Australien zurück? Was treibst du hier? Noch dazu ausgerechnet im Shingle Valley?«

»Hast du dir in letzter Zeit mal die Wetterprognosen für England angesehen? Der Sommer ist die reinste Katastrophe. Noch ein einziger Regentag, und ich hätte mir die Handgelenke aufgeschlitzt!«

Cara grinste sie an. »Nee, sie haben mich gefeuert, weil ich unseren wichtigsten Anzeigenkunden beleidigt hab. Arrogantes Arschloch. Er hatte es so was von verdient! Hat mir allerdings einen kleinen Karriereknick beschert. Bianca, diese Hexe, hat es überall rumposaunt, und das war's dann. Kein Schwein will mich einstellen.«

Mattie schnappte nach Luft.

»Also hab ich meine Wohnung untervermietet, meine Kreditkarte gezückt und ein Ticket für die erstbeste Maschine nach Australien gebucht«, fuhr Cara fort. »Und so ist die verlorene Tochter in den Schoß der Familie zurückgekehrt. Ich kann bei meinen Eltern in Vaucluse wohnen, und Mum leiht mir ihren Wagen. Tja …« Sie breitete die Arme aus. »Und hier bin ich nun. Ta-daa! Ich dachte, du sehnst dich vielleicht nach etwas amüsanter Gesellschaft.«

»Wahnsinn! Ich kann es noch gar nicht fassen. Du bleibst doch eine Weile, oder? Mark hat bestimmt nichts dagegen. Platz haben wir jedenfalls mehr als genug. Du kannst bei mir in der Scheune schlafen. Es gibt zwei Schlafzimmer, du musst dich also nicht mit meinem Geschnarche herumärgern. Und ich bin auch nicht mehr so schlampig wie früher – keine Kleiderberge auf dem Boden«, sprudelte Mattie aufgeregt hervor, während sie ihre Freundin zum Gästehaus führte.

»Ich werd nicht mehr!«, stieß Cara beim Anblick des tipptopp aufgeräumten Wohnzimmers hervor. »Du bist ja quasi zum Ordnungsfanatiker mutiert!«

»Na ja, ein bisschen vielleicht.« Mattie grinste. »Also, bleibst du?«

»Na klar! Ich komm doch nicht den ganzen Weg hierher nur für einen schnellen Kaffee. Wobei ich gegen den ehrlich gesagt nichts einzuwenden hätte.« Sie fröstelte übertrieben, obwohl sie zur hautengen weißen Hose eine gesteppte Daunenjacke, einen elfenbeinweißen Schal und kniehohe lederne Reitstiefel trug. Andererseits war es tatsächlich noch ziemlich frisch – die Sonne war eben erst aufgegangen.

»Gut, dann lass uns rübergehen zum Haupthaus, da ist

es wärmer, und die Kinder dürften mittlerweile auch wach sein.«

Gleich darauf betraten sie durch die Hintertür die gemütliche Küche. Leo und Luisa saßen am Fenster und neckten Gin und Tonic mit einem Wollknäuel, während Rose am Herd stand und in einem großen Topf Porridge rührte.

»Morgen, Rose! Das ist meine Freundin Cara aus London«, sagte Mattie.

»Hallo, Cara!« Rose winkte mit dem Löffel. »Willkommen auf Kalkari. Möchtest du mit uns frühstücken? Wir haben genug. Ich vergesse immer wieder, dass ich eigentlich gar keine Armee verköstigen muss.« Sie lachte.

Mattie stieß Cara an. »Sie könnte glatt Nigella Lawsons jüngere Schwester sein, nicht? Und kochen kann sie! Sogar noch besser als Nigella.«

»Hört, hört«, sagte Cara. »Na gut, wenn wirklich so viel da ist, gern. Bis jetzt hatte ich nur Tankstellenkaffee.« Sie schauderte.

»Dann freu dich schon mal auf das beste Porridge, das du je gegessen hast. Bei meinem Ahorn-Pekannuss-Topping würde sogar Nigella vor Neid erblassen.«

»Porrigde ist mein Lieblingsfrühstück«, verkündete Luisa, die die glamouröse Besucherin ehrfürchtig betrachtete.

Cara gab aber auch einen ziemlich beeindruckenden Anblick ab. Mit ihrem blassen Teint und den weißblonden Haaren sah sie aus, als wäre sie kein Mensch aus Fleisch und Blut, sondern eher eine Eiskönigin. Oder als käme sie gerade von den Dreharbeiten zu *Game of Thrones*.

»Meins auch«, sagte sie, nahm ihre Beanie-Mütze ab und schüttelte ihre Mähne. »Brauner Zucker oder Honig?«,

»Brauner Zucker«, erwiderte Luisa ernst.

»Ha!« Cara klatschte in die Hände. »Das bedeutet dann

wohl, dass wir Schwestern im Geiste sind.« Sie streckte Luisa den kleinen Finger hin, und diese hakte lächelnd ein.

»Wie ich sehe, hast du schon einen Fan gefunden«, bemerkte Mattie und reichte ihr eine Tasse Kaffee.

»Ich liebe kleine Mädchen, vor allem, wenn sie so goldig sind wie dieses Exemplar hier.« Cara zwinkerte Luisa zu.

In diesem Moment klopfte es an der Hintertür, so laut, dass sie alle zusammenfuhren.

»Herein!«, rief Rose.

Es war Jake. »Tut mir leid, dass ich so früh störe …« Sein Blick blieb an Cara hängen, die ihn wie alle anderen neugierig musterte.

Mattie konnte förmlich die Funken fliegen sehen, und zwar von beiden Seiten. Es war, als würden die beiden von Scheinwerfern angeleuchtet, während der Rest des Raumes im Halbdunkel lag.

Hm, dachte sie. *Das könnte spannend werden.*

Ein, zwei Sekunden herrschte Schweigen, dann schüttelte Jake den Kopf, als wäre er in Gedanken meilenweit weg gewesen. »Tut mir leid, dass ich so reinplatze, Rose, aber irgendein Idiot hat seinen fetten BMW so dämlich mitten im Hof abgestellt, dass die Einfahrt zur Kellerei blockiert ist …«

»Ah, damit bin dann wohl ich gemeint.« Cara lächelte ihn mit Unschuldsmiene an und streckte ihm die Hand hin. »Gestatten, die Idiotin mit dem fetten BMW.«

»Ähm, okay …« Jake schüttelte ihr die Hand. »Tja, könntest du dann vielleicht …«

»Aber gern.« Sie schenkte ihm erneut ein extrabreites Lächeln und marschierte an ihm vorbei zur Tür.

Eine knappe halbe Stunde später fuhr draußen schon wieder ein Wagen vor.

Mann, hier ist heute ja echt die Hölle los, dachte Mattie, als es an der Haustür klopfte. Da Rose gerade damit beschäftigt war, die Pausenbrotdosen für Leo und Luisa zu füllen, ging sie hinaus. Wer war das nun wieder?

Sie erschrak, als sie die Tür öffnete und sich einem Polizisten gegenübersah, der sich als Officer Brock Doyd vorstellte.

»Ich fürchte, Mark ist schon außer Haus … Ich nehme mal an, Sie wollten zu ihm?«, fragte Mattie.

»Dürfte ich eintreten?«

O Gott. Was, wenn Mark etwas zugestoßen war? »Selbstverständlich.« Mattie nickte. »Bitte entschuldigen Sie. Es kommt ja nicht alle Tage vor, dass die Polizei vor der Tür steht. Es ist doch hoffentlich nichts Schlimmes, oder?«

»Könnten wir das Gespräch vielleicht nach drinnen verlegen?«

Bei seinen Worten wurde ihr flau. »Geht es um Mark?«, fragte sie so leise, dass es in der Küche nicht zu hören war.

Er tat, als hätte er es nicht gehört. »Wenn Sie erlauben, würde ich mich gern mit Ihnen unterhalten, und mit allen anderen Personen, die in diesem Haushalt wohnen.«

»Dann kommen Sie mal mit in die Küche. Marks Lebensgefährtin Rose ist da, und meine Freundin Cara, wobei die eben erst angekommen ist.« Sie ging voraus.

Officer Doyd betrat die Küche und schluckte hörbar, als er Cara erblickte, die inzwischen Jacke und Schal abgelegt hatte und nun an die Anrichte gelehnt dastand. Sie trug ein ziemlich dünnes weißes Top und darunter keinen BH, sodass sich ihre Brustwarzen dank des kühlen Luftzugs, der mit dem Besucher hereingeweht kam, wie zwei Igelnasen unter dem dünnen Stoff abzeichneten. Der Polizist zückte seinen Notizblock. »Ähm, Miss … Rose?«, fragte er, den Blick starr auf ihr Gesicht gerichtet.

Cara grinste. »Fehlanzeige, Officer.«

Rose trocknete sich die Hände an einem Geschirrtuch ab. »Ich bin Rose. Was gibt's?«

Officer Doyds Ohren glühten. »Es geht um einen Vandalenakt auf dem Gelände eines Weinguts, das an der Eumeralla Road liegt, unweit der Abzweigung nach Wybree. Es heißt …« Er konsultierte seine Notizen. »Tarrawenna. Dort wurden gestern Abend drei Männer und eine Frau gesichtet, allesamt weiß und im Alter zwischen dreißig und fünfzig Jahren. Deshalb nun meine Frage an Sie alle: Wo haben Sie sich im Verlauf der vergangenen vierundzwanzig Stunden aufgehalten? Es ist kein Geheimnis, dass Tarrawenna von Tin Pei Resources aufgekauft wurde und dass es in der hiesigen Bevölkerung erheblichen Widerstand gegen diesen Kauf gab und gibt. Selbstredend benötige ich im Zusammenhang mit dem Vorfall natürlich auch eine Aussage von Mark Cameron, der ja dem Verband zum Schutz des Shingle Valley vorsitzt.«

26

»Das hier ist so ungefähr das Einzige, was das Shingle Valley in Sachen Nachtleben zu bieten hat«, sagte Mattie entschuldigend, als sie und Cara ein paar Tage später vor dem Southern Cross in Eumeralla aus dem Auto stiegen. »Ein Pub, nicht mehr und nicht weniger, aber nicht übel. Sei froh, dass es zu kalt ist für das wöchentliche Kakerlakenrennen.«

Cara, das Großstadtmädchen schlechthin, riss entsetzt die Augen auf, hatte sich jedoch gleich wieder im Griff. »Solange es kaltes Bier und heiße Typen gibt, bin ich vollauf zufrieden.«

Mattie grunzte belustigt. »Sehr witzig, Cara. Du warst noch keine fünf Minuten auf Kalkari, da hast du schon für Gesprächsstoff gesorgt.«

»Echt? Inwiefern?«

»Na ja, Jake hängt neuerdings deutlich öfter als sonst in der Küche rum, und bei diesem Officer Doyd hast du offenbar auch einen bleibenden Eindruck hinterlassen. Sagt jedenfalls Astrid, und die hat es von Thommo Drummond gehört, und der wiederum weiß es von … ich weiß nicht wem.«

Cara lachte und drehte sich einmal im Kreis. »Tja, was soll ich sagen, entweder man hat es … Komm, lass uns reingehen. Ich hab einen Durst wie ein Kamel, und außerdem ist mir kalt.«

»Ach nee? Wie kann das sein?«, flachste Mattie mit einem Blick auf Caras flauschige Kaninchenfellweste, unter der ein mit goldenen Pailletten besticktes Top mit spektakulären Ballonärmeln hervorlugte. »Den Typen da drinnen werden gleich die Augen aus dem Kopf fallen.«

»Das sind Statement-Ärmel.« Cara schwenkte die Arme, sodass der duftige Stoff flatterte. »Die sind gerade total angesagt.«

»So, so.«

»Too much?« Cara musterte sie etwas verunsichert.

»An dir? Keineswegs.«

Kichernd öffneten sie die Türen zu dem Lokal, aus dem ihnen sogleich ohrenbetäubender Lärm entgegenschlug. Jake war schon da und bedachte sie beide mit einem extrabreiten Lächeln, als er sie erspähte. Mattie stieß Cara mit dem Ellbogen an. »Siehst du?«

»Dieses Lächeln gilt auch dir, meine Liebe«, erwiderte Cara.

Mattie schnaubte bloß und ging zur Bar. »Was willst du trinken? Die erste Runde geht auf mich. Und nein, ich glaube nicht, dass du hier einen Slippery Nipple kriegst. Aber falls dir der Sinn nach einem Cuba Libre mit Bundaberg Rum steht …«

»Ich glaub, ich nehm am besten ein Bier, oder?«

Sobald sie ihre Getränke erhalten hatten, begaben sie sich zu Jake hinüber, der in der hintersten Ecke saß und bereitwillig für sie Platz machte. »Na, wie gefällt es dir bisher bei uns im Shingle Valley?«, fragte er Cara.

»Ganz gut, danke der Nachfrage. Mattie hat nie erwähnt, wie wunderschön es hier ist.«

Mattie hob ihr Glas. »Es soll ja auch ein Geheimtipp bleiben. Prost.«

»Warte, bis du es erst im Frühling und im Sommer siehst«, schwärmte Jake. »Wobei ich den Herbst eigentlich am liebsten mag. Im Moment sind die Stöcke ja leider total kahl. Wir sind gerade mit dem Rückschnitt beschäftigt.«

Cara nickte. »Ich bin jedenfalls heilfroh, dass ich meine Thermounterwäsche eingepackt hab.«

»Ach ja?«, sagte Jake mit glänzenden Augen und rutschte ein wenig auf seinem Hocker hin und her.

Sie sah ihm kühn in die Augen. »Jep. Die von La Perla, mit Spitzenbesatz.«

Jake legte sich eine Hand auf die Brust. »Du machst mich fertig …«

Je länger Mattie die beiden beim Flirten beobachtete, desto reizloser und langweiliger kam sie sich vor. Wie ein totales Mauerblümchen. Und sie war neidisch auf Cara. Sie würde wohl nie so schlagfertig und unbekümmert sein wie sie.

Frustriert sah sie sich um. Charlie saß auf der gegenüberliegenden Seite des Raumes – und neben ihm Marie-Claire, was Matties Laune nur noch zusätzlich dämpfte. *Wankelmütiger Wichser.* Woher nahm er sich das Recht, mit ihr auszugehen und sie so zu küssen, als wäre er ernsthaft interessiert, wenn er noch diese Marie-Claire in der Hinterhand hatte? Seit dem Shortest-Day-Lunch neulich hatte er keinen Ton von sich hören lassen. Kein Anruf, keine Nachricht auf der Mobilbox, nicht einmal eine Textnachricht. Aber sie würde den Teufel tun und sich bei ihm melden. Dafür war sie zu stolz. Er sollte nicht wissen, dass sie am Boden zerstört war, zumal sie ihm ja ganz offensichtlich nicht das Geringste bedeutete. Sie hätte sich denken können, dass er doch immer noch genauso war wie früher. Ob sie wohl je lernen würde, die Männer richtig einzuschätzen? Oder waren sie wirklich einfach alle gleich schlimm?

Cara stieß Mattie an und riss sie damit aus ihren tristen Gedanken. »Hey, hast du gewusst, dass Jake wie du ein begeisterter Hobbyfotograf ist? Du hast doch in London etliche großartige Aufnahmen gemacht. Du solltest wieder damit anfangen – an tollen Motiven mangelt es hier jedenfalls nicht!« Cara wedelte heftig mit den Armen und fegte dabei um ein Haar Matties Bier vom Tisch.

In Anbetracht ihrer Begeisterung fühlte Mattie sich direkt gezwungen, ebenfalls etwas Enthusiasmus an den Tag zu legen. »Hm, gute Idee. Ich hab im Rahmen des Kunststudiums auch einige Kurse zum Thema Fotografie belegt, und es hat mir echt Spaß gemacht. Eine Zeit lang habe ich ja sogar mit dem Gedanken gespielt, mir ein zweites Standbein als Fotografin aufzubauen, aber irgendwie war ich mit der Arbeit immer zu beschäftigt. Dabei wurden voriges Jahr ein paar von meinen Bildern sogar für einen Wettbewerb nominiert, weißt du noch?«

»Natürlich!« Cara nickte eifrig. »Noch ein Grund mehr, es zu versuchen!«

Mattie sah argwöhnisch von ihr zu Jake. Hatten die beiden das Thema nur zur Sprache gebracht, um sie auf andere Gedanken zu bringen? Doch es funktionierte, und schon bald fachsimpelten sie und Jake über Blenden und Verschlusszeiten und tauschten Fotoanekdoten aus. Irgendwann knuffte Cara sie in die Rippen und deutete mit dem Kopf unauffällig auf einen Mann, der auf sie zusteuerte: Officer Doyd. Er war in Zivil, weshalb Mattie ihn fast nicht erkannt hätte, aber das kurz geschorene Haar verriet ihn.

Anstelle der Uniform trug er heute enge Levis-Jeans und ein noch engeres schwarzes T-Shirt, unter dem sich sein zweifellos sehr beeindruckendes Sixpack abzeichnete. Mattie entging nicht, dass Cara sich gleich etwas aufrechter hinsetzte.

»Hier tummeln sich ja echt massenhaft attraktive Knaben, und einer sportlicher als der andere«, zischte sie. »Warum hast du mir das nie erzählt? Dann wäre ich schon viel eher gekommen.«

»Psst! Er kommt«, flüsterte Mattie belustigt.

Cara hob die Hand. »Tag, Officer!«

»Brock, bitte. Ich bin nicht im Dienst.« Er lief rot an. Vielleicht hatte ihn ja gerade die Erinnerung an Cara in ihrem dünnen weißen Top eingeholt. »Ich hab Sie schon von Weitem erkannt.« Er strich über den Saum ihrer Kaninchenfellweste. »Wusste gar nicht, dass man hier sein Haustier mitbringen darf.«

»Vorsicht, es beißt gelegentlich.«

Er grinste, ließ aber die Hand sinken. »Darf ich mich dazusetzen?«

Cara nickte und rutschte gerade so weit, dass er sich neben sie quetschen konnte. Jake verfolgte es alles andere als begeistert.

»Na, Brock, wie läuft's denn so?«, erkundigte sie sich. »Irgendwelche Schurken geschnappt?«

Er schüttelte den Kopf.

»Gibt es denn etwas Neues, was den Vandalenakt auf Tarrawenna angeht?«, fragte Mattie. Als er Anfang der Woche bei ihnen gewesen war, hatte er erzählt, dass jemand an den Zäunen entlang der Grundstücksgrenze Schilder mit der Aufschrift »Frack off!« aufgehängt hatte, was seinen Zuhörerinnen ein amüsiertes Grinsen entlockt hatte.

Viel schlimmer war allerdings, dass die Täter die Wände der Kellerei mit Graffiti beschmiert und die Einfahrt zum Gelände mit mehreren Lkw-Ladungen Müll blockiert hatten.

Er schüttelte den Kopf. »Bis jetzt haben wir keinerlei Spuren. Alle, mit denen ich geredet habe, konnten ein Alibi für die fragliche Nacht vorweisen. Und wie es aussieht, hatte Tin Pei noch keine Gelegenheit, Überwachungskameras zu installieren, es gibt also so gut wie gar keinen Hinweis darauf, wer es gewesen sein könnte.«

»Ich kann nicht gerade behaupten, dass ich Mitleid habe«, sagte Mattie.

»Ich werde jetzt mal so tun, als hätte ich das nicht gehört«, stellte Brock mit ernster Miene fest. »Vandalismus ist und bleibt Vandalismus.«

»Ich bin ganz Ihrer Meinung, Officer.« Cara klimperte mit den Wimpern. »Du nicht auch, Jake?«

Nach einer Weile hatte Mattie die Nase voll davon, Cara beim Flirten mit ihren beiden Fans zuzusehen, und ging auf die Toilette. Und wer stand am Waschbecken und seifte sich die Hände ein, als sie aus der Kabine trat? Marie-Claire. *Na, großartig.*

»Ah, guten Abend! Matilda, richtig? Wir kennen uns von dem Festessen neulich … Ich darf doch Du sagen?«

Mattie nickte.

»Charlie hat mir so viel über dich erzählt …«

»Ah ja?« Sie hob eine Augenbraue.

»Ja, über den schrecklichen Unfall und dass du vor deiner Rückkehr nach Australien einen *très* wichtigen Job in London hattest.«

»Na ja, so wichtig dann auch wieder nicht.« Mattie zuckte die Schultern. »Die Werbebranche ist ja nun nicht gerade mit Neurochirurgie zu vergleichen.«

»Wir haben etwas gemeinsam …« *Wohl wahr*, dachte Mattie, ging aber nicht weiter darauf ein. Marie-Claire fuhr unbeirrt fort: »Ich bin im Bereich Marketing tätig – in Bordeaux, meine ich –, und ich liebe meine Arbeit sehr, aber jetzt … Na ja, ich frage mich, ob ich hier Fuß fassen könnte, falls ich nach *Australie* ziehe …«

»Oh, da gibt es bestimmt Möglichkeiten. Du musst nur die Augen offen halten.«

»Andererseits müsste ich so vieles zurücklassen, und …«

»Und Charlie hat keine Lust, nach Frankreich zu ziehen.«

»*Exactement.*«

»Tja, diese Entscheidung kann dir leider keiner abnehmen.«

»Ich weiß, aber es würde mir schon helfen, wenn ich wüsste, dass ich mir hier einen Freundeskreis aufbauen kann. Mit anderen beruflich erfolgreichen Frauen.«

Mattie sah zu, wie sich Marie-Claire die Seife von den Händen wusch, und dabei fiel ihr auf, dass an ihrer Linken kein fetter Klunker funkelte. Die Französin schnappte ihren Blick auf und streckte die Finger aus. Im Gegensatz zu Matties unlackierten Nägeln waren ihre perfekt manikürt und zartrosa lackiert.

»Charlie wollte, dass ich den Ring seiner Großmutter trage, aber der war … wie sagt man … nicht gerade sehr *chic.*«

Das überraschte Mattie nicht sonderlich. Ein protziger Hochkaräter wie die Dinger von DeVere & Soames, das hätte wohl eher ihren Vorstellungen entsprochen.

»Jedenfalls fände ich es schön, wenn wir uns näher kennenlernen würden, Matilda.«

So, so, sie wollte sich mit ihr anfreunden. Doch Mattie war gerade nicht in großmütiger Stimmung. »Ehrlich gesagt weiß ich gar nicht genau, wie lange ich noch im Shingle Valley sein werde. Ich bin ja nur vorübergehend hier, bis ich wieder fit bin. Aber du wirst bestimmt rasch Freunde finden.«

»Ach so?« Marie-Claire musterte sie überrascht. »Charlie meinte aber, du willst bleiben.«

Mattie trocknete sich unsanft mit einem Papiertuch die Hände. »Tja, das muss er falsch verstanden haben«, sagte sie und stieß die Tür zum Lokal auf.

Draußen kam ihr dann zu allem Überfluss auch noch Charlie entgegen. Er öffnete den Mund, als wolle er etwas sagen, doch sie bedachte ihn mit einem vernichtenden Blick, schob sich an ihm vorbei und stiefelte zurück zu Cara und ihren beiden Verehrern.

Als Mattie am nächsten Tag aus der Dusche stieg, meldet ihr Handy den Eingang einer Nachricht. Sie hielt mit einer Hand ihr Badetuch fest und griff mit der anderen danach.

Eine Nachricht von Charlie.

> Ich muss dir unbedingt etwas sagen. Hab ich gestern leider nicht mehr geschafft. Kannst du gleich heute Vormittag rüberkommen?

Was hatte das nun wieder zu bedeuten? Sie verspürte nicht das geringste Bedürfnis, ihn zu sehen. Es war schon schlimm genug zu wissen, dass sie ihm jederzeit in der Stadt oder im Pub in die Arme laufen konnte. Sie dachte ja gar nicht daran, ihm einen Besuch auf seinem Weingut abzustatten, wo sie womöglich auch noch mit seiner Marie-Claire konfrontiert wurde. Oder mit beiden zugleich.

Sie schrieb:

Ein andermal vielleicht.

Binnen Sekunden erhielt sie eine weitere Nachricht:

Komm, sobald es geht. Du wirst es nicht bereuen, versprochen.

Hm. Das klang ja sehr mysteriös.

Huch! Noch eine Nachricht:

Das solltest du dir auf keinen Fall entgehen lassen!

Sie überlegte, während sie sich anzog. Was zum Geier konnte derart wichtig sein? Okay, er schuldete ihr eine Erklärung, und vielleicht war es gar nicht dumm, wenn sie reinen Tisch machten. Außerdem plagte sie jetzt doch die Neugier.

Also gut, bin in ein, zwei Stunden bei dir

schrieb sie schließlich. Er sollte sich gefälligst noch etwas gedulden.

Irgendwann am späten Vormittag machte sie sich dann auf den Weg zu Charlie. Sobald sie den Wagen abgestellt hatte, erschien er auch schon in der Tür des großen Gebäudes, in dem die Windsong-Kellerei untergebracht war. Er kam ihr entgegen, und sie rüstete sich innerlich.

»Hallo, Mattie. Ich bin noch gar nicht dazu gekommen, dir zu …«

»Keine Marie-Claire?«, unterbrach sie ihn.

Er trat verlegen von einem Fuß auf den anderen. »Ähm, was das angeht … Das kam auch für mich völlig überraschend. Ich hatte keine Ahnung, dass sie auf dem Weg hierher ist, ehrlich. Ich wollte es dir sagen, vor dem Fest, aber …«

Und da kapitulierte sie. »Ist schon okay, Charlie«, sagte sie ergeben. »Du bist mir keine Erklärung schuldig. Wir sind bloß Freunde, richtig?« Sie war zwar immer noch gekränkt und fühlte sich gedemütigt, aber es war zweifellos das Beste, wenn sie ihre Emotionen unter den Teppich kehrte und so tat, als wäre alles in Butter. Als hätte ihr dieser Kuss im Auto nichts bedeutet.

»Ich habe keine Ahnung, wie es weitergeht.«

»Tja, das müsst ihr zwei unter euch klären. Es geht mich jedenfalls definitiv nichts an. Ich wünsche dir alles erdenkliche Gute. Sie macht einen recht liebenswürdigen Eindruck.«

»Genau das ist ja das Problem …« Er zuckte die Schultern.

»Ist das alles, was du mir zu sagen hast? Dann fahre ich jetzt nämlich wieder. Ich muss heute noch so einiges erledigen.« Sie wollte sich umdrehen, um zu gehen.

»Nein!« Er packte sie am Handgelenk, und prompt ging ein verräterisches Schaudern durch ihren Körper. »Ich hab noch etwas für dich. Los, komm mit nach hinten. Du wirst Augen machen!« Er zog Mattie hinter sich her, an der Kellerei vorbei.

Noch ehe sie um die Ecke bogen, vernahm Mattie ein Wiehern, was im Grunde nicht weiter ungewöhnlich war, denn Thommo und Charlie hielten mehrere Pferde auf dem Anwesen. Doch als sie Sekunden später auf der Koppel hinter dem Gebäude eine kastanienbraune Stute mit weißer Blesse erblickte, die wiehernd die Mähne schüttelte, traute sie ihren Augen kaum. Sie sah verblüfft zu Charlie. »Das ist nicht dein Ernst, oder?«

Er grinste. »Doch.«

»Aber …? Wie ist das möglich?« Mattie humpelte los, ohne seine Antwort abzuwarten, und stieg zwischen den Brettern des Weidezauns hindurch. Die Stute galoppierte los und kam abrupt direkt vor Mattie zum Stehen. »Shakira! Oooch, du bist ja ganz schön grau geworden, Süße!«, murmelte sie und schlang ihrem alten Pferd ungestüm die Arme um den Hals. Das Tier rieb die Nase an ihrem Gesicht und schnaubte. »Na? Ich hab dir wohl gefehlt, wie? Du mir aber auch, Baby.«

So ging das noch eine ganze Weile. Schließlich drehte sich Mattie von einem Ohr zum anderen lächelnd zu Charlie um, der die Szene mit verschränkten Armen verfolgt hatte. »Das glaub ich einfach nicht. Wie hast du sie gefunden?«

»Na ja, ich hab mich ein bisschen umgehört. Ich wusste, dass du sie an jemanden hier in der Gegend verkauft hattest …«

»Genau. Die Willoughbys wollten sie für ihre Tochter haben. Ich brauchte Geld für die Reise, und außerdem dachte ich, es ist bestimmt besser so – ich wollte nicht, dass sie nur bei uns zu Hause auf der Koppel rumsteht und nie geritten wird. Nach meiner Rückkehr wollte ich sie anrufen und fragen, ob ich Shakira mal besuchen darf, aber sie sind weggezogen.«

»Ja, das weiß ich inzwischen auch. Und ich konnte in Erfahrung bringen, an wen sie Shakira weiterverkauft hatten. Ich musste ein bisschen Überzeugungsarbeit leisten, mit Erfolg, wie du siehst. Du musst eigentlich nur noch aufsteigen und losreiten.«

Mattie konnte ihr Glück kaum fassen. Ihre Shakira! Hier! »Ach, Charlie, das ist das Netteste, was je ein Mensch für mich getan hat, ehrlich!«, sagte sie zutiefst gerührt.

»Du brauchst dich nicht zu bedanken. Als ich den Leuten erzählt habe, dass die ursprüngliche Besitzerin unter eine Lawine gekommen ist und praktisch alles verloren hat, waren sie gern bereit, sie zu verkaufen.«

»Ich bin echt geplättet. Ich kann nicht fassen, dass du das für mich getan hast.«

»Dann sind wir also wieder Freunde?«

Mattie kehrte freudestrahlend auf die andere Seite des Zauns zurück. Sie hatte ihre geliebte Shakira wieder, und das verdankte sie nur Charlie! Wie konnte sie da noch sauer auf ihn sein? Sie stürzte sich auf ihn und umarmte ihn so stürmisch, dass er beinahe das Gleichgewicht verlor.

»Na, na, nicht so ungestüm«, ermahnte er sie, doch dann schlang er die Arme um sie und drückte sie an sich, und zwar ziemlich fest und ziemlich lange.

27

In den darauffolgenden Wochen verließ aufgrund des feuchten Wetters niemand im Tal das Haus, wenn er nicht unbedingt musste – so wie beispielsweise die bedauernswerten Gestalten, die, den unwirtlichen Bedingungen zum Trotz, mit dem Rückschnitt der Rebstöcke beschäftigt waren. Sie versanken bei der Arbeit fast bis zu den Knöcheln im Morast und verteilten auf den Wegen große Klumpen des an ihren Gummistiefeln klebenden Schlamms. Wenn sie mittags zum Essen in die Kellerei kamen, servierte ihnen Rose zum Aufwärmen heiße Gemüsesuppe aus riesigen Töpfen, und abends spritzte ihnen Leo mit dem Gartenschlauch die Stiefel ab. Cara kehrte wieder nach Sydney zurück, nachdem sie Mattie ein paar Wochen Gesellschaft geleistet und dem Großteil der alleinstehenden Männer im Shingle Valley (und nebenbei bemerkt auch etlichen verheirateten) ordentlich den Kopf verdreht hatte.

»Aber keine Angst, ich komme wieder, sobald ich mich mit ein paar Schulfreunden getroffen und anstandshalber ein bisschen Zeit mit meinen Oldies verbracht habe«, gelobte sie. »Ist echt klasse hier. Ich kann total nachvollziehen, dass du bleiben willst. Deine Heimat hat echt viele Vorzüge.« Sie zwinkerte ihr zu. »Und behalt Jake und Officer Doyd für mich im Auge, ja?«

Mattie wunderte sich etwas über ihre Aussage. Sie hatte Cara gegenüber nie erwähnt, dass sie bleiben wollte, jedenfalls nicht länger als nötig. London und ihr altes Leben erschienen ihr zwar unendlich weit weg, aber sie konnte ihre Zelte nicht auf Dauer im Shingle Valley aufschlagen. Schon weil sie früher oder später wieder ein Einkommen benötigte, und ein paar Miniaufträge dann und wann würden wohl kaum ausreichen. Außerdem war sie nicht sicher, ob sie bis ans Ende ihrer Tage mit der Tatsache konfrontiert werden wollte, dass Charlie und seine Marie-Claire nun doch wieder ein Paar waren. Wie dem auch sei, ihr Bein hatte sich weitgehend regeneriert, und auch die Schulter war wieder voll einsatzfähig, einmal abgesehen von einem gelegentlichen Ziehen. Die Narbe auf der Wange war zwar noch da, aber Mattie war noch unschlüssig, ob sie deswegen tatsächlich einen Schönheitschirurgen aufsuchen sollte. Es stand ohnehin in den Sternen, ob sie sich das überhaupt leisten konnte.

Sie besuchte Shakira, sooft es das Wetter erlaubte, und verbrachte Stunden um Stunden damit, der alten Stute über die Mähne zu streichen und ihr allerlei ins Ohr zu flüstern, hatte aber noch nicht den Mut, sie wieder zu satteln und zu reiten.

»Ich bin es nicht gewohnt, den ganzen Tag zu faulenzen«, jammerte sie eines Tages, als sie mit Rose das Gemüse für das Abendessen schnippelte. »Ich finde es zwar schön, dich und Astrid bei der Kinderbetreuung zu unterstützen, aber ich brauche dringend noch irgendeine andere Beschäftigung, sonst drehe ich irgendwann durch.«

»Hab Geduld«, ermahnte Rose sie. »Du hast dich noch immer nicht ganz von deinem schweren Unfall erholt, also mach dir bloß keinen Druck. Du weißt, dass du bleiben kannst, so lange du willst, und der Rest ergibt sich bestimmt irgendwann von selbst.«

»Pfff.« Mattie konnte es allmählich echt nicht mehr hören. Schon im Laufe der letzten Wochen in London hatte sie von ihren Freunden via Facebook eine Überdosis an pseudophilosophischen Aufmunterungsparolen verabreicht bekommen. Natürlich hatten es alle nur gut gemeint, aber abgedroschene Phrasen à la »Die Zeit heilt alle Wunden« und »Was uns nicht umbringt, macht uns härter« hatten bei ihr lediglich den Drang geweckt, den Laptop an die Wand zu pfeffern. Ganz besonders geärgert hatte sie sich über eine Genesungskarte von einer Freundin mit dem Sprüchlein »Kopf hoch, nur Mut, alles wird gut!«. Sie stierte mit finsterer Miene aus dem Fenster, geradeso, als wäre der Regen für ihre Misere verantwortlich. Sie war gereizt und von der ganzen Welt genervt. Dass inzwischen sämtliche Bewohner des Tales Marie-Claires Charme erlegen waren, machte es auch nicht besser. Selbst Brenda Butters hatte ein Loblied auf sie gesungen, als sie ihnen vorhin einen kurzen Besuch abgestattet hatte.

Als der Hüttenkoller so akut wurde, dass Mattie das Gefühl hatte, demnächst die Wände hochgehen zu müssen, klarte es endlich etwas auf, und eines schönen Morgens war der Himmel wolkenlos. Sie zog sich warm an und machte sich sofort auf den Weg, wild entschlossen, etwas gegen den Blues zu unternehmen, statt weiter nur Trübsal zu blasen. Mit der Kamera bewaffnet, die sie aus London mitgenommen hatte, zog sie los in Richtung Trevelyn's Hill, um ein paar stimmungsvolle Bilder der Weingärten im Frühnebel zu schießen, mit den Shingle Hills im Hintergrund. Sie atmete tief ein. Die Luft war frisch und kühl, und der Sternjasmin, der sich an der Wand der Scheune emporrankte, verströmte einen aromatischen Duft. Der Frühling hielt Einzug ins Tal, davon kündeten auch die zarten Blüten der wilden Schneeglöckchen, die in der Brise mit den Köpfchen nickten.

Mattie knipste munter drauflos, obwohl ihre Finger binnen kürzester Zeit taub waren von der Kälte. Aber sie wollte nicht noch einmal zurückgehen, um ihre Handschuhe zu holen, zumal sie schon fast den kleinen Hügel auf dem Trevelyn-Anwesen erreicht hatte. Von dort oben bot sich ihr ein atemberaubender Ausblick über das gesamte Tal.

Sie schoss ein paar Bilder von den dunklen Streifen der Rebzeilen, zwischen denen noch der Frühnebel hing, dann marschierte sie wieder zum Talboden hinunter und wechselte die Linse. Sie brauchte noch ein abstrakteres Motiv, ein paar Makroaufnahmen von einem der noch kahlen Rebstöcke oder so. Sie hatte gerade ein besonders knorriges altes Exemplar, auf dem der Morgentau glitzerte, ins Visier genommen und bückte sich, um den richtigen Winkel zu erwischen, da verlor sie plötzlich das Gleichgewicht und plumpste laut fluchend nach hinten in den dicken, rutschigen Matsch. Da saß sie nun, die Beine in der Luft, und hielt die Kamera über den Kopf, damit die nicht auch noch im Dreck landete.

Sie vernahm ein belustigtes Grunzen. »Brauchst du Hilfe?«

Nanu? Was zum Teufel trieb Charlie hier? Mann, hatte der Bursche ein Timing! Seit der Überraschung mit Shakira neulich hatten sie sich nicht mehr gesehen, sie würde ihm natürlich ewig dafür dankbar sein, dass er ihr geliebtes Pferd für sie aufgetrieben hatte, aber sie hatte ihm noch nicht ganz verziehen, dass er ihr Marie-Claires plötzliches Auftauchen verschwiegen hatte. Trotzdem war sie zu dem Schluss gekommen, dass sie versuchen musste, die Freundschaft mit ihm zu retten. Das Shingle Valley war einfach zu klein, um dauerhaft Groll gegen einen seiner Bewohner zu hegen.

»Ja, danke«, sagte sie, so würdevoll es in ihrer Lage eben ging, und streckte ihm die Hand hin.

Er half ihr auf die Beine. »Also, wenn das jetzt mal nicht ›leiden für die Kunst‹ ist, oder?«

»Vermutlich, ja.«

»Darf ich mal sehen?«

Mattie war sich seiner Nähe überdeutlich bewusst, während sie so dort standen, die Köpfe über das Display der Kamera gebeugt, um gemeinsam ihre bisherige Ausbeute zu begutachten. Sein zahnpastafrischer Atem, die weißen Zähne, die leicht geöffneten Lippen, die gebräunte Haut … Ihr schwindelte beinahe vor Sehnsucht. *Schluss damit, Mattie! Ein für alle Mal! Er ist vergeben, und damit basta!*

»Die sind ja der Hammer, Mattie! Du hast echt einen guten Blick. Große Klasse, ehrlich.« Er strahlte sie begeistert an.

Sie blinzelte. »Meinst du wirklich? Oder sagst du das nur aus reiner Höflichkeit?«

»Nein, ich mein's voll und ganz ernst. Diese Fotos sind absolute Spitzenklasse. Wie du auf dem hier das Licht auf den Blättern eingefangen hast …«

Sie lächelte. »Danke.« Dann kam ihr eine Idee. »Weißt du, was mir jetzt noch fehlt? Die menschliche Komponente.

Wärst du so freundlich ...?« Sie schenkte ihm ein gewinnendes Lächeln.

»So, meinst du?« Er hatte eine ziemlich gelungene Imitation des Zoolander-Blue-Steel-Blicks drauf.

»Nein, du Knalltüte! Stell dich einfach da drüben hin und dreh dich ein klein wenig zur Seite, den Blick in die Ferne gerichtet, okay?«

Charlie brummte etwas von wegen, er sei eigentlich auf der Suche nach Mark gewesen, tat aber, was sie ihm aufgetragen hatte.

»Super. Jetzt dreh dich noch etwas weiter nach rechts ...« Die Sonne stand nun schon höher am Himmel und tauchte die Szene in ein goldenes Licht, und Charlie wurde zu einer Silhouette am Horizont, während Mattie in die Knie ging und ein paarmal hintereinander auf den Auslöser drückte.

Nach einer Weile wurde er unruhig. »Ich bin es nicht gewohnt, so unter Beobachtung zu stehen«, beschwerte er sich. »Und außerdem muss ich jetzt wirklich los, sonst erreiche ich Mark den ganzen Tag nicht mehr, und ich muss dringend mit ihm reden.«

»Okay. Ich glaube, ich habe im Kasten, was ich brauche.« Wieder sahen sie sich gemeinsam die Fotos an, und Mattie überkam zum ersten Mal seit einer Ewigkeit jene Art von fieberhafter Erregung, die sie früher oft verspürt hatte, wenn sie kreativ arbeiten konnte. Die Benommenheit der vergangenen Monate war wie weggewischt. Sie fühlte sich geistig hellwach und konnte es gar nicht erwarten, die Bilder auf ihren Laptop zu laden, um die Schärfentiefe, die Beleuchtung und die Bildqualität zu überprüfen.

»Die solltest du deinem Bruder zeigen. Er könnte sie für die Kellerei verwenden. Zumindest die, auf denen ich nicht zu sehen bin.« Charlie grinste schief.

»Wie, für die Kellerei?«

»Na, er könnte sie auf seiner Webseite einbauen, oder auf den Vorlagen für die Verkostungsnotizen. Oder ein paar davon in der Schenke aufhängen.«

»Quatsch. Das sind doch bloß ein paar Schnappschüsse, damit ich wieder reinkomme.«

»Glaub mir, Mattie, die sind große Klasse. Sie wirken absolut professionell. Zeig sie ihm«, sagte er nachdrücklich.

Auf dem Parkplatz vor dem Haus lief ihr Rose über den Weg. »Huch! Kleine Schlammschlacht, oder wie?«

Mattie warf einen Blick auf ihren Hintern und schnitt eine Grimasse. »Ach, das ist eine längere Geschichte. Ist Mark da?«

»Nein, der trifft sich in New Bridgeton mit Jeremy Bell, wegen der Fracking-Geschichte. Könnte noch eine ganze Weile dauern.«

»Gut, dann rede ich heute Abend mit ihm. Jetzt sollte ich mich wohl erst einmal umziehen.« Sie wandte sich zum Gehen und fügte über die Schulter hinzu: »Schön heute, nicht?«

Nachdem sie den Großteil des Tages damit verbracht hatte, die Fotos zu sondieren und digital nachzubearbeiten, ging sie kurz vor dem Abendessen zum Haupthaus hinüber, den Laptop unter dem Arm. »Hey, Mark. Kann ich dir ein paar Fotos zeigen? Würde mich interessieren, was du davon hältst.«

Sie hatte ein Dutzend Aufnahmen ausgewählt, die sie sich nun gemeinsam ansahen – kahle Rebstöcke vor dem fahlen Morgenhimmel, die Schwaden des Frühnebels, die im Talgrund hingen, wie Perlen nebeneinander aufgereihte Tautropfen an einem vertrockneten Ast und zu guter Letzt ein Bild mit Charlie, das der Sonne zugewandte Gesicht im Profil und ein heiligenscheingleiches Schimmern im Haar. Bei dieser Aufnahme verharrte Mattie unwillkürlich etwas länger. Mann, war der Bursche attraktiv! Ihr Herz schlug ja schon beim Betrachten eines Fotos von ihm deutlich schneller.

»Wow, die sind ja sagenhaft! Wo hast du die her?«

Mattie wackelte vielsagend mit den Augenbrauen.

»Nein!«

»Doch«, erwiderte sie mit unverkennbarem Stolz.

»Du nimmst mich auf den Arm! Wann hast du sie gemacht?«

»Heute Morgen, als das Licht zur Abwechslung mal etwas besser war.«

»Wahnsinn. Die sind sensationell.« Er musterte sie nachdenklich. »Ist es dir recht, wenn wir sie für unsere Werbung verwenden?«

»Meinst du denn, dass sie dafür gut genug sind?«

»Machst du Witze? Natürlich sind sie gut genug!«

»Na ja, ich wollte dir schon vor einer Weile sagen, dass es an der Zeit wäre, eurer Webseite ein neues Design zu verpassen. Wenn du willst, kümmere ich mich darum und baue ein paar von den Bildern hier ein.«

Mark überlegte erneut. »Ich spiele schon länger mit dem Gedanken, die gesamte Marke überarbeiten zu lassen – Logo, Briefpapier, Webseite, Etiketten … Wie wär's? Das ist ganz schön viel verlangt, ich weiß, aber du bist zweifellos die Richtige dafür.«

»Bist du dir da auch ganz sicher?«

»Absolut. Das ist doch eine deiner großen Stärken, oder?«

»Okay.« Mattie nickte mit glänzenden Augen. »Abgemacht.«

»Gut, dann lass uns gleich morgen ausführlicher darüber reden, ja? Ich briefe dich kurz, was die Details angeht, und dann sagst du mir, wie lange es deiner Einschätzung nach etwa dauern wird und welche Kosten auf mich zukommen.«

»Kosten?«, wiederholte Mattie ungläubig. »Sei nicht albern, Mark. Du lässt mich hier seit Monaten gratis wohnen und fütterst mich durch, da ist das doch wohl das Mindeste, was ich im Gegenzug für dich tun kann!«

»Wie du willst. Dann sagen wir also, du machst es gegen Kost und Logis.«

»Einverstanden. Und, was sagt Jeremy Bell? War euer Meeting ein Erfolg?«

»Na ja, dank Dad hat er sich zumindest Zeit für uns genommen. Und er sagt, er wird sich kundig machen und sich dann wieder melden. Es ist noch nicht klar, mit welcher Motivation Tin Pei das Tarrawenna-Grundstück erworben hat. Möglicherweise dient der Kauf bloß strategischen Zwecken, damit sie quasi schon mal einen Fuß in der Tür haben. Wir können allerdings nicht ausschließen, dass sie schon bald mit den ersten Bohrungen anfangen wollen.« Er fuhr sich mit den Fingern durchs Haar. »Und die kann man angeblich auch in horizontaler Richtung vornehmen, sprich unter benachbarten Grundstücken, was für Windsong natürlich eine Katastrophe ist. Charlie und Thommo bereitet die Angelegenheit am meisten Kopfzerbrechen.«

»Heiliger Strohsack«, stieß Mattie hervor. »Das heißt, diese Leute müssen gar nicht das ganze Tal aufkaufen, ehe sie loslegen können.«

»Du sagst es. Mit Tarrawenna stehen ihnen sechs Hektar zur Verfügung. Das reicht für ihre Zwecke also locker aus.« Er wirkte zutiefst bekümmert. »Heute brauche ich definitiv einen Drink. Wie wär's, wenn wir den hier probieren?« Er griff sich einen italienischen Rotwein, der auf der Kommode stand, und holte einen Korkenzieher.

Leo erschien in der Tür. »Dad?«

»Ja, Kumpel?«

»Hast du Zeit für eine Runde Schach?« Er schwenkte eine kleine Holzbox.

»Du meinst wohl, du kannst mich mal wieder in Grund und Boden spielen, wie?«

Leo grinste. »Ich werd's versuchen.«

»Na gut, dann komm mal her.«

Mattie sah ihrem Bruder dabei zu, wie er großmütig gegen seinen Sohn verlor, und nippte hin und wieder an ihrem Glas Wein. Bei der Gelegenheit stellte sie überrascht fest, dass sie sich gar nicht erinnern konnte, wann sie zuletzt unter den schrecklichen Magenschmerzen gelitten hatte, die sie in London praktisch täglich geplagt hatten. Die Zeiten, in denen sich stets eine Notfallpackung Rennies in ihrer Handtasche und im Medizinschränkchen befunden hatte, waren definitiv vorbei. Und ihre dröhnenden Kopfschmerzen gehörten ebenfalls der Vergangenheit an. Das war doch immerhin etwas.

28

»Isabella ist wieder im Lande«, berichtete Mark, als er Rose ein paar Tage später auf ihrer morgendlichen Joggingrunde begleitete. Sie trugen noch Handschuhe und Mützen gegen die Kälte, obwohl es bereits Frühling war und sich an den Rebstöcken auf den Hügeln um sie herum die ersten Knospen zeigten. Die Sonne war eben erst aufgegangen und färbte die Federwölkchen am Himmel leuchtend rosa. Rose keuchte und schnaufte, ihre Beine fühlten sich bleischwer an. Kein Wunder, sie war schon eine ganze Weile nicht mehr zum Joggen gekommen.

»Sie hat mir vom Flughafen aus eine Nachricht geschickt«, fügte Mark hinzu, als sie die Kuppe des Hügels hinter dem Anwesen erreicht hatten. »Sie kommt heute im Laufe des Tages nach Kalkari.«

»Oh. Das ist früher als geplant, oder?«, japste Rose. Sie konnte nur mit Mühe mit Mark mithalten. »Na ja, die Kinder freuen sich bestimmt. Soll ich Astrid bitten, sie nach der Schule bei Isabella abzuliefern?«

»Ach, lass mal. Wir können sie auch selbst hinbringen und dann noch in Eumeralla essen gehen, falls du Zeit und Lust hast. Isabella meinte, sie muss mit mir reden. Es geht um Leo und Luisa. Ist bestimmt das Beste, wenn ich das möglichst bald hinter mich bringe.«

Rose war immer froh, wenn sie von seiner Ex nichts hörte oder sah. Isabella brachte jedes Mal unweigerlich Aufruhr in ihr Leben. Mal sehen, was für Dramen es diesmal geben würde. Andererseits gönnte Rose es den Kindern natürlich von Herzen, wenn sie Zeit mit ihrer Mutter verbringen konnten, und es hatte immerhin den Vorteil, dass sie selbst dann mal etwas weniger zu tun hatte. Vielleicht konnten Mark und sie ja sogar ein paar Tage verreisen, möglichst irgendwohin, wo es etwas wärmer war … Sie beschloss, das Thema beim Mittagessen anzusprechen.

Vielleicht war eine kurze Auszeit ohne die Kinder ja genau das Richtige, um Mark ein wenig von der möglichen Katastrophe abzulenken, die dem Tal durch Tin Pei drohte.

»Essen gehen wäre toll«, sagte sie. Vielleicht ergab sich, wenn sie mal ein bisschen traute Zweisamkeit genießen konnten, ja auch endlich eine Gelegenheit, über ihren Kinderwunsch zu sprechen. In letzter Zeit konnte sie kaum noch an etwas anderes denken. Von dieser erfreulichen Vorstellung angespornt, sprintete sie an Mark vorbei und trabte bergab zu den Weinbergen der Trevelyn-Schwestern hinunter.

»Hey!«, rief er ihr nach. »Was soll das?«

Sie lachte. »Fang mich doch!«

»Ah, meine Kleinen, da seid ihr ja!« Isabella ging in die Knie, breitete die Arme aus, und Luisa rannte durch den Vorgarten ihres gemieteten Cottage in Eumeralla auf sie zu. Leo war etwas zurückhaltender und blieb in der Nähe von Mark und Rose.

»Hast du uns etwas mitgebracht?« Luisas dunkle Augen glänzten vor Aufregung.

»Ich hatte noch keine Zeit auszupacken, aber ich glaube, in einem meiner Koffer könnte tatsächlich eine Kleinigkeit für euch stecken. Na, alles klar bei euch? Was macht Buttons? Reitest du ihn jeden Tag?«

»Nein, nicht jeden Tag.« Luisa schüttelte den Kopf. »Dad und Rose müssen viel arbeiten, und Astrid muss ja jetzt auch auf Max aufpassen. Aber ich bringe ihm oft Karotten.«

»Sehr gut. Und du, Leo? Komm mal her und lass dich drücken. Wie läuft's in der Schule? Gut?«

Leo gestattete seiner Mutter, ihn zu umarmen. »Ja, ganz okay«, murmelte er.

»Hört mal, warum geht ihr nicht ein bisschen spielen? Ich muss etwas mit eurem Vater besprechen.«

Luisa machte sich widerstrebend von ihr los.

»Komm mit.« Ihr Bruder nahm sie an der Hand und ging mit ihr hinters Haus. »Wir sehen nach, ob die Frösche, die wir letztes Mal entdeckt haben, noch da sind.«

Sobald sie außer Hörweite waren, drehte sich Isabella zu ihrem Exmann um, ohne Rose auch nur eines Blickes zu würdigen. »Tja, wie gesagt, Mark, ich wollte mit dir reden, wegen der Kinder. Ich möchte sie nach Spanien mitnehmen.«

»Meinetwegen, solange es nicht während der Schulzeit ist. Ich möchte nicht, dass Leo den Unterricht versäumt.«

»Äh, ich meinte, nicht bloß in den Ferien. Ich möchte, dass sie bei mir leben.«

»Was? Aber … sie sind doch hier zu Hause! Sie haben die australische Staatsbürgerschaft!«

»Sie sind zur Hälfte Spanier.«

»Aber sie sind hier aufgewachsen, auf Kalkari. Sie sprechen keine drei Worte Spanisch!«

»Ich will ja nicht, dass sie für immer bleiben. Nur ein Jahr oder so. Ich möchte ihnen eine Gelegenheit geben, meinen kulturellen Hintergrund kennenzulernen. Und zugleich will ich für meine Familie da sein. *Padre* braucht mich, er wird immer gebrechlicher.« Isabella stammte aus einem berühmten Winzerclan in Nordspanien, dessen Weingut zu den ältesten in der Provinz Navarra zählte.

»*Ein ganzes Jahr?* Bist du verrückt? Was ist mit der Schule? Mit ihren Freunden? Mit Luisas Pony?«

Rose öffnete den Mund, um etwas zu sagen, klappte ihn aber gleich wieder zu. Diese Angelegenheit mussten Mark und seine Ex unter sich klären.

»Kein Problem«, winkte Isabella ab, »sie kann auch in Spanien ein Pferd haben, wenn sie will, und Freunde werden sie dort auch finden.«

»Genügt es denn nicht, wenn sie den Sommer bei dir verbringen? Die großen Ferien?«

»Ich möchte, dass sie beide fließend Spanisch sprechen. Sprachkenntnisse sind enorm wichtig heutzutage, und eine Fremdsprache zu lernen ist gut für die Entwicklung des Gehirns und für ihre Zukunft. Sie können auf die gleiche Schule gehen wie ihre Cousins, die ist ganz in der Nähe. Und sie sollen die Gelegenheit bekommen, *la familia* kennenzulernen, schließlich hatten sie bisher kaum Kontakt zu ihrer spanischen Verwandtschaft.« Sie holte tief Luft. »Bitte, überleg es dir, Mark. Je eher ich sie zu mir nehme, desto besser – später wird es für Leo nicht mehr so einfach sein, die Schule zu wechseln. Es wird ein großes Abenteuer für sie, und du kannst ihnen den Kontakt zu ihrer Familie dort nicht verwehren.«

»Und was ist mit ihrer Familie hier?«

Isabella sah ihm fest in die Augen. »Sie leben schon sehr lange hier. Und es ist an der Zeit, dass ich ihnen Spanien zeige. Ein Jahr, mehr verlange ich gar nicht. Danach können sie wieder nach Australien ziehen.«

»Ich habe ohnehin keine Wahl, oder?«, stieß er entnervt aus. »Wann genau willst du sie mitnehmen?«

»Kommenden Monat. Bevor die *Fiesta de la Vendimia* beginnt.«

Auf dem Nachhauseweg schäumte Mark vor Wut. »Das geht mir ganz entschieden gegen den Strich«, knurrte er. »Mir ist echt schleierhaft, woher sie plötzlich diese durchgeknallte Idee hat. Bisher wollte sie Leo und Luisa doch auch nie so lange bei sich haben. Wer garantiert mir denn, dass sie sie in einem Jahr wieder gehen lässt?«

»Das ist wirklich der reinste Albtraum … Ich weiß ja, wie sehr du an ihnen hängst, und sie an dir …« Rose hatte sich zwar darauf gefreut, zur Abwechslung mal wieder Marks ungeteilte Aufmerksamkeit genießen zu können, aber so hatte sie sich das nicht vorgestellt. Sie war fast genauso geschockt wie Mark. Auch ihr graute bei der Vorstellung, die Kinder so lange nicht zu sehen. Dennoch versuchte sie, sich in Isabellas Lage zu versetzen. »Na ja, ich schätze, sie hat genauso ein Recht darauf, Zeit mit ihnen zu verbringen, wie du. Nicht, dass es das leichter machen würde …«, sagte sie. »Ich frage mich allerdings, was die Kinder davon halten werden. Leo wird vermutlich nicht sonderlich begeistert sein.«

»Wohl wahr. Leo ist so happy, seit er sein Baumhaus bekommen hat. Und in der Schule ist er auch wieder besser geworden. Ein Umzug nach Spanien wird ihn komplett aus der Bahn werfen.«

29

»Mmmnnn …«

Mattie glaubte, Kaugeräusche am anderen Ende der Leitung zu vernehmen. »Bist du das, Cara? Es klingt, als hättest du den Mund voller Murmeln.«

»Nö. Kokosschnitten à la Lamington.«

»Wo bist du denn gerade?«

»Bei meinen Eltern, die mir, unter uns gesagt, schon ziemlich auf die Nerven gehen. Mum behandelt mich wie einen Teenager. Ständig fragt sie, wo ich denn hinwill, und wenn ich zu Hause bin, rennt sie mir die ganze Zeit hinterher. Ganz ehrlich, Mattie, lang halte ich das nicht mehr aus.«

»Hervorragend.«

»Wie, hervorragend?«

»Na ja, ich wollte dich etwas fragen …«

»Mmhmmm?« Wieder hatte Cara den Mund voll Kuchen.

»Also, Folgendes: Hast du zufällig Lust, uns hier auf Kalkari zu unterstützen? Der Typ, der voriges Jahr den Betrieb in der Weinstube geleitet hat, kann diese Saison nicht, und jetzt suchen wir dringend einen Ersatz. Die Saison fängt bald an, und ich kann zwar ein bisschen aushelfen, aber eigentlich ist es eine Vollzeitstelle, und mein Bein ist nach wie vor nicht so gut belastbar. Außerdem bin ich mit der Überarbeitung der Webseite und ein paar anderen Kleinigkeiten beschäftigt. Neulich ist mir eingefallen, dass du früher mal gekellnert hast, und ich dachte, vielleicht hast du ja Interesse. Ist natürlich nicht ganz das Gleiche wie Promis für Fotoshootings zurechtzumachen, aber …« Schweigen am anderen Ende der Leitung. »Okay, vergiss es. War nur so eine Idee.«

Cara schluckte hörbar, dann sagte sie: »Machen Kängurus große Sprünge?«

»Heißt das, du kommst?«, rief Mattie begeistert.

»Jep. Wird bestimmt witzig. Ich arbeite gern mit dir zusammen, und von Sydney hab ich ehrlich gesagt schon wieder die Nase voll. Außerdem liebe ich das Shingle Valley. Es ist so … pittoresk.«

»Und die Leute hier sind so nett, nicht?«

»Ja, das ist ein zusätzlicher Anreiz«, stellte Cara trocken fest. »Also, ich bin dabei. Ach so, ich muss hoffentlich keine hässliche Uniform tragen, oder?«

Mattie lachte. »Nein, keine Sorge. Allerhöchstens eine Schürze. Und Dan kann dir das nötige Vokabular eintrichtern. Und mir gleich mit, ich weiß erschreckend wenig über die Kalkari-Rebsortenweine.«

»Na, dann ist ja alles klar. Wann soll ich anfangen?«

»Am besten vorgestern.«

Kurz vor Caras Ankunft auf Kalkari hatten die Babydoll-Schafe, die dafür sorgten, dass das Unkraut zwischen den Rebstöcken nicht anfing zu wuchern, Nachwuchs bekommen, und nun verfolgten Mattie und Cara hingerissen, wie die Jungtiere im Obstgarten hinter der Kellerei herumtollten.

»Och, sind die niedlich! Sie sehen so flauschig aus!«, rief Cara an den Zaun gelehnt. »Und diese kleinen Näschen!«

»Süß, nicht?« Mattie nickte und drückte auf den Auslöser. Seit ihre schon völlig in Vergessenheit geratene Leidenschaft für das Fotografieren wieder aufgeflammt war, ging sie kaum noch ohne Kamera aus dem Haus. Und abends informierte sie sich in Büchern, die sie in der Bibliothek von New Bridgeton ausgeliehen hatte, über Fototechnik und -gestaltung. »Aber ihre Köttel stinken trotzdem zum Himmel.«

Cara rümpfte die Nase. »Und die werden echt nicht mehr größer?« Sie deutete auf eines der Mutterschafe.

»Nein. Ich glaube, es ist eine alte englische Rasse. Frag Jake, der hat sie aufgestöbert. Angeblich eignen sie sich hervorragend als Rasenmäher.«

»Apropos, ich kann es kaum erwarten, euren sexy Jungwinzer wiederzusehen. Wo ist er abgeblieben?«

»Du wirst dich leider noch etwas gedulden müssen. Laut Mark hat sich Jake ein paar Tage freigenommen und ist zu seinen Eltern nach Adelaide gefahren. Ich glaub, sein Dad ist krank.«

Cara zog eine Schnute.

»Ende der Woche ist er wieder da, kein Grund, Trübsal zu blasen also. So, komm mit. Wir können nicht den ganzen Tag hier rumstehen und die Schäfchen bewundern. Es gibt viel zu tun.«

Und so stürzten sie sich in die Arbeit. Die Schenke war im Winter geschlossen geblieben – ein durchgehender Betrieb lohnte sich nicht, da um diese Jahreszeit kaum Touristen in diesen Teil des Tales kamen. Und wenn sich doch einmal Besucher unangemeldet nach Kalkari verirrten, wurden sie meist in die Kellerei geführt und durften dort einer Privatverkostung beiwohnen.

Im Frühling, Sommer und Herbst war dafür umso mehr los. Da wimmelte es im nördlichen Shingle Valley dann vor Gästen, die darauf brannten, einen (oder zwei oder drei) ihrer Weine zu probieren. Viele machten es sich mit einer Flasche und einer Platte mit Käse und Salami auf der Wiese gemütlich, oder sie nutzten eine der Feuerstellen, die Mark auf einer Anhöhe unweit der Kellerei gegraben hatte, um zu grillen. Die Aussicht von dort oben war spektakulär: Man konnte praktisch das gesamte Tal überblicken, bis hinüber zu den Shingle Hills.

Dan hatte sich bereit erklärt, den Mädchen alles zu zeigen, und danach würden sie die Weine verkosten, die in der Schenke zum Verkauf angeboten werden sollten.

»In den Tanks dort drüben« – er zeigte auf mehrere riesige Zylinder aus rostfreiem Edelstahl, die alles andere in der Kellerei überragten – »reifen die jungen Weißen, der Pinot gris und der Riesling.«

Mattie und Cara nickten.

»Und in den Eichenholzfässern hinter mir befinden sich, von ein paar Fässern Chardonnay einmal abgesehen, ausschließlich Rotweine: Cabernet Sauvignon, Shiraz und Pinot noir.«

Die Fässer waren in großen Gestellen neben- und übereinandergestapelt, und zwar liegend, sodass die Kreidekritzeleien auf dem Fassboden zu sehen waren.

»Wir verwenden sowohl alte als auch neue Eiche, und nachdem Mark und ich die endgültige Assemblage, also Mischung, vorgenommen haben, kommt der Wein in die

Flaschen. Sagt euch der Ausdruck ›*Angel's Share*‹, also ›Schluck der Engel‹ oder ›Engelsanteil‹, etwas?«

Cara schüttelte den Kopf. »Nie gehört.«

»So nennen wir den kleinen Anteil, der im Laufe der Zeit verdunstet. Doch diesen Schwund nehmen wir gern in Kauf, denn das, was in den Fässern zurückbleibt, schmeckt dafür umso kräftiger.«

Cara lächelte. »Was für ein süßer Name für das Phänomen.«

»Als Kind war ich überzeugt, dass tatsächlich ein paar Engel auf die Erde herunterschweben und sich ein bisschen Wein stibitzen«, berichtete Mattie lachend. »Ich habe Dad immer wieder gefragt, wann sie denn kommen, weil ich unbedingt aufbleiben wollte, um sie zu sehen.«

Als Nächstes folgten sie Dan ins Büro, wo er mit ihnen die Verkostungsnotizen zu den diversen Weinen durchgehen wollte. »Die meisten Leute wollen während der Verkostung ohnehin nur ein paar Sätzchen zu jedem Wein hören. Ihr werdet rasch merken, woran man die erkennt, die mehr wissen wollen. Aber seid im Zweifelsfall lieber etwas zurückhaltender. Die meisten Gäste kommen mit Freunden oder mit ihrem Partner und wollen sich einfach ein bisschen amüsieren. Natürlich kommt es auch mal vor, dass ein notorischer Besserwisser mit seinen Kenntnissen prahlen will und Fangfragen stellt. Übrigens meistens Männer.« Er musterte Cara. »Aber ich schätze mal, du lässt dich nicht so leicht ins Bockshorn jagen.«

Er trat an einen Tisch, auf dem zwei Reihen kleiner Degustationsgläser sowie ein Spuckgefäß bereitstanden, griff nach der ersten Flasche und schenkte ein. »Also gut, Ladys, fangen wir an.«

»O Mann, hier ist es ja staubiger als in einem ägyptischen Pharaonengrab!«, stöhnte Cara, als sie sich ein paar Stunden später ans Polieren der Gläser in der Weinstube – immerhin über hundert Stück – machten, von denen die meisten nach der langen Pause angelaufen waren.

»Also, ich fand die Spinnen weitaus schlimmer.« Mattie schauderte. Sie hatten hinter der Theke ein regelrechtes Nest mit Hundertschaften von winzigen schwarzen Achtbeinern entdeckt. Bei dem Gedanken daran bekam sie bestimmt noch eine Woche lang Gänsehaut. Sie hatten Dan um Verstärkung gebeten, und der war den Viechern mit einer Dose Insektenvertilgungsmittel zu Leibe gerückt. Erst ein paar Stunden später hatten sie sich wieder in die Schenke gewagt, nachdem Dan ihnen versichert hatte, dass sie auf keine weiteren Exemplare der krabbelnden Geschöpfe, vor denen sie sich so ekelten, treffen würden.

»Meinst du, Mark würde sich dazu überreden lassen, das Mobiliar zu erneuern?« Cara betrachtete die altmodischen schmiedeeisernen Stühle und die dunklen Holztische, von denen einige definitiv schon bessere Tage gesehen hatten. »Vielleicht etwas Moderneres, das eher ins einundzwanzigste Jahrhundert passt?«

»Ich werde versuchen, ihn heute Abend mal darauf anzusprechen. Was schwebt dir denn so vor?«

Cara brauchte keine weitere Ermutigung. Mit dem geübten Blick einer Stylistin machte sie eine kurze Bestandsaufnahme des Lokals mit seinen ockerfarbenen Wänden und den muffigen Vorhängen vor den großen Fenstern, die eine herrliche Aussicht über das Tal boten. »Also, man sollte zumindest die Wände streichen, hellgrau mit weißen Bordüren vielleicht, und die Vorhänge müssen raus. Und ein paar Sitzkissen für die Bänke auf der Veranda würden sicher auch nicht schaden.«

Noch am selben Abend legte Cara Mark ein paar Entwürfe vor, aus denen hervorging, wie man die Schenke ihrer Meinung nach umgestalten konnte, und zu ihrer Überraschung stimmte er ihr in allen Punkten zu. »Das steht schon seit einer Weile auf meiner To-do-Liste, aber ich bin einfach noch nicht dazu gekommen, außerdem haben mir schlicht die Ideen gefehlt. Und ehrlich gesagt habe ich zurzeit ganz andere Sorgen.« Er seufzte. »Okay, tobt euch ruhig aus, solange ihr das Budget nicht überstrapaziert.«

Cara sah aufgeregt zu ihrer Freundin hinüber. »Ich liebe nichts so sehr, wie Leuten oder Orten eine Verjüngungskur zu verpassen.«

»Was du nicht sagst«, erwiderte Mattie grinsend.

Gegen Ende der Woche waren die beiden erschöpft und hatten so einige Farbspritzer abbekommen, aber dafür sah die Schenke aus wie neu. Das Licht, das durch die Fenster hereinströmte, wurde von den frisch gestrichenen Wänden zurückgeworfen, und sie hatten Rob, dem Schreiner, je zwei lange Tische samt Bänken in Auftrag gegeben, die rechts und links der Tür stehen sollten. Außerdem hatte Cara neben neuen Lampen für den Innenbereich auch einen grafitgrauen Stoff aufgetrieben, aus dem sie Sitzkissen für die Bänke draußen nähen ließ.

»Wow. Es wirkt viel größer und freundlicher«, stellte Rose fest, als sie das neue Interieur bewunderte. »Das habt ihr echt toll hingekriegt. Vor allem die neuen Lampen finde ich schön. Mark ist bestimmt auch sehr angetan, wetten?«

»Vielleicht ist er dann mal wieder etwas besser gelaunt«,

bemerkte Mattie. Wobei die bevorstehende Abreise der Kinder und das Fracking-Thema bei ihnen allen für gedrückte Stimmung sorgten.

30

Rose hatte für den Vorabend der Abreise von Leo und Luisa ein Familienessen geplant und dazu neben Cara, Astrid, Thommo und Max auch Jake eingeladen, der nachmittags aus Adelaide zurückgekehrt war. Rose bemühte sich sehr, eine festliche Atmosphäre zu schaffen, obwohl sich Leo ganz offensichtlich überhaupt nicht darüber freute, am darauffolgenden Tag mit seiner Mutter nach Spanien zu fliegen. Er war schon die ganze Woche sehr in sich gekehrt gewesen und hatte auch das Packen rundheraus verweigert, weshalb am Ende Rose seinen Schrank nach passenden Kleidern durchforstet und einen Stapel Shorts und T-Shirts in einen Koffer gelegt hatte, der nun an der Tür zu seinem Schlafzimmer stand. Während sie ein paar von Luisas Kleidchen und Strickjacken zusammenlegte, war sie selbst derart von Gefühlen übermannt worden, dass sie sich kurz auf das Bett setzen und ein paarmal tief hatte durchatmen müssen, um nicht in Tränen auszubrechen. Wer hätte gedacht, dass sie sich das alles so zu Herzen nehmen würde?

»Kann ich dir noch irgendwie helfen?« Mattie trat zu Rose, die gerade in der Küche am Herd stand und in einem großen gusseisernen Topf rührte. »Mmm, wie das duftet! Was gibt's denn zum Abendessen?«

»Potage Saint-Germain«, erwiderte Rose. »Eine Art

Erbsensuppe. Die gab es oft im Rustica, dem Restaurant in Bondi, das meinem Kumpel Philippe gehört. Ich wollte sie mal ausprobieren, ehe ich sie den Gästen in Trevelyn's Pantry vorsetze. Und Mark hat mir ein paar Yabbie-Krebse gebracht, aber um die kümmere ich mich erst am Schluss.«

»Okay, was auch immer es ist, es riecht jedenfalls ungemein appetitlich«, sagte Mattie.

Rose lachte. »Das dürfte der Knoblauch sein. Als Hauptgang gibt es nämlich Ossobuco – und Safranrisotto, für die Kinder. Reis geht immer, auch wenn ihnen der Rest nicht so zusagt.« Sie rührte mit der anderen Hand in einem zweiten Topf, in dem der Reis in der Brühe vor sich hin köchelte.

»Soll ich dich ablösen?«

»Gern, dann geh ich schnell nach oben und ziehe mich um. Bei Bedarf kannst du noch etwas Brühe nachgießen.«

Im Korridor lief ihr Mark über den Weg. »Hey, na, alles klar?«

Seine Stirn war von Sorgenfalten durchzogen, wie so oft in den vergangenen Wochen. Er zuckte die Schultern.

»Ach, Mark, ich wünschte, ich könnte irgendetwas sagen, um dich zu trösten.« Sie schlang die Arme um ihn und zog ihn an sich. Sie liebte es, wie perfekt sich ihre Körper aneinanderschmiegten, geradeso, als wären sie zwei Hälften eines Ganzen.

»Ich weiß. Es tröstet mich schon, dass du da bist«, murmelte er in ihr Haar. Dann machte er sich widerstrebend von ihr los. »Tja, mir bleibt nichts anderes übrig, als mich zu fügen. Sie ist die Mutter, und ich kann sie nicht davon abhalten, Leo und Luisa ihre spanischen Wurzeln näherzubringen und sie mit ihrer Familie bekannt zu machen. So etwas ist wichtig für Kinder.«

»Natürlich, auch wenn es dadurch kein bisschen leichter wird, sie ziehen zu lassen, schon gar nicht für ein ganzes Jahr. Aber dass du so reagiert hast, macht es auf lange Sicht für die Kinder sicher einfacher.«

»Zumindest werden sie uns in den Weihnachtsferien besuchen. Das hat sie mir versprochen.«

»Stimmt, und du wirst sehen, die Zeit bis dahin wird vergehen wie im Flug.«

»Ich hab mir erlaubt, noch ein hungriges Maul mehr mitzubringen«, verkündete Thommo, als er zur Tür hereinkam. Charlie, der neben ihm stand, schenkte Rose ein entschuldigendes Lächeln. »Ich hoffe, ihr habt nichts dagegen, wenn ich mich aufdränge.«

»Nicht, wenn du Wein mitbringst.« Mark trat zu ihm und schüttelte ihm die Hand.

»Du bist uns immer willkommen, Charlie«, sagte Rose. »Auf einen Esser mehr kommt es hier nicht an.«

»Ich wollte dich ohnehin mal ein bisschen über Bordeaux ausfragen«, sagte Mark. »Hast du Marie-Claire gar nicht mitgebracht?«

Charlie schüttelte den Kopf. »Nein, die … ähm … wollte lieber früh ins Bett.«

Beim Essen ging es hoch her. Max thronte in einem Kinderstuhl am unteren Ende des langen Mahagonitisches, flankiert von Astrid und Thommo, Luisa saß zwischen Mattie und Cara, Jake und Charlie hatten ihnen gegenüber Platz genommen, und Leo gesellte sich zu Rose und seinem Vater, der am Kopfende saß. Die Suppe kam bei allen gut an, selbst bei Max, der Nachschub verlangte, indem er mit dem Löffel auf den Tisch klopfte. Rose spürte, wie sich ihr Herz zusammenzog beim Anblick des süßen kleinen Rackers, der seinem Vater wie aus dem Gesicht geschnitten war.

Charlie sah zu Mattie hinüber. »Na, besuchst du Shakira hin und wieder?«

»Mhm.« Sie nickte, den Mund voller Suppe. »Ziemlich oft sogar. Danke noch mal, dass sie bei euch auf der Koppel bleiben darf.«

»Kein Problem. Sie scheint die Gesellschaft unserer Pferde zu genießen. Was meinst du, wann kannst du wieder reiten?«

Rose sah, wie Mattie mitten in der Bewegung erstarrte.

»Gib dir einen Ruck«, sagte Charlie. »Früher oder später musst du wieder in den Sattel steigen. Ich komme mit, wenn du willst.«

»Ich überleg's mir.«

Sobald die leeren Suppenteller weggeräumt waren, stellte Rose zwei große Schüsseln mit Risotto und geschmortem Rindfleisch auf den Tisch. »Lasst es euch schmecken!«

Jake schenkte ihnen von dem Wein nach, den er aus Adelaide mitgebracht hatte. »Bin gespannt, was du davon hältst, Boss. Es weht ein frischer Wind in der Gegend um die Mount Lofty Ranges. Gar nicht übel, was die Leute dort so fabrizieren, wenn du mich fragst.«

»Wie geht es denn deinem Vater, Jake?«, erkundigte sich Rose.

»Nicht so besonders. Er müsste dringend ein bisschen kürzertreten, sein Herz schonen, aber auf dem Ohr ist er taub. Mum hat alle Hände voll damit zu tun, ihn im Haus zu behalten.«

»Das tut mir leid zu hören. Aber es war bestimmt trotzdem schön, sie mal wieder zu sehen, oder?«

»Ja. Ich besuche die beiden nicht sehr oft, und irgendwie wirken sie jedes Mal ein bisschen gebrechlicher, wenn ich sie sehe. Da merkt man erst, wie die Zeit vergeht.«

»Ich weiß genau, was du meinst.« Mattie dachte an ihre Eltern.

Cara, die gegenüber von Jake saß, war heute ungewöhnlich schweigsam.

Mattie sah zu Rose, der auch nicht entgangen war, wie sehr sich die beiden zueinander hingezogen fühlten. Rose wusste nur zu gut um Jakes Ruf – sie musste immer noch grinsen, wenn sie an Gabriellas Hochzeit dachte –, aber wenn eine Frau dieser Herausforderung gewachsen war, dann Cara. Wenn man es genau bedachte, waren sie wie füreinander geschaffen. Wenn das zwischen ihnen allerdings noch etwas werden sollte, dann mussten sie früher oder später die vollkommen untypische Scheu überwinden, die sie neuerdings befiel, sobald sie sich im selben Raum befanden.

»Dürfen wir ein bisschen mit Barnsie raus?«, fragte Leo, als sie fertig gegessen hatten. Astrid war nach oben gegangen, um Max schlafen zu legen, und Jake, Thommo, Mark und Charlie waren in ein Gespräch vertieft, in dem es mal wieder darum ging, ob und wie man das gesamte Shingle Valley zur Schutzzone erklären lassen konnte. Rose hatte nur mit halbem Ohr zugehört.

»Natürlich, Leo«, sagte sie, wohl wissend, wie sehr Leo seinen kleinen Hund vermissen würde, der quasi sein ständiger Begleiter war. »Aber pass auf deine Schwester auf, ja? Und geht nicht zu weit, es ist schon dunkel, und ihr müsst bald ins Bett.«

Mark war nicht der Einzige, dem es schier das Herz brach, dass Isabella die Kinder nach Spanien mitnahm. Rose hatte jetzt dreieinhalb Jahre lang fast durchgehend als Ersatzmutter für Leo und Luisa fungiert und liebte die beiden, als wären sie ihre eigenen. Der bevorstehende Abschied von ihnen hatte die Sehnsucht nach einem eigenen Kind nur noch verstärkt; der Gedanke daran beschäftigte sie inzwischen fast rund um die Uhr, ganz egal ob beim Teigkneten, bei der Zubereitung einer Soße, beim Unkrautjäten im Gemüsegarten oder auf der Fahrt über die Eumeralla Road zu ihrem Restaurant. Sie malte sich aus, wie es wohl wäre, mit einem Baby im Tragetuch draußen die Wäsche aufzuhängen oder in der Küche am Herd zu stehen, während ein grünäugiges Kleinkind mit einem Holzlöffel auf dem Boden herumklopfte. Allerdings war ihr vollauf bewusst, dass es keinen Sinn hatte, das Thema jetzt anzusprechen. In den nächsten Monaten würden Mark und sie zwar deutlich mehr Zeit füreinander haben, aber das Timing wäre denkbar schlecht – Rose wollte auf gar keinen Fall den Eindruck vermitteln, dass sie dachte, die Abwesenheit von Leo und Luisa könne durch ein Baby kompensiert werden. Denn das war schlicht unmöglich – man konnte ein Kind nicht einfach durch ein anderes ersetzen.

Sie erhob sich und begann, den Tisch abzuräumen. Obwohl der Wein köstlich gewesen war, hatte sie Kopfschmerzen und sehnte sich nach ihrem gemütlichen Bett. Die anderen Erwachsenen saßen noch immer am Tisch, Thommo öffnete gerade eine neue Flasche Wein. Das konnte noch dauern.

»Möchte jemand Tee?«, fragte Rose trotzdem.

»Gern«, sagte Mattie. »Aber überlass das Aufräumen mir. Du siehst total erledigt aus. Du hattest in letzter Zeit wohl ein bisschen zu viel um die Ohren, mit dem Restaurant und der Verköstigung von so vielen Leuten hier …«

Rose lächelte. »Kann sein, aber es macht mir riesigen Spaß. Und Leo und Luisa werden mir fürchterlich fehlen.«

»Geht mir genauso … Jetzt, wo ich sie endlich etwas besser kennengelernt habe, ziehen sie plötzlich so weit weg.«

Nachdem sie ihren Tee getrunken hatte, rief Rose die Kinder herein. Sie kamen noch einmal ins Speisezimmer, um den Gästen Gute Nacht zu sagen, dann brachte Mark sie nach oben.

Eine Stunde – und eine Flasche Wein – später holten Astrid und Thommo den schlafenden Max und fuhren nach Hause. Charlie schloss sich ihnen an.

»Ich sollte ebenfalls ins Bett gehen«, stellte Jake gähnend fest. »War ein langer Tag.«

»Ich bin auch hundemüde«, sagte Cara. »Und ich hab einen ordentlichen Muskelkater, nachdem ich die ganze Woche abwechselnd den Besen und den Malerpinsel geschwungen habe.«

»Wieso das denn?«, wollte Jake wissen.

»Cara und Mattie haben sich bei der Renovierung der Weinstube selbst übertroffen«, berichtete Mark. »Ich hab nicht schlecht gestaunt, als ich vorhin drüben war. Am besten siehst du es dir gleich mal selbst an.«

Jake sah zu Cara. »Kommst du mit?«

Sie nickte.

»Okay, Boss, gute Nacht. Wir sehen uns dann am Montag. Rose, danke für das tolle Abendessen«, sagte Jake, dann machten sie sich auf den Weg.

Obwohl sie schon beinahe im Stehen einschlief, beschloss Rose, Mattie noch eben zur Scheune zu begleiten, um ein Buch zu holen, das sie dort vergessen hatte. Außerdem wollte sie die Gelegenheit nutzen, unter vier Augen mit ihr zu reden, zum Beispiel darüber, dass Charlie allein aufgetaucht war. »Und?«, sagte sie, sobald sie die Küche verlassen hatten.

»Was, und?«

»Na, Marie-Claire …« Sie warf Mattie einen vielsagenden Blick zu.

»Ja, ich weiß, aber ich kann mir nicht vorstellen, dass das etwas zu bedeuten hat. Jeder hat das Recht, gelegentlich mal einen Abend allein zu Hause zu verbringen, nicht?«

»Ja, schon, aber ich möchte wetten, es ist irgendetwas passiert.«

Mattie schnaubte und schüttelte den Kopf. »Das glaube ich kaum. Sie haben ziemlich verliebt herumgeturtelt, als ich sie das letzte Mal zusammen gesehen habe.«

»Man kann nie wissen.«

»Wenn, dann hat es jedenfalls nichts mit mir zu tun«, sagte Mattie.

Rose hob eine Augenbraue. Ihr war nicht entgangen, wie Mattie Charlie ansah, wenn sie sich unbeobachtet fühlte, und umgekehrt verhielt es sich genauso.

Ein paar Minuten später stürmte Cara zur Tür herein. »Ist das zu fassen?«, echauffierte sie sich.

Rose und Mattie fuhren erschrocken zusammen.

»Nichts! Es ist absolut gar nichts passiert. Habe ich die Signale falsch interpretiert? Ich war ganz sicher, dass er mich heiß findet, aber wie es aussieht, sind meine besten Tage vorbei.« Sie wirkte überrascht und gekränkt. »Er hat bloß irgendwas von biodynamischer Landwirtschaft gelabert, von wegen bei Vollmond wachsen Pflanzen schneller, weil die Erde feuchter ist, und so. Mal ganz im Ernst – was ist denn das für eine lahme Anmache?«

»Vielleicht will er ja bloß nichts überstürzen?«, sagte Rose.

»Nichts überstürzen? Na, hör mal, das passt doch überhaupt nicht zu dem, was man sich sonst so über ihn erzählt.«

»Na ja, vielleicht ist es Jake mit dir ja ein bisschen ernster.«

»Willst du mich auf den Arm nehmen?«

»Nein, wäre das denn so schlimm?«, fragte Rose. »Vielleicht ist er ja genau deshalb so zurückhaltend, weil er mehr möchte als eine unverbindliche Affäre.«

»Ich bitte dich«, meldete sich Mattie zu Wort, ehe Cara den Mund aufmachen konnte. »Das glaubst du doch selber nicht. Jake gehört – wie Johnny übrigens auch – zu den Männern, die Frauen so lange bezirzen, bis sie sie erobert haben, und sobald es das erste Mal Probleme gibt, nehmen sie die Beine in die Hand. Ich möchte wetten, Charlie ist ganz genauso.«

»Ach, Mattie ...« Rose seufzte bekümmert. »Nicht alle Männer sind Mistkerle.«

»Johnny war definitiv einer.«

»Okay, der war ganz offensichtlich ein Arsch mit Ohren. An solche bin ich durchaus auch geraten. Mehrfach sogar. Ich kann dir gar nicht sagen, was für ein Flachwichser der Typ war, mit dem ich vor Mark zusammen war. Aber das heißt noch lange nicht, dass sie alle so sind.«

»Tja, ich rechne jedenfalls nicht mehr damit, dass noch irgendwann der Richtige daherkommt. Allein bin ich ohnehin besser dran.«

»Aber man kann doch trotzdem ein bisschen Spaß haben, nicht?«, meldete sich Cara zu Wort. »Das Leben ist zu kurz, um sich deswegen zu grämen, Süße. Nimm es einfach, wie es kommt.«

»Du hast leicht reden«, brummte Mattie.

31

Der Morgen begann bereits hektisch. Rose fühlte sich total gerädert, obwohl sie tief und fest geschlafen hatte. Benommen taumelte sie durch die Küche, räumte die letzten Reste des Abendessens weg und machte Pancakes für die Kinder. Sie kam sich vor wie ein Zombie. So erschöpft war sie das letzte Mal gewesen, als sie in einem Londoner Café Doppelschichten geschoben hatte. Aber damals hatte sie sich fast ausschließlich von Kuchen und Doughnuts ernährt und einen Zuckerschock nach dem anderen gehabt. Das hatte sich grundlegend geändert. Warum also diese lähmende Müdigkeit? Einen Kater konnte sie beim besten Willen nicht haben – nach dem ersten Glas Wein hatte sie keine Lust mehr auf Alkohol gehabt, obwohl gleich mehrere ausgezeichnete Tropfen auf dem Tisch gestanden hatten. Und wo blieben eigentlich die Kinder? »Leo! Luisa! Kommt runter!«, rief sie nun schon zum dritten Mal vom Fuß der Treppe aus. »Es gibt Pancakes, euer Lieblingsfrühstück.«

Stille. Merkwürdig. Zumindest Luisa wäre normalerweise spätestens jetzt angetrabt gekommen. Rose sah auf ihre Armbanduhr. Schon acht. Um diese Zeit waren sie sonst längst auf. Mit einem flauen Gefühl im Magen schaltete Rose die Herdplatte aus und ging nach oben.

Leos Zimmer war leer. Sie hastete den Korridor entlang

zu Luisas Zimmer. Ebenfalls leer. Schnell rannte sie wieder ins Erdgeschoss, wo sie auf Mark stieß, der eben vom Joggen zurückkam. »Die Kinder sind verschwunden!«, keuchte sie. »Ich fürchte, sie sind weggelaufen!«

»Was? Wohin denn?« Mark fuhr sich mit den Fingern durchs Haar, die Augen vor Schreck geweitet. »Das darf doch nicht wahr sein!«

»Ich war gerade oben, weil sie nicht zum Frühstück gekommen sind. Ihre Zimmer sind leer. Als ich gestern ins Bett gegangen bin, hab ich noch mal nach ihnen gesehen, da waren sie noch da.«

Mark sagte nichts. Rose starrte ihn an. *Und was jetzt?*, fragte sie sich in heller Panik. »Meinst du, sie sind tatsächlich weggelaufen? O Gott … Es war ja mehr als offensichtlich, dass Leo nicht nach Spanien wollte, aber … Glaubst du, er hat Luisa mitgenommen?« Ihr Herz raste.

»Lass uns mal in Ruhe überlegen, wo sie sein könnten«, sagte Mark, obwohl er genauso besorgt wirkte wie sie.

»Weit können sie nicht gekommen sein, nicht mitten in der Nacht. Meinst du, sie sind zur Kellerei rübergegangen?«

»Wohl kaum.« Mark schüttelte den Kopf. »Die war abgeschlossen.«

»Und die Schenke?«

»Ebenfalls.«

Rose hatte einen Kloß im Hals bei der Vorstellung, die beiden könnten den ganzen Weg bis zum Ende der Auffahrt gelaufen und in der Dunkelheit die Eumeralla Road entlanggewandert sein. »Sie haben ihre Kissen und eine Decke mitgenommen, und Leos kleine Reisetasche fehlt auch.«

»Ich verständige wohl besser gleich mal die Polizei.«

Mark griff nach seinem Handy. »Sie könnten weiß Gott wo sein.«

Zwanzig Minuten später war draußen auf dem Hof das Knirschen von Reifen auf Kies zu hören. Rose ging vor die Tür, wo Brock Doyd gerade seinen Streifenwagen abrupt zum Stehen brachte.

»Ich habe eine Mitteilung an sämtliche Kollegen in Eumeralla und Umgebung herausgegeben«, verkündete er, als er ausstieg. »Wenn sie irgendwo hier in der Gegend sind, wovon ich ausgehe, werden wir sie finden.«

Seine Worte beruhigten Rose zumindest ein kleines bisschen. »Danke.«

»Haben Sie ihre Freunde und Mitschüler kontaktiert? Leute, die sie gesehen haben oder mit denen sie darüber geredet haben könnten, was sie vorhaben?«

»Ja, ich habe alle abtelefoniert, die mir eingefallen sind. Keiner hat sie gesehen, und Leo hat auch niemandem etwas Ungewöhnliches erzählt, mal abgesehen davon, dass er nach Spanien ziehen wird.«

»Hmmm. Okay, wir brauchen Freiwillige für eine Suchmannschaft. Ich setze gleich mal einen entsprechenden Aufruf an die Bevölkerung ab«, sagte Doyd und sah flüchtig zum nahe gelegenen Stausee hinüber, der in der Morgensonne glitzerte, worauf Rose erneut in Panik geriet. »Haben Sie schon überall auf dem Grundstück nachgesehen? Kinder verstecken sich oft an den ungewöhnlichsten Orten.«

Just in diesem Moment erspähte Rose auf der Einfahrt einen weiteren Wagen. O Gott. Isabella. Die hatte ihnen gerade noch gefehlt. Und ausgerechnet heute war sie zu früh dran.

»Hallo, Mark. Sind die Kinder startklar?«, fragte Isabella, noch ehe sie richtig ausgestiegen war. »Ich möchte möglichst bald aufbrechen.« Sie musterte den Polizisten neugierig.

»Es tut mir leid, aber wir … ähm … wir wissen nicht, wo sie sind«, gestand Mark kleinlaut.

»Was? Das glaub ich nicht!«, fauchte sie. »Da sieht man mal wieder, was für ein Mangel an Disziplin hier herrscht! Es ist zweifellos höchste Zeit, dass ich meine Kinder zu mir hole, ehe sie noch total verwildern.«

»Das reicht jetzt, Isabella.« Marks Tonfall war ruhig, aber kühl. »Es bringt uns nicht weiter, wenn wir hier mit unnötigen Anschuldigungen um uns werfen. Ich könnte nämlich genauso gut behaupten, dass Leo und Luisa weggelaufen sind, weil sie um keinen Preis nach Spanien wollen.«

Was sogar ziemlich wahrscheinlich ist, dachte Rose, während Isabella ihren Ex konsterniert anglotzte.

»Und, wie wollt ihr sie finden? Wir dürfen auf gar keinen Fall unseren Flug verpassen.«

»Genau deshalb haben wir Officer Doyd kommen lassen.« Mark deutete auf den Polizisten. »Er wollte uns gerade darüber informieren, welche Schritte als Nächstes unternommen werden.«

»Es tut mir schrecklich leid, Isabella«, sagte Rose. »Wir hatten keine Ahnung, dass Leo etwas in der Richtung im Schilde führt, ehrlich. Gestern Abend waren sie beide noch da. Ich habe vor dem Zubettgehen nach ihnen gesehen. Wir sind außer uns vor Sorge. Ich kann mir gut vorstellen, welche Ängste du ausstehst …« So viel hatte sie noch nie am Stück zu Isabella gesagt.

»Ich wage zu bezweifeln, dass du dir das vorstellen kannst, schließlich bist du keine Mutter«, konterte Isabella.

Ihre Worte trafen Rose bis ins Mark, doch sie erwiderte nichts, sondern wandte sich ab und murmelte, zu Mark gewandt: »Ich bin im Haus, falls du mich brauchst.«

32

»Sie sagen also, Sie haben gegen Mitternacht noch einmal nach Ihnen gesehen und dass sie verschwunden sind, ist Ihnen erst heute früh« – Officer Doyd warf einen Blick auf seinen Notizblock – »so gegen acht aufgefallen? Und Sie haben wirklich überall nachgesehen?«

Mattie, die gerade zu ihnen gestoßen war, blickte zu Mark, der noch einmal angestrengt nachdachte, ehe er sagte: »Wir haben das ganze Haus abgesucht. Sogar unter den Betten und in den Schränken haben wir nachgesehen. Nichts. Ich bin sicher, sie sind weggelaufen. Das ist die einzige Erklärung.«

»Sie sollten sich keine allzu großen Sorgen machen«, sagte Doyd. »Sie können nicht weit sein.«

»Genau das ist es ja, was mich beunruhigt«, erwiderte Mark mit grimmiger Miene.

»Wie wär's, wenn wir uns aufteilen und jeder von uns einen Teil des Tales durchkämmt?«, regte Isabella an.

Mark nickte zustimmend. »Gut. Kommt, wir gehen rein und legen uns eine Strategie zurecht.« Er drehte sich zur Tür um und bedeutete den anderen, ihm zu folgen.

Mattie wollte ihnen hinterher, doch dann fiel ihr etwas ein, und sie überquerte stattdessen den Hof und humpelte, so schnell es ging, den Schotterweg entlang bis zur Auffahrt auf die Eumeralla Road. Vor dem großen Amberbaum dort blieb sie stehen und spähte zu Leos Baumhaus empor.

»Leo? Bist du da oben? Leo!«, rief sie. »Komm schon, Kumpel! Ich weiß, dass du da oben bist …«

Statt einer Antwort ertönte nur das Zwitschern einer Amsel.

»Na gut, dann komme ich eben rauf.« Ohne einen Gedanken an ihr noch immer geschwächtes Bein oder ihre Schulter zu verschwenden, schwang sich Mattie auf das unterste der Holzbretter, die als Leiter dienten, und kletterte zur Hütte hinauf. Es war anstrengender als erwartet. Schnaufend erreichte sie den Eingang und spähte ins Innere. Im Halbdunkel war ein Gewirr aus Decken und Kissen in der Ecke zu erkennen.

»Na, ihr zwei? Was treibt ihr denn hier?«, fragte sie gerührt.

Und siehe da, der Deckenhaufen bewegte sich, und eine Kinderstimme murmelte etwas Unverständliches. Bingo.

»Leo, mein Schatz, mir ist schon klar, dass du viel lieber hierbleiben würdest, aber wer weiß, vielleicht ist es in Spanien ja sogar ganz schön. Und es ist doch bloß für ein Jahr.«

Schweigen. Mattie biss sich auf die Lippe. Armer Junge. Er konnte einem wirklich leidtun.

»Hin und wieder müssen wir alle Dinge tun, auf die wir keine Lust haben«, fuhr sie fort. »So ist das nun mal. Und dann muss man die bittere Pille eben schlucken, auch wenn sie schmeckt wie ein toter Dingo, wie dein Granddad immer sagt.«

Mattie vernahm ein Geräusch, das halb Lachen, halb Ächzen war, dann tauchte Leos Kopf aus dem Deckenhaufen auf. Die Haare standen ihm in sämtlichen Richtungen vom Kopf ab. Neben ihm richtete sich Luisa auf. »Guten Morgen, Liebes«, sagte Mattie. »Das war wohl eine ziemlich aufregende Nacht, was?«

Die Kleine nickte und steckte den Daumen in den Mund.

Mattie sah zu Leo. »Weißt du, manchmal würden wir alle am liebsten weglaufen. Mir jedenfalls war schon oft danach. Aber früher oder später muss man tapfer sein und sich der Herausforderung stellen.«

»Aber was ist mit meiner Fußballmannschaft?«, stieß Leo mit einer Sorgenfalte auf der Stirn hervor. »Die Jungs brauchen mich. Es sind nur noch drei Spiele bis zum Saisonende, und vielleicht kommen wir ja ins Finale. Und überhaupt, wenn ich jetzt weggehe, lassen sie mich womöglich nächstes Jahr nicht mehr ins Team!«

Mattie seufzte. »Doch, doch, keine Sorge. Du wirst ihnen fehlen, so viel steht fest, und ich bin ganz sicher, dass du nächstes Jahr wieder ins Team kommst.«

»Woher willst du das wissen?«, fragte er gepresst, sichtlich den Tränen nah. »Vielleicht finden sie ja einen Ersatzmann für mich, und dann bin ich raus.«

»Ich hab eine Idee: Wir rufen deinen Trainer an und reden mit ihm, ja?«

»Versprochen?«, fragte Leo, wirkte aber nicht mehr ganz so verzweifelt.

»Na klar. Großes Pfadfinderehrenwort. So, und jetzt kommt runter, ja? Es ist nämlich ganz schön anstrengend, hier auf diesem Brett zu balancieren. Außerdem hat Rose Pancakes gemacht. Das ist doch euer Lieblingsfrühstück, oder? Und eure Mum ist auch schon da.«

»Okay.« Er nickte resigniert und reichte ihr die Decke und die Kissen. Mattie warf sie kurzerhand auf die Wiese unter dem Baum, dann streckte sie die Arme nach Luisa aus. Mittlerweile schmerzte ihr Bein. Hoffentlich schaffte sie es mit der Kleinen heil über die Leiter.

»So ist es gut, Liebes«, sagte sie, während Luisa zögernd auf sie zukam. »Dreh dich einfach um, und dann klettern wir gemeinsam runter, ja?«

»Su hoch«, nuschelte das Mädchen, ohne den Daumen aus dem Mund zu nehmen.

»Keine Sorge, ich bin ja da. Ich helfe dir. Also, komm, Kleines. Komm zu Tante Mattie.«

Luisa kniete sich hin, und Mattie legte ihr den freien Arm um die Taille, um sie zu stützen, und so stiegen sie in Zeitlupe Sprosse um Sprosse nach unten.

Leo folgte ihnen und hob die Decke und die Kissen vom Boden auf, und dann machten sie sich zu dritt auf den Weg zum Haus.

Die Erleichterung war riesengroß, als Mattie mit Luisa an der Hand in die Küche trat. Mark sprang auf, um die Kinder zu umarmen, und Rose blinzelte verstohlen ein paar Tränen weg.

»Wo waren sie denn?« Isabella musterte erst Mattie und dann Leo vorwurfsvoll. »Ist dir eigentlich klar, dass wir uns alle große Sorgen um euch gemacht haben?«

»Es ist alles bestens, Isabella. Leo und Luisa wollten ihre letzte Nacht im Baumhaus verbringen, stimmt's, Kumpel?«, sagte Mattie beschwichtigend. »Er hat es mir gestern erzählt, und ich Dummerchen hab total vergessen, es euch zu sagen«, schwindelte sie und sah zu Mark.

»Das stimmt, Mum. Es geht uns gut«, sagte Leo. »Wir wollten bloß einmal im Baumhaus übernachten.«

Mark drehte sich zu dem Polizisten um. »Tja, Officer, tut mir sehr leid, dass wir Sie umsonst herbemüht haben.«

»Na ja, besser so als anders, oder? Dann kann ich ja jetzt

gehen.« Officer Doyd zückte sogleich sein Handfunkgerät, um die Suchaktion abzublasen, und machte sich vom Acker.

»Okay«, sagte Rose mit aufgesetzter Fröhlichkeit und trat zum Herd. »Ihr habt bestimmt einen Bärenhunger, Kinder. Pancakes?«

Nach dem Frühstück, bei dem sie alle eher wortkarg waren, was wohl auch an Isabellas Anwesenheit lag, war es Zeit für den Aufbruch.

»Wiedersehen, mein Schatz. Amüsier dich schön in Spanien«, sagte Rose und drückte Leo heftig blinzelnd an sich. Er ließ es mit einem traurigen Hundeblick geschehen. »Du wirst sehen, im Handumdrehen ist Weihnachten.« Sie machte sich von ihm los und lächelte ihm aufmunternd zu. Luisa hatte die Ärmchen weinrankengleich um die Beine ihres Vaters geschlungen. Er hob sie hoch, um sie zu herzen.

»Wiedersehen, Liebes«, murmelte er sichtlich bewegt und reichte sie dann an Rose weiter. Die Kleine klammerte sich wie ein Äffchen an sie.

»Ach, Süße, du wirst sehen, es wird ganz toll bei deiner Mummy in Spanien.« Rose drückte sie noch einmal fest an sich und setzte sie dann auf dem Boden ab. Luisa verpasste ihr einen feuchten Schmatz auf die Wange, dann machte sie sich von ihr los und lief zu ihrer Mutter.

»Vergesst nicht, Buttons zu füttern«, krähte sie gleich darauf durch das offene Autofenster. »Äpfel mag er am liebsten.« Abgesehen von der Sorge um ihr Pony schien ihr der Umzug nach Spanien nicht allzu viel Kopfzerbrechen zu bereiten. Die Zeitspanne eines ganzen Jahres überstieg eben doch noch ihre kindliche Vorstellungskraft.

»Mark, würdest du jetzt bitte das Gepäck in den Kofferraum laden?«, sagte Isabella und verfolgte dann kommentarlos, wie Rose und Mattie an das Auto traten, um sich ein allerletztes Mal von den beiden zu verabschieden.

Mattie umarmte Leo und versicherte ihm noch einmal, dass sie höchstpersönlich seinen Fußballtrainer anrufen würde, danach beugte sie sich zu Luisa hinein und übersäte ihr Gesicht mit Küssen, was der Kleinen ein Kichern entlockte.

»Bis bald, Herzchen!«

»Es ist nicht für immer, okay, Kumpel?« Mark drückte seinen Sohn noch einmal kräftig an sich, dann ließ er ihn los und zerzauste ihm das Haar. »Du wirst sehen, die Zeit bis zu eurer Rückkehr wird regelrecht verfliegen. Und wir können ja skypen. Jeden Tag, wenn du willst.«

Und ehe sie es sich versahen, rumpelte Isabellas Wagen die Einfahrt entlang, gefolgt von einer braunen Staubwolke.

Ab heute wird es auf Kalkari sehr still sein, dachte Rose bedrückt.

Mark legte ihr einen Arm um die Schultern, während sie dem Auto nachsahen, bis es in der Ferne verschwunden war. »So. Ich gehe dann mal in die Kellerei.«

»Kaffee?«, fragte Mattie.

Rose lächelte schief. »Das ist wohl ein guter Zeitpunkt, um dich mit der Bestie bekannt zu machen.«

»Mit wem?«

»Mit unserer Kaffeemaschine von La Marzocco. Hol Cara, ihr müsst beide lernen, wie man sie bedient.«

33

»Mark, da ist jemand von der Zeitschrift *Vineyard Life* am Telefon. Es geht um ein Fotoshooting kommenden Mittwoch.« Rose hielt ihm mit einem fragenden Blick den Hörer hin und lauschte neugierig, während sie die Teller vom Mittagessen abräumte. Die Abreise der Kinder war jetzt eine knappe Woche her, und sie hatten sich noch nicht an die Stille im Haus gewöhnt. Rose musste sich immer wieder in Erinnerung rufen, dass es nun nicht mehr nötig war, für Leo und Luisa Frühstück zu machen, Lunchpakete herzurichten oder das Abendessen zu kochen. Sie war rastlos und vermied es tunlichst, die Zimmer der Kinder zu betreten. Absurderweise konnte sie die Ruhe und Ordnung, die nun endlich einmal herrschten, kein bisschen genießen – im Gegenteil, sie sehnte sich regelrecht nach Chaos und Krach. Auch Astrid fehlte ihr – sie arbeitete jetzt bei einer Familie in New Bridgeton, sodass Rose zudem auf Max verzichten musste, mit dem sie tagsüber des Öfteren gekuschelt hatte. Der Kleine war einfach zu süß mit seinem Babyspeck und seiner wunderbar weichen, zarten Haut. Kein Zweifel: Es war einsam und entschieden zu still auf Kalkari.

Mark verbrachte noch mehr Zeit als sonst in der Kellerei und ließ sich nur blicken, wenn er Hunger hatte. Zum

Glück war Rose im Restaurant gut beschäftigt, und wenn nicht, ging sie Mattie und Cara in der Schenke zur Hand. Die beiden schlugen sich schon recht wacker. Rose verfolgte lächelnd, wie Cara mit den Mitgliedern einer Männergruppe flirtete, die ihren Junggesellenabschied bei ihnen verbrachte. Natürlich genoss sie dank ihres sexy Hüftschwungs die vollste Aufmerksamkeit der Gäste, während sie herumging, um ihnen einzuschenken, und dabei das gesammelte Wissen, das Dan ihr eingetrichtert hatte, an sie weitergab. Es war deutlich wärmer geworden, und das Geschäft florierte. *Zum Glück*, dachte Rose, die seit Gabriellas Hochzeit mehrere weitere Buchungen für ähnliche Events erhalten hatte. Mattie hatte die Webseite des Restaurants entsprechend aufgehübscht, inklusive einiger Fotos vom festlich dekorierten Lokal, die sie selbst geschossen hatte. Und Cara hatte bei Instagram Bilder davon hochgeladen, was auch immer das bedeuten mochte. Es schien jedenfalls zu funktionieren – Trevelyn's Pantry profitierte davon, dass es mittlerweile bereits deutlich über die Grenzen des Shingle Valley hinaus bekannt war. Sie hatte sogar schon Anfragen aus Sydney erhalten.

»Hören Sie, ich kann mich zwar nicht erinnern, dass ich dem zugestimmt hätte, aber wenn Sie so sicher sind, werden wir es wohl durchziehen müssen«, sagte Mark gerade. »Selbstverständlich. Dann also bis nächste Woche.«

»Na?«, sagte Rose erwartungsvoll, sobald er aufgelegt hatte.

»Nächsten Mittwoch kommen ein paar Leute von *Vineyard Life*, um eine Fotoreportage über uns zu machen. Ich kann mich beim besten Willen an nichts erinnern, aber wie es scheint, hatte ich bereits mein Einverständnis gegeben. Ich hab versucht, sie noch etwas hinzuhalten, aber die Dame am Telefon war ziemlich hartnäckig. O Mann, das kann ja echt heiter werden.«

»Wieso? Was ist denn so schlimm daran?«

»Na ja, es geht darum, den Alltag einer Winzerfamilie zu zeigen, und sie war nicht gerade erfreut, als sie gehört hat, dass die Kinder in Spanien sind«, berichtete er. »Aber sie wollen trotzdem kommen. Übrigens wären auch deine Kochkünste gefragt, die Fotos sollen uns nämlich unter anderem bei einem gemeinsamen Abendessen unter freiem Himmel zeigen, für das wir uns natürlich entsprechend in Schale werfen sollen. Wie wir das ja immer tun.« Er hob den Arm, sodass die Löcher an den Ellbogen seines ausgeleierten Lieblingspullovers zu sehen waren, und prostete ihr mit seiner angeschlagenen Teetasse zu.

»Ha!« Rose lachte. »Da werden Cara und Mattie garantiert zu Hochform auflaufen. Sie werden entzückt sein, und die Leute von *Vineyard Life* ebenfalls. Zwei so hübsche junge Frauen …«

Mark schnaubte belustigt. »Drei. Du bist ja durchaus auch nicht schlecht anzusehen.«

»Ach, das ist dir aufgefallen?« Rose schlang ihm die Arme um den Hals und gab ihm einen Kuss. Das war das erste Mal seit der Abreise der Kinder, dass er etwas gelöst wirkte.

Wie Rose bereits vorhergesehen hatte, war Cara total aus dem Häuschen, als sie die Neuigkeit erfuhr. »Hach, wie in alten Zeiten!«, sagte sie grinsend zu Mattie.

»Na ja, nicht ganz, diesmal steht ihr *vor* der Kamera«, sagte Rose.

Die beiden sahen sich verdattert an.

»Was?«, stieß Cara hervor.

»Du hast schon richtig gehört. Sie wollen das ganze Team, einschließlich euch.«

»Hm, dann hoffe ich mal, sie rücken mit ein paar guten Hair- und Make-up-Stylisten an.« Mattie rümpfte die Nase und fuhr sich mit den Fingern durch den zerzausten Haarschopf. »Die werden wir nämlich dringend brauchen. Von der geeigneten Garderobe ganz zu schweigen.« Mattie lief seit ihrer Rückkehr ins Shingle Valley je nach Jahreszeit wahlweise in Jeans und Stiefeln oder in Shorts und Flipflops herum, und sie schminkte sich so gut wie nie.

»Ich werde mir jedenfalls nicht wieder die Haare tönen«, sagte Rose und schauderte bei dem Gedanken an das Desaster von Luisas Geburtstag.

»Ja, lass das mal lieber bleiben.« Mattie lachte. »Katy-Perry-Lila macht sich in einem Magazin wie *Vineyard Life* sicher nicht so gut.«

»Wie wär's, wenn ich eure Outfits zusammenstelle?«, schlug Cara mit leuchtenden Augen vor. »Vielleicht lässt mich Rose ja mal einen Blick in ihren Kleiderschrank werfen.«

Rose nickte. »Nur zu. Ich bezweifle allerdings, dass du da fündig wirst. Der Bedarf an Haute Couture ist im Shingle Valley ja eher begrenzt. Haute Cuisine ist hier schon das höchste der Gefühle.«

»Keine Sorge, ich hab ja auch noch ein paar Asse im Ärmel«, sagte Cara zuversichtlich.

Mattie grinste. »Warum überrascht mich das nicht?«

Am Mittwoch war Rose schon früh auf den Beinen. Sie wollte noch eine kleine Runde durch die Weinberge joggen, ehe sie sich in die Küche stellte, um letzte Hand an das Essen für das Shooting zu legen. Mit der Unterstützung von Cara und Mattie hatte sie erst vor Kurzem das Haus von oben bis unten komplett durchgeputzt und die Veranda ein bisschen aufgeräumt. Es hatte ihr einen Stich versetzt, als sie Luisas kleine schlammverkrustete Stiefel in den Schuppen im Garten verstaut hatte.

Auf dem langen Tisch, den sie draußen auf der Veranda aufgestellt hatten, lag ein frisch gestärktes Leinentischtuch, und Cara hatte sämtliche Kleider gebügelt, die sie für sie ausgesucht hatte. Sie hatte nicht zu viel versprochen – ihre Outfits waren der Inbegriff von Country Couture, angefangen von den typisch australischen Akubra-Hüten bis hin zu den gewienerten Stiefeln. Jake und Dan, die ebenfalls mit auf die Fotos sollten, hatten zunächst gemeutert, als es hieß, sie sollten ihre dreckspeckigen Jeans und die löchrigen Pullover gefälligst zu Hause lassen, doch Mattie war hart geblieben und hatte sie am Ende doch noch dazu bringen können, in Stoffhosen und Poloshirts aufzukreuzen. Cara betrachtete Dan prüfend und streckte dann die Daumen hoch. »Chelsea Boots sind eben immer eine gute Wahl.«

Der Tag gestaltete sich hektisch. Mattie nahm das Team von *Vineyard Life* an der Tür in Empfang und führte es durch das Haus auf die hintere Veranda.

»Wo sollen wir anfangen?«, erkundigte sich der blutjunge Assistent des Fotografen. Viel älter als fünfzehn konnte der Bursche kaum sein.

»Rose und Mark dachten, ihr könntet ja zunächst ein paar Aufnahmen hier draußen machen – ein paar Kalkari-

Mitarbeiter bei einer kleinen Pause, mit dem Haus und den Shingle Hills im Hintergrund.«

»Spitzenmäßig!« Der Assistent war sogleich Feuer und Flamme. »Wir brauchen unbedingt auch ein paar Bilder von Mark bei der Arbeit – zwischen den Rebstöcken, vor den Weinfässern in der Kellerei und so.«

»Kein Problem«, sagte Mattie. »Gebt einfach Bescheid, wann er wo sein soll.« Sie lächelte ihn an. »Ich kann euch gern ein bisschen rumführen, und dann entscheidet ihr, in welcher Reihenfolge ihr die diversen Locations abklappern wollt.«

Rose hatte schon am Vortag Rosmarinpastetchen, einen Lammbraten und einen Früchtekuchen vorbereitet und zog gerade ein Blech mit Scones aus dem Ofen, als Mattie mit dem Fotografen, seinem Assistenten und Wendy, der Journalistin, in die Küche kam.

»Hach! Wie das duftet«, rief Wendy beim Anblick des goldbraunen Gebäcks. »Sie müssen Marks Lebensgefährtin sein – Rose, richtig?«, fügte sie nach einem Blick in ihre Unterlagen hinzu. Rose nickte. »Hervorragend. Sobald wir mit Mark fertig sind, würde ich mich gern mit Ihnen unterhalten. Sie scheinen ja eine ziemlich versierte Köchin zu sein.«

»Na ja, ich betreibe ein Restaurant namens Trevelyn's Pantry, gar nicht weit von hier.«

»Gut zu wissen«, sagte Wendy eifrig. »Das können wir in unserem Feature gern erwähnen.«

Die Tür schwang auf, und Cara kam herein. »Mark, Jake und Dan warten drüben in der Kellerei«, sagte sie. Dem Assistenten fielen fast die Augen aus dem Kopf, als er sie erblickte. Kein Wunder bei ihrem schicken Boho-Style-Outfit. Eine elfenbeinweiße Bluse und einen Tellerrock aus feinem Wollstoff hatte sie mit kniehohen dunkelbraunen Reitstiefeln und einem breitkrempigen Hut kombiniert, den sie etwas schief auf den Kopf gesetzt hatte.

Die beiden sollten in der Schenke posieren, Mattie beim Aufbrühen unzähliger Tassen Kaffee, Cara beim Polieren der Degustationsgläser. Rose war unheimlich froh, dass die Renovierungsarbeiten abgeschlossen waren. Die Weinstube war wirklich kaum wiederzuerkennen, seit in der Vorwoche die neuen Möbel geliefert worden waren.

»Ich kann es kaum erwarten, selbst wieder zur Kamera zu greifen«, gestand Mattie, als sie sich mit Rose auf dem Laptop des Fotografen die Aufnahmen ansah. »Die Schenke macht richtig was her. Sehr fotogen. Wie gut, dass wir die Wände gestrichen haben!«

Rose nickte. »Und Cara sieht auch klasse aus.« Tatsächlich schien Cara auf den Bildern dank ihrer hellen Haut und der weißblonden Mähne regelrecht von innen heraus zu strahlen. »Sie hätte Model werden sollen.«

»Du stehst ihr aber um nichts nach, Rose!«, sagte Mattie. Sie selbst hatte sich wegen ihrer Narbe erst nicht fotografieren lassen wollen, doch Rose hatte ihr versichert, sie sei kaum noch zu sehen, und auch Cara hatte sie beruhigt: »Mach dir deswegen mal nicht ins Hemd. Die zaubern wir einfach mit etwas Abdeckcreme weg.«

Mattie fühlte sich unwohl mit so viel Make-up im Gesicht, aber Cara hatte tolle Arbeit geleistet. Die Narbe war tatsächlich nur noch zu erkennen, wenn man ganz genau hinsah.

In der Zwischenzeit waren Mark und Jake gefühlte fünfhundertmal geduldig zwischen den Rebzeilen auf- und abgeschlendert, und danach sollte Mark noch vor mehreren alten Fässern in der Kellerei posieren. »Jetzt habt ihr doch sicher mehr als genug Bilder von mir im Kasten«, protestierte er schließlich.

»Und von mir ebenfalls«, fügte Jake hinzu.

»Er ist echt heiß, nicht?«, hauchte Cara, die mit Rose aus einiger Entfernung zugesehen hatte.

Rose machte »Mhm«, hatte dabei allerdings nicht Jake, sondern Mark im Blick. Es war beileibe nicht das erste Mal, dass er sich so herausgeputzt hatte, doch jetzt, da er von Cara gestylt war und Rose alles aus der Perspektive des Fotografen betrachtete, sah sie ihn mit ganz neuen Augen. Mit einem wohligen Schaudern rief sie sich in Erinnerung, wie er sie vor über drei Jahren nach einem Geschäftsessen in Sydney zum ersten Mal geküsst hatte. Schon seltsam: Eigentlich hatte sie alles, was sie wollte – einen attraktiven Mann an ihrer Seite und ein wunderschönes Zuhause. Warum verspürte sie dann trotzdem diese überwältigende innere Leere? Die Sehnsucht danach, Mutter zu sein, ein eigenes Kind zu haben, das sie umsorgen konnte, wurde täglich stärker, obwohl sie wusste, dass ein Baby nur alles komplizierter machen würde. Sie hatte mit Trevelyn's Pantry weiß Gott genug um die Ohren und war dort täglich mehr eingespannt. Und es war offensichtlich, dass Mark nicht gerade scharf darauf war, noch einmal Vater zu werden. Warum also hielt sie so hartnäckig an ihrem Wunsch fest? Es war vollkommen irrational, aber sie konnte nicht anders.

Schließlich war es Zeit für das Essen auf der Veranda. Die Sonne stand schon tief am Himmel und verlieh den gelben Sandsteinmauern des Hauses einen goldenen Schimmer. Rose brachte erst eine Platte mit Rosmarinpastetchen und Chutney und dann eine weitere mit Scones, zu denen es Brombeergelee und Schlagsahne gab. Sobald alles auf dem

Tisch stand, machten sie sich zu sechst darüber her. Da das Mittagessen ausgefallen war, hatten sie einen Bärenhunger. Während sie aßen, mussten sie abwechselnd so tun, als würden sie einander lächelnd eine Schüssel oder eine Pastete reichen. »Vergesst mich einfach«, sagte der Fotograf, doch Rose, für die das alles sehr ungewohnt war, fühlte sich vor der Kamera schrecklich gehemmt. Mattie und Cara dagegen schafften es mühelos, sich ganz natürlich Tee einzugießen und dabei umwerfend auszusehen. Jake saß gegenüber von Cara, und Rose bemerkte wieder einmal die Anspannung, die zwischen den beiden herrschte. Sie belauerten einander wie zwei streunende Katzen. Immer wieder sahen sie sich tief in die Augen, nur um dann plötzlich den Blick abzuwenden. Rose musste Cara recht geben – Jake war in der Tat ziemlich heiß, vor allem, wenn er wie jetzt frisch rasiert war und ein auf seine Augenfarbe abgestimmtes Hemd trug. Cara hatte ihm vorhin noch ein wenig die dunklen, ordentlich zurückgekämmten Locken zerzaust.

»Echt erste Sahne das Essen, Rose«, sagte er, als er ihren Blick aufschnappte.

»Wahnsinn«, pflichtete Cara ihm bei, und dann griffen sie beide zugleich nach dem letzten Scone.

»Ladys first«, sagte Jake und zwinkerte ihr zu. »Ich liebe Frauen mit Appetit.«

»Wollen wir teilen?«, schlug Cara vor.

»Und großzügig ist sie auch noch«, bemerkte er, als sie ihm die mit Brombeergelee und Sahne beschmierte Hälfte hinhielt.

Rose konnte richtig mit ansehen, wie die Temperatur am Tisch anstieg.

»So, das war's, Leute. Wir haben jetzt alles, was wir brauchen«, verkündete der Fotograf, nachdem Rose bestimmt zum hundertsten Mal ihr Glas an die Lippen geführt hatte.

»Danke für alles«, sagte Wendy, die den ganzen Tag über im Hintergrund herumgeschwirrt war und sich auf ihrem Spiralblock fleißig Notizen gemacht hatte. »Vielen Dank auch für Ihre Hilfe, Jake. Die Gespräche mit Ihnen waren sehr aufschlussreich.« Sie legte ihm eine Hand auf den Arm und schenkte ihm ein strahlendes Lächeln.

Seine Reaktion darauf war gleich null, wie Rose erstaunt bemerkte. Sonst ging ihm das Flirten so spielend leicht von der Hand wie anderen Menschen das Atmen, doch seit dem letzten Aufenthalt bei seinen Eltern war er wie ausgewechselt. Deutlich ruhiger und ernster als sonst. Ob das wohl mit dem Zustand seines Vaters zusammenhing?

»Keine Ursache«, sagte er schlicht. »Wenn ich noch irgendetwas für Sie tun kann …«

Rose traute ihren Ohren kaum, als sie Wendy verhalten »Oh, da fiele mir noch so einiges ein« murmeln hörte.

34

Normalerweise war das Southern Cross freitags ihre übliche Anlaufstelle im Shingle Valley, was unter anderem an der legendären Chicken Parmigiana lag, die man dort bekam. Aber etwas kulinarische Ablenkung dann und wann kam Mattie auch ganz gelegen. Und so freute sie sich, dass Mark sie und Cara als kleine Belohnung für ihre Arbeit in der Weinstube zu einem Dinner in New Bridgeton einladen wollte, bei dem sich die lokale Weinprominenz ein Stelldichein gab, um ihre neuesten Rotweine zu präsentieren.

Zur Feier des Tages gab sich Mattie viel Mühe mit ihrem Äußeren, schließlich wollte sie sich nicht vor den anderen Gästen schämen müssen, insbesondere nicht vor einer gewissen Französin. Sie war zwar nur dezent geschminkt – sie hatte sich darauf beschränkt, die Narbe zu kaschieren und ihren Teint und ihre von Natur aus rosigen Lippen zu betonen –, dafür hatte sie sich auf Anraten von Cara für ein schlichtes, smaragdgrünes Etuikleid entschieden, das perfekt zu ihrer Augenfarbe passte. Da sie auf keinen Fall stolpern und sich womöglich noch einmal das Bein brechen wollte, trug sie dazu Ankle Boots mit niedrigen Absätzen, die einen reizvollen Kontrast zu dem eleganten Kleid bildeten und in denen sie gut gehen konnte.

Sie kämmte sich gerade mit etwas Gel die Haare aus dem Gesicht und strich sich ein paar widerspenstige Strähnen hinter die Ohren, als sie hinter sich das Rascheln von Stoff vernahm.

»Hilfst du mir mal mit dem Reißverschluss?«, bat Cara, deren Kleiderwahl mal wieder ausgesprochen gewagt war – ihr silberner Jumpsuit war vorn praktisch bis zum Bauchnabel ausgeschnitten. Signalrote Lippen, Smokey Eyes und ein eleganter Haarknoten vervollständigten ihren wahrhaft glamourösen Look.

Mattie pfiff anerkennend. »Wow! Du hast dich ja mal wieder selbst übertroffen. Kann es sein, dass du versuchst, einen gewissen Weinbauern zu beeindrucken?«, feixte sie.

»Na, hör mal, ich gebe mir immer sehr viel Mühe, was meine Outfits angeht!«

»Ja, schon, aber das hier … Du siehst atemberaubend aus, Süße. Jake wird dir nicht widerstehen können.«

»Tja, falls doch, dann weiß ich echt nicht, wo das Problem liegt.«

»Okay, lass uns zu den anderen rübergehen. Wenn wir nicht bald aufbrechen, kommen wir zu spät, und Mark meinte, er will noch nach den Weinen sehen, ehe sie ausgeschenkt werden.«

»Bin gleich so weit.« Cara zog noch einmal ihren Lippenstift nach, dann brachen sie auf.

Es war ein frischer Frühlingsabend, doch im Restaurant war es kuschelig warm dank eines Kaminfeuers, das am einen Ende des Saales knisterte. Die Tische waren festlich gedeckt, an jedem Platz standen vier Weingläser in unterschiedlichen Größen. Fünfzig Stück davon stammten aus Trevelyn's Pantry, denn das Restaurant hatte sich von diversen anderen Lokalen Gläser leihen müssen. Allzu viele

Gäste waren noch nicht eingetrudelt, einmal abgesehen von Thommo, Deano, Mick und Charlie, der in ein Gespräch mit Jake vertieft war, aber den Kopf hob und lächelte, als er Mattie erspähte. Sie hielt nach Marie-Claire Ausschau, konnte sie jedoch nirgends entdecken.

Jake begrüßte sie beide mit einem »Hey, ihr zwei«, als sie sich zu ihnen gesellten, schaffte es aber kaum, den Blick von Cara abzuwenden.

»Wow, Mattie, sehr schick«, stellte Thommo fest.

Neben Cara kam sich Mattie zwar immer noch wie ein Mauerblümchen vor, trotzdem freute sie sich über das Kompliment. »Danke. Ist sonst ja nicht so mein Stil …« Sie sah an sich herunter.

»Was du nicht sagst.« Er lachte. »Steht dir aber echt gut.«

»Und was ist mit mir?«, fragte Cara. »Seh ich so schrecklich aus?«

Thommo brach in schallendes Gelächter aus, das regelrecht von den Wänden widerhallte.

»Du? Ganz sicher nicht, Süße. Niemals.«

Ein Kellner näherte sich mit einem Tablett voller Sektflöten, und Cara und Mattie nahmen sich zwei der schmalen Gläser und nippten daran.

Schon bald wurde es voller. Die meisten Gäste trafen paarweise oder in Gruppen ein und wurden von den Angestellten zu ihren Plätzen geführt.

Matties Platz war links von Charlie, Cara saß ein paar Meter weiter, gegenüber von Jake. Von Marie-Claire immer noch keine Spur.

Dann wurde auch schon der erste Gang serviert. Mattie lehnte sich zurück, damit der Kellner den Teller vor ihr abstellen konnte, während ein zweiter ihr Wein einschenkte.

Ein Sangiovese, wie es aussah. Einer ihrer Lieblingsweine. Sie nahm das Glas, schwenkte es ein wenig und schnupperte. Das vertraute Aroma von Sauerkirschen und staubiger Erde stieg ihr in die Nase und sorgte dafür, dass ihr prompt das Wasser im Mund zusammenlief.

»Na, was meinst du?«, fragte Charlie, der sie dabei beobachtet hatte.

Mattie nahm einen Schluck. »Mmm. Nicht übel.«

»Der ist von uns. Wir haben vor einigen Jahren eine Parzelle ganz oben auf unserem Anwesen neu bepflanzt, und das ist jetzt die erste brauchbare Ausbeute. Verdammt gut sogar, finde ich.«

»Und wie läuft es sonst so bei euch?«

»Na ja, diese Fracking-Geschichte macht uns ganz schön nervös.«

»Du und Mark, ihr seid die treibende Kraft hinter dem Widerstand, richtig? Meinst du denn, man kann es noch verhindern?«

»Keine Ahnung.« Seine Miene war ungewöhnlich ernst. »Wenn nicht, dann wird sich hier im Tal alles ändern, so viel steht fest. Wir tun, was wir können. Wenn es sein muss, kette ich mich auch an einen Bulldozer.«

Mattie prustete los. »Entschuldige, ich weiß, das ist nicht komisch, aber irgendwie passt das so gar nicht zu meinem Bild von dir.«

»Tja, wenn sich ein Mann in die Ecke gedrängt fühlt, kann es schon mal vorkommen, dass er ungewöhnliche Maßnahmen ergreift. Das Shingle Valley ist unser Land, unser kulturelles Erbe und unsere Lebensgrundlage, und keiner von uns will, dass es zerstört wird.«

Mattie nickte. Sie wusste, wie viel dieses Tal seinen Bewohnern bedeutete, vor allem denen, die hier aufgewachsen waren und deren Familien das Land schon seit Generationen bestellten. Bei dieser Gelegenheit fiel ihr etwas ein. »Sag mal, du hattest nicht zufällig etwas mit diesem Berg Müll zu tun, der vor der Einfahrt von Tarrawenna abgeladen wurde?«

Er zwinkerte ihr kaum merklich zu.

»Ich hab's geahnt!«, flüsterte sie. »Charlie Drummond! Du wirst dir noch irgendwann ernsthafte Schwierigkeiten einhandeln. Wirst du denn nie erwachsen?«

Charlie zuckte die Schultern. »Nicht, wenn es sich verhindern lässt.« Er sah aus wie ein auf frischer Tat ertappter kleiner Junge, der darauf setzt, dank seines unschuldigen Lächelns ungeschoren davonzukommen.

»Was würde wohl Marie-Claire sagen, wenn sie davon erfährt?«

»Keine Ahnung. Sie ist wieder in Frankreich.«

»Oh, das wusste ich nicht. Aber sie kommt doch zurück, oder?«

Charlie wollte gerade antworten, als jemand ein paarmal mit der Gabel an ein Weinglas klopfte.

Mattie sah, wie Mark sich erhob, und trank frustriert einen großen Schluck Wein. Was hatte Charlie wohl gerade sagen wollen?

Sie schielte zu Cara hinüber, die sich offenbar angeregt mit dem neben ihr sitzenden Paar unterhielt und Jake komplett ignorierte. Mattie verspürte den Drang, die beiden Kindsköpfe zu packen und ein paarmal kräftig zu schütteln. Aber sie würde sich hüten, sich einzumischen.

Mark hieß die Anwesenden in seiner Funktion als Vorsitzender des Winzerverbandes willkommen und sagte dann ein paar Worte zum vorigen Jahrgang, darüber, wie sich die Bedingungen auf den Wein und die Erträge ausgewirkt hatten, und welche Besonderheiten die Gewächse aufwiesen, die heute verkostet wurden. Es war nicht zu überhören, mit wie viel Leidenschaft er seiner Arbeit als Winzer nachging. Mattie hatte ihren großen Bruder schon immer verehrt, und heute, wo er hier stand und vor versammelter Mannschaft sprach, war sie besonders stolz auf ihn.

»Er ist schon ein toller Bursche, nicht?«, flüsterte sie, zu Charlie gewandt, und er nickte zustimmend.

Dann lud Mark die diversen Winzer ein, selbst ein wenig über ihre Weine zu erzählen. Als Erstes kam Thommo Drummond zu Wort, gefolgt von Deano und Bob Drayfield. Währenddessen wurde der Hauptgang serviert. Mattie hatte keine Gelegenheit, ihre Unterhaltung mit Charlie fortzusetzen und in Sachen Marie-Claire nachzuhaken.

Nach dem Essen gönnten sich die meisten noch Kaffee und ein Dessert. Als Mattie sah, wie Cara ihren Stuhl zurückschob und hinauseilte, erhob sie sich mit einem entschuldigenden Lächeln in die Runde, um ihr zu folgen. Hoffentlich war alles in Ordnung. Doch als sie ins Freie trat, stellte sie fest, dass Jake schneller gewesen war. Mattie blieb abrupt stehen, um die beiden nicht zu stören. Wie es schien, hatten sie sie nicht bemerkt.

»Cara? Ist alles okay?«, fragte Jake gerade.

Cara erwiderte etwas, das Mattie nicht verstand.

»Hier, nimm.« Er legte ihr seine Jacke über die Schultern, wobei er die Hände etwas länger als nötig auf ihren Schultern ruhen ließ. »Abends ist es nach wie vor ziemlich kühl.«

»Danke.«

»Geht es dir auch wirklich gut?«

»Ja, mir ist bloß ein bisschen schwindelig. Es ist ziemlich stickig da drin.«

Mattie wusste, sie sollte wieder hineingehen – sie kam sich vor wie ein Voyeur, doch ihre Neugier war stärker, und so blieb sie, wo sie war, und wartete gespannt ab.

»Weißt du eigentlich, dass ich die ganze Zeit an dich denken muss?«, platzte Jake unvermittelt heraus.

Cara riss die Augen auf und musterte ihn verblüfft.

»Also, selbst auf die Gefahr hin, dass ich das womöglich noch bereuen werde …« Er trat noch einen Schritt näher, hob ihr Kinn an und hauchte ihr einen Kuss auf die Lippen.

Mattie schnappte vor Überraschung hörbar nach Luft und lief prompt feuerrot an bei der Vorstellung, von den beiden beim Lauschen erwischt zu werden, doch zum Glück schienen sie es nicht gehört zu haben.

Sie empfand eine eigenartige Mischung aus Verzückung und Melancholie, als sie sich umdrehte und wieder hineinging. Zum einen freute sie sich riesig für Cara, zum anderen fühlte sie sich in letzter Zeit regelrecht von Paaren umzingelt. Zustände wie auf der Arche Noah waren das.

Bei ihrem Tisch angekommen, wurde sie von Charlie mit einem neugierigen Blick empfangen. »Na, geht es ihr gut?«

Sie nickte und versuchte, sich nichts anmerken zu lassen, allerdings mit wenig Erfolg, wie es schien, denn er runzelte besorgt die Stirn und fragte: »Ist alles okay?«

Mattie schnappte sich ihr Glas und leerte es fast in einem Zug. Ja, ihre Gefühle waren vielleicht dumm, aber sie hatte die Nase voll davon, immer nur vernünftig zu sein. »Wollen wir tanzen gehen?«, fragte sie Charlie. Dass ein erst kürzlich gebrochenes Bein bei derartigen Aktivitäten eventuell hinderlich sein könnte, kam ihr nicht in den Sinn, zumal der Alkohol bereits sein Bestes tat, um die Schmerzen zu betäuben. Sie spürte nicht einmal mehr das leichte Ziepen in den Gliedmaßen, das sie gelegentlich noch plagte.

»Tanzen? In New Bridgeton?« Er stand auf und legte ihr einen Arm um die Taille. »Ich würde sagen, es ist eher an der Zeit, nach Hause zu gehen.«

Mattie wand sich leicht schwankend aus seinem Griff. »Wenn du nicht willst, suche ich mir eben eine andere Begleitung«, verkündete sie, um eine möglichst deutliche Aussprache bemüht.

Charlie schien zu überlegen, dann grinste er. »Okay, ich bin dabei. Es gab doch mal diesen zwielichtigen Nachtklub in der Waverly Street … allerdings hat der letztes Jahr geschlossen, glaube ich.«

»Hat sonst noch jemand Lust?«, fragte Mattie ihre Tischnachbarn. Allgemeines Kopfschütteln. »Tja, wie es aussieht, müssen wir alleine losziehen, Charlie. Also, worauf wartest du noch?«

Sie verabschiedeten sich und stiegen in ein Taxi, das vor dem Restaurant auf Kundschaft gewartet hatte. »Wo kann man denn hier um diese Uhrzeit noch tanzen gehen?«, erkundigte sich Charlie beim Fahrer.

Ein paar Minuten später fanden sie sich in einem Viertel von New Bridgeton wieder, das Mattie noch nie zuvor betreten hatte. Es lag auf der anderen Seite der Bahngleise, die die Stadt in zwei Hälften teilte – »Auf der falschen Seite«, sagte Mattie beim Aussteigen lachend. »Wo zum Geier sind wir denn hier gelandet?«, murmelte sie dann, auf Charlies Arm gestützt.

»Ich hab schon mal von diesem Schuppen gehört, war

aber noch nie drin. Tja, dann mal los, tollkühne Tilly!« Sie passierten den Türsteher, der ihnen den Weg wies, und dann ging es über eine Treppe ins spärlich beleuchtete Untergeschoss, wo ihnen eine feuchte Hitze entgegenschlug. Der Klub war brechend voll, zuckende Körper bewegten sich zu wummernden Bässen.

»Drink?«, rief Charlie.

Mattie schüttelte bloß den Kopf und zog ihn auf die Tanzfläche. Sie wollte keinen Alkohol mehr; sie brauchte jetzt eine ganz andere Art von Rauschmittel. Irgendwo in der hintersten Ecke ihres Gehirns meldete sich ganz leise die Stimme der Vernunft, doch Mattie ignorierte sie einfach. Es war nicht okay, jemanden anzumachen, der verlobt war, das war ihr durchaus bewusst. Trotzdem überkam es sie plötzlich. Sie warf all ihre Hemmungen über Bord, ergriff Charlies Hände und zog ihn an sich, um mit ihm zu tanzen. Sie wollte auch mal endlich wieder ein bisschen Spaß haben, und sei es nur für eine Nacht. Ein kurzer Augenblick konnte alles verändern, das wusste sie jetzt – was also sprach dagegen, für den Moment zu leben?

Charlie imitierte ihre sinnlichen Bewegungen ohne mit der Wimper zu zucken. *Sieh an, ein Naturtalent,* dachte Mattie überrascht, und dann schloss sie die Augen und überließ sich ganz dem Rhythmus der Musik und dem Gefühl, an seinen muskulösen Körper geschmiegt zu tanzen.

Als der Song zu Ende war, spähte sie mit leicht zusammengekniffenen Augen zu ihm hoch. *Was für wunderschöne Augen er hat,* dachte sie benommen. Dann setzte die Musik wieder ein, deutlich langsamer jetzt, und plötzlich wurde Mattie bewusst, dass Charlie ihr die Hände auf den Rücken gelegt hatte und seine Finger an ihrer Wirbelsäule entlang nach unten wanderten, bis sie vor Erregung schauderte. Irgendwann ließ er die Arme sinken, legte ihr einen Finger unters Kinn und hob ihren Kopf an. Sie sah zu ihm hoch, in ihren Augen eine stumme Frage, die er prompt beantwortete, indem er den Mund auf ihre Lippen presste.

35

Am darauffolgenden Morgen war Mattie schon in aller Herrgottsfrühe auf den Beinen. Sie war komplett angezogen und mit einem schmerzhaften Pochen hinter den Augenlidern aufgewacht. Ihre Schuhe hatten mitten im Zimmer gelegen, als hätte sie es gerade noch geschafft, sie abzustreifen, ehe sie wie ein gefällter Baum ins Bett geplumpst war. In ihrem Magen gurgelte es, und sie fühlte sich total benebelt und hatte einen fürchterlichen Kater, den sie möglichst zu ignorieren versuchte. Und als wäre das alles nicht schon schlimm genug, waren ihr auch noch die Schmerztabletten ausgegangen.

Sie öffnete die Tür zum anderen Zimmer und spähte hinein. Cara lag auf dem Bauch im Bett und schlief wie ein Murmeltier. Mattie rief sich in Erinnerung, wie sich Jake und Cara gestern geküsst hatten, und bei der Gelegenheit fiel ihr mit einem Mal wieder ein, was sie selbst getan hatte. O Gott. Wie hatte sie nur so dämlich sein können? Und wie sollte sie Charlie je wieder in die Augen sehen?

Sie kippte ein Glas Wasser hinunter, dann schnappte sie sich ihre Kamera und stieg in den Wagen. Sie hatte Rose versprochen, ein paar Fotos von ihrem festlich geschmückten Restaurant zu schießen, in dem heute wieder eine Hochzeit stattfand, und wollte möglichst früh vor Ort sein, um ungestört Detailaufnahmen machen zu können – nicht nur von der Tischdeko und den Blumen, sondern auch vom Essen, ehe es serviert wurde.

Sie sah auf die Uhr. Wenn sie sich beeilte, blieb davor sogar noch etwas Zeit für ein paar Landschaftsaufnahmen. Es gab einen Aussichtspunkt auf einem Hügel am anderen Ende des Tales, den sie schon seit einer Weile besteigen wollte. Inzwischen sollte das mit ihrem Bein zu bewältigen sein, ihren zweifelhaften Aktivitäten vom gestrigen Abend zum Trotz, und die Bedingungen waren perfekt.

Kurz darauf zockelte sie in gemächlichem Tempo über die Shingle Road. Als sie auf der Höhe des Tarrawenna-Geländes kurz anhielt, um eine Kuh über die Straße zu lassen, bemerkte sie inmitten der Rebflächen oberhalb der Straße ein glitzerndes, flatterndes Etwas. Von plötzlicher Neugier angetrieben, stellte sie den Wagen in der Einfahrt ab, die zu den Wirtschaftsgebäuden des ehemaligen Weinguts hinaufführte, griff sich ihre Kamera und stieg aus. Es war gespenstisch still, geradeso, als hätte jemand sämtliche Vögel zum Schweigen gebracht. Mattie schauderte unwillkürlich, doch sie gab sich einen Ruck und schlug den Weg zu den verlassenen Weingärten ein. Dabei passierte sie die ehemalige Kellerei, deren Mauern noch immer mehrere gesprayte Schriftzüge der Fracking-Gegner zierten. Den Müllberg, der angeblich die Zufahrt blockiert hatte, konnte sie nirgends entdecken; vermutlich war er mittlerweile beseitigt worden. Dann erspähte sie zwischen den Rebzeilen erneut das silberne Etwas, das vorhin ihre Aufmerksamkeit erregt hatte. Es entpuppte sich als ein mit glitzerndem Silberfaden durchwirktes Babydoll-Nachthemd, das jemand unerklärlicherweise über ein Spalier gehängt hatte. Vielleicht als eine Art Vogelscheuche? Mattie schüttelte den Kopf über sich selbst – in ihrem noch leicht konfusen Geisteszustand hatte sie das Teil vorhin für Caras Jumpsuit gehalten, wobei sie sich beim besten Willen nicht hätte erklären können, wie er ausgerechnet hier gelandet sein sollte. Sie beschloss, zu Dokumentationszwecken ein paar Bilder davon zu schießen. So hatte sie zumindest eine lustige Geschichte parat, wenn sie nach Hause kam. Sie war so in ihre Tätigkeit vertieft, dass sie gar nicht hörte, wie sich ihr jemand von hinten näherte.

»He, was soll das? Was machen Sie da?«

Mattie wirbelte herum und sah sich einem Schrank von einem Mann gegenüber, der nicht gerade so aussah, als würde er sich über ihren Besuch freuen. Mit dem war garantiert nicht gut Kirschen essen. »Das ist ein Privatgrundstück«, schnarrte er. »Haben Sie das Schild nicht gesehen?« An seiner Jacke prangte die Aufschrift Security. *Alles klar.*

»Tut mir sehr leid«, sagte sie rasch. »Ich wollte keinen Ärger machen, ich habe bloß …« Weiter kam sie nicht, dann hatte er ihr auch schon mit einer blitzschnellen Bewegung seiner fleischigen Hand die Kamera aus der Hand gefegt. Mattie schrie entsetzt auf, während die Kamera in den Staub fiel und unter seinem schweren Stiefel knackend und knirschend zu Bruch ging.

»Ich an Ihrer Stelle würde jetzt ganz schnell die Fliege machen, sonst gibt es in der Tat Ärger«, knurrte der Gorilla und streckte den Arm nach ihr aus, um sie zu packen, doch Mattie duckte sich gerade noch rechtzeitig weg und spurtete los. Ihrem lädierten Bein zum Trotz war sie in Windeseile wieder bei ihrem Auto angelangt, sprang hinein und raste davon.

Bei ihrer Ankunft im Restaurant hatte sich ihr Puls wieder etwas beruhigt, dafür schäumte sie nun vor Wut. War das tatsächlich gerade passiert? Sie konnte es kaum fassen. Hier, im Shingle Valley! Ihre arme Kamera.

»Rose!«, rief sie und stürmte zur Tür herein. »Stell dir vor, was mir gerade passiert ist …«

»Das ist nicht dein Ernst!«, stieß Rose mit großen Augen hervor, nachdem sie die ganze Geschichte gehört hatte. »Du liebe Zeit, du zitterst ja! Du Arme!«

Tatsächlich schlotterten Mattie noch immer die Knie. »O Gott, was soll ich denn jetzt machen? Ohne meine Kamera kann ich nicht arbeiten.«

»Ich würde sagen, das melden wir gleich mal der Polizei.« Rose zückte mit entschlossener Miene ihr Handy.

»Aber genau genommen hätte ich dort auch nicht herumlaufen dürfen.«

»Na und? Das gibt diesem Rüpel noch lange nicht das Recht, wertvolles Eigentum zu zerstören.«

Rose wählte und reichte das Telefon, nachdem sie den Fall kurz geschildert hatte, an Mattie weiter. Diese erklärte, was genau geschehen war, und nachdem man ihr versprochen hatte, umgehend eine Streife an den Ort des Geschehens zu schicken, legte sie auf.

»Okay. Kaffee?«, fragte Rose.

»Seh ich so mitgenommen aus?«

Rose schenkte ihr ein mitfühlendes Lächeln. »Ich habe schon Schlimmeres gesehen, falls dich das tröstet. Setz dich doch schon mal raus auf die Veranda, ich bringe dir einen. Ein bisschen Zeit kann ich noch entbehren.«

»Du hast nicht zufällig auch ein, zwei Schmerztabletten?«, fragte Mattie. Nun, da sich ihr Adrenalinspiegel wieder normalisiert hatte, meldete sich ihr Kater mit voller Wucht zurück.

Ein paar Minuten später erschien Rose mit zwei Tassen

Espresso, einem Glas Wasser und einer Packung Paracetamol auf der hinteren Veranda. Mattie schluckte zwei Tabletten und nippte dann dankbar an ihrem Kaffee, während sie den kleinen Küchengarten bewunderte, den Rose angelegt hatte.

»Echt unglaublich, wie gleich alles wuchert, sobald es etwas wärmer wird«, sagte Rose, der Matties Blick nicht entgangen war. »Dabei ist der Boden hier eigentlich gar nicht so toll, jedenfalls nicht für Kräuter und Gemüse. Dafür gedeiht der Wein aber wunderbar. Ich musste ganz schön viel Arbeit in diesen Garten stecken, Unmengen von Hühnermist obendrein, aber es hat sich gelohnt.« Sie nahm einen Schluck von ihrem Espresso und verzog das Gesicht. »Puh, der schmeckt ja widerlich, findest du nicht?«

»Nein, überhaupt nicht. Was gibt es denn deiner Meinung nach daran auszusetzen?«, fragte Mattie.

»Ist er nicht irgendwie … viel zu bitter geraten? Herrje, mir scheint, ich hab das Kaffeemachen verlernt. Vielleicht liegt es aber auch an den Bohnen. Bevan vom Sacred Grounds hat mir eine neue Sorte geliefert. Ich muss ihn mal darauf ansprechen, wenn ich ihn das nächste Mal sehe.« Rose stellte die Tasse ab. »Allmählich sollte ich mich an die Arbeit machen. Es gibt noch einiges vorzubereiten.«

Mattie spähte ins Lokal, wo auf schneeweißen Tischdecken Dutzende Glasschalen mit perfekt geformten Rosenblüten standen. »Es sieht toll aus. Tut mir echt leid, dass ich keine Fotos machen kann.«

»Ach, zerbrich dir deswegen mal nicht den Kopf. Das ist sicher nicht unsere letzte Hochzeit. Allein für dieses Frühjahr habe ich noch vier weitere Buchungen. So, jetzt muss ich mich aber wirklich ranhalten. In einer Viertelstunde trudeln hier die ersten Gäste ein.«

Mattie erhob sich sogleich. »Gut, dann mache ich mich auf den Weg. Ich wünsche dir einen erfolgreichen Tag.«

»Danke.« Rose lächelte sie an. »Und du, pass auf dich auf und sieh zu, dass du dich von deinem Schock erholst.«

Mattie fuhr nach Kalkari zurück und verbrachte den ganzen Nachmittag mit der Nachbearbeitung der letzten Bilder, die sie gemacht hatte. Zum Glück hatte sie gestern noch die Geistesgegenwart besessen, ihre Fotos von der Kamera auf den Laptop zu ziehen! Sie versuchte, nicht an den bizarren Vorfall vom Morgen zu denken, und erst recht nicht an das, was sie in der vergangenen Nacht getrieben hatte. Es war ihr unfassbar peinlich, dass sie sich Charlie so ungeniert an den Hals geworfen hatte. Er war, verdammt noch mal, verlobt! Mit den Männern anderer Frauen rumzumachen war überhaupt nicht ihr Stil. Damit hatte sie nun wohl auch die Chance auf eine Freundschaft vertan.

Die Sonne ging bereits unter, als sie schließlich ihren Laptop zuklappte und sich auf die Suche nach Cara machte. Wahrscheinlich war sie drüben in der Schenke und hatte an einem so schönen Samstagnachmittag wie heute alle Hände voll zu tun gehabt.

In der Tat polierte Cara gerade die lange Eichentheke und war im Begriff, den Laden zu schließen, als Mattie hereinkam. Sie begrüßte sie mit einem müden Lächeln. »Hey, Mattie! Alles klar? Wie war's denn gestern Abend noch? Ich hab gehört, du warst tanzen?«

»Äh, ja, richtig. War keine so gute Idee, nach dem ganzen Wein«, gestand Mattie zerknirscht. »Aber egal – es gibt bedeutend Wichtigeres zu besprechen, oder? Du und Jake …? Cara Claythorne, sag bloß, du läufst rot an?!«

»Quatsch«, murmelte Cara verlegen.

»Jetzt lass dir nicht alles aus der Nase ziehen!« Mattie musterte sie erwartungsvoll.

»Es war nur ein Kuss, mehr nicht«, winkte Cara ab. »Und dann sind wir mit Mark und Rose nach Hause gefahren, und damit hat es sich auch schon. Ist vielleicht auch besser so.«

»Was? Wieso denn das?«, fragte Mattie verwirrt. »Ich dachte, du magst ihn?«

»Genau da liegt das Problem. Ich mag ihn vielleicht sogar ein bisschen zu sehr.« Cara schwenkte ihr Telefon. »Und, hat sich diese Kanaille heute schon gemeldet? Pustekuchen! Nicht mal eine mickrige Textnachricht!«, echauffierte sie sich.

»Immer mit der Ruhe, Cara. Gib ihm noch einen Tag Zeit, ehe du voreilige Schlüsse ziehst.« In diesem Augenblick begann Caras Handy zu klingeln. »Ha!«, stieß Mattie hervor. »Vielleicht ist er das ja!«

Cara ging ran, wirkte zu ihrer Überraschung jedoch nicht gerade euphorisch.

»Kino?«, sagte sie gerade. »Okay, meinetwegen. Ja, Mattie kommt bestimmt gern mit. Gut, bis dann.«

»War das Jake?«, fragte Mattie konsterniert. »Du hättest ruhig etwas begeisterter sein können. Und du willst doch nicht ernsthaft, dass ich mit euch ins Kino gehe, oder?«

»Es war nicht Jake, sondern Officer Doyd, und er hat ein Doppeldate vorgeschlagen.«

»Und du hast zugesagt?«, fragte Mattie entgeistert.

»Warum nicht? Es ist ja nicht so, als müsste ich dafür irgendwelche anderen Angebote ausschlagen. Außerdem hat ein bisschen gesunde Konkurrenz noch niemandem geschadet.«

»Wie ich die Leute im Shingle Valley kenne, wird es nicht lange dauern, bis Jake davon erfährt. Und du bist ganz sicher, dass ich mitkommen soll?«

»Jep. Brock bringt einen Kollegen mit, der erst kürzlich hergezogen ist und noch keine Menschenseele kennt. Also, auf zum Doppeldate mit einem Duo in Dunkelblau!«

»Muss das sein?«

»Ja! Ist doch nur Kino. Du musst ohnehin viel öfter mal unter Leute. Wobei du dich gestern ja blendend amüsiert zu haben scheinst. Wo wart ihr denn noch, du und der schnuckelige Charlie Drummond?«

Mattie zuckte die Achseln. »In einem Nachtklub.«

»In New Bridgeton?«

»Ja. Kaum zu glauben, oder?«

Sie grinsten sich an.

Mattie erwähnte nicht, dass sie und Charlie sich geküsst hatten. Es war ihr einfach zu peinlich zuzugeben, dass sie sich mit einem Mann eingelassen hatte, der vergeben war.

»Und was ist jetzt mit unserem Doppeldate?«

»Na gut, wenn du darauf bestehst«, seufzte Mattie. »Wann denn?«

»Morgen«, sagte Cara gut gelaunt. »Ach, eh ich's vergesse: Vorhin war jemand von diesem Weingut da, auf dem eine Wellnessoase entstehen soll. Du weißt schon, die Sache mit den Weinschalenbädern und so.«

»Ach ja, Lilybells, meinst du?«

»Genau. Die Zuständigen haben von unserer Umgestaltung der Weinstube gehört und wollten sich selbst einen Eindruck verschaffen. Offenbar hätten sie gern etwas Unterstützung bei der Innenausstattung der Spa-Anlage. Stell dir vor, sie wollen es ›Spa-kling‹ nennen!« Cara prustete los. »Ist das zu fassen? Na, jedenfalls war sie sehr angetan vom neuen Look der Schenke. Wie es aussieht, hab ich einen neuen Auftrag.«

»Hm, das könnte durchaus der Grundstein einer neuen Karriere sein«, bemerkte Mattie

»Das wäre echt der Hammer, oder? Ich würde sagen, das schreit nach einem Drink.«

»Nach einem möglichst spritzigen, passend zum neuen Projekt?«

Sie gackerten los, und damit waren Katzenjammer, Kater und Liebeskummer zumindest vorübergehend vergessen.

Matties Erwartungen zum Trotz – vielleicht aber auch gerade deswegen – wurde das Doppeldate unterhaltsamer als gedacht. Brocks Kollege hörte auf den wohlklingenden Namen Billy Bluestone und war ein sehr sympathischer Zeitgenosse, der Caras anzügliche Bemerkungen über Polizeiknüppel und etwaige Aktivitäten auf dem Rücksitz des Streifenwagens mit einem gutmütigen Lachen quittierte.

»Du kannst es nicht lassen, oder?« Er zwinkerte ihr zu. »Pass bloß auf, sonst bist du am Ende des Abends mit Handschellen an Brock gefesselt, und den Schlüssel nehme ich mit nach Hause.«

»Gibt es schon etwas Neues zu dem Schlägertyp?«, erkundigte sich Mattie bei Brock, während sie vor dem Kino in der Schlange standen.

»Was denn für ein Schlägertyp?«, wollte Cara wissen.

»Na, da hat mir doch gestern auf dem Tarrawenna-Gelände ein Wachmann die Kamera aus der Hand geschlagen«, sagte Mattie.

»Was?«

»Ach so, das hab ich dir ja noch gar nicht erzählt. Also, ich hab in den Weingärten von Tarrawenna ein paar Fotos geschossen – da hing so ein glitzerndes Teil rum, das ich im ersten Moment für deinen silbernen Jumpsuit gehalten habe, aber egal –, jedenfalls kam urplötzlich so ein Muskelpaket daher, das mich bedroht und mir die Kamera aus der Hand geschlagen hat.«

»Waas???« Cara riss entrüstet die Augen auf.

Mattie nickte. »Und dann ist er sicherheitshalber auch noch darauf rumgetrampelt.«

»Ich hoffe sehr, du hast ihn angezeigt«, sagte Cara mit einem Blick zu den beiden Polizisten, die neben ihnen standen.

»Einer meiner Kollegen ist an dem Fall dran«, sagte Brock. »Ich weiß nur, dass zwei Leute hingefahren sind, um mit dem Kerl zu reden und die Kamera sicherzustellen.« Mattie spitzte die Ohren. Vielleicht waren die Fotos ja noch irgendwie zu retten? »Die wird allerdings vorerst einbehalten, als Beweisstück«, fügte er hinzu.

»Verstehe. Gut, dann rufe ich da am Montag mal an«, sagte Mattie.

»Ich kann nicht fassen, dass du mir das nicht erzählt hast!«, sagte Cara. »Und du bist nicht verletzt?«

Mattie grinste schief. »Ja, im Gegensatz zu meiner Kamera habe ich es heil überstanden. Ich lasse mich nicht so leicht einschüchtern, nicht einmal von einem mit Steroiden vollgepumpten Security-Fuzzi.«

Der Film, den sie sich ansahen, war enttäuschend, doch danach gingen sie zum Thailänder um die Ecke, wo sie Unmengen an gebratenen Reisnudeln und Panang Chicken Curry verdrückten. Dazu tranken sie zwei Flaschen Kalkari-Riesling.

Als sie sich hinterher draußen auf dem Bürgersteig verabschiedeten, bemerkte Mattie auf der gegenüberliegenden Straßenseite eine vertraute Gestalt: Jake. Es war schwer zu sagen, ob er sie gesehen hatte oder nicht. Sie knuffte Cara in die Rippen. »Soll ich ihm mal winken?«

»Bloß nicht«, zischte Cara. »Ich hab auch meinen Stolz. Wenn er gewollt hätte, dann hätte er sich längst gemeldet. Er hatte, verdammt noch mal, das ganze Wochenende Zeit.«

»Okay, wie du meinst.«

Mattie wiederum erhielt am darauffolgenden Tag gleich zwei Anrufe. Erst meldete sich Billy, um ihr mitzuteilen, dass er den Abend mit ihr und Cara sehr genossen habe und sich freuen würde, wenn sie bald wieder etwas zusammen unternehmen würden, worauf Mattie etwas Unverbindliches erwiderte. Und abends hatte sie dann Charlie an der Strippe.

»Sei gegrüßt, tollkühne Tilly!«, krähte er, sobald sie ranging.

Beim Klang seiner Stimme erwachte sogleich die Erinnerung daran, wie sie miteinander getanzt hatten, und ihre Wangen begannen zu glühen. »Hör mal, Charlie, es tut mir echt leid. Ich weiß zwar nicht mehr so genau, was passiert ist, aber ich hatte definitiv zu tief ins Glas geschaut …«, sprudelte sie hervor, ehe er irgendetwas sagen konnte. Irgendetwas über das, was in diesem Nachtklub zwischen ihnen geschehen war. Sie schüttelte den Kopf, was die Bilder in ihrem Kopf jedoch nicht vertrieb, sondern im Gegenteil dafür sorgte, dass sie sich nur noch deutlicher an alles erinnerte – an die Hitze, an die wilden Verrenkungen der Leute, die sich um sie auf der Tanzfläche gedrängt und dafür gesorgt hatten, dass sie sich bald näherkamen … Ihre Finger in seinen Locken, die Show, die sie für ihn abgezogen hatte, ihre aneinandergeschmiegten Körper … Hüfte an Hüfte, Brust an Brust … und dann ihre erregten Blicke und der Kuss, dieses unglaubliche Gefühl seiner weichen Lippen auf den ihren, in dem sie am liebsten versunken wäre, ohne je wieder aufzutauchen …

»Mach dir deswegen mal keine Gedanken«, sagte Charlie nach einer kurzen Pause. »Jeder sollte sich ab und zu mal danebenbenehmen dürfen. Ich hoffe nur, du kannst dich noch an unsere Pläne für kommenden Sonntag erinnern.«

Puh. Da war sie ja noch mal glimpflich davongekommen. Vielleicht war ihm die ganze Angelegenheit ja genauso peinlich wie ihr. Aber warum wollte er sie dann wiedersehen?

»Was denn für Pläne?«, fragte sie verwirrt.

Schallendes Lachen am anderen Ende der Leitung. »Lass dich überraschen. Ich hole dich um elf ab.«

36

»Ich glaub, ich fall vom Glauben ab! Du hast dein Auto gewaschen!«, rief Mattie, als Charlie am Sonntagvormittag auf Kalkari vorfuhr. Sein Pick-up war zur Abwechslung einmal blitzsauber, nicht ein einziger Schlammspritzer. »Ich hoffe, das hast du nicht mir zu Ehren getan.«

Charlie schüttelte den Kopf. »War ja auch längst überfällig«, gab er verlegen zu. »Aber so geglänzt hat der Wagen nicht mehr, seit ich ihn gekauft habe. War echt höchste Zeit, dass ich ihn mal wieder ein bisschen verwöhne.«

»Und, wo fahren wir hin?«, fragte Mattie, als sie sich auf dem Beifahrersitz niederließ.

»Ich dachte, wir könnten ja einmal quer durchs Tal fahren bis zu den Hügeln auf der anderen Seite und dann dort zum Aussichtspunkt raufwandern. Meinst du, du schaffst das?«

Ah. Eine Wanderung. Interessant.

»Es wird schon gehen. Mein Bein tut zwar manchmal noch weh, aber auch das wird laut meiner Physiotherapeutin irgendwann vergehen. Sie meinte, es gibt nichts Besseres als ständiges Training.«

»Na, dann … Ach, ich hab das von deiner Kamera gehört. Wahnsinn.«

»Auf die Gerüchteküche ist Verlass«, stellte Mattie fest. »Und ja, das war – ist – ganz schön ätzend.«

»Du bist ja echt vom Pech verfolgt in letzter Zeit, was?«

»Na ja, in diesem Fall habe ich es mir schon auch selbst zuzuschreiben. Ich hätte das Gelände nicht betreten dürfen.«

»Okay, aber trotzdem …«

Als sie am Ziel ankamen und ausstiegen, stand die Sonne bereits im Zenit, und Mattie schnappte überrascht nach Luft in Anbetracht der glühenden Hitze. Im Auto war es dank der Klimaanlage angenehm kühl gewesen.

»Es ist nicht weit«, beruhigte Charlie sie und angelte einen kleinen Rucksack aus dem Fond.

»Okay.« Mattie sah sich um. »Mann, hier war ich seit Jahren nicht mehr.«

Bis sie die Hügelkuppe erreicht hatten, schnauften sie wie zwei Dampflokomotiven, und Matties Jeans hatten Grasflecke an den Knien abbekommen, weil sie unterwegs einige Male ausgerutscht war. »So steil habe ich den Hügel gar nicht in Erinnerung«, keuchte sie.

»Ich glaube, wir sind bloß nicht mehr so fit wie früher«, sagte Charlie.

Sie drehten sich um und ließen den Blick über das Tal schweifen, das zu ihren Füßen ausgebreitet dalag. Es wirkte wie von Kinderhand gemalt mit seinen schnurgeraden Rebzeilen und den Bäumen, die dazwischen aufragten. Die glitzernden Dreiecke der Talsperren reflektierten die Sonne.

»Wow. Es ist einfach immer wieder wunderschön, nicht?«, sagte Mattie, als sie nicht mehr so außer Atem war. »Das hatte ich schon völlig vergessen.«

»Ja. Ich will mir gar nicht ausmalen, wie anders es hier aussehen wird, wenn Tin Pei erst anfängt zu buddeln«, sagte Charlie. Er nahm den Rucksack ab und zauberte zwei

Wasserflaschen daraus hervor, von denen er eine an Mattie weiterreichte.

»Danke. An Wasser habe ich überhaupt nicht gedacht. Da siehst du mal, was für ein Stadtkind ich geworden bin.« Sie trank gierig und wischte sich dann mit dem Handrücken den Mund ab.

»Wie gut, dass du mich hast, was?«, sagte Charlie. »Komm, wir setzen uns da drüben zwischen den Grasbüscheln hin.«

Nachdem er sich im Schneidersitz niedergelassen hatte, brachte er aus dem Rucksack eine braune Papiertüte zum Vorschein und hielt Mattie eine dick mit Zuckerguss überzogene Zimtschnecke hin.

Sie biss davon ab und stöhnte genüsslich auf. »Die Bäckerei in Eumeralla macht nach wie vor die leckersten Zimtschnecken, die ich je gegessen habe.«

»Absolut.«

»Das ist definitiv besser als das Zeug, das wir früher dabeihatten.« Mattie schauderte bei der Erinnerung an die labbrigen Toastbrotscheiben mit Vegemite oder billiger Fleischwurst, die ihre Lunchpakete meistens enthalten hatten.

»Manches ändert sich, Mattie Cameron.«

»Sieht ganz danach aus, ja ...« Sie zögerte. »Ähm, Charlie?«

»Mhm?«

»Darf ich dich etwas fragen?«

»Nur zu.«

»Erinnerst du dich an dieses legendäre Pferderennen ...?«

»Das, bei dem du mich und im Grunde alle anderen Reiter aus dem Shingle Valley abgehängt hast?« Er lachte. »Wie könnte ich das vergessen?«

»Genau das meine ich.« Sie grinste.

»Was ist damit?«

»Warum hast du dich damals einfach aus dem Staub gemacht? Hat es dich echt so gestört, dass ich schneller war als du?«

»Willst du das wirklich wissen?«

Mattie nickte.

»Eigentlich wollte ich gerade rübergehen, um dir zu gratulieren«, sagte er etwas verlegen. »Aber als du vom Podium gestiegen bist, hat sich gleich einer der anderen Reiter auf dich gestürzt und dich umarmt, und da dachte ich: ›Okay, ich bin hier wohl überflüssig.‹«

Mattie lief rot an. »Oh. Das war mir nicht klar.«

Sie genossen eine Weile schweigend die Aussicht.

»Okay, jetzt musst du mir aber auch eine Frage beantworten.«

»Na gut, meinetwegen.« Mattie ahnte bereits, wie seine Frage lauten würde. Sie begann erneut zu schwitzen, diesmal vor Verlegenheit.

»Kannst du dich wirklich nicht mehr daran erinnern, was neulich nach dem Dinner noch so alles passiert ist?«

»Na ja … Ich weiß noch, dass wir in diesem Nachtklub waren und miteinander getanzt haben. Und die Verrenkungen, die du dabei gemacht hast, habe ich auch nicht vergessen«, versuchte sie, das Ganze ins Lächerliche zu ziehen. »Aber ich habe keine Ahnung, wie ich nach Hause gekommen bin«, fuhr sie fort. So, das entsprach mehr oder weniger der Wahrheit.

Charlie zögerte kurz, dann sagte er: »Keine Sorge, wir haben ein, zwei Songs miteinander getanzt, aber du bist vor Müdigkeit im Grunde nur noch rumgetorkelt, deshalb habe ich dich dann ziemlich bald nach Hause gebracht.«

»Ein Gentleman durch und durch.« Mattie war ihm dankbar dafür, dass er es dabei beließ. »Sonst lasse ich mich normalerweise nicht so gehen«, sagte sie mit einem entschuldigenden Schulterzucken. »Wahrscheinlich war ich einfach zu lange ans Bett gefesselt.«

»Na ja, aber inzwischen bist du ja schon beinahe wieder ganz die Alte.«

»Beinahe?«

»Du hast Shakira noch nicht geritten.« Er sah sie mit hochgezogener Augenbraue an.

»Tja …« Mattie zuckte die Schultern. Sie hatte einfach noch nicht den Mut, wieder in den Sattel zu steigen. Nach den schweren Verletzungen, die sie bei dem Lawinenunglück davongetragen hatte, versuchte sie alles, was den Genesungsprozess bremsen oder gar zunichtemachen konnte, zu vermeiden.

»Sag mal, Charlie …«

»Ja?«

Sie war drauf und dran, das Thema Marie-Claire anzusprechen, hätte ihn zu gern gefragt, ob er vorhatte, nach Frankreich zu ziehen oder ob sie nach Australien zurückkehren würde. Doch sie zögerte. Wollte sie die Antwort überhaupt hören? »Ach, vergiss es«, sagte sie schließlich. »Ist nicht weiter wichtig.«

37

Bei der Zusammenkunft im größten Raum des Southern Cross ging es hoch her. Soweit Rose das beurteilen konnte, war jeder Einzelne ihrer zahlreichen Bekannten aus dem Shingle Valley da: Thommo, Charlie, Ben, Deano und Angie, Jake, Dan, Bevan, Bob und Sadie … sämtliche Winzer des Tales, und dazu die Betreiber von Frühstückspensionen, Restaurants, Cafés, Hotels und Boutiquen. Alle, deren Leben und Zukunft bedroht waren, falls im südlichen Teil des Tales die Erdgasförderung mittels Fracking begann. Das Personal hatte alle Hände voll zu tun, denn die lautstarke Unterhaltung machte durstig, und die Gäste bestellten ein Bier nach dem anderen. Viele waren frustriert, weil in Sachen Schutzzonenantrag so gar nichts voranging, und die Stimmung wurde immer aggressiver, wie Rose besorgt registrierte. Blieb nur zu hoffen, dass es Mark gelingen würde, die Meute zu beruhigen, sonst konnte es ungemütlich werden.

Mark bedeutete dem Barkeeper, die Schiffsglocke zu betätigen, mit der normalerweise die letzte Runde vor der Sperrstunde eingeläutet wurde. Das Stimmengewirr verebbte allmählich, da und dort ertönte noch ein Hüsteln, Sohlen scharrten über den Boden, dann hatte er schließlich die volle Aufmerksamkeit der Anwesenden.

»Okay, Leute«, rief Mark. »Fangen wir an. Es freut mich sehr, dass ihr so zahlreich erschienen seid. Herzlich willkommen allerseits. Also: Ich habe die australische Raumordnungskommission kontaktiert, und man hat mir mitgeteilt, dass bis jetzt kein Antrag auf eine Förderlizenz für das südliche Shingle Valley gestellt wurde. Allerdings gehe ich davon aus, dass es nur eine Frage der Zeit ist, bis es so weit ist. Das heißt für uns: Augen und Ohren offen halten und allzeit bereit sein. Amanda, möchtest du ein paar Worte zu der geplanten PR-Kampagne sagen?«

»Gern. Also, unsere Message wird im Grunde lauten: ›Frack off!‹«, verkündete sie. Die Menge lachte, über den Witz genauso wie über die Vorstellung, dass sich diese zierliche Blondine mit einem chinesischen Großkonzern anlegte. Als das Gelächter verebbt war, fuhr sie fort: »Nun ja, als Erstes benötigen wir natürlich finanzielle Mittel.«

Kollektives Aufstöhnen.

Amanda hob die Hand. »Wartet. Mir ist da eine Möglichkeit eingefallen, wie wir an diese Mittel kommen und zugleich ein bisschen Öffentlichkeitsarbeit betreiben können.«

»Klingt interessant«, stellte Bob fest. »Dann lass mal hören.«

»Ich schlage vor, wir organisieren eine Weinauktion in Sydney, für die jeder der Winzer hier vor Ort eine oder zwei Kisten aus seinen ›Museumsbeständen‹ springen lässt. Das wird uns sowohl reichlich Aufmerksamkeit als auch Geld für unsere Kampagne einbringen, auf diese Weise schlagen wir also zwei Fliegen mit einer Klappe.«

»Super Idee. Finde ich gut«, sagte Mark. »Ich sammle die Weine ein und übernehme die Katalogisierung. Dafür müsstet ihr mir nur alle eine Mail schicken, in der steht, was genau ihr spenden wollt. Amanda, würdest du dich um die Location kümmern und dir überlegen, wen wir einladen könnten? Und vielleicht wollen ja einige der anderen hier versammelten Unternehmer auch ein paar Preise stiften – Gutscheine für ein Essen oder ein paar Übernachtungen beispielsweise.«

Amanda nickte so energisch, dass ihre blonden Locken hüpften. »Übrigens würde ich die Auktion auch online laufen lassen, damit mehr Leute mitsteigern können.«

»Und was haben dann die davon, die vor Ort sind?«

»Was hältst du von einer kleinen Degustation? Wir bieten den Leuten die einmalige Gelegenheit, ein paar wirklich außergewöhnliche Weine zu verkosten und die Winzer kennenzulernen.«

»Hervorragend. Gut mitgedacht.«

Sie nickte mit einem zufriedenen Lächeln.

»Nächster Punkt auf der Agenda ist der angestrebte Schutzzonenstatus. Thommo und ich arbeiten da gerade an einem entsprechenden Antrag. Wie ihr wisst, gilt bislang nur der nördliche Teil des Tales als landwirtschaftliche und touristische Schutzzone. Wenn es uns gelänge, diesen Status auf das gesamte Shingle Valley auszudehnen, würde das sämtlichen Berg- und Tagebaubestrebungen dauerhaft einen Riegel vorschieben. Deshalb müssen wir dieser Aufgabe jetzt oberste Priorität einräumen, auch wenn so ein Entwurf ziemlich zeitaufwendig ist.«

Gemurmel unter den Zuhörern. Dann meldete sich Bob Drayfield zu Wort: »Und was hatte es mit diesem Angriff auf Tilly auf sich?«

Das Gemurmel schwoll an, und Mark musste mehrmals mit der Hand wedeln, um sich Gehör zu verschaffen. »Ein

Wachmann, der in seinem Diensteifer ziemlich übers Ziel hinausgeschossen ist, mehr nicht. Wir haben den Fall an die Polizei übergeben. Ich glaube nicht, dass sich dadurch ewas ändern wird. Trotzdem, es ist definitiv keine gute Werbung für Tin Pei. Aber …« – er sah sich im Raum um – »ich möchte euch alle inständig bitten, euch künftig von dem Gelände fernzuhalten. Es bringt nichts, wenn wir uns rechtswidriges Verhalten vorwerfen lassen müssten, vor allem nach dem Graffiti-Vorfall. Es muss alles seine Richtigkeit haben. Die Sache ist ein bisschen größer als eine Kneipenkeilerei.«

In diesem Moment erspähte Rose einen ihr unbekannten Mann an der Bar, der offenbar darauf wartete, bedient zu werden. Sehr ungewöhnlich. In den drei Jahren, die sie bereits hier lebte, hatte sie mehr oder weniger sämtliche Bewohner des Shingle Valley kennengelernt. Wobei es durchaus vorkommen konnte, dass sich an einem Mittwochabend im Frühling auch mal ein Fremder hierher verirrte. Dann bemerkte sie das grob gestickte rot-weiße Logo auf seinem Fleecepulli. Es bestand aus drei Buchstaben: TPR. *Oh-oh.* Diesen Schriftzug kannte sie dank Marks Internetrecherchen nur zu gut. Tin Pei Resources. Du liebe Zeit! Wenn das einer der anderen Anwesenden sah und sich zusammenreimte, wofür es stand, konnte es hier im Nu ordentlich Zoff geben. Sie versuchte verzweifelt, Mark ein Zeichen zu geben, doch der war nun in eine Unterhaltung mit Bob und Thommo vertieft. Also schlängelte sie sich durch die Menschenmassen in Richtung Bar, wo der Unbekannte gerade ein Bier bestellte.

»Ich glaube nicht, dass das eine besonders gute Idee ist«, sagte sie leise.

Der Mann drehte sich zu ihr um und sah sie an. »Gibt

es ein Problem? Möchte die Dame vielleicht auch einen Drink?«, fragte er mit einem anzüglichen Grinsen.

Rose zeigte unauffällig auf das Logo auf seinem Pullover. »Diese drei Buchstaben werden hier nicht so gern gesehen.«

Es dauerte einen Augenblick, bis ihm dämmerte, was sie meinte. »Oh. Verstehe. Hören Sie, ich mache bloß meine Arbeit …«

»Schon klar. Aber nur für den Fall, dass es Ihnen noch nicht aufgefallen ist: Sie sind hier mitten in ein Hornissennest hineinspaziert.« Sie deutete mit dem Kopf auf die Leute hinter ihr. »Das ist eine Zusammenkunft von Ortsansässigen, die gegen alles sind, wofür Tin Pei steht. Also sorgen Sie lieber nicht für zusätzlichen Aufruhr. Die meisten Leute würden vermutlich nicht gleich kombinieren, wenn sie dieses Logo sehen, aber es gibt durchaus ein paar, die es kennen … Also, ich an Ihrer Stelle würde mich verdünnisieren, ehe es womöglich hässlich wird.«

Der Mann ließ den Blick durch das Lokal wandern, dann drehte er sich zum Barkeeper um und sagte: »Geben Sie mir statt dem Hellen einen Sechserpack zum Mitnehmen, Kumpel.«

Dann verkrümelte er sich, und Rose atmete erleichtert auf.

Krise abgewendet. Vorläufig jedenfalls.

38

»Ganz ehrlich, Mattie, ich weiß nicht, was ich tun soll. Es ist mir noch nie passiert, dass sich ein Typ quasi in Luft auflöst, nachdem er erst so deutlich sein Interesse gezeigt hat. Die ganze Sache ist so verdammt frustrierend!«

Cara und Mattie saßen auf zwei alten Stühlen draußen vor der Scheune.

»Ich bin es nicht gewohnt, ignoriert zu werden. Er ist die ganze Woche kaum in der Kellerei aufgetaucht, und auf meine Nachricht hat er auch nicht reagiert.«

»Was?«, stieß Mattie hervor. »Du hast ihm geschrieben? Ist das nach den allgemeingültigen Dating-Regeln nicht ein Kardinalfehler?«

»Das ist mir im Moment so was von scheißegal. Ich bin stinksauer. Wie kann er es wagen, zu sagen, was er gesagt hat, und dann so zu tun, als würde ich gar nicht existieren!« Cara pfefferte die Zeitschrift, in der sie geblättert hatte, auf den Boden. »Und übrigens war es nur eine einzige Nachricht, in der ich ihn gefragt habe, wie es ihm geht. Ganz unverbindlich.«

»Was genau hat er denn gesagt?«

»Na, dass er die ganze Zeit an mich denken muss und total verknallt in mich ist und so weiter. Blablabla …«

»Wow. Da ist er ja echt aufs Ganze gegangen«, staunte

Mattie. »Ehrlich gesagt bin ich ratlos. Ich meine, ich weiß natürlich, was man sich so über ihn erzählt, aber irgendwie konnte ich das alles immer nicht so recht glauben. Soll ich mal mit ihm reden? Vielleicht kann ich ja aus ihm rauskitzeln, was eigentlich los ist.«

»Untersteh dich! Ich bin ohnehin schon mehr oder weniger über die ganze Sache hinweg. Idiot.«

»Ehrlich?«

»Nein. Das rede ich mir bloß ein, damit es mir besser geht. Deshalb treffe ich mich auch am Freitag mit Brokkoli im Pub.«

»Brokkoli?«

»Brock. Officer Doyd.«

Mattie schwieg. Cara hatte immer schon das Bedürfnis gehabt, Bewunderer um sich zu scharen, aber wie es schien, bedeutete ihr Jake mehr, als sie zugeben wollte.

»Okay, dann lass mal sehen, wie weit du bist«, sagte Mark, als sich Mattie etwas später zu ihm in die Küche setzte. Cara schob drüben in der Schenke die Nachmittagsschicht, und Rose war im Restaurant, um die nächste Hochzeit vorzubereiten. Am Samstag war es wieder so weit. Mattie fuhr ihren Laptop hoch, rief die provisorische neue Kalkari-Webseite auf und drehte den Laptop zu Mark herum. Dann wartete sie gespannt ab, während er sich schweigend durch das Menü klickte. Hoffentlich war er mit ihrer Arbeit zufrieden. Er hatte schon so viel für sie getan, vor allem in den vergangenen paar Monaten. Es war wirklich unglaublich nett von ihm, dass sie hier kostenlos wohnen durfte – und nun auch noch ihre beste Freundin …

»Und?«, fragte sie, als sie es nicht mehr länger aushielt.

Ihr großer Bruder sah sie an. »Ich finde es großartig«, sagte er mit einem anerkennenden Lächeln. »Kein Vergleich mit unserem bisherigen Internetauftritt. Ich bin total hin und weg, ehrlich. Aber …«

Mist. Mattie ließ die Schultern hängen.

»Aber vor allem finde ich, dass du eine außerordentlich talentierte Fotografin bist«, fuhr Mark fort. »Wer hätte gedacht, dass der alte Dan so gut aussehen kann?« Er deutete auf den Bildschirm. »Und die Aufnahmen von Luisa hier …« Seine Augen glänzten feucht. »Die sind einmalig. Die spiegeln haargenau wider, was für ein Frechdachs sie ist.«

Mattie lächelte ihn an. »Danke, Mark. Dieses Lob bedeutet mir viel, gerade aus deinem Mund.«

»Mir kommt da gerade eine Idee. Ich muss erst noch mit Rose darüber reden, aber ich finde, wir sollten eine Ausstellung organisieren.«

»Eine Ausstellung?«, echote Mattie verblüfft. »Ist das dein Ernst?«

»Mein voller Ernst.«

»Wow. Also, ehrlich gesagt habe ich bloß ein bisschen rumexperimentiert. Und ich bin gar nicht sicher, ob ich für ein so ehrgeiziges Projekt überhaupt genügend Bilder habe. Nachdem dieser Idiot neulich meine Kamera demoliert hat, kann ich ja keine neuen mehr machen.«

»Du hast genügend, wetten? Schau doch einfach mal, wie viele du zusammenbringst. Und nach Rumexperimentieren sehen sie nun wirklich nicht aus.« Mark legte ihr einen Arm um die Schultern. »Wer hätte gedacht, dass du auf deine alten Tage noch eine künstlerische Ader entwickelst!«

Mattie schnaubte entrüstet. »Also bitte, die hatte ich schon immer.«

»So, so.«

»Und wie genau kommt da jetzt Rose ins Spiel?«

»Na, Trevelyn's Pantry wäre doch der ideale Ort, um deine Fotos der Öffentlichkeit zu präsentieren.«

»Okay …« Sie überlegte kurz. »Es gibt da nur ein klitzekleines Problem: Ich fürchte, die Materialkosten übersteigen meine finanziellen Möglichkeiten.«

»Keine Sorge, da überlegen wir uns noch etwas. Hey, ich habe da gerade noch eine Idee.«

»Donnerwetter, Einstein, gleich zwei an einem Tag? Meinst du denn, das kann die Welt verkraften?«

»Haha. Also, hättest du Lust, auch ein Etikett für eine Weinflasche zu entwerfen? Ich plane nämlich eine Spezialabfüllung für unseren diesjährigen Rosé, und ich dachte, Rose freut sich vielleicht, wenn ich ihn nach ihr benenne. So ein Foto würde sich auf dem Etikett bestimmt gut machen.« Er zeigte auf ein Foto von einem blühenden Rosenstrauch am Ende einer Rebzeile.

»Oh, du kannst ja richtig romantisch sein! Wer hätte das gedacht.« Mattie knuffte ihn grinsend in die Seite. »Das findet Rose bestimmt unheimlich süß. Das Foto müsste gehen, vielleicht in grafischem Schwarz-Weiß …«

»Klingt gut. Du hast freie Hand, aber behalte es vorläufig für dich. Es soll eine Überraschung werden, vielleicht zum Geburtstag. Was hältst du von ›Roses Rosé‹?«

»Finde ich ehrlich gesagt ein bisschen lahm.«

»Hm. Hast du eine bessere Idee?«

»Wie wär's mit einem Shakespeare-Zitat: ›Was uns Rose heißt, wie es auch hieße …‹«

»Ist das nicht ein bisschen umständlich?«

»Ach was. Ich mach das schon«, sagte sie zuversichtlich. »Ich kann ja mal einen Entwurf ausarbeiten, damit du es dir ungefähr vorstellen kannst.«

»Gut, du bist die Expertin. Aber wie gesagt, es sollte vorläufig unser Geheimnis bleiben.«

»Okey-dokey, großer Bruder. Freut mich, dass dir die Webseite gefällt. Hat richtig Spaß gemacht.«

»Das höre ich gern. Übrigens habe ich noch einen weiteren Anschlag auf dich geplant.«

»Nämlich?«

»Könntest du mir mit dem Schutzzonenantrag ein bisschen zur Hand gehen? Das Material habe ich inzwischen beisammen, und mit dem Text hat mir Charlie geholfen, aber wir brauchen noch jemanden, der sich um das Layout kümmert, damit es richtig professionell aussieht.«

Diesen Wunsch konnte Mattie ihm beim besten Willen nicht abschlagen. »Na klar.«

Die Organisation der Ausstellung ging blitzschnell vonstatten. Mark erzählte Rose von seiner Idee, und sie teilte seine Meinung, dass Trevelyn's Pantry die perfekte Location dafür war. Sie setzten ein Datum fest, und dann stellte Mattie fieberhaft die besten Aufnahmen zusammen und suchte ein Studio, um sie vergrößern und rahmen zu lassen. Außerdem galt es zu klären, wie man die Bilder am besten aufhängen konnte, ohne die einhundert Jahre alten Wände des Restaurants zu beschädigen.

»Ich habe ein Studio gefunden, das mir einen echt guten Preis macht, aber es ist in Sydney«, berichtete sie Cara, als sie ein paar Tage später morgens auf der Veranda Kaffee tranken. »Nächste Woche kann ich sie abholen. Ich werde Rose fragen müssen, ob sie mir ihr Auto leiht – meines ist viel zu klein.«

Cara hob eine Augenbraue. »Denkst du, was ich denke?«

»Keine Ahnung. Was denkst du denn?«, fragte Mattie mit einem vielsagenden Grinsen.

»Shopping-Trip!«, johlten sie wie aus einem Mund.

Sehr gut, dachte Mattie. Das würde Cara auf andere Gedanken bringen. Jake machte sich nach wie vor auffällig rar. Er war von früh bis spät draußen bei den Rebstöcken und ließ sich so gut wie gar nicht mehr im Haus oder in der Scheune blicken. Cara war noch nie wegen eines Mannes derart neben der Spur gewesen, und Mattie machte sich Sorgen um sie. Hoffentlich stand die Ärmste am Ende nicht mit einem gebrochenen Herzen da. Das wäre definitiv eine Premiere. Sie seufzte. Früher oder später musste so etwas wohl jeder einmal durchmachen.

»Sollen wir Rose fragen, ob sie mitkommen will?«, fragte Cara.

»Ich schätze mal, sie wäre dabei, vorausgesetzt, sie ist nicht zu beschäftigt mit ihrem Restaurant. Eine kleine Pause würde ihr sicher guttun. In letzter Zeit wirkt sie oft richtig erschöpft.«

»Cool. Wir können bei meinen Eltern übernachten. Und ich würde gern ein paar Möbelhäuser abklappern. Ich hatte noch gar keine Gelegenheit, es dir zu erzählen, aber ich soll mich tatsächlich um die Innenausstattung dieses Wellness-Schuppens kümmern. Und meine Garderobe könnte auch mal wieder eine kleine Frischzellenkur vertragen.«

»Wozu das denn? Hier draußen braucht man doch bloß Shorts und ein T-Shirt.«

»Du vielleicht, aber manche von uns legen auch in der Wildnis Wert auf ein gepflegtes Äußeres … Aua!«

Mattie hatte ihrer Freundin einen unsanften Klaps auf die Schulter verpasst. »Das hast du so was von verdient!«

Am späteren Nachmittag machte sich Mattie auf die Suche nach Rose und fand sie zu ihrer Verblüffung schlafend auf dem Sofa. In all den Monaten, die sie nun schon auf Kalkari war, hatte sie es noch kein einziges Mal erlebt, dass sich Rose tagsüber einfach mal zum Ausruhen hinsetzte, geschweige denn aufs Ohr legte.

»Rose?«

»Mhm?«

»Geht es dir gut?«, fragte Mattie. Normalerweise war Rose ein richtiges Energiebündel und von früh bis spät in Bewegung.

»Ja.« Rose streckte sich. »Ich musste nur mal ein kleines Nickerchen machen.«

»Kann es sein, dass du zu viel arbeitest?«

Rose richtete sich auf. »Na ja, das Restaurant hält mich ganz schön auf Trab, aber bisher hat mir harte Arbeit nie etwas ausgemacht. Ich fühle mich wie erschlagen, dabei ist gerade deutlich weniger zu tun als sonst, weil ja die Kinder in Spanien sind. Ich weiß auch nicht. Vielleicht liegt es am Wetter. Es wird tagsüber schon wieder so drückend heiß.«

»Nun, ich hätte da einen Vorschlag: Hast du Lust, mit Cara und mir nach Sydney zu fahren? Wir könnten ein bisschen shoppen, abends schön essen gehen …«

Rose lächelte. »Klingt super. Wann soll es denn losgehen? Dieses Wochenende steigt im Restaurant wieder eine Hochzeit, aber danach wird es ruhiger.«

»Nächste Woche ist perfekt. Ich muss die Bilder holen – apropos, könnten wir mit deinem Auto fahren? In meines passen nie und nimmer alle rein.«

»Klar, kein Problem.«

»Cara meinte, wir können bei ihren Eltern übernachten, die haben massenhaft Platz, und außerdem ist es von dort nicht so weit ins Stadtzentrum. Hast du Wünsche, was das Essen angeht? Soll ich irgendwo reservieren?«

»Es gibt da etliche neue Restaurants, die ich längst ausprobieren wollte. Ich brauche noch die eine oder andere Inspiration für das Sommermenü.«

»Okay. Gib einfach Bescheid, wann und wo, dann erledige ich das.«

Sobald sie ihr Gepäck bei Caras Eltern abgeladen hatten, nahmen sie die Fähre ins Stadtzentrum, um dort Mittagessen zu gehen. Das Wetter war herrlich, und sie stellten sich an die Reling, die Gesichter wie Blumen der Sonne zugewandt, die sich in der glitzernden, blauen Wasseroberfläche spiegelte, und atmeten die salzige Luft ein. »Ah, genau das habe ich gebraucht«, rief Rose über das Brummen des Motors hinweg. »Ich fühle mich schon viel besser.«

Wenig später saßen sie an einem Tisch direkt am Ufer, mit Blick auf die schneeweißen Segel des Opernhauses vor dem Hintergrund des blitzblauen Himmels, und bestellten zur Feier des Tages eine Flasche Sekt.

»Prost, ihr beiden!« Cara hob ihr Glas, nachdem ein Kellner ihnen je eine gestärkte weiße Serviette über den

Schoß gebreitet hatte. »Auf unseren Ausflug! Wie sieht denn jetzt unser Plan aus? Ich bin ja stark dafür, dass wir nach dem Essen in ein Taxi steigen – erste Haltestelle Bondi Junction und danach Double Bay, wenn wir noch genügend Energie haben.«

»Ich muss mich dann irgendwann ausklinken, um meine Bilder in Surry Hills abzuholen. Das Atelier schließt um fünf«, sagte Mattie. »Aber ihr könnt ja dann ohne mich weitershoppen.«

»Klingt gut.« Rose nippte an ihrem Sekt und verzog das Gesicht. »Puh!«

»Was ist los?«, fragte Mattie. »Wenn er nicht in Ordnung ist, lassen wir ihn zurückgehen.«

»Ich weiß nicht … Er schmeckt irgendwie eigenartig.«

»Möchtest du uns vielleicht etwas mitteilen, Rose?«, fragte Cara mit einem vielsagenden Blick.

Rose schüttelte den Kopf. »Nein, wieso?«

Cara wackelte mit den Augenbrauen.

»Was ist?«

»Rose, könnte es eventuell sein, dass …« Cara brach ab. »Na ja, ich meine … wäre es möglich, dass du …«

Rose lief feuerrot an, geradeso, als hätte sie etwas ausgefressen. »Dass ich schwanger bin?«, beendete sie den Satz. »Also, eigentlich versuche ich mir schon die ganze Zeit einzureden, dass ich es nicht bin, aber ich fürchte, das wird nichts nutzen …«

39

»So, das war's«, sagte Mattie und trat einen Schritt zurück. Sie hatten soeben das letzte der dreißig Fotos im Gastraum von Trevelyn's Pantry aufgehängt. In den zwei Wochen seit ihrer Rückkehr aus Sydney war sie unzählige Male dort gewesen, um sich zu überlegen, wie und wo genau sie die Aufnahmen vor den weiß gekalkten Wänden am besten in Szene setzen konnte. Da sie keine Kamera mehr hatte, mussten sie sich mit den Fotos zufriedengeben, die vorlagen, aber als sie die teils in Schwarz-Weiß gehaltenen Aufnahmen nun noch einmal betrachtete, kam sie zu dem Schluss, dass sie die richtige Auswahl getroffen hatte. Die Kletterranken eines Weinstocks, die von Schwielen und Falten übersäten Hände eines Arbeiters mit der Gartenschere, Mark und Rose in verliebter Pose vor dem gelben Sandsteingemäuer des Herrenhauses … Die Ausstellung vermittelte einen umfassenden Eindruck vom Leben im Shingle Valley und von den Menschen hier, die so viel Leidenschaft und Herzblut in die Erzeugung ihrer Weine steckten. Mattie atmete tief durch. In jeder einzelnen Aufnahme spiegelte sich die raue Schönheit des Tales, wie sie sie durch den Sucher ihrer Kamera wahrnahm. Sie war sehr zufrieden mit dem Ergebnis. Eigentlich mit ihrem Leben ganz allgemein. Mit der Organisation der Ausstellung und der Gestaltung des Schutzzonenantrags war sie in letzter Zeit ganz schön eingespannt gewesen – fast wie in alten Zeiten. Sie hatte auch einige ihrer Bilder in den Antrag eingearbeitet, um das Shingle Valley von seiner Schokoladenseite zu präsentieren: die von Rebflächen überzogene Landschaft, die Schenken, die Winzer vor ihren Fässern, die Weinverkostungen … Alles in allem ein schlagkräftiges Argument dafür, dass das gesamte Tal ausschließlich der Weinherstellung und dem Tourismus vorbehalten sein sollte. Blieb nur zu hoffen, dass das ausreichend war. In zwei Tagen hatten Mark und Charlie einen Termin bei Jeremy Bell, bei dem sie ihm den Antrag vorlegen wollten.

»Sieht super aus«, stellte Cara fest, die ihr beim Aufhängen der Bilder geholfen hatte.

»Unglaublich«, pflichtete Rose ihr bei, die in der Küche mit der Vorbereitung der Hors d'œuvres für die Vernissage beschäftigt war. Als kleine Begleitung für die geplante Degustation sollte es kalte Wurst- und Käseplatten und diverse Terrinen geben.

»Bist du sicher, dass du das alles schaffst?« Mattie sah Rose mit einem vielsagenden Blick auf den Bauch an.

»Natürlich. Ich bin fit wie ein Turnschuh – solange ich fleißig esse jedenfalls.« Rose lachte und schob sich einen Karottenstift in den Mund.

»Hast du es Mark schon erzählt?«

Rose wich ihrem Blick aus. »Äh, nein, es hat sich noch nicht ergeben.«

»So, so.«

»Ich möchte den richtigen Moment abwarten«, sagte Rose fest.

»Okay. Du wirst schon wissen, was du tust.« Mattie

zuckte die Schultern. Ich an deiner Stelle hätte es ja längst überall rumposaunt, wollte sie beinahe noch sagen, aber sie würde sich nicht einmischen. »Wie viele Gäste erwarten wir eigentlich?«, fragte sie stattdessen. Die Vorbereitung der Ausstellungsstücke hatte ihre gesamte Aufmerksamkeit beansprucht, sodass sie sich um die Organisation der Vernissage kaum gekümmert hatte.

»So um die hundert«, sagte Rose fröhlich.

Sie hatten neben ihren Freunden aus den umliegenden Kellereibetrieben und den Mitgliedern des Kalkari Wine Clubs auch etliche Medienvertreter eingeladen.

Mattie schluckte. »Du meine Güte! Ich hatte ehrlich gesagt bloß mit einer Handvoll Leute aus Eumeralla und Umgebung gerechnet.«

Was hier an den Wänden hing, war doch ein sehr persönlicher Einblick in ihre Wahrnehmung, ihre Sicht der Dinge. Im Grunde eine Art Seelenstriptease.

»Unsinn«, winkte Cara ab. »Du kannst stolz auf dich sein. Diese Bilder sind absolut außergewöhnlich. Ich schätze mal, ich bin nicht die Einzige, die im Begriff ist, sich hier eine Karriere aufzubauen.«

»Danke«, sagte Mattie, aufrichtig erfreut über das Kompliment. »Schade, dass Jake nicht kommen kann. Das ist ein tolles Bild von ihm.« Sie deutete auf eine Schwarz-Weiß-Aufnahme, auf der sein verwegener Gypsy-Charme besonders gut zur Geltung kam. Das Weiß seiner Augen und die glänzenden Zähne bildeten einen reizvollen Kontrast zu seiner gebräunten Haut. Er war seit einer Woche wieder in Adelaide.

»Er hat Mark vorhin angerufen«, meldete sich Rose zu Wort. »Sein Dad ist gestern in den frühen Morgenstunden gestorben.«

»O nein!«, stieß Cara hervor. »Das wusste ich ja noch gar nicht. Wie geht es ihm denn?«

»Ganz gut so weit, obwohl das natürlich ein schwerer Schlag ist. Sein Dad war zwar krank, aber so bald hatten sie wohl nicht damit gerechnet. Jedenfalls wird Jake noch eine Weile in Adelaide bleiben, zum einen wegen der Beerdigung, aber auch, um für seine Mum und seine Schwestern da zu sein.«

In diesem Moment ging die Tür auf und Mark kam herein. Er blieb stehen und sah sich um. »Wow. Sehr beeindruckend, Schwesterherz.«

Mattie schenkte ihm ein stolzes Lächeln. »Danke, auch dass ich die Gelegenheit habe, meine Arbeiten zu präsentieren.«

»Eine Hand wäscht die andere – du hast einen sehr stilvollen Rahmen für die Verkostung unserer neuesten Weine geschaffen. Und die übrig gebliebenen Bilder kannst du dann bei der Auktion verkaufen, die das Shingle Valley Museum demnächst in Sydney abhält.«

»Ich rechne ehrlich gesagt nicht damit, dass die irgendjemand kaufen will.«

»Warum denn nicht?«

»Meinst du wirklich?«

»Na klar!«, riefen Mark und Cara unisono.

»Ich fange gleich mal damit an«, sagte Rose. »Ich finde diese Aufnahme von Mark und mir vor dem Haus einfach wunderschön. Wie viel willst du dafür haben?«

»Also bitte! Du erwartest nicht ernsthaft, dass ich Geld von dir und Mark verlange, oder? Schließlich habe ich dank euch nicht nur ein Dach über dem Kopf, sondern auch die Gelegenheit, meine Arbeiten auszustellen«, protestierte Mattie.

»Na gut, dann betrachte damit deine Miete als bezahlt«, sagte Mark.

»Und zwar bis zum Jahresende«, fügte Rose lachend hinzu. »Und vergiss nicht, eine Preisliste für die anderen Bilder zu erstellen.«

Gegen acht Uhr abends war das Restaurant bereits brechend voll. Rose hatte die Türen zur Veranda geöffnet, damit sich die Gäste auch draußen aufhalten konnten. Brock Doyd war es gelungen, eine Einladung zu ergattern, und steuerte bei seiner Ankunft schnurstracks auf Cara zu. Diese hatte sich die blonden Haare zu einem schlichten Knoten hochgesteckt und trug ein Outfit, das für ihre Verhältnisse ungewöhnlich züchtig und brav wirkte – einen schwarzen Bleistiftrock und ein schwarzes Top mit Bubikragen. Erst, als sie sich umdrehte, sah Mattie den fast bis zum Steißbein reichenden Rückenausschnitt, der den Blick auf jede Menge zarte Alabasterhaut freigab und prompt dafür sorgte, dass sich Brock beinahe an seinem Wein verschluckte. Doch er hatte sich gleich wieder im Griff. »Hallo, Cara, wie geht's?«, sagte er.

»Danke, bestens, Brokkoli, ähm, ich meine, Brock. Und selbst?«

Mattie hielt nach Charlie Ausschau, konnte aber nur Thommo entdecken. Es war jetzt fast eine Woche her, dass sie Charlie zuletzt gesehen hatte, und sie hatte sich immer wieder dabei ertappt, dass sie lächelnd an ihre sonntägliche Wanderung dachte, an ihre unbeschwerten Unterhaltungen und daran, dass er sie mit den albernsten Sprüchen zum Lachen bringen konnte. Aber sie waren bloß Freunde, mehr nicht, rief sie sich erneut in Erinnerung. Er war vergeben. Er hatte Marie-Claire zwar mit keinem Wort erwähnt, aber Mattie ging trotzdem davon aus, dass die beiden noch ein Paar waren.

Sie schlenderte zu seinem Zwillingsbruder hinüber, der mit Astrid vor der Tür zur Küche stand.

»Hi, ihr zwei.«

»Hallo, Mattie!«, sagte Thommo und beugte sich zu ihr runter, um sie auf die Wange zu küssen. »Wahnsinn, deine Fotos. Ich hatte ja keine Ahnung, dass du so talentiert bist!«

»Danke. Ehrlich gesagt muss ich mich erst daran gewöhnen, mit meinen Arbeiten in diesem Format konfrontiert zu werden.«

»Ich bin gespannt, was Charlie dazu sagen wird. Vor allem zu dem da drüben ... Na, wir werden es sicher gleich erfahren.« Er sah zur Tür. Tatsächlich kam soeben sein Bruder herein.

Mattie spürte, wie ihr Herz einen Satz machte beim Anblick seiner zerzausten Locken, seiner breiten Schultern und seines strahlenden Lächelns. Er begrüßte sie ebenfalls mit einem Wangenkuss, und sie atmete tief seinen maskulinen Geruch ein.

»Hallo, Charlie. Schön, dass du gekommen bist«, sagte sie, darum bemüht, sich nicht anmerken zu lassen, dass seine bloße Anwesenheit die Schmetterlinge in ihrem Bauch so heftig mit den Flügeln schlagen ließ wie noch bei keinem anderen Mann zuvor. Sie sah von ihm zu seinem Bruder. »Ich weiß eure Unterstützung wirklich zu schätzen.«

»Ich wollte mir diese Gelegenheit, deine Arbeiten zu sehen, natürlich auf gar keinen Fall entgehen lassen«, sagte Charlie. »Wie sieht es aus, gibst du mir eine kleine Führung?«

»Wenn du willst. Komm mit.«

»Ah, wer ist denn dieser gut aussehende Bursche?«, flachste er, als sie vor dem Foto standen, das ihn im winterlichen Weingarten zeigte. »Gibt ein ziemlich gutes Motiv ab, muss ich sagen.« Er grinste spitzbübisch.

»Hm.« Mattie kratzte sich am Kinn, als würde sie sich seine Worte durch den Kopf gehen lassen. »Ja, gar nicht übel. Gut möglich, dass er mal wieder zum Einsatz kommt.«

Charlie wich ihr den ganzen Abend kaum von der Seite, und wenn, dann höchstens, um ihr ein neues Glas Wein zu holen.

Gegen Ende der Veranstaltung prangte auf sämtlichen Bilderrahmen ein roter Aufkleber mit der Aufschrift »Verkauft!«, und Mattie schwebte auf Wolke sieben. Es sah ganz danach aus, als wäre auch bei ihr der erste Schritt in eine neue berufliche Zukunft getan.

Ehe sie sich ganz ihrer künftigen Karriere widmen konnte, gab es allerdings noch etwas Wichtiges zu erledigen.

40

»Ich komme mit«, verkündete Mattie, als sie am nächsten Tag mit Mark und Charlie ein letztes Mal den Schutzzonenantrag durchging. Das Meeting mit Jeremy Bell war für den darauffolgenden Tag anberaumt, und Mattie hatte darauf bestanden, dass sie zu dieser Generalprobe in den Outfits erschienen, die sie morgen tragen würden. Sie selbst hatte einen ihrer alten Hosenanzüge aus dem Schrank gekramt, samt den dazupassenden Stöckelschuhen, und sich die Haare ordentlich mit Gel zurückgekämmt. Sie wusste, wenn sie die beiden überzeugen wollte, musste sie möglichst professionell auftreten.

»Was?« Mark sah von der Mappe mit den Unterlagen hoch, die sie vorbereitet hatte. Mit Bildern und Landkarten aufgepeppt war das Dokument über fünfzig Seiten stark.

Mattie stemmte die Hände in die Hüften und schob entschlossen das Kinn vor. »Ich bin ein PR-Profi, und Strategien zu präsentieren war in London eine meiner großen Stärken. Das hier ist im Prinzip doch auch nichts anderes als Marketing – wir müssen Jeremy Bell unser Anliegen verkaufen, und ich bin für diese Aufgabe am besten geeignet.«

Sie nahm ihm die Mappe aus der Hand, klappte den Laptop auf und öffnete die PowerPoint-Präsentation, die sie extra für diesen Zweck erstellt hatte.

Zehn Minuten später ließ Mark einen anerkennenden Pfiff hören. »Jetzt ist mir klar, warum du dich so in Schale geworfen hast«, sagte er. »Also, mich hast du schon mal an der Angel. Was ist mit dir, Charlie?«

Charlie nickte. »Absolut.«

Mattie wischte sich unauffällig die schweißnassen Hände an der Hose ab, sammelte ihre Unterlagen ein und wollte gerade den Laptop zuklappen, als sie bemerkte, dass in ihrer Mailbox eine Nachricht von Jamie Soames auf sie wartete.

Sie verließ Marks Arbeitszimmer und ging hinaus auf die hintere Veranda. Kaum hatte sie sich hingesetzt, kam auch schon Gin und rollte sich auf dem Platz neben ihr zusammen. Sie strich dem Kätzchen abwesend über das Fell, öffnete die Mail und schnappte nach Luft, als sie las, was Jamie ihr geschrieben hatte: Er war so beeindruckt von ihrer Frühjahrskampagne für DeVere, dass er ihr eine Stelle als Creative Director anbot. Er versprach ihr ein Gehalt, bei dem ihr schwindelte, und dazu ein eigenes Büro, ein Firmenauto und freie Handhabe in ihrem Aufgabenbereich. Ob sie Interesse habe? Falls ja, müsse sie sich allerdings bald entscheiden.

Mattie hätte am liebsten auf der Stelle zugesagt. Von einem solchen Job hatte sie immer geträumt.

Am nächsten Tag stand sie schon mit den Hühnern auf. Die Besprechung mit Jeremy Bell in Sydney sollte um elf in der Macquarie Street stattfinden, und sie hatte darauf gedrängt, dass sie mindestens eine Stunde Puffer einplanten. »Wir dürfen auf keinen Fall zu spät kommen«, sagte sie, als sie gleich darauf über den Highway brausten.

»Keine Sorge, wir sind bestimmt überpünktlich«, beruhigte Charlie sie. Sie hatten die Fahrt zu zweit angetreten, denn Mark war schon einen Tag eher losgefahren, um sich noch mit einigen seiner Händler zu treffen.

»Wer wird eigentlich außer Jeremy noch alles da sein?«, fragte Mattie.

»Der Minister für Umwelt und Raumordnung, der Tourismusminister und der Minister für regionale und lokale Verwaltung, jedenfalls laut Mark.«

»Wow.«

Danach herrschte wieder eine Weile Stille, jeder hing seinen Gedanken nach. Vor allem Charlie war ungewöhnlich schweigsam, was an der Uhrzeit liegen mochte, aber auch daran, dass die vor ihnen liegende Aufgabe schwer auf seinen Schultern lastete.

Nachdem sie geparkt und schon mal den Weg zum Büro von Jeremy Bell ausgespäht hatten, war noch reichlich Zeit für einen Kaffee. Während Charlie bestellte, kramte Mattie ihr Handy aus der Tasche, um Mark anzurufen. Sie hatten zwar vereinbart, dass sie sich um zwanzig vor elf vor Ort treffen würden, aber sie wollte sicherheitshalber kurz hören, ob auch alles nach Plan lief. Als sie auf das Display sah, stellte sie fest, dass Mark ihr eine Nachricht geschickt hatte.

»So ein Mist!«

»Was ist los?«, fragte Charlie, der eben mit zwei Tassen Kaffee an den Tisch getreten war.

»Mark kann nicht kommen.«

»Waaas?« Charlie stellte mit zitternden Händen die Tassen ab.

»Er musste zurück nach Kalkari. Rose geht es nicht gut.«

»Oh, Schei… Das hat uns gerade noch gefehlt. Ich habe vollstes Mitgefühl für Rose, aber dieses Meeting ist unglaublich wichtig.«

»Das weiß er. Es muss schon etwas Ernstes sein.« Mattie versuchte, ihren Bruder anzurufen, doch das Gespräch wurde sofort auf die Mailbox umgeleitet.

Sie ließ das Telefon sinken. »Tja, dann müssen wir es eben ohne ihn durchziehen.« Sie sahen sich verunsichert an.

Charlie fuhr sich mit den Fingern durch die Haare.

Mattie atmete tief durch. »Keine Sorge, wir schaffen das schon. Ich habe so was schon unzählige Male gemacht, und ich kann die Präsentationen mittlerweile in- und auswendig. Ich werde Marks Teil übernehmen, und du beherrschst deinen ja auch aus dem Effeff, oder?«

Charlie nickte und musterte sie bewundernd. »Du bist eine ziemlich coole Socke, Tilly Cameron.«

»Gut, dann mal los«, sagte Mattie entschlossen. »Zeigen wir's ihnen.«

Eine gute Stunde später verließen sie erleichtert und ermattet zugleich das Gebäude und traten hinaus ins helle Sonnenlicht.

»Und, was meinst du, wie ist es gelaufen?«, fragte Charlie.

»Na ja, sie haben uns ordentlich in die Mangel genommen, aber zumindest hatten sie ein offenes Ohr für uns, und sie haben die richtigen Fragen gestellt. Und du konntest sie alle mit links beantworten.«

Er grinste. »Dein Auftritt war aber auch nicht ohne. Vor allem, als es um die zu erwartenden Einnahmen ging.«

»Na ja, die von Mark recherchierten Zahlen haben mir eine stichhaltige Argumentation geliefert.«

Draußen war es warm, sodass sich ihre Frisur binnen kürzester Zeit auflöste und ihr die Haare ins Gesicht hingen. Sie strich sich ungeduldig eine Strähne aus der Stirn. »Ich glaube, bevor wir zurückfahren, muss ich mir noch etwas die Beine vertreten«, sagte sie. »Ich hatte ganz vergessen, wie sehr mich solche Auftritte stressen.«

»Man hat es dir kein bisschen angemerkt. Du warst sehr überzeugend. Du hast ja echt eine Menge Begabungen: PR-Profi, Fotografin, Tänzerin …«

Er hatte ihren Besuch im Nachtklub also noch nicht vergessen. Mattie wandte sich ab, damit er nicht sah, dass sie rot anlief. »Was hältst du davon, wenn wir ein Stück am Ufer entlangspazieren?«

»Wollte ich auch gerade vorschlagen. Es ist ja nicht weit, und da unten ist es garantiert kühler.«

»Ich versuch's nur noch einmal kurz bei Mark.« Sie wählte, erreichte jedoch wieder bloß die Mailbox. Also berichtete sie in ein, zwei Sätzen, wie es gelaufen war, und schloss mit den Worten: »Ich hoffe, Rose geht es so weit gut.« Als sie auflegte, bemerkte sie, dass ihr Vater angerufen hatte. Seltsam. Was konnte er gewollt haben? Sie wählte seine Nummer und marschierte los.

41

Am Tag von Marks Meeting mit Jeremy Bell erwachte Rose mit einem dumpfen Schmerz im unteren Rücken. Sie war ein paar Tage nach der Rückkehr aus Sydney beim Gynäkologen gewesen, und er hatte ihre Vermutung bestätigt. »Nach dem Bluttest zu urteilen, sind Sie ungefähr in der zehnten Woche«, hatte er gesagt. »Wobei Ihre Hormonwerte ungewöhnlich hoch sind, aber das muss nichts bedeuten.«

Die Vorbereitung von Matties Ausstellung und die Ausarbeitung des Schutzzonenantrags hatten Rose und Mark sehr in Anspruch genommen, sodass sie tagsüber kaum je mehr als ein paar Minuten Zeit füreinander gehabt hatten. Es war fast so schlimm wie während der Lese, und die ideale Gelegenheit, um Mark zu eröffnen, dass sie schwanger war, ließ weiter auf sich warten. Rose wurde immer unruhiger, vor allem, wenn sie daran dachte, wie anstrengend er die Zeit gefunden hatte, als Leo und Luisa noch Babys gewesen waren. Sie skypten alle paar Tage mit den beiden, die im Übrigen den Eindruck erweckten, als hätten sie sich in ihrer neuen Heimat ganz gut eingewöhnt. Luisa hatte ein neues Pony bekommen, und Leo hatte sich bereits mit ein paar Jungs im Ort angefreundet, die ebenfalls Fußball spielten. Mit der Sprache hatte er zwar noch so seine

Schwierigkeiten, erzählte aber trotzdem bei jedem Telefonat voller Stolz, welche neuen Wendungen und Wörter er gelernt hatte. Mark fehlten die beiden sehr, das war offensichtlich, und er versuchte nach wie vor, der Stille im Haupthaus zu entfliehen, indem er deutlich mehr Zeit als sonst in der Kellerei verbrachte. Rose wiederum war jeden Abend so erschöpft, dass sie früh zu Bett gehen musste.

»Wir sind wie zwei Schiffe, die nachts aneinander vorbeifahren«, hatte sie vor ein paar Tagen gesagt, als Mark sich zwischen Tür und Angel schnell eine Scheibe Toast einverleibt hatte.

»Tut mir leid, Süße. Ich mach's bald wieder gut«, hatte er erwidert und sie flüchtig geküsst, und dann war er auch schon wieder auf und davon gewesen.

An ihren bevorstehenden Geburtstag hatte sie kaum einen Gedanken verschwendet. In Anbetracht all dessen, was im Haus und im Restaurant erledigt werden musste – und nicht zuletzt ihres Geheimnisses –, stand er auf ihrer Prioritätenliste ziemlich weit unten.

Rose verspürte erneut ein schmerzhaftes Stechen und wälzte sich auf die Seite. Wann immer es im Restaurant ruhiger gewesen war, hatte sie sich ein wenig ins Thema Schwangerschaft eingelesen, und soweit sie sich erinnern konnte, waren Rückenschmerzen eigentlich erst für das dritte Trimester zu erwarten. Als sie sich das nächste Mal bewegte, registrierte sie, dass sich ihre Schlafanzughose im Schritt klebrig und feucht anfühlte. Sie tastete nach unten und erschrak, als sie sah, dass ihre Finger mit hellrotem Blut benetzt waren.

Das war nicht gut. Ihr Herz klopfte zum Zerspringen, tausend Gedanken schwirrten ihr durch den Kopf. Sie wagte nicht, aufzustehen oder sonst irgendetwas zu tun, was die Blutung verstärken konnte, sondern angelte lediglich das Handy vom Nachttisch. Da Mark bereits am Vortag aufgebrochen war, wählte sie stattdessen die Nummer seiner Schwester, in der Hoffnung, dass sie noch nicht losgefahren war. Doch Mattie nahm nicht ab. Also versuchte sie es bei Cara, die sich zum Glück nach dem zweiten Klingeln meldete.

»Cara, könntest du bitte mal zu mir rüberkommen?«, fragte sie mit zitternder Stimme.

»Na klar. Ist alles okay? Du klingst so besorgt.«

»Ich … Ich habe Angst, dass ich das Baby verliere, Cara!«, platzte Rose heraus.

»Rühr dich nicht von der Stelle, okay? Ich bin sofort bei dir.«

Zwei Minuten später stürmte Cara auch schon völlig außer Atem ins Zimmer. »Du Ärmste, du bist ja kreidebleich!«, keuchte sie. »Aber keine Sorge, ich rufe gleich mal einen Krankenwagen.«

Rose riss die Augen auf. »Hältst du das wirklich für nötig?«

»Na ja, es kann zumindest nicht schaden, wenn wir professionelle Hilfe holen. Nur sicherheitshalber«, sagte Cara. »Du bleibst schön brav im Bett liegen und machst dir nicht zu viele Gedanken, okay? Eine Blutung ist an sich noch kein Drama. Meine Tante hatte während der Schwangerschaft auch eine, und ihr Sohn kam trotzdem kerngesund zur Welt. Mittlerweile ist er fünfzehn und frisst ihr sämtliche Haare vom Kopf.«

Rose wusste es zu schätzen, dass Cara versuchte, sie zu beruhigen. Trotzdem hegte sie die schlimmsten Befürchtungen. Sie hatte es noch gar nicht geschafft, Mark von der

Schwangerschaft zu erzählen, und jetzt war es womöglich zu spät …

Es kam ihr vor, als würde es ewig dauern, bis Rose endlich das Martinshorn des sich nähernden Krankenwagens vernahm, und noch viel länger, bis er vor dem Haus anhielt. Cara ging nach unten und erschien Minuten später in Begleitung von zwei Sanitätern, die Rose sogleich in betont ruhigem Tonfall ein paar Fragen stellten. Dann klopfte es erneut, und Cara, die dem Gespräch mit besorgter Miene gelauscht hatte, eilte zur Tür. »Ich geh schon.«

»Oh, hi«, ertönte gleich darauf ihre Stimme von unten. »Du bist schon wieder da?«

»Ja, seit einer guten Stunde.« Das war Jakes Stimme. »Ich bin die ganze Nacht durchgefahren.«

»Das mit deinem Vater tut mir leid.«

»Danke. Ich wollte gerade zu dir rüberkommen, aber dann habe ich den Krankenwagen gesehen. Was ist denn los? Geht es dir gut?«

»Ja, alles bestens. Sie sind wegen Rose da.«

»Wieso? Was hat sie denn?«

»Ach, eine kleine Blutung. Ist vermutlich nicht weiter schlimm.«

»Eine kleine Blutung?«

Danach hörte Rose nur noch Geflüster und wandte ihre Aufmerksamkeit dem Sanitäter zu, der gerade damit beschäftigt war, ihren Blutdruck zu messen.

Dann erschien Cara wieder auf der Bildfläche. »Das war Jake«, berichtete sie. »Er versucht, Mark zu erreichen und ihm zu sagen, dass er möglichst schnell kommen soll.«

»Aber er muss doch zu dem Meeting mit Jeremy Bell«, protestierte Rose. »Das darf er nicht verpassen. Und ich komme bestimmt auch ohne ihn zurecht.« Sie fasste sich an den Bauch und verzog das Gesicht.

»Ich glaube, das hier ist ein bisschen wichtiger«, stellte Cara fest.

»Wir nehmen sie mit«, verkündete einer der Sanitäter. »Möchten Sie nachkommen?«

Cara nickte. »Natürlich. In welches Krankenhaus bringen Sie sie?«

»In das von New Bridgeton. Das ist das einzige weit und breit.«

»Verstehe. Okay, Rose, sei unbesorgt, bei den beiden Jungs hier bist du bestens aufgehoben, und ich komme nach, so schnell es geht.«

Die Sanitäter hoben Rose behutsam auf eine Trage, um sie nach unten zu bringen. Auf dem Weg zum Krankenwagen bemerkte Rose auf der Stromleitung zum Haus eine einzelne Elster. Sie kniff die Augen zu, fest entschlossen, es nicht als schlechtes Omen zu interpretieren – jetzt war wirklich nicht der richtige Zeitpunkt für diesen abergläubischen Quatsch. Auf der Fahrt nach New Bridgeton versuchte sie, möglichst positiv zu denken. Nach der Einlieferung ins Krankenhaus wurde sie sofort in eine Abteilung im ersten Stock geschoben, wo sie in einer mit Vorhängen abgetrennten Ecke auf die Ultraschalluntersuchung warten sollte. Rose schloss die Augen und flehte sämtliche Engel und Heiligen, die ihr einfielen, an, auf ihr Baby aufzupassen. Sie durfte es nicht verlieren.

Cara, die ein paar Minuten nach ihr eingetroffen war, ließ sich neben ihr nieder und ergriff ihre Hand. »Mark ist bereits auf dem Weg hierher. Jake hat ihn vorhin endlich erreicht.«

Rose nickte. »Na, dann … Ich kann nicht fassen, dass er

es auf diese Weise erfährt. So war das alles nicht geplant.« Sie versuchte vergebens, sich nicht auszumalen, was bei der Untersuchung herauskommen konnte, und unterdrückte einen Schluchzer. »Und jetzt verpasst er auch noch die Besprechung.«

»Ich weiß, Süße, ich weiß.« Cara tätschelte ihr die Hand. »Aber Mattie und Charlie schaffen das garantiert auch ohne ihn. Mattie ist schließlich ein Profi. Niemand wäre dafür besser geeignet als sie. Ich hab sie mehr als einmal in Aktion erlebt.«

Cara wich Rose nicht von der Seite, während die Krankenschwestern kamen und gingen, immer wieder Blutdruck und Körpertemperatur überprüften und Rose ein ums andere Mal versicherten, dass sich baldmöglichst ein Arzt um sie kümmern würde.

Nach knapp zwei Stunden war Cara drauf und dran, sich höchstpersönlich auf die Suche nach einem Arzt zu machen, der Rose untersuchen würde.

Dann drang von draußen Marks Stimme an ihr Ohr.

»Hier, sagen Sie?«

Der Vorhang teilte sich, und Mark spähte herein. »Rose!« In zwei Schritten war er bei ihr. »Was ist denn passiert? Jake hat mich angerufen und gesagt, ich soll auf der Stelle herkommen. Ich bin gefahren wie die Feuerwehr. Zum Glück war auf dem Highway kein Stau. Was ist denn los? Geht es dir gut?« Er nahm ihre Hand.

Cara stand auf. »Ich geh mal eben einen Kaffee trinken. Ruft an, wenn ihr mich braucht, ja?«

»Okay, danke«, murmelte Mark, ohne Rose aus den Augen zu lassen, und sobald Cara weg war, strich er ihr sanft über die Wange. »So, dann erzähl mal.«

Rose schluchzte auf, und noch ehe sie ein Wort herausgebracht hatte, öffnete eine Krankenpflegerin energisch den Vorhang und schob ihre Liege mit einem forschen »Auf geht's zur Ultraschalluntersuchung!« zur Tür.

Mark sah den beiden wortlos hinterher.

Rose schluckte ihre Tränen hinunter und sah zu ihm zurück. »Du kannst ruhig mitkommen.«

»Ähm, okay …«, sagte er verdattert.

Sie schauderte, als man ihr gleich darauf einen Klecks kaltes Gel auf den Bauch drückte. Sie konnte sich noch lebhaft an dieses Kabuff erinnern – hier hatte sie vor nicht allzu langer Zeit neben der schwangeren Astrid gesessen. Wenn sie sich nicht irrte, handelte es sich sogar um dieselbe Ärztin.

»Gut, dann sehen wir mal nach«, sagte die junge Frau. »In der wievielten Woche sind Sie noch gleich?«

Mark verfolgte das Gespräch mit großen Fragezeichen in den Augen.

»Ungefähr die zehnte oder elfte«, erwiderte Rose. »Genau weiß ich es nicht. Ich habe es selbst erst vor Kurzem erfahren«, fügte sie mit einem entschuldigenden Blick zu Mark hinzu.

Sobald die Sonde über ihren Bauch glitt, ertönte ein lautes Geräusch, das an Hufgeklapper erinnerte. Rose schnappte nach Luft. Auch dieses Geräusch kannte sie noch von ihrem letzten Besuch hier.

»Also, das sind definitiv Herztöne, und zwar ziemlich kräftige.«

»Gott sei Dank!«, stieß Rose hervor, von einem Ohr zum anderen lächelnd. Sie sah zu Mark. »Es tut mir so leid. Ich wollte auf einen günstigen Zeitpunkt warten, um es dir zu sagen, aber …«

Mark musterte sie ungläubig.

»Moment mal«, sagte die Ärztin und drückte Rose noch einmal die Sonde auf den Bauch. »Dachte ich's mir doch. Es sind zwei.«

»Zwei?«, wiederholte Rose konsterniert.

»Jep. Ganz eindeutig. Herzlichen Glückwunsch. Wie es aussieht, erwarten Sie Zwillinge.«

»Du liebe Zeit! Sind Sie sicher?«

»Ja, bin ich. Hier, sehen Sie selbst.« Die Frau drehte den Monitor etwas zur Seite, und tatsächlich waren darauf zwei kleine, wie Jelly Beans geformte Schatten zu erkennen.

Rose und Mark stierten einen Moment lang wortlos auf den Bildschirm. Dann huschte ein Lächeln über Marks Gesicht. »Wenn schon, denn schon, hm?«

Es dauerte einen Augenblick, bis Rose seine Miene richtig gedeutet hatte. »Wie, du freust dich? Bist du sicher? Du hast doch gesagt, du willst dir das alles nicht noch einmal antun. Ich meine, wenn es sein muss, kümmere ich mich auch allein um mein Kind … besser gesagt, um meine Kinder …« Sie schluckte bei der Vorstellung.

»Hab ich das wirklich gesagt? Dann war es bestimmt nicht ernst gemeint. Natürlich freue ich mich, Rose, was denn sonst? Ich liebe dich, und die beiden Winzlinge da drinnen auch, schon jetzt.«

Sie schwiegen einen Moment, und Rose legte Mark eine Hand auf den Arm. Zweifellos dachte er wie sie gerade an Leo und Luisa, die so weit weg waren. »Die Zeit bis zu ihrer Rückkehr wird wie im Flug vergehen, du wirst sehen«, versicherte sie ihm. »Ich hoffe nur, sie freuen sich, wenn sie hören, dass sie zwei neue Geschwisterchen bekommen.«

Mark drückte ihre Hand. »Ganz bestimmt.«

42

Mattie hatte ihre gesamte Energie in die Präsentation gesteckt und war total erledigt, als Charlie sie am späten Nachmittag zu Hause absetzte. Sie hatten die Besprechung auf der Rückfahrt aus Sydney noch einmal Revue passieren lassen und waren zu dem Schluss gekommen, dass sie alles in ihrer Macht Stehende getan hatten. Blieb nur zu hoffen, dass das auch genügen würde. Ihre Zusammenarbeit hatte besser geklappt als erwartet. Sie hatten ein richtig gutes Team abgegeben. Mattie war die wichtigsten Argumente Punkt für Punkt durchgegangen, Charlie hatte ihr den Rücken gestärkt und ihre Aussagen mit Details unterfüttert. Bei dem anschließenden Spaziergang hätte Mattie ihm am liebsten ihre Gefühle gestanden. Es war wieder einmal typisch, dass sie sich ausgerechnet in einen Mann verliebte, der bereits einer anderen gehörte. Nun, wenigstens hatte ihr Jamie Soames die Möglichkeit eröffnet, all das hinter sich zu lassen. Sein Stellenangebot hätte wohl kaum zu einem besseren Zeitpunkt kommen können.

Sie ging zur Schenke hinüber, wo Cara gerade klar Schiff machte.

»Hi. Wie geht es Rose? Ich konnte weder sie noch Mark erreichen. Ich weiß nur, dass irgendetwas passiert ist und Mark deswegen dringend zurückmusste.«

»Ach, Mattie, ich hab mir so schreckliche Sorgen gemacht! Stell dir vor, sie hatte eine Blutung – eine ziemlich starke sogar. Ich hab einen Krankenwagen gerufen, und der hat sie dann nach New Bridgeton ins Krankenhaus gebracht.«

»Du liebe Zeit!«, stieß Mattie hervor. »Geht es ihr gut? Was ist denn passiert?«

»Der Arzt sagte, sie hatte ein Gebärmutterhämatom. Angeblich kann so etwas im ersten Schwangerschaftsdrittel durchaus mal vorkommen. Inzwischen ist wieder alles bestens, aber sie behalten sie noch ein paar Tage da, damit sie sich etwas erholen kann. Das war aber noch nicht alles ...«

»Was denn noch?«

»Sie bekommt Zwillinge.«

»Puh! Das ist ja doppelt aufregend. Ich werde also noch mal Tante, und das gleich zweifach!« Mattie war begeistert. »Und, wie hat Mark reagiert?«

»Laut Rose ist er total aus dem Häuschen. Aber was für eine Art und Weise, es herauszufinden, oder?«

»Ich wusste doch, dass er sich freuen würde. Ich habe Rose immer gesagt, sie soll sich keine Sorgen machen. Wow ...« Mattie schüttelte den Kopf. »Ich sollte gleich mal zu ihr fahren.«

»Für heute ist die Besuchszeit vermutlich schon zu Ende, aber sie freut sich bestimmt, wenn du morgen kommst. Jake war heute auch bei ihr. Er ist wieder aus Adelaide zurück, und vorhin haben wir uns doch glatt mal ernsthaft unterhalten.«

»Und?« Mattie konnte nur hoffen, dass die beiden endlich ihre Probleme aus der Welt geschafft hatten. Es war so klar wie Kloßbrühe, dass sie wie füreinander geschaffen waren.

»Er führt mich zum Essen aus. Ganz offiziell.«

»Ach, sieh mal einer an. Und warum jetzt plötzlich?«

»Er meinte, der Tod seines Vaters hätte ihm die Augen geöffnet und ihm klargemacht, wie wichtig es ist, jemanden zu haben, den man liebt und mit dem man gemeinsam durchs Leben geht. Offenbar hat er da vorher noch nie darüber nachgedacht, und er war neidisch auf das Leben, das seine Eltern zusammen geführt haben.«

»Ganz schön tiefsinnig für den Casanova von Kalkari«, stellte Mattie fest.

»Ja, nicht?«

»Und was weiter?«

»Na ja, er meinte, er will künftig so einiges anders machen. Und er hat damit angefangen, indem er mich gefragt hat, ob ich mit ihm ausgehe. Ein richtiges Date.«

Mattie hob eine Augenbraue. »Na, Gott sei Dank. Ich bin echt heilfroh, dass ihr doch noch die Kurve gekriegt habt.«

»Wurde, verdammt noch mal, echt Zeit, was?«, sagte Cara. »Tja, mal sehen, wie es weitergeht. Ich muss sagen, er bedeutet mir schon ziemlich viel.«

»Ist mir bereits aufgefallen.« Mattie lächelte sie an. »Bei mir gibt es übrigens auch Neuigkeiten: Gestern hat mir Jamie Soames eine Mail geschickt. Du weißt schon, von De-Vere & Soames. Er hat mir eine Stelle als Creative Director angeboten, mit allen Schikanen.«

Cara riss die Augen auf. »Das ist ja ein Ding. Und, wirst du das Angebot annehmen?«

Mattie zögerte. »Na ja, es wäre ganz schön dämlich, es nicht zu tun.«

»Hey, Mattie!«, begrüßte Mark seine Schwester, als sie an diesem Abend hereinkam.

»Hi. Wie geht es Rose?«

»Ganz gut so weit. Sie ist müde und sehr erleichtert, dass die Sache glimpflich ausgegangen ist. Sie soll jetzt erst einmal viel liegen und wird deshalb voraussichtlich noch ein paar Tage im Krankenhaus bleiben.«

»Gut, dann fahre ich morgen mal zu ihr.«

»Und, wie ist es bei euch gelaufen? Tut mir echt leid, dass ich euch so hängen lassen musste.«

»Sei nicht albern. Rose und ihre Gesundheit gehen natürlich vor. Und außerdem hatten wir alles im Griff.«

»Erzähl mal, wie war die Reaktion?«

»Schwer zu sagen. Sie haben aufmerksam zugehört und eine Menge Fragen gestellt, und am Schluss hieß es, sie werden uns ›zu gegebener Zeit von ihrer vorläufigen Entscheidung in Kenntnis setzen‹.«

»Was auch immer das heißen mag.«

»Du sagst es …« Sie seufzte.

»Wenn du Rose morgen besuchst, sag ihr doch bitte, sie soll sich wegen der Hochzeit, die kommendes Wochenende in ihrem Restaurant stattfindet, bloß nicht den Kopf zerbrechen. Ich habe mit ihrer Küchenchefin geredet, und die meinte, sie schafft das auch allein. Alles unter Kontrolle also.«

»Mach ich. Ach, ich habe dich ja noch gar nicht beglückwünscht! Wie fühlt es sich für dich an?«

Er räusperte sich. »Es fühlt sich großartig an. Ich bin total happy. Rose ist eine tolle Frau.«

»Wie schön, dass dir das klar ist. Ich hatte hin und wieder das Gefühl, du betrachtest sie als Selbstverständlichkeit.«

»Wirklich?« Mark wirkte überrascht.

»Ja, wirklich«, stellte Mattie fest. »Sie hat so einiges auf sich genommen – sich um Leo und Luisa zu kümmern, als wären es ihre eigenen Kinder, war bestimmt nicht immer einfach für sie, zusätzlich zu allem anderen. Nicht, dass sie sich je beschweren würde. Das ist nicht ihre Art.«

»Gott, die beiden fehlen uns so schrecklich. Es ist so still ohne sie«, jammerte Mark. »Und Weihnachten kommt mir noch so ewig weit weg vor.«

»Ich weiß, aber die Zeit bis Dezember ist überschaubar«, sagte Mattie. »Und vorher gibt es ja noch einen weiteren Grund zu feiern – Rose hat doch nächste Woche Geburtstag, nicht?«

»Richtig. Wie weit bist du denn mit dem Weinetikett für den Rosé?«

Mattie schlug sich die Hand vor den Mund. »Oh Mist, ich war so beschäftigt mit der Ausstellung und dem Schutzzonenantrag, dass ich das ganz vergessen hatte. Aber das klappt schon noch. Ich mache mich sofort an die Arbeit, versprochen. Ich hab schon ein paar Ideen, und ich weiß, wo wir die Musterexemplare drucken lassen können.«

»Gut. Was sollen wir sonst noch für sie organisieren?«

»Na ja, sie feiert schon gern, oder?«

Mark lächelte. »Ich erinnere mich noch daran, wie Rose getanzt hat, damals bei der Party, als wir den Jimmy Watson bekommen haben. Ich glaube, an dem Abend ist mir klar geworden, dass ich mich in sie verliebt habe.«

»Oooh«, flötete Mattie zuckersüß. »Jaja, wo die Liebe hinfällt …«

»Na, na, nicht frech werden, Tilly Cameron. Rose wird sicher noch eine ganze Weile nicht in der Lage sein zu tanzen. Aber über eine kleine Feier mit unseren engsten Freunden würde sie sich bestimmt freuen. Der Arzt meinte, wenn sie sich ein paar Tage schont, geht es ihr bestimmt bald besser.«

»Also gut, wenn du meinst, dass sie fit genug dafür ist. Hast du was dagegen, wenn Cara und ich die Organisation übernehmen? Du hast ohnehin viel um die Ohren, und dann kann ich mich endlich einmal dafür bedanken, dass sie mich so freundlich aufgenommen hat.«

»Einverstanden. Und wo?«

»Am besten auf der Veranda von Trevelyn's Pantry. Es ist warm genug für eine Party im Freien. Sag mir einfach, wen du alles einladen willst.«

»Mach ich. Der Fleischer in Eumeralla schuldet mir noch einen Gefallen. Vielleicht lässt er ja einen Spießbraten springen. Rede einfach mal mit ihm. Und die Gäste sollen ein paar Desserts mitbringen, damit sich Rose um nichts kümmern muss. Oder wir überraschen sie einfach. Dann kann sie sich gar nicht groß den Kopf zerbrechen.«

»Ist gebongt.«

Dann ging Mark hinüber in die Kellerei, und Mattie klemmte sich hinter ihren Laptop. Einige Stunden später betrachtete sie zufrieden ihr Werk: ein quadratisches Foto einer einzelnen hellen Rosenblüte, darunter in fließender Schreibschrift die Worte *Was uns Rose heißt, wie es auch hieße* … Schlicht, elegant und schön, genau wie Rose selbst.

»Klasse!«, rief Mark begeistert, als sie es ihm abends zeigte. »Lass für die Party ungefähr vierzig Stück drucken. Den Rest geben wir ein andermal in Auftrag. Was meinst du, wie lange wird es dauern?«

»Meine Druckerei ist bereits vorgewarnt. Ich hoffe mal, in zwei, drei Tagen haben wir die Dinger.«

»Hervorragend.«

Ein paar Tage später fand ein weiteres Treffen des Verbands zum Schutz des Shingle Valley im Southern Cross statt.

»Die Gerüchteküche brodelt«, stellte Mark fest. »Aber das ändert nichts daran, dass es nur Gerüchte sind, nicht mehr und nicht weniger«, fügte er hinzu in dem Versuch, die Versammelten etwas zu beruhigen.

»Ohne Feuer kein Rauch!«, rief jemand.

Zustimmendes Gemurmel.

»Charlie und Matilda waren Anfang der Woche bei Jeremy Bell und haben den Schutzzonenantrag eingereicht. Und Jeremy hat mir versichert, dass es zurzeit keine Umwidmungspläne für Tarrawenna gibt«, berichtete Mark.

»Und wieso heißt es neuerdings, Tin Pei hätte noch mehr Land im Shingle Valley aufgekauft?«, fragte Bob.

»Das entspricht den Tatsachen, aber wie gesagt: Laut Jeremy ist momentan nicht geplant, weitere Abbaulizenzen zu erteilen«, sagte Mark.

»Wir haben leider nicht in der Hand, wer im Tal Grundstücke kauft«, meldete sich Amanda zu Wort. »Wir sollten uns daher auf das konzentrieren, was wir tun können, zum Beispiel eine Medienkampagne starten.« Sie reichte einen Stapel Unterlagen herum. »Ich habe hier mal aufgelistet, was bisher unternommen wurde, samt Kopien der Berichte. Falls jemand noch etwas hinzuzufügen hat, nehme ich das gern in die Liste auf.«

»Gute Arbeit, Amanda, danke«, sagte Mark. »Die Zeitungen haben sich bereits ausführlich mit dem Thema auseinandergesetzt, und wir müssen dafür sorgen, dass das so bleibt, damit unser Anliegen nicht in Vergessenheit gerät. Das können wir uns auf keinen Fall leisten. Unsere Zukunft – und die unserer Kinder – steht auf dem Spiel.«

Ein paar Leute riefen: »Sehr richtig!« und »Genau!«,

und Mark hob die Hand, um sich Gehör zu verschaffen. »Kommen wir zum nächsten Punkt auf der Tagesordnung: die Weinauktion samt Degustation in Sydney. Mattie hat sich großzügigerweise bereit erklärt, dafür ein paar ihrer Fotos zu stiften. Die Erlöse aus dem Verkauf fließen direkt in unseren Fonds.«

Beifälliges Nicken und Gemurmel. Mattie lächelte. Es war ein gutes Gefühl, die Leute hier zu unterstützen. Doch bei dem Gedanken an die Mail von Jamie Soames hatte sie plötzlich ein flaues Gefühl im Magen. Würde man es ihr als Verrat auslegen, wenn sie nach London zurückkehrte?

43

Mattie erwachte schon früh – lange bevor die Sonne hinter den Shingle Hills aufging – und hatte nur einen Gedanken. Es war Zeit. Höchste Zeit sogar. Sie schlüpfte in eine lange Hose und ein T-Shirt, kämmte sich die Haare und wusch sich das Gesicht, dann ging sie hinüber zum Haupthaus. Nachdem sie sich eine dicke Scheibe Brot mit Butter und hausgemachter Erdbeermarmelade einverleibt hatte, schnappte sie sich eine Flasche Wasser und einen der Akubra-Hüte vom Stapel in der Eingangshalle und ging hinaus zu ihrem Wagen. Als sie wenig später auf die Koppel hinter der Windsong-Kellerei zusteuerte und Shakiras unverwechselbares Wiehern vernahm, beschleunigte sich ihr Puls. Frühnebel bedeckte den Boden, in den Spinnennetzen hingen Tautropfen, und die Bäume wirkten im Dämmerlicht wie dunkle Scherenschnitte. Mattie stieg aus und eilte zu Shakira, die neben einer zweiten Stute unter einem alten Pfefferminzeukalyptus am Zaun stand.

Dann bellte irgendwo auf dem Gut ein Hund, und die beiden Rösser preschten unvermittelt los. Mattie sah ihnen fasziniert dabei zu, wie sie über die Koppel galoppierten, dass Schweif und Mähne im Wind flatterten.

Als ihr plötzlich jemand eine Hand auf die Schulter legte, fuhr sie herum.

»Hast du mich erschreckt! Ich hatte nicht damit gerechnet, dass bei euch schon jemand auf den Beinen ist«, sagte sie mit heftig pochendem Herzen.

»Ich hab mir schon gedacht, dass du das bist. Hier, zum Aufwärmen.« Charlie hielt ihr eine dampfende Tasse hin. »Ist nur Instantkaffee, aber besser als gar nichts.«

»Danke.« Sie nahm ihm dankbar die Tasse ab. »Es ist kühler, als ich dachte.«

»Es ist ja auch noch gar nicht richtig hell.«

»Allerdings. Warum bist du um diese Uhrzeit schon wach?«

»Ich erwarte eine Ladung neuer Fässer und muss drüben in der Kellerei noch etwas Platz schaffen. Thommo wird die Lieferung dann in Empfang nehmen, sprich, sobald ich fertig bin, kann ich mir eine Pause gönnen. Wie wär's mit einem Ausritt, ehe es zu warm wird?«, fragte er. »Wir lassen es auch ganz langsam angehen, versprochen. Nur Schritttempo, okay? Nicht einmal Trab.«

Mattie lächelte. »Genau deshalb bin ich hier.«

»Großartig! Wurde auch allmählich Zeit. Ich brauche nicht mehr lange. Gib mir noch eine halbe Stunde, ja?«

»Okay. Ich kann ja inzwischen schon mal die Pferde satteln und trensen.«

»Gern. Weißt du ungefähr, wo alles ist?«

»Ich werde mich schon zurechtfinden.« Mattie leerte ihre Tasse und gab sie ihm zurück.

»Dann also bis in einer halben Stunde.«

Ihr eigenes Pferd einzufangen stellte für Mattie kein Problem dar. Shakira kannte sie und kam auf ihr Pfeifen hin folgsam angetrabt. Bei der anderen Stute gestaltete sich die Angelegenheit etwas komplizierter, sodass Mattie schweißgebadet war, bis es ihr endlich gelungen war, dem Tier ein Halfter samt Strick überzustreifen. Mattie führte die beiden in die Sattelkammer des kleinen Stalls hinter der Kellerei, wo sie Zaumzeug und Sättel vorfand. Sie machte sich an die Arbeit und befestigte gerade die Steigbügel an Shakiras Sattel, als Charlie mit einer Provianttasche hereinkam.

»Wie es aussieht, wird das heute ein herrlicher Tag, wenn sich der Morgennebel aufgelöst hat. Wie wär's, wenn wir am Fluss entlang bis Carroll's Springs reiten?«

»Das ist aber ganz schön weit.« Carroll's Springs war ein kleiner See, benannt nach einem der ersten Siedler des Tales, dessen Liebste der Legende nach in dem Gewässer ertrunken war. Es hieß, sein Geist gehe dort seit dem tragischen Unfall um. Der Ritt dorthin würde mehrere Stunden dauern.

»Deshalb hab ich uns etwas zu essen eingepackt.« Charlie schnallte die Provianttasche an seinem Sattel fest und angelte sich von einem Nagel an der Wand einen Hut, der dem auf Matties Kopf nicht unähnlich war. »Was ist, tollkühne Tilly, bist du dabei?«

Mattie grinste. Wie konnte sie da Nein sagen? »Na klar.«

Sie schluckte den Kloß hinunter, der ihr im Hals steckte, griff nach den Zügeln und ließ sich von Charlie in den Sattel helfen. Es war ein beängstigendes Gefühl, so hoch oben zu sitzen, doch sie verdrängte den Gedanken an einen möglichen Sturz auf ihre von den Ärzten zusammengeflickte Schulter, zumal Charlie neben ihr stand und Shakira beruhigte, die ebenfalls etwas aufgeregt wirkte. Kein Wunder, nachdem sie monatelang nicht mehr geritten worden war.

Er sah zu Mattie hoch. »Na, alles okay?«

Sie nickte, obwohl ihre Hände schweißnass waren, und rutschte ein wenig im Sattel hin und her.

Charlie saß ebenfalls auf und ritt voran. Shakira folgte ihm artig, und Mattie spürte, wie sich ihre Nervosität legte. Sie beugte sich nach vorn und tätschelte ihr den Hals, um sowohl sich selbst als auch ihrer Stute Mut zu machen.

Die Sonne stand beinahe im Zenit, als sie gegen Mittag in Carroll's Springs ankamen, und ihr Bein und ihre Hüfte schmerzten, was sie jedoch für sich behielt. Sie genoss das Gefühl, wieder auf dem Rücken ihres geliebten Pferdes zu sitzen, sehr. Sooft der Weg breit genug war, was dank der weiten Talsohle häufig der Fall war, ritten sie nebeneinander, und Charlie redete ohne Punkt und Komma. Er berichtete von seinen Plänen für Windsong, von der letzten Lese und den neuesten Gerüchten, die er im Pub aufgeschnappt hatte, und er schwärmte von seinem süßen kleinen Neffen. »Thommo liebt es, Vater zu sein …«, erzählte er gerade.

Mattie lächelte in sich hinein. *Wenn er könnte, würde er wohl sogar unter Wasser reden.*

Die Hitze und das rhythmische Schaukeln des Pferdes, auf dem sie thronte, machten sie schläfrig. Sie hatte die Augen halb geschlossen und nahm ihre Umgebung weniger sehend als vielmehr über Ohren und Nase wahr – die Geräuschkulisse, die hoch aufragenden, Schatten spendenden Gummibäume, den schweren, aromatischen Duft der Eukalyptusblätter und der trockenen Gräser … All das hatte etwas Magisches, und zugleich war es ihr so vertraut. Es war wirklich der ideale Tag, um wieder mit dem Reiten anzufangen. Ein Tag wie ein Geschenk, und einer, der ihr stets in Erinnerung bleiben würde, auch wenn sie früher oder später wieder nach London zurückkehrte.

Einzig die Fliegen nervten sie. Charlie lachte, als sie wohl zum tausendsten Mal nach einer schlug. »Die haben dir wohl nicht gefehlt, was?«

»Nein, echt nicht. Aber dafür sonst so einiges, auch wenn es mir erst jetzt bewusst wird.«

»Ach ja?«

»Ja. Das hier zum Beispiel. Die Ausritte.« Sie zuckte die Schultern.

Er grinste sie an. »Hab's dir doch gesagt.«

Dann wurde der Weg schmaler, und sie ritten eine Weile schweigend hintereinander.

Charlie hatte das Reden aus unerfindlichen Gründen bis auf Weiteres eingestellt.

Als sie an dem steilen Pfad angelangt waren, der zum Ufer hinunterführte, machte er schließlich »Brrr«, um sein Pferd anzuhalten, und stieg ab.

Er trat zu Shakira und streckte Mattie die Arme entgegen. »Hopp!«

»Danke.« Sie war sich seiner starken Hände auf ihrer Taille nur zu sehr bewusst, als sie aus dem Sattel glitt. Den Umständen zum Trotz hätte sie nichts dagegen gehabt, noch ein wenig länger so festgehalten zu werden, doch er ließ sie los, sobald ihre Füße den Boden berührten, und sah sich nach einem Baum um, an dem sie die Pferde festbinden konnten.

Sie ließen die Stuten grasen und stiegen zum See hinunter, wobei sich Mattie immer wieder an Baumwurzeln klammern musste, um nicht auszurutschen.

»Alles klar dahinten?«, fragte Charlie, der ein paar Schritte vor ihr ging.

»Jep. Kein Problem.« Der Pfad lag im Schatten, sodass der Schweiß auf ihrer Stirn schon bald trocknete. Nach einer Weile lichtete sich der Wald, und das Gelände wurde ebener. Sie umrundeten einen Felsen und standen plötzlich auf einem kleinen Sandstrand, hinter dem sich der dunkle Teich erstreckte. Die Luft war kühl und feucht, und die plötzlich herrschende Stille tat ein Übriges, sodass Mattie unwillkürlich schauderte. Sie hatte das unheimliche Gefühl, beobachtet zu werden. Lag vermutlich an all den Geschichten, die sie als Kind über diesen Ort gehört hatte.

»Dir ist aber schon klar, dass das alles Quatsch ist, oder?«, sagte Charlie, als hätte er ihre Gedanken gelesen.

»Was?«

»Na, die Sache mit Phillip Carrolls Geliebter, die angeblich hier ertrunken ist. Das erzählt man bloß den Kindern, um sie vom Teich fernzuhalten.«

»Im Ernst?«, stieß Mattie hervor. »Und ich habe immer geglaubt, diese tragische Geschichte wäre wahr! Bist du ganz sicher?«

Charlie nickte. »Mhm. Dad meinte, die hätte man ihm auch schon erzählt, als er noch ein kleiner Junge war.«

Mattie war ernüchtert, wenn nicht sogar enttäuscht.

»Also, ich weiß ja nicht, wie es dir geht, aber ich bin am Verhungern«, stellte Charlie fest. »Wie wär's, wenn wir uns da drüben hinsetzen?« Er deutete auf einen flachen Felsblock, der so groß war, dass sie beide bequem darauf sitzen konnten.

»Perfekt«, sagte Mattie. Sie ließ sich neben ihm nieder, nur Zentimeter von ihm entfernt, und blickte über den Teich. Eine Libelle schwirrte über der Wasseroberfläche hierhin und dorthin.

»Ziemlich romantisch, was?«, sagte Charlie.

»Findest du?« Sie saßen so dicht nebeneinander, dass Mattie seinen Atem auf der Haut spüren konnte. Sie wandte den Kopf zur Seite und sah ihn an. Er erwiderte ihren Blick, und in seiner Miene spiegelte sich ein ihr völlig fremder Ausdruck.

Er schüttelte den Kopf. »Mattie …«

Sie beschloss, die Gelegenheit beim Schopf zu packen. Ihr schwirrten noch so viele unbeantwortete Fragen durch den Kopf, zum Beispiel, was seine Beziehung zu Marie-Claire anging …

»Was ist hier eigentlich los, Charlie?«

»Was meinst du?«

»Muss ich es wirklich offen aussprechen?«

Schweigen. Die Sekunden verstrichen.

»Nein, das musst du nicht, Mattie. Ich versuche schon die ganze Zeit, es dir zu sagen …«

Mattie spürte, wie sich ihr Magen zusammenkrampfte. Sie hatte keine Ahnung, was sie gleich hören würde, sie wusste nur, dass es von großer Bedeutung für sie war.

»Was denn?«

»Dass ich total verknallt in dich bin.«

Mattie riss die Augen auf. »Und was ist mit Marie-Claire, deiner … Verlobten?«

»Die ist wieder in Frankreich. Hab ich dir doch erzählt.«

»Aber sie kommt doch zurück, oder?«

Jetzt schien ihm ein Licht aufzugehen. »Ach so, ich dachte, du wüsstest Bescheid. Also, sie war hier, um zu testen, ob es einen Sinn hat, wenn wir noch einmal ganz von vorn anfangen, aber am Ende ist ihr klar geworden, dass sie in Frankreich leben möchte, und ich will nicht von hier weg. Das hier …« – er breitete die Arme aus – »das Shingle Valley ist meine Heimat. Mein Leben. Meine Welt.«

»Oh.« Mattie war baff. Das änderte natürlich *alles*. »Ich

kann das gut verstehen«, sagte sie, während sie versuchte, das, was er gerade gesagt hatte, zu verdauen.

»Ach ja?«

»Ja. Das war nicht immer so, aber seit meiner Rückkehr hat sich einiges verändert.«

»Und, hältst du dich noch immer für ein Stadtkind? Oder hast du inzwischen eingesehen, dass du hierhergehörst?«

»Na ja, eines steht fest: Es gibt wohl kaum einen schöneren Ort auf dieser Welt«, erwiderte sie ausweichend.

Danach schwiegen sie eine Weile, in Gedanken versunken.

»Erinnerst du dich noch an unseren Tanz?«, fragte er plötzlich.

»Unseren Tanz?«

»Ja, den bei dem Ball im Gemeindesaal von Eumeralla. Du warst fünfzehn oder sechzehn, ich ein bisschen älter. Du bist damals da reinmarschiert, als würde dir der Laden gehören. Ich war total von den Socken. Aus dem Wildfang war ein bildschönes Mädchen geworden, und ich war so geplättet, dass ich kaum geradeaus denken konnte, geschweige denn dich zum Tanzen auffordern.«

»Äh, ja, ich erinnere mich«, sagte sie zögernd. »Du warst nicht der Einzige, der geplättet war.«

»Ach ja?«

»Mhm.« Sie nickte nachdrücklich und holte tief Luft, um etwas zu sagen, das sie im Geiste schon zigmal geübt hatte.

»Ich muss dir ein Geständnis machen.«

Charlie musterte sie neugierig.

»Ich kann mich auch an den anderen Tanz erinnern. An den neulich im Nachtklub, meine ich.« Sie errötete.

»Weiß ich doch.«

»Was? Wieso?«

»Ich kenne dich eben, und dass du so leicht zu durchschauen bist, ist eine der Eigenschaften, die ich an dir liebe, Mattie. Du bist die schlechteste Lügnerin, die mir je begegnet ist.«

»Oh. Jetzt glühten ihre Wangen noch mehr. »Aber du hast so getan, als …«

Charlie lehnte sich lächelnd zu ihr und zog sie behutsam an sich, und dann legte er ihr eine Hand in den Nacken und drückte ihr einen zärtlichen Kuss auf die Lippen, den sie bis in die Zehenspitzen spüren konnte. Die Geräusche um sie verstummten, bis Mattie nur noch das beharrliche Pochen ihres Herzens hörte. Sie war überwältigt – davon, wie richtig es sich anfühlte, von seinem Geschmack, von der Wärme seiner Haut auf der ihren. Wenn es nach ihr gegangen wäre, hätten sie bis in alle Ewigkeit hier sitzen und sich küssen können.

Irgendwann ließen sie schließlich doch voneinander ab und sahen sich lächelnd an, und Mattie war sicher, dass sich in ihrer Miene genau der gleiche Ausdruck unbändiger Freude spiegelte wie bei Charlie. Dann dachte sie an Jamie Soames und sein Stellenangebot. War sie bereit, es anzunehmen, auch wenn ihr die Entscheidung womöglich das Herz brechen würde?

44

Rose räkelte sich genüsslich im großen Doppelbett des Elternschlafzimmers, dessen weiche Baumwolllaken sich viel angenehmer auf der Haut anfühlten als die gestärkte Krankenhausbettwäsche. Es war so schön, wieder zu Hause zu sein! Eine leichte Brise bauschte die Vorhänge, und das Krakeelen der Elstern drang an ihr Ohr, gelegentlich überlagert vom schrillen Schrei eines Wippflöters. Die morgendliche Geräuschkulisse von Kalkari gehörte zu den Dingen, die sie an ihrem Leben hier am allermeisten schätzte.

Sie legte sanft eine Hand auf die leichte Schwellung ihres Bauches. Keine Krämpfe, gottlob. »Haltet durch, ihr zwei kleinen Kämpfernaturen«, flüsterte sie den beiden winzigen Lebewesen zu, die in ihr heranwuchsen. Dann stieg sie aus dem Bett und tappte nach unten, um Teewasser aufzusetzen. Der Arzt hatte ihr versichert, dass Blutungen im Anfangsstadium relativ häufig vorkamen. Trotzdem wollte sie kein Risiko mehr eingehen und baldmöglichst noch jemanden einstellen, der ihr im Restaurant half. Sie holte Milch aus dem Kühlschrank und goss sich gerade Tee ein, als es klopfte.

Sie ging zur Tür und erlebte die Überraschung ihres Lebens: Es war Isabella, wie immer todschick angezogen –

diesmal trug sie einen schwarzen Trenchcoat, dessen Kragen aufgestellt war, und dazu atemberaubend hohe Schuhe mit Bleistiftabsätzen. Dafür hatte sie dunkle Schatten unter den Augen, und ihr sonst stets perfekt gestyltes Haar war zu einem schmucklosen Knoten zusammengebunden. Sie wirkte müde und bleich, dem knallroten Lippenstift zum Trotz, und Rose war so geschockt von ihrem Anblick, dass sie vollkommen vergaß, dass sie selbst noch ihren eisblauen Schlafanzug trug, dessen Oberteil zwei herumtobende Eisbären zierten.

»Ah, Rose. Ich bin froh, dass du da bist. Darf ich reinkommen?« Rose stand noch immer regelrecht unter Schock und antwortete nicht gleich, sodass Isabella eine Spur ungeduldiger hinzufügte: »Natürlich nur, wenn es nicht zu viele Umstände macht.«

Rose war verblüfft. Was war denn mit Isabella los? So höflich war sie ja noch nie zu ihr gewesen. »Ähm, klar.« Sie öffnete die Tür noch etwas weiter und trat beiseite, um die Besucherin hereinzulassen. »Mit dir habe ich nun wirklich nicht gerechnet. Ich dachte, du bist in Spanien.«

»Nun, ganz offensichtlich bin ich das nicht, jedenfalls nicht im Moment.«

»Mark ist leider schon unterwegs. Ich glaube, er wollte rüber zum Weingut der Trevelyn-Schwestern.«

»Ehrlich gesagt bin ich hier, um mit dir zu reden.«

»Okay … Ich habe gerade Tee gemacht. Möchtest du welchen?«

»Lieber Kaffee. Falls du welchen hast.« Rose würde sich wohl nie an Isabellas barsche Art gewöhnen, nahm sich ihre Unhöflichkeit inzwischen aber weit weniger zu Herzen.

»Ich bringe dir gleich einen. Setz dich doch schon mal in

die Küche«, sagte sie und deutete auf den Tisch. Wo steckten Leo und Luisa?

»Ich nehme an, du fragst dich, warum ich gekommen bin.«

Rose nickte und wartete ab.

»Ich bringe die Kinder zurück. Sie fanden es zwar sehr schön in Spanien, aber sie hatten Heimweh und Sehnsucht nach ihrem Vater. Vor allem Leo. Er hat versucht, sich nicht anmerken zu lassen, wie traurig er ist, aber es war ziemlich offensichtlich. Er braucht seinen Vater.«

Rose traute ihren Ohren kaum. »Das ist ja wunderbar! Na ja, für Mark jedenfalls. Er wird außer sich sein vor Freude. Die beiden haben ihm – uns allen – ganz furchtbar gefehlt.«

»Es fällt mir alles andere als leicht, musst du wissen …« Isabella verstummte, und plötzlich tat sie Rose richtig leid. Es erschien ihr schier unvorstellbar, sich das Sorgerecht für ihre Kinder mit jemandem teilen zu müssen, der auf einem anderen Kontinent lebte.

»Kann ich mir denken«, sagte sie leise und legte sich die Hand auf den Bauch. »Apropos, wo sind sie eigentlich? Die Kinder, meine ich.«

»Bei Mrs Butters. Sie hat ihnen Frühstück gemacht. Wir sind gestern Abend in Sydney angekommen und haben die Nacht dort verbracht, aber sie waren heute schon so früh aus den Federn, dass wir gleich losgefahren sind. Sie konnten es kaum erwarten, nach Kalkari zurückzukehren. Ich hole sie nachher gleich, aber erst wollte ich noch mit dir reden.«

Beim Stichwort »Frühstück« hatte Rose unvermittelt der Magen zu knurren begonnen. Sie hatte das Glück, nicht unter morgendlicher Übelkeit zu leiden, aber dafür war sie ständig hungrig. »Ähm, möchtest du vielleicht etwas Toast?«

Isabella warf ihr einen ungläubigen Blick zu. *Hm ja,* dachte Rose. *Du siehst tatsächlich nicht so aus, als würdest du je Kohlenhydrate zu dir nehmen.*

»Rose, ich weiß, dass du dich immer gut um meine Kinder gekümmert hast, obwohl ich nicht gerade nett zu dir war, und ich möchte mich dafür bei dir entschuldigen.«

Rose wäre beinahe vom Stuhl gefallen. Es geschahen noch Zeichen und Wunder. »Danke«, sagte sie lächelnd. »Es ist schön, dass du das sagst. Es war wirklich nicht immer einfach, für keinen von uns.«

Isabella nippte an dem Kaffee, den Rose für sie gemacht hatte, verzog das Gesicht und stellte die Tasse wieder ab. Rose ignorierte es geflissentlich. »Ich bin im Unternehmen unserer Familie sehr eingespannt. Mein Vater braucht meine Hilfe, und meine Mutter … ach, die hat keine Ahnung. Wie dem auch sei, ich kann mich nicht zweiteilen und mich auch noch um Leo und Luisa kümmern. Ich glaube, sie gehören hierher, so schwer es mir fällt, das zu sagen.«

»Ich kann mir gut vorstellen, was für eine schwierige Entscheidung das für dich war …«

Isabella nickte. »Ich muss das Richtige tun, für meine Familie. Die ganze Familie.«

Rose erhob sich und steckte zwei dicke Scheiben Brot in den Toaster. Sie konnte keine Sekunde länger warten. Sobald die Scheiben aus den Schlitzen gesprungen waren, bestrich sie sie mit Butter und einem Klecks Erdbeermarmelade und legte sie auf einen Teller, den sie in die Mitte des Tisches stellte. In Anbetracht des gierigen Blickes, mit dem Isabella den Toast betrachtete, holte sie einen zweiten Teller. »Greif zu. Das ist Mrs Butters' preisgekrönte Marmelade. Die Damen von der Country Women's Association irren nie.«

45

»Hey, Mattie, alles okay?«, fragte Cara, als Mattie nach dem Ausritt mit Charlie breitbeinig und mit staubigen Klamotten hereinkam und stöhnend auf das Sofa sank.

»Ja, alles bestens, auch wenn ich garantiert eine Woche lang nicht normal gehen kann.« Sie grinste.

»Aha! Was hast du gemacht? Du hast dich nicht zufällig mit einem attraktiven blonden, blauäugigen Winzer herumgetrieben?«

»Kann schon sein.«

»Erzähl, erzähl!«

»Wir haben einen kleinen Ausritt unternommen, und wir waren deutlich länger unterwegs, als ich das geplant hatte. Samt Picknick an einem Teich namens Carroll's Springs.« Sie verstummte und dachte an Charlies Lippen auf den ihren, daran, wie er die Arme um sie geschlungen und seinen drahtigen Körper an sie geschmiegt hatte … Mattie war noch nicht bereit, die Erinnerung an diesen Tag mit einem anderen Menschen zu teilen, zumal sie nicht wusste, ob noch weitere folgen würden.

»Und der Job in London?«

»Ich hab Jamie um eine weitere Woche Bedenkzeit gebeten«, berichtete Mattie mit zerknirschter Miene. »Und wie geht es dir so?«

Cara grinste von einem Ohr zum anderen. »Wegen Jake, meinst du?«, fragte sie mit Unschuldsmiene.

»Na, was sonst?«

»Ziemlich gut, ehrlich gesagt. Ich muss ihn nur ordentlich auf Trab halten, schätze ich.«

»So, so.« Mattie ließ sich von der flapsigen Antwort ihrer Freundin nicht täuschen. »Mach bloß keine Dummheiten, Süße.«

»Keine Sorge. So, Themenwechsel: Du hast hoffentlich daran gedacht, dass Rose morgen Geburtstag hat, oder?«

Mattie stöhnte. »Ach, Mist, ich wollte ja heute zum Postamt in Eumeralla fahren, um die Etiketten abzuholen! Herrje, Mark wird mich einen Kopf kürzer machen.«

»Fährst du dann gleich morgen früh hin?«

»Werde ich wohl müssen. Was steht sonst noch an?«

»Abgesehen davon ist alles unter Dach und Fach. Der Fleischer schickt jemanden vorbei, der den Spieß mit dem Spanferkel aufbaut, und die Gäste bringen Salate und Desserts mit. Wir müssen nur noch Brot holen, um den Wein kümmert sich dann Mark – sobald er die Etiketten hat.«

In diesem Moment klopfte es, gefolgt von leisem Gekicher und Geflüster.

»Erwartest du jemanden?«, fragte Cara.

Noch ehe Mattie antworten konnte, flog die Tür auf, und zwei dunkelhaarige Kinder stürmten herein.

»Was zum …?«, stieß Mattie verblüfft hervor.

»Wir sind wieder da, Tante Mattie!«, rief Leo. »*¡Hola! ¿Comó estás?*«, fügte er mit triumphierender Miene hinzu.

»Du meine Güte! Lasst euch mal ansehen! Ihr seid ja beide mindestens einen halben Meter gewachsen! Was hat ihr denn in Spanien gegessen?« Mattie lachte. »Und was treibt ihr denn hier? Ich dachte, ihr kommt erst an Weihnachten!«

»Mama hat gesagt, es ist besser für uns alle, wenn wir wieder nach Australien ziehen«, berichtete Leo. »Spanien war super, aber meine Freunde haben mir echt gefehlt. Und du und Dad und Rose natürlich auch.«

»Na, das nenn ich ja mal eine Überraschung. Euer Dad ist sicher total begeistert. Und ich freue mich auch sehr, dass ihr wieder da seid. Kommt doch mal her, und lasst euch drücken. Wir haben ja ordentlich Nachholbedarf, was das angeht.«

Leo trat zu ihr und ließ sich umarmen, wenn auch etwas verlegen, Luisa dagegen klammerte sich sogleich wie ein Äffchen an sie.

»Tante Mattie, hast du schon gehört? Wir kriegen zwei kleine Brüderchen oder Schwesterchen!«, rief Luisa mit vor Aufregung weit aufgerissenen Augen.

Rose und Mark hatten ihnen die wunderbare Neuigkeit also schon erzählt.

»Ja, ich weiß! Fabelhaft, nicht?« Mattie lächelte sie an. »Du wirst bestimmt eine tolle große Schwester.«

Luisa nickte mit ernster Miene.

»Ich hoffe, es werden Jungs«, sagte Leo mit einem schüchternen Lächeln.

»Nein, Mädchen!«, protestierte seine Schwester.

»Na ja, es wird noch eine Weile dauern, bis wir es erfahren, aber wer weiß, vielleicht kriegt Rose ja einen Jungen und ein Mädchen. So, kommt mit, ihr zwei Rabauken, wir gehen mal zu den anderen rüber, ja?«

Als sie in die Küche kamen, öffnete Mark gerade eine Flasche Wein. Er wirkte ungemein erleichtert und lächelte so breit wie schon seit Monaten nicht mehr.

»Na, damit hast du wohl nicht gerechnet, was?«, sagte sie.

»Überhaupt nicht, nein«, erwiderte Mark. »Und ich finde, das muss gefeiert werden.« Er reichte Mattie und Cara je ein Glas Wein. »Wollen wir uns auf die Veranda setzen?«

Sie gingen hinaus, wo die untergehende Sonne mal wieder einen spektakulären Anblick in rosa- und orangefarbenen Schattierungen bot. Kaum hatte Mattie Platz genommen, strich ihr auch schon Gin um die Beine und sprang ihr schließlich auf den Schoß. Rose gesellte sich mit einem großen Teller Antipasti und einer Limo zu ihnen, während die Kinder mit Barnsie im Hof herumtollten und versuchten, ihn zum Apportieren zu bewegen. Noch waren sie unheimlich aufgekratzt, aber die Erschöpfung würde sich sicher bald bemerkbar machen. Das Kreischen einiger Kakadus, die zu ihren Nestern zurückkehrten, zerriss die abendliche Stille. Mattie betrachtete ehrfürchtig die vor ihr ausgebreitete Landschaft. Wie hatte sie die Schönheit des Shingle Valley nur all die Jahre als selbstverständlich hinnehmen können?

Am darauffolgenden Tag fuhr Mattie gleich frühmorgens zum Postamt, um die Etiketten abzuholen, und brachte sie zu Mark in die Kellerei. Danach machte sie sich mit Cara auf zu Trevelyn's Pantry, um alles für die Überraschungsparty vorzubereiten.

Cara hatte online chinesische Papierlampions, Girlanden und noch einiges mehr bestellt, und Mattie atmete erleichtert auf, als der Wagen des Paketdienstes vor dem Restaurant hielt. Perfektes Timing.

»Wo sollen die hin?«, erkundigte sich der Bote und deutete in seinen Lieferwagen, wo sich etliche Pakete stapelten.

»Cara, könntest du mir mal eben beim Reintragen helfen?«, rief sie ins Restaurant.

»Bin schon unterwegs.« Cara stellte den Stapel Teller ab, den sie eben aus der Küche geholt hatte, und eilte hinaus. Sie waren noch nicht ganz mit dem Ausladen fertig, als Mark mit seinem Pick-up vorfuhr. Auf der Ladefläche standen mehrere Kisten Wein.

Er zog eine Flasche aus einem Karton. »Na, was haltet ihr davon?«

»Oh, wow! Sieht ja spitzenmäßig aus!«, rief Cara.

Mattie nickte. »Rose ist bestimmt total hin und weg, wetten?«

»Also gut, dann stelle ich die gleich mal kühl, damit sie nachher Trinktemperatur haben. Wann wird das Spanferkel geliefert?«

»Am späteren Nachmittag. Bis dahin sind wir mit der Deko fertig. Brenda Butters steuert ihren berühmten Biskuitkuchen bei, mit rosaroter Glasur, versteht sich.«

Mark hob eine Augenbraue. »Das habt ihr ja offenbar bis ins kleinste Detail geplant.«

Die beiden Frauen grinsten ihn an.

»Meinst du, Rose ahnt etwas?«, fragte Mattie.

»Nicht das Geringste. Ich habe ihr gesagt, sie soll sich tagsüber möglichst viel Ruhe gönnen, und ihr vorgeschlagen, dass wir abends mit den Kindern im Pub essen gehen. Ach ja, Mattie, ich hab was für dich.«

»Hmm?«, machte seine Schwester, die gerade die Weinetiketten unter die Lupe nahm.

»Hier. Hat vorhin ein Kurier in der Kellerei abgegeben.« Er drückte ihr ein Päckchen in die Hand.

Mattie betrachtete es verwundert. »Was kann das sein? Außer den Etiketten habe ich nichts für die Party bestellt.«

»Vielleicht hast du ja irgendwelche geheimen Online-Einkäufe getätigt«, flachste Cara mit einem vielsagenden Augenzwinkern.

»Pff. Ich doch nicht.«

»Na los, mach es auf!«, drängte Cara.

Mattie riss das Klebeband ab und spähte in die Schachtel. »Ach, du liebe Zeit!« Sie brachte eine Kamera samt Objektiven und Tasche zum Vorschein und faltete das beigelegte Schreiben auseinander.

Sehr geehrte Miss Cameron, wir möchten uns bei Ihnen für den unschönen Zwischenfall entschuldigen, der sich kürzlich auf dem Tarrawenna-Gelände ereignet hat, und hoffen, dass das beigefügte Gerät eine angemessene Entschädigung darstellt …

»Die ist von Tin Pei Resources! Das kann ich doch nicht annehmen, oder?«

»Na, und ob!«, rief Cara. »Du hast dir schließlich nichts zuschulden kommen lassen!«

»Ganz meine Meinung«, meldete sich Mark zu Wort. »Ich finde, das ist wirklich das Mindeste, auch wenn der Konzern damit natürlich bloß versucht, sein Image ein bisschen aufzupolieren.«

»Aber die war garantiert viel teurer als meine«, gab Mattie zu bedenken. Sie bewunderte das elegante Design der Kamera. Wie leicht und kompakt sie war! »Und es käme mir irgendwie vor wie Blutgeld.«

Mark grunzte ungläubig. »Sei nicht albern.«

Mattie hob die Kamera an ihr rechtes Auge, kniff das

andere zu und spähte durch den Sucher. Es fühlte sich gut und richtig an. Erst jetzt wurde ihr bewusst, wie sehr es ihr gefehlt hatte, die Welt durch die Linse zu betrachten, ihre Schönheit festzuhalten und das Gesehene auf ihre ganz persönliche Weise zu interpretieren.

46

»Sollen wir dann so gegen sechs los?«, sagte Mark zu Rose am späteren Nachmittag.

»Wollen wir nicht lieber hierbleiben?«, fragte sie. »Ich bin noch immer ein bisschen durch den Wind, und die Kinder ebenfalls ...« Sie war den ganzen Tag in gedrückter Stimmung gewesen, unter anderem deshalb, weil Mark ihr morgens lediglich einen flüchtigen Geburtstagskuss gegeben hatte, und die anderen hatten ihren Ehrentag überhaupt mit keinem Wort erwähnt. Waren sie wirklich alle so beschäftigt, dass sie ihn vergessen hatten?

Mark musterte sie besorgt. »Also, ich fände es schöner, wenn wir essen gehen würden. Schließlich hast du Geburtstag.«

Sie seufzte.

»Außerdem sind wir mit Thommo und Astrid verabredet. Astrid kann es kaum erwarten, Leo und Luisa zu sehen. Wir müssen ja nicht ewig bleiben.«

»Na gut«, sagte Rose. »Dann ist wohl eine Dusche angesagt, nachdem ich nachmittags mit Luisa bei Buttons im Stall war.«

»Gute Idee. Danach wirst du dich sicher besser fühlen«, versicherte er ihr. »Zieh doch das neue Kleid an. Das rosarote, meine ich.«

Rose hob überrascht eine Augenbraue. »Ist das nicht ein bisschen übertrieben für das Southern Cross?«

»Überhaupt nicht«, winkte er ab. »Außerdem siehst du umwerfend darin aus.«

»Oh, danke. Ich hoffe nur, es passt noch. Ich hab ja inzwischen einen regelrechten Atombusen.«

»Ist mir auch schon aufgefallen«, sagte er mit einem anzüglichen Grinsen. »Komm doch mal her und gib mir einen Kuss, meine Schöne. Der letzte ist ja schon eine Ewigkeit her. Wie geht es denn meinen beiden Kaulquappen da drin?«

Rose duschte und schlüpfte in das Wickelkleid aus zartrosa Seide, das ihr spektakuläres neues Dekolleté perfekt in Szene setzte und zugleich die kleine Schwellung ihres Bäuchleins kaschierte. Sie beschloss, das Haar offen zu tragen, tuschte sich die Wimpern, damit sie länger wirkten, und pinselte sich etwas Rouge auf die von der Sonne gebräunten Wangen. Ein Hauch himbeerroter Lippenstift vervollständigte den Look.

»Mmm«, sagte Mark anerkennend, als sie nach unten kam. »Da bekomme ich ja richtig Appetit.«

Rose verdrehte die Augen. »Ich habe auch einen Bärenhunger. Ich bin mal gespannt, wie viel ich noch zunehme. Wenn das so weitergeht, bin ich bald so unförmig wie ein Wal. Aber du hattest recht, ich fühl mich deutlich besser.«

»Sehr gut. Dann mal los, Geburtstagskind. Leo, Luisa, Abmarsch!« Die Kinder veranstalteten einen kleinen Wettlauf zur Tür, nicht ohne einander ein paarmal zu schubsen.

»Nach Eumeralla geht's aber in die andere Richtung«, bemerkte Rose verwirrt, als sie gleich darauf auf die Landstraße auffuhren.

»Ich muss noch einen kurzen Zwischenstopp im Restaurant einlegen«, sagte Mark. »Da kam vorhin fälschlicherweise eine Lieferung für mich an.«

»Aber das liegt überhaupt nicht auf dem Weg, und ich bin echt am Verhungern!«, protestierte Rose. »Muss das unbedingt jetzt sein?«

»Es geht ganz schnell, versprochen.«

Ein paar Minuten später steuerten sie auf das Restaurant zu. Beim Anblick der zahlreichen Autos auf dem Parkplatz schöpfte Rose zum ersten Mal Verdacht, und als sie Thommos Wagen erblickte, unverwechselbar durch sein Nummernschild mit dem Wort CORK, machte es bei ihr »klick«.

Mark hielt direkt vor dem Eingang an, hupte, und sofort flog die Tür auf, und eine regelrechte Prozession strömte aus dem Haus: Thommo und Astrid mit Max, Deano, Charlie, Angie, Dan, Bob, Mrs Butters, Brock Doyd und Jake, der mit Cara Händchen hielt. Im Nu standen um die vierzig Leute in der Einfahrt.

Rose sah zu Mark. »Ich glaub, ich träume«, hauchte sie.

Mark grinste triumphierend. »Also, falls du auf einen ruhigen Geburtstag im engsten Familienkreis gehofft hast, muss ich dich leider enttäuschen.«

Kaum waren sie ausgestiegen, wurde Rose auch schon von allen Seiten umarmt und anschließend ins Restaurant bugsiert, das von rosaroten Lampions erhellt wurde. An der Decke hingen Girlanden mit rosa Pompons, und große Vasen mit Rosensträußen verströmten einen betörenden Duft. Auf den Tischen auf der Veranda warteten große Platten mit Käse, Salami und Prosciutto, dazwischen standen Schälchen mit Oliven und Trockenfrüchten, mehrere Körbe mit Brot sowie etliche Schüsseln mit Salaten. Als Dessert gab es frische Erdbeeren und Himbeeren auf

Vanillecreme und natürlich die große Geburtstagstorte, ein wahres Schmuckstück mit zartrosa Zuckerglasur.

»Oh, wow! Ich bin sprachlos«, sagte Rose gerührt. »Das sieht ja alles absolut fantastisch aus. Habe ich das dir zu verdanken, Mattie?«

»Ehrlich gesagt geht der Großteil auf Caras Konto. Ich bin ihr lediglich etwas zur Hand gegangen.«

»Du bist mal wieder viel zu bescheiden, Mattie. Sieh mal, was sie für dich entworfen hat!«, sagte Mark und zauberte eine der Flaschen mit dem von Mattie gestalteten Etikett hinter dem Rücken hervor. »Na, gefällt es dir?«

Rose schnappte vor Freude nach Luft. »Ein nach mir benannter Wein? Ist das süß! Und das Etikett ist wunderschön. Danke! Was für ein tolles Geschenk!«

Mattie reichte ihr ein Glas. »Du musst wenigstens einmal daran nippen.«

Rose sah sich um und hatte prompt einen Kloß im Hals beim Anblick all der lieben Menschen, die sich ihretwegen hier versammelt hatten. »Was bin ich nur für ein Glückspilz, dass ich so viele nette Leute kenne! Ich danke euch allen für diese Überraschung. Sie ist euch wirklich gelungen. Ich kann nicht fassen, dass ich den Braten nicht gerochen habe!«

Ein paar Minuten später kam Amanda angestöckelt und baute sich vor Mattie und Mark auf. »Gute Arbeit, euer Antrag. Ich habe es gerade erfahren.«

Mark nickte. »Jeremy hat mir heute Vormittag Bescheid gegeben. Wie kommt's, dass du es auch schon weißt?«

»Was denn?«, wollte Thommo wissen, der sich soeben zu ihnen gesellt hatte.

Mark griff nach einem Messer und klopfte damit an sein Weinglas. »Darf ich kurz um eure Aufmerksamkeit bitten?

Also, für alle, die es noch nicht gehört haben, obwohl sich im Shingle Valley ja eigentlich jede Neuigkeit in Windeseile verbreitet: Wie es aussieht, hat unser Schutzzonenantrag für den südlichen Teil des Tales die erste Hürde genommen. Jeremy Bell hat mich heute Vormittag angerufen. Er meinte, die Maschinerie ist in Bewegung gesetzt, und bis der endgültige Beschluss feststeht, dürfen keinerlei Bohrungs- und Grabungsarbeiten im Shingle Valley durchgeführt werden.«

Die Anwesenden johlten und applaudierten.

»Das verdanken wir allein dir und Charlie«, sagte Amanda.

Wieder brandeten Gejohle und Applaus auf.

Mark bedeutete den Umstehenden, sie sollten still sein. »Dir ebenso, Amanda«, sagte er. »Und es gibt noch jemanden, dem dieser Etappensieg zuzuschreiben ist, nämlich meiner Schwester Matilda, die nicht nur mit der Gestaltung des Layouts und ihren wunderschönen Fotos einen unverzichtbaren Beitrag dazu geleistet hat, sondern ganz spontan auch noch meinen Teil der Präsentation vor dem zuständigen Komitee übernommen hat.« Er winkte Mattie zu sich, und sie trat neben ihn und strahlte ihn an. »Ich bin unheimlich stolz auf dich, genau wie die übrigen Bewohner unseres Tales.« Er räusperte sich und drehte sich zu Rose um, die ihm ein strahlendes Lächeln schenkte, als er hinzufügte: »So, und nun noch eine Mitteilung in eigener Sache … Rose und ich werden Eltern – und zwar von Zwillingen!«

Erneut ertönten Jubelrufe und Beifall, sodass Mark wieder mit dem Messer an das Glas klopfen musste, um sich Gehör zu verschaffen. »Außerdem möchte ich Rose eine Frage stellen, und ich kann mir keinen passenderen Rahmen vorstellen als diese Feier, bei der all unsere Freunde sind. Liebste Rose …« Er ergriff ihre Hand. »Du ahnst gar nicht, wie viel du mir bedeutest. Du bist zu einem Teil meines Lebens geworden, auf den ich nie, nie, nie wieder verzichten möchte. Willst du mich heiraten?«

Rose spürte, wie ihr Herz vor Freude einen Salto schlug in Anbetracht all der Zuneigung und Zärtlichkeit, die sich in seinem Blick spiegelten. Ihr schwirrte der Kopf. So viele Überraschungen auf einmal! Hatte er ihr wirklich gerade einen Antrag gemacht, hier, vor allen Leuten? Es konnte nur eine Antwort geben.

»Ja!«, rief sie atemlos. »Natürlich will ich!«

47

»Na, können wir, oder hast du Angst?«

Es war der Morgen nach der Überraschungsparty für Rose, und Mattie und Charlie hatten eben ihre Pferde gesattelt, um einen Ausritt zu machen.

»Wie kommst du denn darauf?«, erwiderte sie mit gespielter Empörung. Das hier war ein Test, und sie wollte ihn unbedingt bestehen. Sie durfte nicht zulassen, dass ihre Nervosität die Oberhand gewann.

»Worauf warten wir dann noch?«, fragte Charlie.

Sie atmete tief durch und stieg in den Sattel. Es war das zweite Mal seit ihrem Unfall, dass sie auf dem Rücken eines Pferdes saß.

Die beiden Stuten trotteten nebeneinander aus dem Stall.

»Wollen wir zu Bob's Run rüber? Dort führt ein Weg zwischen den Weingärten bis zur Hügelkuppe hinauf.«

»Ich glaube, den kenne ich.« Mattie konnte sich dunkel erinnern, dort einmal mit ihrem Bruder entlanggeritten zu sein.

»Gut, dann mal los«, sagte er und trabte los.

»O Gott«, murmelte Mattie, aber ihr blieb nichts anderes übrig, als ihm zu folgen. Der Weg war breit und trocken, und Shakira verfiel schon bald in einen leichten Galopp, offenbar wollte sie zu Charlies Stute aufschließen. So jagten sie eine Weile hintereinanderher, wobei sie eine Schar Elstern aufschreckten, die ein Stück vor ihnen auf einem Zaun gesessen hatten. Und da spürte Mattie plötzlich, wie sich tief in ihr etwas löste. Sie juchzte laut auf vor Begeisterung, fühlte sich frei und unbeschwert und genoss den Augenblick in vollen Zügen. Sie hatte keine Angst mehr. Weder vor einem Sturz noch vor sonst irgendetwas. Sie hatte all ihre Sorgen abgeworfen wie einen alten Mantel, der ihr zu klein geworden war, und signalisierte Shakira, noch schneller zu laufen. Sie galoppierten über eine offene Koppel, und Mattie umklammerte mit beiden Händen die Zügel – nicht etwa aus Furcht, sondern weil sie regelrecht berauscht war vor Glück. Es dauerte nicht lange, bis sie Charlie überholt hatte.

Dieser nahm sogleich die Verfolgung auf und legte nun ebenfalls einen Zahn zu.

Als sie den Rand der Koppel erreicht hatten und der Weg wieder schmaler wurde, zog Mattie die Zügel an. Sie hörte, wie sich Charlie hinter ihr näherte.

»Ich würde sagen, du darfst dich mit Fug und Recht wieder tollkühne Tilly nennen«, keuchte er außer Atem.

»Ah ja?«

»Tollkühn bis ans Ende der Tage!«, johlte er, den Kopf in den Nacken gelegt.

Mattie lachte. Es dauerte eine Weile, bis sie wieder zu Atem kam, aber sie schwebte auf Wolke sieben, fast so wie Rose gestern Abend. Die Gute hatte ganz offensichtlich überhaupt nicht mit Marks Antrag gerechnet. Mattie freute sich über diesen Familienzuwachs – für sie hatte es sich schon die ganze Zeit so angefühlt, als wäre Rose die Schwester, die sie nie gehabt hatte –, und vor allem freute sie sich für Rose und Mark. Die Beziehung der beiden baute ganz offensichtlich nicht nur auf Liebe, sondern auch auf Vertrauen und Respekt, und es bestand kein Zweifel, dass sie gemeinsam alle Herausforderungen meistern würden, vor die das Leben sie stellte.

Sie sah zu Charlie hinüber, der sie inzwischen wieder eingeholt hatte.

»Charlie, ich muss dir etwas sagen.« Das Herz klopfte ihr bis zum Hals.

»Dann stimmt es also …«

»Was denn?«, fragte Mattie erstaunt.

»Amanda hat es mir gestern gesteckt. Mir scheint, sie hat sich diebisch gefreut, dass sie es mir unter die Nase reiben konnte.«

»Wieso zum Teufel weiß die bereits Bescheid?« Mattie umklammerte die Zügel, sodass Shakira kurz protestierte.

Charlie zuckte die Schultern. »Na ja, du weißt ja, wie schnell sich Neuigkeiten hier herumsprechen. Amanda hat es von Thommo erfahren, der hatte es von Jake, und der wiederum wusste es von Cara. Oder so ähnlich. Du kennst das ja.«

»O Mann, ist diesen Leuten denn gar nichts heilig?«, fauchte Mattie aufgebracht.

Sie ritten eine Weile im Schritttempo nebeneinanderher.

»Und, wann wirst du abreisen?«, fragte er schließlich mit resignierter Miene.

»Noch dieses Wochenende. Die Ärzte konnten nicht genau sagen, was sie hat, aber es geht ihr ziemlich schlecht.«

»Äh, was? Von wem redest du?«

»Na, von meiner Mum. Sie leidet schon seit längerer Zeit unter Schwindelanfällen, und vorige Woche ist sie gestürzt. Was dachtest du denn?«

Ein erleichtertes Lächeln huschte über sein Gesicht. »Also, das mit deiner Mutter tut mir natürlich aufrichtig leid, aber ich habe von deiner Rückkehr nach London gesprochen. Von dem unwiderstehlichen Jobangebot.«

»Woher zum Geier weißt du davon?«

»Na, wie gesagt, Amanda hatte es von Thommo, und der …«

»Okay, schon klar.«

»Und, wirst du die Stelle annehmen?«

Die Sekunden verstrichen. Mattie sah ihm in die Augen. »Nein.«

»Aber ich dachte, das war das Ziel, auf das du immer hingearbeitet hast? Eine einzigartige Gelegenheit? So hat es jedenfalls Amanda formuliert.«

»Ach, Amanda ist eine neugierige Kuh. Wie es der Zufall will, habe ich inzwischen etwas gefunden, das mir bedeutend wichtiger ist. Ich möchte mir meine Brötchen künftig lieber als Fotografin verdienen, und ich kann mir keinen schöneren Arbeitsplatz vorstellen als das hier.« Sie breitete die Arme aus. »Seit der Eröffnung meiner Ausstellung haben sich einige Interessenten bei mir gemeldet. Ich habe sogar eine Auftragsarbeit in Aussicht. Und außerdem will ich jetzt, wo Mum krank ist, nicht in einer Stadt auf der anderen Seite des Erdballs leben, sondern in der Nähe bleiben, damit ich sie jederzeit besuchen kann.«

»Das heißt also, du bleibst in Australien? Für immer?«

Sie nickte und lächelte ihn an. »Das Fotografieren ist nicht das Einzige, was mir wichtiger ist als mein alter Job.«

»So, so.«

»Jep. Wie es aussieht, hast du mich noch länger an der Backe, Kumpel.«

Charlie strahlte sie an und griff nach Shakiras Zügeln,

um das Pferd zum Stehen zu bringen, damit er sich zu Mattie rüberbeugen und ihr einen Kuss geben konnte. »Du wirst es nicht bereuen, versprochen.« Seine Miene wurde ernst. »Die Sache mit Marie-Claire war übrigens noch aus einem anderen Grund zum Scheitern verurteilt.«

»Ah ja?«

»Ja. Ich musste ihr irgendwann sagen, dass ich Gefühle für eine andere Frau habe. Und zwar ziemlich starke. Ich bin rettungslos verknallt, wenn du es genau wissen willst.«

Matties Herz machte einen Satz. Das waren sie, die Worte, auf die sie so lange gewartet hatte, und es bestand kein Zweifel daran, dass sie ihr galten.

»In dich, Mattie«, fügte Charlie hinzu. »Und das schon seit Jahren.«

Sie grinste breit und warf ihm einen schelmischen Blick zu.

»Was ist?«, fragte er.

»Das wirst du gleich sehen.« Sie ritt unvermittelt los, und Charlie sah ihr mit offenem Mund nach, während sie schnurstracks auf den Zaun am Ende der Weide zugaloppierte und mit Shakira über das Hindernis segelte.

Dann spähte sie über die Schulter zu ihm zurück. »Bin gespannt, ob du diesmal mithalten kannst, Charlie!«

Dank

Ein riesiges Dankeschön an alle, die mich sowohl bei meinem Erstling *Ein Weinberg zum Verlieben* als auch bei meinem zweiten Roman *Auszeit ins Glück* unterstützt haben – vor allem natürlich an Andy für seine bedingungslose Loyalität und dafür, dass er sich nie beklagt, weil ich so viele Wochenenden damit verbringe, zu schreiben und das Geschriebene zu überarbeiten. Des Weiteren danke ich meiner Agentin Margaret Connolly für ihre nie endende Begeisterung und Ermutigung, meiner Schwester Becky, die zahlreiche Diskussionen über allerlei höchst unwahrscheinliche Plots über sich ergehen ließ, meinen beiden wunderbar positiven Erstleserinnen Mercedes und Jane, sowie Taryn, der einfühlsamsten Kritikerin, die man sich als Autor nur wünschen kann, und nicht zuletzt Black Inc., insbesondere meiner Lektorin Jo Rosenberg, die mir mit ihren fachkundigen Ratschlägen, ihrer Erfahrung und ihrem gesunden Menschenverstand eine unschätzbare Hilfe war, indem sie mich von unnötigen Handlungssträngen abgebracht und dafür gesorgt hat, dass ich mich besonders auf die guten Ideen konzentriere.

Zu guter Letzt danke ich der begeisterten Leserschaft von *Ein Weinberg zum Verlieben*, die lautstark nach einer Rückkehr ins Shingle Valley verlangt hat.